mtb

Der Preis dieses Bandes versteht sich einschließlich der gesetzlichen Mehrwertsteuer.

Umwelthinweis:
Dieses Buch wurde auf chlor- und säurefreiem Papier gedruckt.

Linda Belago

Insel der blauen Lagunen

Roman

mtb

MIRA® TASCHENBUCH
Band 25858
1. Auflage: September 2015

MIRA® TASCHENBÜCHER
erscheinen in der HarperCollins Germany GmbH,
Valentinskamp 24, 20354 Hamburg
Geschäftsführer: Thomas Beckmann

Originalausgabe

Dieses Werk wurde vermittelt durch
die Literarische Agentur Thomas Schlück GmbH,
30827 Garbsen

Für die Leseprobe:
Titel: Im Tal der Kolibris

Erschienen bei:
MIRA Taschenbuch in der HarperCollins Germany GmbH

Konzeption/Reihengestaltung: fredebold&partner GmbH, Köln
Umschlaggestaltung: pecher und soiron, Köln
Redaktion: Bettina Lahrs
Titelabbildung: Thinkstock/Getty Images, München
Satz: GGP Media GmbH, Pößneck
Druck und Bindearbeiten: CPI books GmbH, Leck – Germany
Printed in Germany
Dieses Buch wurde auf FSC®-zertifiziertem Papier gedruckt.
ISBN 978-3-95649-208-2

www.mira-taschenbuch.de

Teil 1

Steine und Gold

1855–1858

Aruba, Curaçao

1. KAPITEL

Über den Hals ihres Pferdes gebeugt jagte Lijanne über die Insel. Der scharfe Wind und die Wut trieben ihr die Tränen in die Augen und nahmen ihr die Sicht. Sie spürte, wie die Muskeln des Tieres unter ihr arbeiteten, hörte seinen Atem und die Hufschläge auf dem steinigen Untergrund. Die Stute kannte den Weg, Lijanne konnte ihr blind vertrauen und sich ganz ihrer Entrüstung hingeben.

Warum nur war ihre Mutter so uneinsichtig? So oft hatten sie bereits über dieses Thema gestritten. Lijanne fasste die Zügel des galoppierenden Pferdes mit der rechten Hand und wischte mit der linken die Tränen fort, doch die flossen unablässig weiter. Sie spürte, wie der Gegenwind ihren Haarknoten auflöste und die langen hellblonden Locken über ihren Nacken und Rücken fielen. Es ziemte sich nicht, als junge Frau so forsch zu reiten, schon gar nicht mit unordentlicher Frisur und dazu noch mit einem Rock im Herrensattel! Auch dafür würde ihre Mutter sie tadeln. Doch es war Lijanne egal, und wie zum Trotz trieb sie ihre Stute noch mehr an. Wer sollte sie auch schon sehen hier draußen? Sie war oft auf den östlichen Anhöhen der Insel unterwegs. Dort traf man allerhöchstens mal einen Viehhirten oder ein paar entlaufene Ziegen. Und ihre Mutter schien ja ohnehin nicht zu wollen, dass aus ihr eine kultivierte junge Dame wurde.

Der Weg wurde schmaler und steiler und führte zwischen mannshohen Kakteen und vereinzelten Büschen hindurch. Die Stute verfiel in Trab und parierte dann selbstständig zum Schritt durch. Lijanne richtete sich im Sattel auf und strich sich einige wirre Haarsträhnen aus dem Gesicht. Ihr Herz pochte immer noch so stark, dass sie es bis zum Hals hinauf spürte. Die Stute hingegen hatte sich nach dem scharfen Ritt schnell gefangen und lief jetzt konzentriert voran, denn ein Fehltritt konnte hier bedeuten, zu stürzen oder gar einer der Kakteen gefährlich nahe zu kommen, deren Stacheln schwere und schmerzhafte Verletzungen hervorriefen. Das Pferd war erfahren, es war in dieser Umgebung aufgewachsen und hatte seine Reiterin schon viele Male auf das Hochplateau getragen. Lijanne tätschelte ihm den Hals. „Brav."

Oben angekommen machte das Tier halt. Lijanne schloss kurz die Augen und atmete die trockene, salzige Luft ein. Ihr Herzschlag beruhigte sich. Die Stute schnaubte sanft. Lijannes Wut wurde vom Wind davongetragen. Zurück blieb ein Gefühl der Resignation.

Sie sah sich um. Von hier oben, vom Berg Jamanota aus, konnte man fast die ganze Insel überblicken. Aruba war nicht sonderlich groß. Mit einem schnellen Pferd konnte man sie an einem Tag der Länge nach abreiten und von Ost nach West dauerte es nicht mal zwei Stunden. Im Osten der Insel war bergiges Hochland, dessen zerklüftete Steilküste ins Meer ragte. Hohe Wellen, getrieben vom ewigen Wind, schlugen dort unablässig gegen den Felsen. Es gab nur wenige abgelegene Buchten, die schwer zu erreichen waren. In Richtung Westen wurde die Landschaft flacher. Von ihrem Aussichtspunkt konnte Lijanne die Häuser von Oranjestad sehen, der größten Ansiedlung. Die Westküste fiel sanft zum Meer hin ab, unendlich lange Strände mit feinem, weißem Sand säumten dort das Eiland. Riffe vor der Küste bildeten einen natürlichen Schutz und das Meer war flach und azurblau. Im Süden war in den letzten Jahren die Siedlung San Nicolas gewachsen. Dort trieben sich die Goldsucher herum. Spelunken und Hurenhäuser säumten die Straßen. San Nicolas war kein Ort, wo sich ein normaler Arubaner gerne aufhielt. Ansonsten gab es nur verstreute Farmen, kleine Indianersiedlungen und natürlich die Baracken bei den Goldminen am nördlichen Fuß des Jamanota – ein Ort, den es zu meiden galt. Wenige Meilen in der Ferne erhob sich der Hooiberg. Wie ein gigantischer Zuckerhut stand er mittig auf der Insel, weit weg von den anderen Bergen. Seine Hänge waren steil, und man brauchte ein gutes Pferd, um hinaufzugelangen.

Lijanne wusste, dass man vom Hooiberg aus bei gutem Wetter bis zur Küste von Venezuela schauen konnte. Ihre Sehnsucht richtete sich allerdings gen Osten. Dort, hinter dem Dunstschleier des Meeres, lag Curaçao. Die Insel, über die sie vorhin noch mit ihrer Mutter gestritten hatte. Die Insel, die alles bot, was Aruba fehlte: eine richtige Hauptstadt, eine gute Schule und vor allem mehr Menschen.

Gemächlich lenkte Lijanne die Stute über die flache Berghöhe. Fast achtzehn war sie nun, aber in dieser Zeit hatte sie Aruba nur wenige Male verlassen. Natürlich war jede Reise zur Nachbarinsel ein Aufwand und auch nicht ungefährlich. Aber sie war kein kleines Kind mehr. Und natürlich liebte sie ihre Eltern und die Farm, auf der sie lebten. Auch liebte sie die wilde Natur der Insel und die Freiheit, die sie hier genoss.

Doch sie musste auch an die Zukunft denken. Auf Curaçao gab es viel bessere Bildungsmöglichkeiten. Die Mädchenschule von Curaçao hatte einen guten Ruf. Nicht, dass Lijanne eine besonders eifrige Schülerin war. Aber auf Curaçao wurden auch Dinge gelehrt, die in der kleinen Inselschule nicht unterrichtet wurden. Sicherlich war es ratsam, dass junge Damen einen Haushalt zu führen, Umgangsformen zu pflegen und sich in Gesellschaft zu bewegen wussten.

Lijanne hatte erlebt, wie sich die Mädchen, die bereits auf Curaçao unterrichtet wurden, veränderten. Sie wurden kultivierter, vornehmer. Verglichen mit ihnen fühlte sich Lijanne wie ein verwilderter Pferdeknecht. Wobei sie Pferde über alles liebte, aber es gab eben noch andere, wichtigere Dinge im Leben. Warum nur sah ihre Mutter das nicht ein? Die versuchte, Lijanne mit allen Mitteln auf der Insel zu halten.

„Du brauchst diese Schule nicht. Ich habe solche Dinge auch nie gelernt. Außerdem sind die Leute dort kein rechter Umgang für dich“, wiegelte sie stets ab und wurde auch schon mal etwas lauter, wenn Lijanne es mit ihrer Bettelei übertrieb.

Doch je mehr sich ihre Mutter sträubte, desto größer wurde der Wunsch des Mädchens, Aruba zu verlassen, um auf Curaçao ausgebildet zu werden. Drei Jahre, es waren nur noch drei Jahre, bis sie einundzwanzig wurde. Dann würde sie ohnehin traditionsgemäß nach Curaçao gehen, um in die Gesellschaft eingeführt zu werden, um vielleicht einen Ehemann zu finden. Falls ihre Mutter ihr dies nicht auch untersagen würde. Wenn sie vorher nicht die Mädchenschule besuchte, würde Lijanne wie ein grober, unbehauener Stein zwischen all den anderen jungen Frauen stehen. Hier auf der Insel würde sie nie lernen, was unverzichtbar war für Mädchen ihres Alters.

Interessierte sich ihre Mutter denn gar nicht für ihre Zukunft? Es war Lijanne ein Rätsel, warum sie sich gegen eine Ausbildung ihrer Tochter auf Curaçao so sträubte.

Die Stute hatte derweil selbstständig den Weg zu einer abgelegenen Bucht eingeschlagen und stieg vorsichtig den schmalen Pfad zwischen den Klippen hinab. Lijanne lächelte, sie spürte bereits, wie sich das Tier unter ihr wieder spannte. Die Bucht war nicht einmal zwei Meilen lang mit einem Strand aus feinem, vom Meer zermahlenem Kies und Muschelpartikeln. Meterhohe Wellen brandeten tosend ans Ufer und übertönten jedes andere Geräusch. Sobald sie den Strand erreicht hatten, gab Lijanne ihrem Pferd die Zügel frei und schloss die Schenkel. Was jetzt kam, bedurfte ihrer vollen Konzentration. Die Stute tänzelte aufgeregt, bäumte sich kurz etwas auf, um dann in einem kraftvollen Galopp voranzusprengen. Pferd und Reiterin flogen auf die Brandung zu. Der Reiz lag in einem schnellen Ritt genau dort entlang, wo gerade noch die letzte schäumende Gischt auf den Strand traf. Es war gefährlich, es war verboten – aber es machte einen unglaublichen Spaß! Die Wellen schienen nach einem zu greifen; würde man von ihnen fortgerissen, gäbe es kein Entrinnen mehr.

Am Ende der Bucht schwenkte das Pferd nach rechts ab in den Sand. Es atmete schwer, schnaubte aber zufrieden. Lijanne lachte und zupfte ihren Rock zurecht. Jetzt war sie endgültig nicht mehr damenhaft. Weiße Flocken von Gischt und Pferdeschweiß klebten an ihrem Kleid, die Haare waren wild zerzaust und ihre Wangen fühlten sich heiß und gerötet an. Ja – das würde sie vermissen, ihr Herz würde sich nach solchen Ritten sehnen! Aber sie wollte auch um alles in der Welt eine kultivierte junge Dame werden. Und sie würde ihre Mutter schon umstimmen, sie doch nach Curaçao zu lassen. Einen letzten Trumpf hatte sie noch: ihren Vater. Wenn sie ihn überzeugen könnte, dass ein Besuch der Mädchenschule das Beste für ihre Zukunft sei, hätte ihre Mutter dem kaum etwas entgegenzusetzen. Und mit ihrem Vater würde Lijanne nun über ihren Herzenswunsch reden. Es blieb nicht mehr viel Zeit; das neue Ausbildungsjahr würde in wenigen Wochen anbrechen, und Lijanne war fest entschlossen, an diesem Tag genau dort einen neuen Lebensabschnitt zu beginnen.

Gemächlich ritt Lijanne zurück zur elterlichen Farm. Jetzt konnte sie auch wieder einen klaren Gedanken fassen. Auf ihrem Weg achtete sie auf Spuren von Tieren, die zur Farm gehörten. Auf der Insel gab es kaum eingezäuntes Weideland. Die Vegetation war so karg, dass man es dem Vieh selbst überließ, sich seine Nahrung zu suchen. Wenn es regnete, bahnte sich das Wasser vom Hochplateau herunter jedes Mal neue Wege, deshalb ließ sich der Bewuchs an den Hängen und in der Ebene nie recht vorhersagen. Lijannes Eltern züchteten Ziegen und Maultiere und einige wenige Pferde. Die Pferdestuten wurden meist dem großen französischen Eselhengst zugeführt; die Mulis waren beliebte Arbeitstiere auf den Plantagen auf Curaçao und Bonaire. Als Zug- und Lasttiere waren sie unentbehrlich. Marijke de Wind, Lijannes Mutter, führte die Viehfarm für Constantijn DeJong, einen Plantagenbesitzer von Bonaire. Lijanne hatte ihn in ihrem ganzen Leben noch nicht einmal auf Aruba gesehen. Die auf der elterlichen Farm gezüchteten Maulesel wurden per Schiff nach Bonaire gebracht; dort setzte man sie für die Versorgung der Stammplantage ein.

Lijanne mochte Esel nicht besonders, und dem großen Eselhengst der Farm ging man besser aus dem Weg. Schon oft hatte es Ärger mit Nachbarn gegeben, denn das Tier war wild und unberechenbar. Doch heute konnte Lijanne den Esel nicht entdecken. Er hielt sich in der Regel von den Menschen fern. Der Einzige, der mit ihm zurechtkam, war Lijannes Vater Garemba. Das Tier wäre woanders wohl schon längst geschlachtet worden. Doch Garemba war diesem Tier innerlich wie kein anderer verbunden. Seine eigenen Wurzeln waren ähnlich wild; als Nachkomme einer Halbindianerin und eines Weißen gehörte er weder zu den Indianern noch zu den weißen Siedlern. Umhergestoßen und nirgends willkommen hatte er seine Jugend auf Curaçao verbracht – unabhängig, aber rechtlos. Man hatte ihn gefangen genommen, eingesperrt, wieder freigelassen, und oft hatte er wohl auch die Peitsche zu spüren bekommen. Er sprach nicht darüber, aber es war allgemein bekannt, wie mit Halbindianern umgegangen wurde.

Auf Curaçao hatten die Weißen das Sagen. Deren Werteskala lautete: Zuerst kamen sie, dann ihr Besitz, weit dahinter rangierten die Sklaven und erst danach, auf einer Stufe mit den Straßenhunden, kamen die Eingeborenen der Inseln. Auf Aruba verschob sich diese Hierarchie ein wenig, weil es nie viele Sklaven gegeben hatte. Die Weißen schätzten das karge Eiland, denn aus der Viehzucht ließ sich Profit schlagen und auch das Schürfen nach Gold versprach, Gewinn abzuwerfen. Doch leben wollten die meisten hier nicht. Aus diesem Grund hatten sich einst Lijannes Eltern hier niedergelassen. Eine Weiße, die mit einem Halbblut zusammenlebte, war auf Curaçao undenkbar.

Auf Aruba, vor allem in Oranjestad, blieben die Weißen unter sich. Auf den Farmen lebten Indianer oder freie Schwarze in Dienstverhältnissen als Verwalter oder Knechte. Lijannes Eltern bildeten da eine Ausnahme. Sie bewunderte ihre Mutter dafür, doch andere Weiße schüttelten nur den Kopf.

Marijke de Wind war die offizielle Verwalterin der Farm. Nie wäre sie auf die Idee gekommen, in Oranjestad in Gesellschaft der anderen Weißen zu leben, zumal dies mit Garemba an ihrer Seite ohnehin nicht möglich war. So bestritten sie ihr einfaches, aber überwiegend zufriedenes Leben am Fuß der Berge. Lijanne hatte erst lernen müssen, dass dies nicht gang und gäbe war. In der kleinen Schule in Oranjestad hatte sie stets als Außenseiterin gegolten. Sie ritt auf dem Pferd zur Schule wie die anderen Indianerkinder und wurde nicht von einem Sklaven begleitet, wie das bei den weißen Schülern üblich war. Allerdings saß sie vorne im Klassenraum bei den weißen Kindern und nicht hinten auf dem Fußboden wie ihre eingeborenen Freunde. Unter den weißen Kindern hatte sie nie viele Kontakte gehabt. Erst mit zunehmendem Alter war ihr bewusst geworden, dass sie anders war. Und jetzt, wo sie fast erwachsen war, bereitete ihr dieser Umstand Bauchschmerzen. Für ihre Zukunft war es unverzichtbar, dass sie endlich zur Gesellschaft der Weißen gehörte.

Andere Perspektiven gab es nicht auf dieser Insel. Bei den Goldminen lebten noch die Glückssucher: Weiße, die auf den großen Fund hofften, zumeist windige Gesellen, die sich mit den Farmern oft um Land stritten, Ziegen stahlen und die Frauen der Indianer und Schwarzen belästigten. Wie aufdringliches Ungeziefer seien sie, schimpfte Lijannes Vater oft. Das durfte allerdings keiner hören. Egal wie abgerissen und schäbig ein Weißer auf der Insel daherkam, ein Halbindianer hatte ihm stets demütig entgegenzutreten. Lijannes Vater hatte schon mehrmals Ärger bekommen, weil er die Goldsucher von seinem Land gejagt hatte. Oder besser gesagt, dem Land seiner Frau. Nie waren ehrbare Männer darunter gewesen und auch keiner, den Lijanne sich als Ehemann gewünscht hätte. Ihre Mutter wollte es nicht wahrhaben, doch Lijannes größte Angst war, als ewige Jungfer einsam auf der kleinen Farm sitzen zu bleiben, wobei es so oder so unmöglich war, diese als Frau allein zu führen. Außerdem würde sie ihr Leben lang vom Wohlwollen des Grundbesitzers abhängig sein. Bisher hatte es zwar noch nie Probleme mit ihm gegeben, aber wer wusste schon, wie lange die Viehzucht auf Aruba für die Plantage auf Bonaire noch gewinnbringend war. Nein – Lijanne wünschte sich eine ganz andere und vor allem sichere Zukunft.

Das Pferd bahnte sich seinen Weg durch das mannshohe Buschwerk, das das Farmland umschloss. Das einstöckige Haus schmiegte sich an einen Felsen, der Schutz vor dem fast immer wehenden Wind bot. Es war aus Stein gebaut, und die Außenwände waren weiß getüncht. Davor lag ein kleiner Wirtschaftshof mit Pferchen für die zum Verkauf stehenden Tiere und die Stuten mit ihren Fohlen. Hühner scharrten im staubigen Boden, zwei Hunde lagen im Schatten des Vordachs.

„Wo warst du?“ Ihr Vater, ein hochgewachsener, kräftiger Mann, saß auf der Veranda und flocht Halfter aus Seilen. Sein tiefschwarzes Haar trug er zu einem Zopf gebunden, seine Haut war nicht nur sonnengegerbt, sondern einige Nuancen dunkler als die gebräunte Haut eines Weißen. Er wirkte wie ein knorriger Baum, der sich mit seinen Wurzeln dort festhielt, wo Gott ihn nun einmal hingepflanzt hatte. Sein Leben waren seine Farm, seine Frau, seine Tochter und seine Tiere. Hier hatte er seinen Platz gefunden. Anderen Menschen begegnete er sehr zurückhaltend. Lijanne wusste, dass er herzensgut war, und sie liebte ihren Vater über alles. Doch nicht nur der Umstand, dass er kein reinrassiger Weißer war, auch seine abweisende Art hatte dazu beigetragen, dass sie nicht gerade wohlwollend von den Weißen in Oranjestad aufgenommen wurde, obwohl man ihr ihre Herkunft aufgrund ihrer lichtblonden Haare nicht ansah.

„Die Ziegen stehen südlich des Bachhangs. Die Esel habe ich nicht gesehen.“ Das war es, was ihr Vater wissen wollte. Lijanne sprang vom Pferd und klopfte sich den Staub aus den Kleidern.

Garemba nickte und widmete sich wieder seiner Arbeit. Lijanne nahm ihrer Stute Sattel und Zaumzeug ab und gab ihr einen Klaps. „Na, lauf!“ Das Tier trottete zur Tränke, schüttelte sich, nachdem es seinen Durst gestillt hatte, und trabte davon. Wie auch die anderen Pferde lebte es frei auf dem Land der Farm. Lijanne verstaute das Sattelzeug in einem kleinen Schuppen und ging dann zu ihrem Vater auf die Veranda. Mit einem leisen Seufzer ließ sie sich neben ihm auf eine Bank sinken.

„Willst du nicht deiner Mutter helfen?“ Mit einem Kopfnicken wies Garemba ins Haus, wo leises Geklapper zu hören war.

Lijanne schwieg.

„Ihr habt euch wieder gestritten, hm?“ Kopfschüttelnd legte er ein paar neue Seile auf seinen Knien zurecht.

„Ach, Vater … Was soll ich denn machen?“ Lijanne sprach leise. Sie wollte nicht, dass ihre Mutter hörte, dass sie mit ihrem Vater über dieses Thema redete. „In der Schule in Oranjestad bin ich inzwischen mit Abstand die Älteste. Alle anderen Mädchen und Jungen in meinem Alter sind drüben.“ Ihr Blick ging Richtung Osten, ihr Vater wusste sehr wohl, wovon sie sprach. „Bald ist es zu spät für mich, weil ich zu alt sein werde.“

„Hm“, machte ihr Vater nur, ohne den Kopf zu heben. Er hielt immer noch inne und starrte auf die Seile in seinen Händen.

„Lijanne, deine Mutter und ich wissen beide, dass da drüben nicht alles Gold ist, was glänzt. Deine Mutter möchte dich einfach vor Enttäuschungen bewahren.“

„Ich bin fast achtzehn Jahre alt, ich muss auch meine eigenen Erfahrungen machen. Und … hier auf dieser Insel …“

„Ja, ich weiß, dass Aruba nicht viel zu bieten hat für eine junge Dame.“ Ein kurzes Schmunzeln huschte über sein Gesicht. „Weißt du noch, wie ich versucht habe, dir das Tanzen beizubringen?“ Seine Hände begannen, wieder Knoten in das Seil zu knüpfen.

Lijanne verzog kurz das Gesicht. „Ja, Vater, genau deshalb sollte dies vielleicht jemand übernehmen, der es auch kann.“ Sie legte den Kopf etwas schief und sah ihren Vater liebevoll an. Er hatte ihr alles beigebracht, was er für wichtig hielt: mit Pferden umzugehen, Halfter zu flechten, Tischmanieren und auch, trotz allem, immer ein höfliches Auftreten zu haben. Ihre Mutter hatte natürlich auch einiges beigetragen: Kochen, Backen, den Farmhaushalt zu führen. Aber Lijanne sehnte sich so sehr danach, noch viel, viel mehr zu lernen. Nachdenklich senkte sie den Blick. Jetzt kam der Moment, vor dem Lijanne Angst hatte, weil sie ihren letzten Trumpf ausspielen würde. „Oder darf ich nicht nach Curaçao auf die Schule, weil mein Vater ein Halbblut ist?"

Sie bemerkte sehr wohl, wie die Hände ihres Vaters kurz innehielten. Sie hatte ein Tabu gebrochen. In ihrer Familie wurde Garembas Abstammung nicht erwähnt. Nie!

„Geh deiner Mutter helfen und zankt nicht wieder", sagte er leise, aber bestimmt.

Lijanne widersprach nicht, stand artig auf und ging ins Haus. Innerlich jubilierte sie jedoch. Dass er nicht sofort eine Antwort gegeben hatte, sagte ihr, dass er darüber nachdachte. Und auch wenn er sonst wie ein knorriger alter Baum war, eines wollte er sicher nicht: dass seine Tochter wegen seiner eigenen Herkunft keinen Zugang zur Gesellschaft fand. Sie war sein ganzer Stolz.

Ihre Mutter stand in der Küche am Herd. Sie war schlank und hochgewachsen, ihr Haar, ebenso lichtblond wie das ihrer Tochter, hatte sie mit einem Kopftuch bedeckt und über dem schlichten Hauskleid trug sie eine Schürze.

„Wasch dir die Hände und dann hilf mir." In ihrer Stimme war kein Vorwurf mehr zu hören. Auch wenn Lijanne sich in den vergangenen Monaten oft mit ihrer Mutter gestritten hatte, lange nachtragend war Marijke de Wind nie. Hier draußen war die Familie das Wichtigste, und selbst wenn es einmal Unstimmigkeiten gab, musste man zusammenhalten. Lijanne wusste, dass dies für ihre Mutter als oberstes Gebot galt.

Das Farmhaus bestand nur aus drei Räumen. Küche, Esstisch und Wohnkammer waren in einem größeren Raum untergebracht, zwei Schlafkammern befanden sich rechts daneben. Lijanne trat an den Toilettentisch, der zwischen den Türen zu den Schlafkammern stand, und wusch sich in der Schüssel die Hände. Ein Blick in den kleinen Spiegel sagte ihr, dass sie erhitzt und etwas wild aussah. Ihre Mutter ließ dies unkommentiert.

„Gib mir bitte die Bohnen und dann rühre hier weiter, damit nichts anbrennt." Ohne vom Topf wegzusehen, zeigte ihre Mutter auf eine Schüssel, die auf dem großen Esstisch stand.

Lijanne griff nach der Schale mit den Bohnen. Ihre Mutter schüttete sie in den Topf und überließ ihrer Tochter ihren Platz und den Kochlöffel. An dem holzbefeuerten Ofen zu stehen war nicht unbedingt Lijannes Lieblingsaufgabe. Ihr war heiß, und nach wenigen Minuten fühlte sie sich, als würde sie zu flüssigem Wachs. Lijanne begriff, dass diese Tätigkeit als kleine Strafe für ihren Disput vor einigen Stunden gedacht war, denn ihre Mutter begann nun seelenruhig den Tisch zu decken. Jeder hatte seinen eigenen Teller. Marijke de Wind legte auch in dem abgelegenen Farmhaus Wert auf etwas Kultiviertheit. Sie selbst kam zwar aus ärmlichen Verhältnissen, aber dass ihre Familie aus einer Schüssel löffeln musste, gab es bei ihr nicht.

Lijanne versuchte währenddessen, so viel Abstand zu dem heißen Ofen zu halten, wie es irgendwie ging, und rührte weiter die Bohnen um. Aus den Augenwinkeln beobachtete sie ihre Mutter. Vor vielen Jahren war sie als junges Mädchen aus den Niederlanden nach Curaçao gekommen. Die harte Farmarbeit hatte Spuren hinterlassen, dennoch strahlte sie noch immer eine natürliche Schönheit aus, die Lijanne das Herz warm werden ließ. Sie wusste, dass auch sie ihrer Mutter nicht lange böse sein konnte. Doch ihr fiel auf, wie wenig sie eigentlich über die Geschichte ihrer Mutter wusste. Über die erste Zeit, die ihre Mutter auf den Inseln verbracht hatte, schwiegen sich ihre Eltern aus. Zwischen Marijkes Ankunft und Lijannes Geburt lag zäher Nebel. Und wenn über etwas nicht geredet werden sollte, dann stand dieser Beschluss in der Familie de Wind unumstößlich fest. Über ihre Kindheit in den Niederlanden hingegen sprach ihre Mutter häufiger, zumindest hatte sie Lijanne viel darüber erzählt, als diese noch ein kleines Mädchen war. Wohl auch, um ihrer Tochter eine Vorstellung davon zu vermitteln, wie das Leben auf dem fremden Kontinent sein kann.

Obwohl die drei Inseln Aruba, Curaçao und Bonaire niederländische Kolonien waren, hatte Lijanne kaum eine Idee, wie es in diesem weit entfernten Land aussah. Dichte Wälder, ein weites grünes Land und Flüsse waren ihr stets vorgekommen wie eine Märchenwelt. Und dass es in diesem Land auch noch einen König gab, verstärkte ihr Empfinden.

Als Lijanne älter wurde, veränderte sich ihr Bild von den Niederlanden. Weiße Arubaner, die dort geschäftlich unterwegs gewesen waren, erzählten anderes. Kalt sei das Land, fast immer würde es regnen und im Winter nie richtig hell werden; die Menschen seien arm, keiner könne sich Sklaven halten, es gebe nur wenige Bedienstete – und überhaupt sei auf den Inseln alles besser. Ein frierender König im Regen, ganz ohne Personal? Lijanne fand das seltsam und fragte sich ein ums andere Mal, warum er dort und nicht auf den Inseln lebte.

Die niederländischen Seeleute, die in der Paarden Baai bei Oranjestad ankerten, beklagten hingegen die Hitze, den ständigen Wind und die Trockenheit im hiesigen Teil der Welt.

Lijanne kannte nur Aruba. Das Klima machte ihr nichts aus, und wie alle anderen freute sie sich, wenn es einmal regnete, denn jeder Tropfen war ein Geschenk Gottes. Ihre Mutter hingegen kämpfte auch nach so vielen Jahren noch gegen die Hitze an und verbrachte manchen Tag lieber im kühlen Haus als draußen in der unbarmherzigen Sonne.

Als Lijanne wenig später mit ihren Eltern am Tisch saß, war es wie jeden Tag. Nur Lijannes Nerven waren zum Zerreißen gespannt. Würde ihr Vater eine Entscheidung fällen oder würde er noch einige Zeit darüber nachdenken? „Nun sag doch was!“, wollte sie ihm am liebsten über den Tisch hinweg zurufen, doch stattdessen umklammerte sie ihren Löffel und versuchte, wenigstens einige der gekochten Bohnen hinunterzuwürgen.

Das Sklavenmädchen Keba stand starr vor Angst auf der staubigen Straße. In dreizehn Lebensjahren hatte es die Plantage im Nordosten der Insel Curaçao nicht ein einziges Mal verlassen. Sie war dort geboren, aufgewachsen, hatte gearbeitet – und durch einen kleinen dummen Fehler hatte sie dies nun alles verloren.

Sie erinnerte sich an die traurigen Augen ihrer Mutter, die enttäuscht war von ihrer Tochter. Keba spürte, wie sich in ihrer Brust alles zusammenzog. Am liebsten wollte sie zurücklaufen, ihrer Mutter um den Hals fallen und sagen, dass ihr alles so schrecklich leidtat. Doch man würde sie nicht mehr auf der Plantage dulden. Da war der junge Meneer sehr streng.

Ihre Mutter hatte ihr alles beigebracht und nur, weil sie eine folgsame Dienerin gewesen war, hatte Keba im Haus des jungen Meneer arbeiten können. Ihr Vater war Feldsklave, und aus den matschigen Bewässerungsrinnen der Zuckerrohrfelder gab es eigentlich keinen Weg auf die glänzend gewachsten Bodendielen des Plantagenhauses. Keba hätte das Erbe ihres Vaters antreten müssen, lernen, eine Machete zu führen und die Zuckerrohrstängel von den Blättern zu befreien. Doch ihre Mutter war Haussklavin und besonders anstellig, und da die anderen drei Sklavinnen, die gestärkte Schürzen tragen durften, keine Töchter hatten, war Keba Leibsklavin für die jüngste Schwester des Meneers geworden – eine große Ehre für die damals siebenjährige Keba. Ihre Mutter war so stolz gewesen! Doch die Señora hatte vor einem Jahr die Plantage verlassen und eingeheiratet in ein Haus mit vielen älteren erfahrenen Haussklavinnen. Keba blieb zurück. Von ihrem Stolz war nichts mehr übrig. Keba hatte zwar nach wie vor brav gearbeitet, aber was unlängst geschehen war … Ihre Eltern hatte sie bitter enttäuscht, und der junge Meneer, der die Plantage inzwischen führte, hatte nicht lange gezögert. Der Vorarbeiter der Sklaven hatte Keba bestraft, und jetzt stand sie auf der staubigen Straße und der Sklavenhändler würde sie aufgreifen. Auf der Plantage gab es keinen Platz mehr für sie. Kurz überlegte sie, fortzulaufen, doch auf der Insel gab es keinen Ort, wo sie sicher wäre. Und die Strafe fürs Fortlaufen würde grausam ausfallen.

Nachdem sie viele Stunden gewartet hatte – Keba war schon ganz benommen von der Hitze –, tauchte endlich der Maultierkarren auf. Auf dem Bock thronte der Sklavenhändler, ein hünenhafter weißer Mann mit einer langen Peitsche. Keba setzte sich zwischen einen alten Feldsklaven und zwei junge Frauen, die Narben im Gesicht hatten. Der Sklavenhändler machte sich mit seiner Fracht auf den Weg nach Willemstad.

2. KAPITEL

Lijannes Geduld wurde auf eine harte Probe gestellt. Fast eine ganze Woche dauerte es, bis ihr Vater sich zu ihrem Wunsch äußerte. In den vergangenen Tagen hatte sie immer wieder versucht, in den Mienen ihrer Mutter oder ihres Vaters einen Hinweis zu finden, dass die beiden über das Thema gesprochen hatten.

Schon fast hatte sie die Hoffnung aufgegeben. Wieder saßen sie beim Essen.

„Morgen bringen wir die Ziegen nach Oranjestad. Dort werden wir eine Überfahrt für dich buchen, Lijanne. Du kannst auf diese Schule gehen, wenn es so sehr dein Wunsch ist." Lijanne hätte sich fast verschluckt vor Freude und musste sich zusammenreißen, um nicht aufzuspringen und ihrem Vater um den Hals zu fallen.

Der scharfe Blick ihrer Mutter bremste sie. Mit schmalen Augen fixierte Marijke ihre Tochter. „Du weißt, dass ich das für keine gute Idee halte, aber wenn dein Vater sagt, du darfst gehen, dann soll es so sein. Curaçao ist nicht Aruba, Kind." Sie seufzte und wandte sich wieder ihrem Essen zu.

„Danke", murmelte Lijanne nur und erhaschte ein Augenzwinkern von ihrem Vater.

„Du wirst deiner Mutter dort keine Schande machen, Lijanne", sagte er mit einem Seitenblick auf seine Frau und fügte mit etwas leiserer Stimme hinzu: „Und wir werden stolz auf dich sein."

„Ja, Vater."

Früh am nächsten Morgen, die Sonne war noch nicht aufgegangen, aber am Himmel erschien schon ein heller Streifen, lenkte Lijanne den Maultierwagen, während ihr Vater auf seinem Pferd nebenherritt. Hinter ihr auf der Ladefläche meckerten fünf Ziegen. Der Weg nach Oranjestad war uneben und steinig. Lijanne ritt lieber, als dass sie sich auf dem harten Bock des Karrens durchrütteln ließ, aber es schickte sich nicht, mit wehenden Haaren und unordentlichem Kleid verwegen auf einem Pferderücken in die Stadt einzureiten. Zur Schule, ja, da hatte sie ein Pferd nehmen dürfen. Doch die lag ja auch nicht direkt in Oranjestad. Auf das Reiten würde sie fortan vermutlich ohnehin verzichten müssen. Sie konnte sich nicht vorstellen, dass die jungen Damen auf Curaçao etwas mit Pferden zu tun haben wollten.

Das langohrige Maultier vor dem Wagen trottete gemächlich dahin, und das Pferd ihres Vaters hatte sich dem Tempo des Zugtiers angepasst. Bald würde es heiß werden, und die Tiere wussten, wie sie mit ihren Kräften umzugehen hatten. Auf den Felsen am Wegesrand sonnten sich Eidechsen im ersten Tageslicht und auf den Kakteen kreischten die Papageien.

Lijanne hing ihren Gedanken nach. Innerlich brannte sie vor Ungeduld. Ihr gingen noch so viele Fragen im Kopf herum! Plötzlich war ihr bewusst geworden, dass sie auf Curaçao ganz auf sich allein gestellt sein würde. Vor wenigen Tagen hatte sie sich dies noch herbeigesehnt, jetzt bereitete ihr das plötzlich Angst. Sie ermahnte sich im Stillen, sich nicht so anzustellen. Schließlich war sie alt genug, und auf Curaçao waren die Menschen auch nicht anders als auf Aruba. Oder doch? Wusste sie genug über das gebührliche Verhalten einer jungen Dame? Würde sie in der Schule zurückstecken müssen, weil auf Aruba der Unterricht eher für kleinere Kinder abgehalten wurde? Würden ihre Kleider ausreichen? Ihr wurde ganz unwohl, und dies lag nicht an dem schaukelnden Maultierwagen.

Sie blickte hinüber zu ihrem Vater. Dieser ritt neben dem Wagen her, das Gesicht ohne irgendeine Regung, die Augen geradeaus, den Hut tief ins Gesicht gezogen und den Jackenkragen hochgeklappt; der immerwährende Ostwind meinte es heute wieder besonders gut. Nein – es gab Dinge, die würde sie eher ihre Mutter fragen. Sie richtete ihren Blick wieder auf das Hinterteil des Maultiers. Hoffentlich würde ihre Mutter jetzt nicht mehr so abwehrend sein. Lijanne fasste die Zügel so fest entschlossen, dass das Tier erschrocken den Kopf hob. Sie würde ihrer Angst keinen Raum geben. Sie hatte es genau so gewollt. Und ob ihre Mutter ihr nun beistand oder nicht, sie würde nach Curaçao gehen, und ja – sie würde ihre Eltern stolz machen.

Die Ziegen hinten auf dem Wagen waren für den Transport nach Bonaire bestimmt. Nur durch Viehhaltung war auf Aruba einigermaßen Profit zu erzielen. Der Boden war zu steinig und zu trocken für jede Art von Plantagenwirtschaft. Auf den Nachbarinseln, wo das kleinste Fleckchen fruchtbarer Erde für die Anpflanzung von Zuckerrohr oder Aloe genutzt wurde oder, insbesondere auf Bonaire, große Salzseen das Land einnahmen, war kein Platz für Tierzucht.

Heute würden sie die Tiere zum Hafen bringen. Bei der Paarden Baai bei Oranjestad handelte es sich um eine natürliche Bucht, in der schon von Anbeginn der Besiedlung der Insel die Tiere von Bord gelassen wurden, damit sie sich vermehren konnten. Da bis heute ein großer Anlegesteg fehlte, war das für Großtiere eine unangenehme Sache. Lijanne dachte nur ungern daran, wie ihr Eselhengst vor einigen Jahren seinen Weg von Europa nach Aruba gefunden hatte. Seine Anlandung war unsanft gewesen, denn Matrosen stießen ihn unweit des Ufers von Bord, und er musste sich seine neue Heimat schwimmend erkämpfen. Lijanne erinnerte sich noch ganz genau an den Tag. Sie hatte nicht mit auf das Boot gedurft, mit dem ihr Vater das Tier an Land begleiten wollte. Mit ihrer Mutter zusammen hatte sie vom Ufer aus das Drama beobachtet. Für einen Esel gibt es nichts Schlimmeres, als ins Wasser gestoßen zu werden. Der Hengst hatte um sich getreten, doch er hatte keine Chance. Wild strampelnd versuchte das Tier, sich vor dem Ertrinken zu retten. Der Vater fischte den Führstrick des Esels aus dem Wasser und lotste ihn mit seinem kleinen Ruderboot zum Ufer. Ob der Esel vorher schon so bösartig gegenüber Menschen gewesen war, vermochte niemand zu sagen, sicher war nur, dass es endgültig vorbei war mit seinem Vertrauen, als er tropfnass und zitternd seine Hufe auf den Boden der Insel setzte. Den Pferden erging es nicht viel anders, aber man behandelte sie als wertvolleres Gut mit deutlich mehr Umsicht. Die Ziegen würden heute jedenfalls nicht schwimmen müssen, man würde sie per Ruderboot zu den großen Schiffen bringen und von dort mit einem Seil an Deck hieven. Auf Bonaire allerdings würde es mit ihrem bisher ruhigen Leben jäh vorbei sein. Denn auf der Plantage, so viel wusste Lijanne, gab es viele Sklaven und somit unzählige hungrige Mäuler zu stopfen.

Der Hafen kam bereits in Sicht, und sie sah in der Ferne die Masten der großen Schoner, die in der Bucht vor Anker lagen. Reges Treiben herrschte auf den Straßen, und Lijanne musste sich sehr auf das Lenken des Maultierwagens konzentrieren. Ihr Vater ritt inzwischen vorweg und bahnte sich einen Weg durch die anderen Wagen, Handkarren und Lastenträger. Oranjestad war unter normalen Umständen eine beschauliche Siedlung. Die weiß getünchten Häuser umrahmten die Bucht. Wenn keine Schiffe in der Paarden Baai lagen, wirkten die Straßen verlassen; doch kaum tauchten die Segel eines Schoners hinter den Riffen zum Meer hin auf, verwandelte sich der kleine Ort in eine geschäftige Hafenstadt.

Lijannes Vater steuerte einen der Holzstege an. Dort lagen die kleinen Steigerboote, mit denen die zu verschiffenden Waren, dazu gehörten auch die Tiere, zu den großen Schiffen gebracht wurden.

„*Bon día*", begrüßte sie der Kapitän des kleinen Bootes. Er kannte die de Winds; schließlich lieferten sie regelmäßig Tiere für die Plantage auf Bonaire ab.

„*Bon día*", entgegnete Lijannes Vater und stieg von seinem Pferd. Die Umgangssprache auf Aruba war wie auch auf den anderen Inseln Papiamento. Eine kreolische Sprache, deren Vokabular hauptsächlich aus dem Spanischen und Portugiesischen stammte und einzelne Begriffe des Niederländischen miteinbezog. Die Weißen bevorzugten es, niederländisch miteinander zu sprechen, und so kam es, dass Gespräche oft in zwei Sprachen geführt, aber von beiden Seiten verstanden wurden. Lijanne beherrschte die Sprache der Eingeborenen, die der Schwarzen und die der Weißen fließend.

„Hat es schon geregnet in diesem Monat?“, erkundigte sich der Bootsführer, während er Garemba half, die Ziegen vom Wagen zu heben, ihnen die Beine zusammenzubinden und sie in den Laderaum des Steigerbootes zu legen.

„In einer Nacht ein wenig, ja.“

Die Sonne brannte inzwischen vom Himmel. Lijanne saß auf dem Kutschbock und wartete. Daheim hätte sie selbstverständlich mit angefasst, hier aber war das Verladen von Vieh reine Männersache. Sie konnte ihren Blick nicht von dem großen zweimastigen Schiff abwenden. In ihrem Magen kribbelte es.

„Juffrouw de Wind schaut heute etwas blass aus“, bemerkte der Bootsmann, während er eine Ziege an Lijanne vorbeitrug. Lijanne räusperte sich verlegen.

Nicht einmal eine Stunde später stand Lijanne mit ihrem Vater in dem kleinen Kontor des Hafenmeisters.

„Nach Curaçao? Wie viele Personen?“ Der dickliche Mann hinter dem alten, abgenutzten Schreibtisch sah nicht einmal von seinen Papieren empor.

„Zwei“, antwortete Garemba.

Lijannes Herz machte einen kleinen Sprung. Sie würde also nicht allein nach Curaçao fahren! Dass sie nicht ganz auf sich gestellt in ihr neues Leben starten musste, beruhigte sie ein wenig.

„In sechs Tagen geht das nächste Schiff.“

„Gut.“ Garemba legte ein paar Gulden auf den Tisch des Hafenmeisters.

Sechs Tage. Lijannes Herz drohte stehen zu bleiben. In nur sechs Tagen würde sich ihr Traum erfüllen! Mit zitternden Händen nahm sie die Passagierscheine für die Überfahrt entgegen.

3. KAPITEL

Das Schiff hatte fast zwei Tage mit dem Ostwind gerungen, um nach Curaçao zu gelangen. Während die Reise nach Westen immer ein leichtes Unterfangen mit günstiger Brise war, so war die Fahrt in die entgegensetzte Richtung stets ein Kampf gegen Wind und Strömung. Lijanne hatte Stunde um Stunde an der Reling gestanden, die Hände um das glatt geschliffene Holz geklammert, und aufs Meer gestarrt. An Schlaf war in der schmalen und stickigen Koje unter Deck nicht zu denken. Lijanne gingen viele Gedanken durch den Kopf und das Knarren und Ächzen des Schoners, der sich gegen Wind und Wellen stemmte, ließen sie kein Auge zumachen. Ihre Mutter war sehr still gewesen. Lijanne hatte versucht, noch einige Antworten auf Fragen zu bekommen, die ihr auf der Seele brannten.

„Kennst du die Schule, Mama?“

„Ja.“

„Denkst du, meine Kleider werden reichen?“

„Ja.“

Je mehr Lijanne fragte, desto verschlossener wurde die Miene ihrer Mutter. Schließlich gab sie auf. Es schien ihrer Mutter ganz und gar nicht zu gefallen, dass Lijanne nun doch die Reise auf die Nachbarinsel antrat.

Als sie am frühen Morgen an Fort Amsterdam vorbei in die Sint Annabaai einfuhren, klopfte ihr das Herz bis zum Hals. Curaçao war zwar nicht weit entfernt von Aruba, doch war das Bild der Insel ein ganz anderes. Die Westküste war von vielen Buchten mit teils steilen Felswänden, teils sanft abfallenden Stränden durchbrochen. Palmenhaine umsäumten blaue Lagunen, Hügel und Berge ließen das Eiland viel wuchtiger wirken als seine kleine Schwesterinsel. Wie oft war Lijanne wohl hier gewesen? Zwei, vielleicht drei Mal in ihrem Leben. Die letzte Fahrt lag einige Jahre zurück, sie war etwa zehn gewesen und hatte noch Zöpfe getragen. Sie war zusammen mit ihrem Vater gereist. Curaçao war ihr wie ein großer blühender Garten in Erinnerung geblieben.

Die Hauptstadt Willemstad durchschnitt ein Meeresarm. Östlich der Sint Annabaai erstreckte sich der ältere Stadtteil Punda um Fort Amsterdam herum, wo die Juden und Niederländer ihre Handelshäuser hatten und Staatsdiener und wohlhabende Kaufleute wohnten. Gegenüber lag Otrabanda – die andere Seite –, dort befanden sich die Hafenanlagen, Umschlagplätze sowie der Vieh- und Sklavenmarkt. Auf dem Wasser wimmelte es von kleinen Booten, doch der Schoner bahnte sich seinen Weg, um dann in der großen Bucht, Schottegat genannt, vor Anker zu gehen. Die Stadt kam Lijanne schon vom Meer aus viel größer vor, als sie sie in Erinnerung hatte. Von ihrem Platz an der Reling konnte sie mehr Menschen sehen, als auf ganz Aruba wohl leben dürften.

Das Ausschiffen war eine wackelige Sache. Von unzähligen in der Bucht ankernden Seglern fuhren Zubringer zu den Anlegestegen an Land und wieder zurück. Aus Angst, es könnte ins Wasser fallen, umklammerte Lijanne fest ihr kleines Gepäckbündel, als sie in das Boot umstieg. Sie hatte ihre drei besten Kleider mitgenommen, mehr besaß sie auch nicht. Ihr zerschlissenes Kleid, das sie während der täglichen Farmarbeit trug, hatte sie zurückgelassen.

Lijanne war froh, als sie wieder festen Boden unter ihren Füßen spürte. Sie blieb dicht an der Seite ihrer Mutter. Entlang dem Hafenkai herrschte Gedränge. Zu Fuß machten sie sich auf den Weg durch Punda zum Mädchenpensionat. Ihre Mutter schwieg noch immer und ging mit schnellen Schritten voran. Lijanne hatte kaum Zeit, sich umzusehen. Die Häuser von Willemstad waren zumeist zweistöckig mit hübschen Veranden vor der Tür, farbenfroh angestrichen, und keines glich dem anderen. Viele Menschen waren unterwegs. Schwarze in bunten Kleidern, die ihre Waren in großen Körben auf dem Kopf trugen, eilten in Richtung Hafen. Weiße fuhren in Pferdedroschken vorbei. Und unzählige Menschen, deren Hautfarbe sich weder als weiß noch als schwarz beschreiben ließ, eilten durch die breite Straße. Lijanne hatte das Gefühl, wie ein Blatt vom Wind herumgewirbelt zu werden. Ihre Mutter hingegen schien den Weg sehr genau zu kennen und bewegte sich zielstrebig durch das Gewühl. Zweimal hätte Lijanne sie fast verloren. Je weiter sie sich vom Hafen entfernten, desto lichter wurde das Gedränge. Sie überquerten eine Brücke und kamen in den Stadtteil Scharloo. Dort standen die Häuser nicht mehr dicht an dicht und waren großzügig von Gärten eingefasst. Wenig später verlangsamte Marijke de Wind ihre Schritte und blieb vor einer Einfahrt stehen, sie hatten ihr Ziel erreicht. Rechts und links erstreckte sich eine halbhohe Mauer, auf die man einen Zaun gesetzt hatte. Sie umschloss einen großen Palmengarten. Etwas abgelegen von der Straße war ein lang gezogenes, rostbraun getünchtes Gebäude zu erkennen.

„Wir sind da." Marijke warf ihrer Tochter einen prüfenden Blick zu. „Es ist besser … Kind, lass mich reden – ja?"

Lijanne nickte, sie war außer Atem. Zudem war sie nervös. Sie fühlte sich erhitzt und sah bestimmt ganz abgekämpft aus. Besorgt strich sie sich ein paar Haarsträhnen aus der Stirn und blickte an sich hinunter. Ihr Rock war zerknittert, der Saum und ihre Schuhe waren staubig.

Der Blick ihrer Mutter wurde milde. „Komm her … Ist schon in Ordnung." Sie strich über den Kragen der gestärkten Bluse und ließ dann ihre Hand kurz zärtlich auf Lijannes Wange ruhen. „Alles wird gut. Du wolltest gerne auf diese Schule, und so soll es ein. Weißt du … Es fällt mir auch nicht leicht, dich jetzt aus dem Nest zu wissen. Es … es ist … Nun ja, ich werde mich daran gewöhnen müssen." Ihre Mutter verzog das Gesicht zu einem schiefen Lächeln. „Aber wir sind jederzeit für dich da, Lijanne. Egal was geschieht."

Lijanne war der Hals wie zugeschnürt. „Ja, Mutter", presste sie hervor. Dass ihrer Mutter der Abschied so naheging, rührte sie sehr. Vielleicht hatte sie ihr unrecht getan.

Wenig später fand sich Lijanne im Zimmer der Leiterin des Mädchenpensionats wieder. Dunkle, schwere Vorhänge ließen nur wenig Licht herein. Es war zwar angenehm kühl, aber die Luft war abgestanden. In den wenigen Sonnenstrahlen, die durch die Volants fielen, tanzten Staubkörnchen. Lijannes Lippen waren vor Aufregung ganz trocken. Gegenüber hatte die Direktorin Platz genommen.

Mevrouw van Gravelsberg saß kerzengerade hinter ihrem kleinen Schreibtisch. Ihr Alter war schlecht zu schätzen, zumindest waren ihre Haare von feinen grauen Strähnen durchzogen. Ihre Haut hingegen war glatt und blass und wirkte eher wie die einer jüngeren Frau. Mit gespitzten Lippen und schmalen Augen betrachtete die Direktorin Lijanne und ihre Mutter.

„Mevrouw de Wind, von Aruba kommen Sie also? So, so. Nun, mit achtzehn ist Ihre Tochter ja fast schon etwas zu alt für unsere Schule.“ Mevrouw van Gravelsberg blickte Lijanne durchdringend an.

Lijanne merkte, wie ihr das Blut in die Wangen schoss. Verlegen senkte sie den Kopf.

Ihre Mutter ließ sich nicht beirren. „Lijanne war stets eine gute Schülerin. Sie wissen sicher, Mevrouw van Gravelsberg, dass die schulische Ausbildung auf Aruba gewissen Grenzen unterliegt. Und Lijanne ist jetzt in einem Alter, wo sie … wo sie vielleicht noch etwas darüber hinaus lernen sollte.“

„Gewiss, Mevrouw de Wind. Unsere Mädchen erhalten eine vorzügliche Ausbildung, die sie für ihr späteres Leben auszeichnet. Ich weise allerdings darauf hin, dass wir auf eine pünktliche Zahlung der Schulgebühren viel Wert legen.“

Jetzt wurden die Augen von Lijannes Mutter schmal. Sie erwiderte den strengen Blick der Direktorin, die ohne Zweifel hatte prüfen wollen, ob sich die Familie de Wind das Pensionat überhaupt leisten konnte, und sagte mit fester Stimme: „Das ist selbstverständlich.“

„Gut.“ Mevrouw van Gravelsberg legte einige Papiere auf

ihrem Tisch zurecht. „Dann brauche ich noch Angaben zur Familie." Sie begann, ein Schriftstück auszufüllen.

„Sie sind wo geboren?"

„In Rotterdam", antwortete Marijke.

„Der Vater von Lijanne?"

Marijke ergriff Lijannes Hand und drückte sie fest.

„Ist verstorben."

Lijanne wurde stocksteif. Ihre Mutter log nie. Warum jetzt?

„Mein Beileid." Mevrouw van Gravelsberg neigte den Kopf etwas zur Seite. „Gehe ich recht in der Annahme, dass Sie die Farm auf Aruba nicht alleine verwalten?"

„Ich habe einen guten Vorarbeiter."

„Verstehen Sie mich nicht falsch, Mevrouw de Wind, aber ich muss sichergehen, dass unsere Schülerinnen aus gottgefälligen Verhältnissen kommen."

Lijanne wünschte sich in diesem Augenblick, die Erde würde sich unter ihr auftun. Es war also wirklich so, dass die Herkunft ihres Vaters ein Problem war! Ihre Mutter hatte ihn noch nie verleugnet. Zumindest nicht in Lijannes Gegenwart. Sie hätte ihre Tochter vorwarnen müssen!

Während es in Lijannes Kopf noch arbeitete und sich in ihre Nervosität eine unterschwellige Wut auf ihre Mutter mischte, erhob sich die Direktorin. „Dann zeige ich Ihnen jetzt das Haus und das Zimmer."

Wie in Trance erhob sich Lijanne und folgte den beiden Frauen. Plötzlich war sie sich nicht mehr so sicher, dass sie sich hier wohlfühlen würde. Was sollte sie sagen, wenn Fragen nach ihrer Familie aufkamen? Würde sie so schamlos lügen können, wie ihre Mutter es soeben getan hatte?

Ihre Mutter schien ihre innere Zerrissenheit zu bemerken; sie griff nach der Hand ihrer Tochter und drückte sie fest. Nicht als Zeichen der Aufmunterung, sondern als stummen Befehl, sich zusammenzureißen. Marijke blickte Lijanne kurz eindringlich in die Augen. Lijanne musste den Kopf senken, um nicht in Tränen auszubrechen.

Die Direktorin schien die Spannung zwischen Mutter und Tochter nicht zu bemerken. Auf dem Flur begegneten ihnen einige junge Frauen. Schülerinnen? Einige beäugten Lijanne neugierig, andere würdigten sie keines Blickes.

Mevrouw van Gravelsberg zeigte ihren Gästen die Räume im unteren Stockwerk. Es gab einen Raum für Tanz und Gesang, einen für den Schulunterricht und ein Handarbeitszimmer. Lijanne hatte bisher keine richtige Vorstellung davon gehabt, was genau sie hier lernen würde, sie wusste nur, dass sie auch so werden wollte wie die anderen jungen Frauen. Sie spürte einen Kloß im Hals. Wenn sie an die Zukunft dachte, fühlte sie sich wie ein plumpes Arbeitspferd. Tanzen konnte sie kaum, das Singen war auch nicht gerade ihre Stärke, und der Umgang mit Nadel und Faden lag ihr nicht besonders. Dass sie Halfter für Pferde knüpfen konnte, würde ihr hier wohl nicht viel nützen. Lijanne gab sich einen Ruck. Nun denn – wenn es ihrer Zukunft zuträglich war, würde sie eben tanzen und alles andere lernen. Sie versuchte, die aufsteigende Angst hinunterzuschlucken.

„Die Schlafräume befinden sich in der oberen Etage. Die Hütten für die Sklaven sind im Hinterhof."

„Sklaven?", rutschte es Lijanne heraus.

„Ja – es ist unverzichtbar, dass jedes Mädchen eine eigene Leibsklavin bei sich hat", konstatierte Mevrouw van Gravelsberg und warf Lijannes Mutter einen fragenden Blick zu.

„Ich konnte auf der Farm niemanden entbehren. Ich habe aber gute Kontakte in Otrabanda, und Lijanne wird natürlich eine Sklavin an ihre Seite bekommen."

Die Direktorin hob leicht die Augenbrauen. „Üblicherweise bringen die Mädchen ihre eigenen Leibsklavinnen mit, aber wenn Sie sich darum kümmern … Es ist für einen geregelten Tagesablauf unentbehrlich."

Lijanne wurde leicht schwindelig. Ihre Familie hatte noch nie einen Sklaven gehalten.

Als Mevrouw van Gravelsberg die Hausführung in der oberen Etage in dem Zimmer, in dem Lijanne fortan leben würde, beendete, war diese heilfroh. In ihrem Kopf wirbelten so viele Dinge und Fragen durcheinander, dass sie kaum noch einen klaren Gedanken fassen konnte.

„Du wirst hier mit Josefine Bakker zusammenwohnen. Ein aufrichtiges Mädchen, es ist schon ein Jahr bei uns." Die Direktorin wies auf eines der zwei Betten, die links und rechts an der Wand standen. Am Fußende befand sich eine kleine Kommode. Lijanne legte ihr Gepäckbündel dort ab. Das Zimmer war recht geräumig, und durch das breite Fenster konnte sie auf den Garten vor dem Haus sehen. Ein kleiner Trost.

„Ich hoffe, du wirst dich bei uns wohlfühlen." Das erste Mal veränderte sich der versteinerte Gesichtsausdruck der Direktorin, und sie schenkte Lijanne ein kurzes Lächeln. „Der Unterricht beginnt morgen früh. Josefine wird dich in alles einweisen." Mit diesen Worten verließ sie den Raum.

4. KAPITEL

Marijke de Wind atmete hörbar aus und entspannte sich etwas, nachdem die Direktorin gegangen war. „Dann müssen wir heute wohl noch nach Otrabanda, dir eine Sklavin besorgen."

„Aber Mama ... Ich kann doch nicht ... Ich weiß gar nicht ..." Lijanne war den Tränen nahe. Dass ihre Aufnahme in das Mädchenpensionat mit so großen Umstellungen verbunden war, hatte sie nicht erwartet. Warum hatte ihre Mutter ihr nicht mehr darüber erzählt? Langsam dämmerte Lijanne, dass ihre Mutter nicht ohne Grund gegen diesen Schulbesuch gewesen war. Fast schämte sie sich, ihr nicht getraut zu haben.

„Schhh!" Ihre Mutter hob die Hand. „Lijanne, ich habe deinem Wunsch nachgegeben, und du wirst jetzt diese Schule besuchen, eine Sklavin bekommen und all das lernen, was die anderen Mädchen auch lernen."

„Aber ... was ist mit Vater?"

„Lijanne, wüsste die Direktorin, dass dein Vater ... Sie hätte uns umgehend vor die Tür gesetzt. Also behalte diese Geschichte bei, hörst du!"

„Ja, Mutter." Lijanne ließ den Kopf hängen. Ihren geliebten Vater zu verleugnen würde ihr nicht leichtfallen, das wusste sie.

„Ach, Kind." Ihre Mutter wurde weicher. „Du hast dir diese Schule doch so sehr gewünscht. Und nun komm, wir haben heute noch einiges vor."

Es ging nochmals zu Fuß durch Punda bis zu den Anlegern, von wo die kleinen Boote zur anderen Seite der Sint Annabaai übersetzten. In der Mitte besaßen sie ein Dach aus Palmblättern, unter denen die Passagiere vor der Sonne geschützt waren. Im Bug sitzend ruderten vier kräftige Schwarze, im Heck thronte der Bootsmann und kassierte einen Viertelgulden für die Überfahrt. Lijanne bekam ein schlechtes Gewissen. Der kleine

Geldbeutel ihrer Mutter mit den sorgsam und lange angesparten Münzen wurde zusehends leichter.

Das kleine Schiff schaukelte hin und her, Lijanne wurde ganz übel. Ihre Mutter schwieg, und ihr Gesichtsausdruck war ernst und in sich gekehrt. Sie schien genau zu wissen, wo sie hinwollte. Marijke de Wind kannte sich überraschend gut aus. Soviel Lijanne wusste, hatte ihre Mutter Aruba nur selten verlassen. Ob sie früher einmal in Willemstad gelebt hatte? Lijanne traute sich nicht zu fragen. Seit der Abreise war ihr ihre Mutter fremd geworden.

In Otrabanda angekommen führte Marijke ihre Tochter geschickt durch das Hafenviertel. Hier war es nicht so ansehnlich wie auf der anderen Seite, statt der hübschen Häuser säumten eher ärmliche Hütten die Straßen. Halb nackte dunkelhäutige Kinder tollten umher, Hunde wühlten am Wegesrand im Unrat. Dazwischen fanden sich Stände von Straßenhändlern, die Fisch und Obst feilboten. Lijannes Übelkeit wurde nicht gerade besser durch die sie umgebenden Gerüche. Dies war mit Abstand der aufregendste Tag in ihrem bisherigen Leben. Sie fühlte sich müde und ausgelaugt, und als sie daran dachte, dass sie heute Abend in diesem Zimmer bei diesem fremden Mädchen schlafen sollte, war sie schon wieder den Tränen nahe. Hätte sie doch nur nicht so darauf gedrängt! Aber nun musste sie die Zähne zusammenbeißen.

„Wir sind da.“ Ihre Mutter stoppte vor einer hohen Bretterwand. Einem Zaun, wie Lijanne sogleich feststellte. Marijke klopfte kräftig an ein Tor. Ein schwarzer Bursche in zerschlissener Kleidung öffnete.

„Ich möchte zu Meneer Struiwer.“

„Por favor – Señora“, nuschelte der Bursche und öffnete das Tor. Wie alle Farbigen sprach er die Kreolsprache Papiamento.

Rund um den Innenhof befanden sich kleine Verschläge. Lijanne erschrak, als sich aus dem einen oder anderen schwarze Gesichter hervorschoben, während sie auf diesen Meneer Struiwer warteten. Es entging ihr auch nicht, dass ihre Mutter zum ersten Mal an diesem Tag nervös zu sein schien.

„Wo sind wir hier?“, wagte sie leise zu fragen. Doch bevor ihre Mutter antworten konnte, schlug am Haus gegenüber eine Tür auf und ein hünenhafter Mann trat ins Freie.

Waren da Stimmen? Keba horchte auf. Sie lebte nun schon einige Zeit beim Sklavenhändler in der kleinen Hütte. Es stank, und Ungeziefer krabbelte einem nachts über die Beine. Aber kaum jemand wollte ein so junges Mädchen wie sie haben. Die alte Sklavin, die mit ihr in der gleichen Hütte lebte, hatte Keba schon zugeflüstert, sie würde wohl oder übel am Hafen landen. Was dort ihre Aufgabe sein sollte, hatte die Alte mit einer unmissverständlichen Geste zu verstehen gegeben und dabei gehässig lachend ihren zahnlosen Mund gebleckt. „Da stört auch das nicht.“

Keba hielt ihre verstümmelte Hand mit der anderen verdeckt. Dies war ihre Strafe gewesen. Und jeder konnte sehen, dass sie kein artiges Mädchen gewesen war. Als die Machete des Sklavenaufsehers sie traf, hatte sie nicht geweint. Erst später, als sie notdürftig verbunden am Rand des Sklavendorfes gekauert hatte, waren ihr Tränen über die Wangen gelaufen; sie hatte gezittert vor Schmerz und Scham, denn die Hütte ihrer Eltern durfte sie jetzt nicht mehr betreten. Sie hatte mehr als nur zwei Finger verloren. Genauso gut hätte man ihr das Leben nehmen können.

Die Stimmen näherten sich ihrer kleinen Hütte. Eilig sprang Keba auf, strich sich, so gut es ging, den Schmutz von der Schürze und wartete, dass die Tür geöffnet wurde. Wenn man überhaupt ihre Hütte wählen würde. Viel Hoffnung hatte Keba nicht. Der Sklavenhändler hatte nur alte, kranke oder aufmüpfige Sklaven auf dem Hof, die kaum jemand wollte. Eine Haus- oder Leibsklavin würde hier wohl niemand suchen.

„*Bon día!*“, dröhnte eine Stimme über den Innenhof, die nicht nur Lijanne zusammenzucken, sondern auch die schwarzen Gesichter in den Fensterhöhlen und Türöffnungen der Verschläge verschwinden ließ. Marijke de Wind wurde stocksteif neben Lijanne.

„*Bon día*", erwiderte sie tonlos.

Inzwischen stand der Mann vor ihnen, tippte an seinen Strohhut und starrte dann auf Lijannes Mutter.

„Das glaub ich nicht! Die Marijke – na, willst du mir nach so vielen Jahren noch mal Ärger machen?" Er lachte, doch seine Stimme klang bedrohlich.

„Nein, keine Sorge, Struiwer. Wir brauchen eine Sklavin."

„Sklavin, so, so. Bist du jetzt endlich vernünftig geworden?"

„Struiwer, lass die Vergangenheit ruhen! Dies ist meine Tochter, sie wird das Mädchenpensionat besuchen und braucht eine Leibsklavin." Marijke deutete auf Lijanne.

Der Mann sah Marijke einen Augenblick nachdenklich an, dann brach er in brüllendes Gelächter aus. „Und das aus deinem Munde! Dass ich diesen Tag noch erlebe! Dann lass uns mal schauen, was ich dahabe. Du wirst hoffentlich diesmal ..." Er machte eine Geste, die sich unmissverständlich auf die Bezahlung bezog.

„Selbstverständlich."

Während Struiwer auf einen der kleinen Verschläge zusteuerte, schaute Lijanne ihre Mutter ungläubig an. „Du? Woher ...?"

Marijke war sichtlich unwohl in ihrer Haut. „Ich erkläre dir das später", befand sie knapp und folgte dem Sklavenhändler, denn ein solcher war Struiwer ohne Frage.

Lijanne konnte das alles nicht fassen. Nicht nur, dass sie heute ein gänzlich neues Leben beginnen würde, auch ihr bisheriges Leben, besser gesagt das ihrer Mutter, warf ganz unerwartet Fragen auf.

Struiwer öffnete derweil die Tür der kleinen Bretterhütte und stieß einen Pfiff aus, als wolle er einen Hund herbeirufen. Heraus kamen zwei Schwarze. Eine alte krummbeinige Frau ohne Zähne und ein junges Mädchen. Gehorsam stellten sie sich mit gesenktem Blick nebeneinander auf. Sie waren barfuß, wie sich das für Sklaven gehörte, ihre Kleidung war zerlumpt, und sie selbst waren schmutzig.

„Dann schauen wir mal. Was genau sucht die Señora denn?"

Ohne zu antworten, trat Marijke de Wind auf die beiden Sklavinnen zu und nahm sie in Augenschein.

Lijanne erhielt ihre erste Unterrichtseinheit in Willemstad nicht an der Schule, sondern von ihrer eigenen Mutter: Wie begutachtet man einen Sklaven? Lijanne sträubten sich die Nackenhaare. Um die alte Frau zu beurteilen, brauchte es nicht viel Wissen.

„Die hier kann kochen", pries Struiwer derweil seine Ware an.

Marijke blieb allerdings vor dem jüngeren Mädchen stehen. Es war vielleicht dreizehn Jahre alt, hatte dünne Ärmchen und wirkte fast wie ein Junge, wären da nicht ihr dicker schwarzer Zopf gewesen und die ebenmäßigen, sehr hübschen Gesichtszüge. Sie vergrub ihre Hände in den Taschen ihrer löchrigen Kittelschürze, während Lijannes Mutter sie musterte. Marijke verlangte ihre Hände zu sehen. Zögernd streckte das Mädchen sie ihr entgegen. An der linken Hand fehlten der kleine Finger und ein Stück vom Ringfinger.

„Struiwer?" Lijannes Mutter sah den Sklavenhändler fragend an.

Dieser zuckte mit den Schultern. „Etwas schwierig, die Kleine. Aber du willst ja sicherlich nicht so viele Gulden ausgeben, oder bist du etwa reich geworden mit den Jahren?" Er grinste anzüglich.

Marijke wandte sich wieder zu den Sklavinnen um. „Wie heißt du?"

„Keba", flüsterte das Mädchen.

„Keba – was hast du gestohlen?"

„Señora, Orange … eine Orange." Verlegen vergrub Keba wieder ihre Hände in der Kittelschürze.

Lijanne bemerkte, wie ihre Mutter fast unmerklich den Kopf schüttelte.

„Lijanne – denkst du, du würdest mit Keba zurechtkommen?"

„Mutter, ja, das denke ich." Lijanne sagte dies mehr aus Mitleid als aus echter Überzeugung. Sie mochte gar nicht daran denken, was man diesem Mädchen vielleicht noch alles antun oder abhacken würde in seinem zukünftigen Leben.

„Gut! Struiwer – wir nehmen dieses Mädchen." Der Tonfall ihrer Mutter war nicht anders, als hätte sie gerade eine Ziege oder ein Pferd gekauft.

Der Sklavenhändler nickte abfällig. „Immer noch Mitleid mit den Sklaven. Bitte – bitte, nehmt sie nur mit."

Einige Gulden wechselten den Besitzer. Struiwer machte auf Lijanne den Eindruck, dass er froh war, Marijke de Wind vom Hof zu bekommen. Ohne viel Aufhebens verabschiedete er die Frauen am Tor und ließ es geräuschvoll hinter ihnen ins Schloss fallen.

Keba stand schüchtern hinter ihrer neuen Señora. Sie fand es sehr seltsam, dass die junge Señora anscheinend noch nie einen Sklaven besessen hatte. Ein Weißer ohne Sklave? Das war undenkbar! Doch jetzt brauchte die junge Señora eine Leibsklavin und hatte Keba gewählt. Innerlich bebte das Mädchen vor Glück. Es würde sein Bestes geben und immer brav und artig sein.

„Wir müssen dem Mädchen eine neue Schürze kaufen." Lijannes Mutter winkte schon wieder zum Aufbruch. Inzwischen stand die Nachmittagssonne tief am Himmel, sie hatten noch den Meeresarm zu überqueren. Lijanne und Keba mussten zum Mädchenpensionat, und Marijke de Wind würde noch am selben Abend wieder einen Schoner besteigen, um zurück nach Aruba zu gelangen. Bei günstigem Wind würde die Rückfahrt nur wenige Stunden dauern. Lijanne folgte ihrer Mutter mit weichen Knien. Keba schloss sich wie ihr Schatten an.

Bei einer Straßenhändlerin kauften sie dem Sklavenmädchen eine neue Kittelschürze. Das Münzsäcklein der Mutter war inzwischen fast leer.

„Zieh die am besten gleich an." Marijke schob das Mädchen hinter ein paar Fässer am Straßenrand.

„Du musst deiner Sklavin immer genaue Anweisungen geben", erklärte sie mit gedämpfter Stimme ihrer Tochter.

Lijanne war sich nicht sicher, ob ihr dies gelingen würde, zumal sie nicht wusste, was Kebas zukünftige Aufgaben sein sollten. Wozu brauchte sie eine Leibsklavin?

Als Keba in ihrer neuen Schürze hervortrat, huschte ein schüchternes Lächeln über das Gesicht des Sklavenmädchens. Behutsam strich sie über den groben, aber sauberen Stoff. „Danke, Señora."

Lijanne ging das Herz auf. Ihre Familie war nie sehr wohlhabend gewesen, doch es ging ihnen auch nie wirklich schlecht. Kleidung, Essen – über all dies hatte sich Lijanne nie Sorgen machen müssen. Wie gut es ihnen ging, machte ihr dieses Mädchen gerade bewusst.

Sie bestiegen wieder ein Boot in Richtung Punda. Die große Bucht wurde inzwischen in das tiefrote Licht der untergehenden Sonne getaucht. Es dämmerte bereits, als sie wieder am Mädchenpensionat ankamen.

„Lijanne, ich muss mich jetzt beeilen. Das Schiff wartet nicht auf mich." Ihre Mutter sah erschöpft und müde aus, und der letzte Teil ihrer Reise stand ihr noch bevor.

„Mama … ich weiß doch aber gar nicht …" Lijanne sah unsicher zu Keba, die artig drei Schritte hinter ihr stand.

Marijke de Wind lächelte und legte ihrer Tochter die Hand auf die Wange. „Kind, die Kleine weiß schon, was sie zu tun hat, und du wirst auch schnell lernen, mit ihr umzugehen. Ich muss jetzt fort. Pass auf dich auf."

„Mutter …" Lijanne wollte noch so viel sagen.

„Alles ist gut, und wenn wir uns das nächste Mal sehen, bist du eine gesittete junge Dame, versprichst du mir das?" Das Lächeln ihrer Mutter trieb Lijanne die Tränen in die Augen.

„Ja … und … und grüß Vater von mir."

Ihre Mutter zog einen kurzen Moment die Augenbrauen zusammen und legte den Zeigefinger auf ihre Lippen.

Lijanne nickte. Sie hatte verstanden. Diesen Vater gab es ab heute nicht mehr, nicht hier auf Curaçao.

Eine schwarze Haussklavin nahm Lijanne und Keba am Eingang des Hauses in Empfang.

„Señora." Mit einem Kopfnicken ließ sie Lijanne hinein, Keba aber stellte sie sich in den Weg.

„Du musst hintenrum, Mädchen."

„Sie kennt sich doch hier noch gar nicht aus", versuchte Lijanne zu erklären, denn Keba warf ihr einen hilfesuchenden Blick zu.

„Hintenrum, da wird man dir deinen Platz zeigen. Die Sklaventür ist hinterm Haus, und die Treppe führt von dort nach oben", sagte die schwarze Frau mit strengem Blick.

Während Keba tat wie ihr geheißen, ging Lijanne zu ihrem Zimmer. Ihr zukünftiges Zuhause. Auf dem Flur traf sie niemanden. War noch Unterricht? Nein, es war früher Abend, Lijanne konnte sich nicht vorstellen, dass um diese Zeit noch unterrichtet wurde.

„Da bist du ja endlich!"

Als Lijanne das Zimmer betrat, saß auf dem anderen Bett ein dunkelhaariges Mädchen. Es hatte seine Haare mit zwei kleinen hellblauen Schleifen hochgebunden, die farblich zu dem blauen Kleid und den blauen Söckchen passten. Lijanne scherte sich sonst nicht viel um Äußerlichkeiten, aber dieses Mädchen sah aus wie eine der teuren Porzellanpuppen, die sie als Kind immer beim Warenhändler im Hafen von Oranjestad bewundert hatte.

„Ich bin Josefine. Freut mich, endlich eine Mitbewohnerin zu bekommen. Die Direktorin hat mich angewiesen, dir alles zu erklären ... Und gleich gibt es Abendessen. Also beeile dich."

Lijanne wusste nicht recht, womit sie sich beeilen sollte. Sollte sie sich umziehen? Etwas frisch machen wäre vielleicht eine gute Idee. Ratlos blieb sie im Türrahmen stehen.

Plötzlich räusperte sich hinter ihr jemand leise. Erschrocken machte Lijanne einen Schritt zur Seite. Ein schwarzes Mädchen mit ordentlich gestärkter weißer Kittelschürze und einer Schüssel Wasser in den Händen kam herein. Mit gesenktem Blick trat es sogleich zu Josefine, die immer noch auf der Bettkante saß, und stellte die Schüssel auf den Boden. Josefine streckte derweil die Arme aus, und das Mädchen zog aus seiner Kittelschürze einen Lappen, tauchte ihn ins Wasser und begann, Josefine die Arme und Hände zu säubern.

„Wo ist deine Sklavin? Wenn wir zu spät kommen, bekommen wir Schelte."

„Sie … sie …" Lijanne musste sich erst an den Anblick dieses Waschrituals gewöhnen. „Man zeigt ihr gerade ihre Unterkunft."

„Lida, hilf der Señora gleich!", befahl Josefine ungerührt dem schwarzen Mädchen und bedeutete Lijanne, sich auf das Bett gegenüber zu setzen.

Als Lida fertig war und mit einem weiteren Tuch die Arme und Hände ihrer Herrin abgetrocknet hatte, nahm sie die Schüssel und trat zu Lijanne. Zögernd streckte diese ihr die Hände hin. Lijanne konnte sich nicht daran erinnern, wann sie das letzte Mal von einem anderen Menschen gewaschen worden war. Als Kind … von ihrer Mutter, ja.

„Du kommst nicht von hier, oder?" Josefine zupfte sich ihre Haarschleifen zurecht.

„Nein, von Aruba", antwortete Lijanne.

„Habt ihr eine Plantage da drüben?"

„Nein, meine … meine Mutter leitet eine Viehzucht."

„Deine Mutter? Was du nicht sagst! Lass uns jetzt gehen." Josefine stand auf, Lijanne tat es ihr gleich. Das schwarze Mädchen stellte die Schüssel mit dem Wasser neben die Tür und folgte den beiden.

Das Abendessen fand in einem Salonraum mit sechs runden Tischen statt, an dem je acht bis zehn Mädchen saßen. Josefine bugsierte Lijanne mit an einen Tisch. Einige Augenpaare folgten ihnen neugierig. Alle Mädchen hatten hübsche Kleider an, die Haare waren sorgsam frisiert, und hinter jedem Mädchen stand, im gebührlichen Abstand, eine Leibsklavin, die Hände anständig hinter dem Rücken verschränkt, und wartete auf Befehle. Lida übernahm ganz selbstverständlich ihre Aufgabe für beide der jungen Frauen, rückte deren Stühle zurecht, reichte die Servietten und postierte sich dann hinter Josefine und Lijanne. Kaum saßen alle an ihren Plätzen, wurde von zwei älteren schwarzen Frauen das Essen aufgetragen. Ein Eintopf aus Süßkartoffeln und Mais. Im Raum herrschte Schweigen. Lijannes Magen knurrte, doch sie war so müde und verunsichert, dass sie kaum einen Bissen hinunterbekam. Sie beobachtete, wie die anderen Mädchen geziert die Löffel hielten. Nach jedem Bissen tupften sie sich mit der Serviette die Mundwinkel ab, hielten einen Augenblick inne, und nahmen dann den nächsten Bissen. Kein Schmatzen war zu hören, kein Klimpern der Löffel. Wie auf ein geheimes Zeichen hin war das Essen alsbald beendet. Die Mädchen legten die Löffel nieder, die Haushälterinnen trugen die zum Teil noch halb vollen Teller ab. Lijanne versuchte, den Ablauf zu begreifen. Zu Hause hatte ihre Mutter sie stets angehalten, ihren Teller leer zu essen. Galt dies hier als unschicklich? Als die Mädchen sich erhoben, standen sofort die Sklavinnen bereit, um die Stühle nach hinten zu rücken. Lida schaffte dies geschickt sowohl für Josefine als auch für Lijanne. Die hoffte nur, dass Keba diese Abläufe bekannt waren, ansonsten würden sie wohl am nächsten Tag gleich auffallen.

In kleinen Gruppen verließen die Schülerinnen den Speisesalon.

„Was geschieht jetzt?“, fragte Lijanne Josefine leise.

„Jetzt gehen wir wieder auf unser Zimmer. Es ist ja auch schon spät.“

Lijanne schaute im Vorbeigehen aus einem der Fenster des Flures. Draußen blinkten Lichter.

5. KAPITEL

Keba war sehr aufgeregt. Endlich durfte sie wieder einer Señora dienen; das war weit mehr, als sie sich für ihre Zukunft je erhofft hatte. Doch die junge Señora schien nicht von Curaçao zu stammen. Es war Keba nicht gestattet, Fragen zu stellen, doch sie hatte gesehen, dass die Haut der Señora einen ganz leichten goldbraunen Schimmer hatte, vermutlich von der Sonne. Das kannte Keba nicht von den ansässigen weißen Damen.

Im Hinterhof des Hauses gab es kleine Hütten für die Sklavinnen. Keba wurde bei Lida einquartiert. Lida war die Sklavin des Mädchens, das mit Kebas neuer Señora zusammenwohnte. Lida war ein stilles, fleißiges Mädchen.

Schnell fand Keba heraus, dass es auch bei den Leibsklavinnen Unterschiede gab: Manche hatten ihre Herrinnen schon als Amme umsorgt, andere – wie Lida und sie – waren jünger als die Señoras. Den älteren Sklavinnen der gut betuchten Töchter hatten Lida und Keba immer den Vortritt zu lassen, sei es am Brunnen, an den Waschwannen oder auf der Sklaventreppe, die im Gebäude zu den Räumen der Señoras führte. Doch für Keba war dies keine große Umstellung, sie wusste, wie man sich in den Häusern und Räumen der Weißen zu bewegen hatte, und sie kannte die Arbeiten, die von ihr verlangt wurden. Und so ungeschickt sich die Señora auch anstellte in ihren ersten gemeinsamen Wochen, Keba tat alles, was eine gute Leibsklavin tun konnte, um es ihrer Herrin recht zu machen.

Für Lijanne war ihre neue Leibsklavin vom ersten Tag an eine große Stütze. Während sie sich selbst fühlte, als stolpere sie unbeholfen und tollpatschig durch ihr neues Leben, wusste Keba stets, was sie zu tun hatte.

Im Zimmer der Mädchen gab es neben der Tür ein Glockenband. Zog man an diesem, läutete irgendwo hinter dem Haus bei den Sklavenhütten ein Glöckchen, und die gewünschte Leibsklavin hatte sich unverzüglich in Bewegung zu setzen. Während Lijanne von diesem Band nur zögerlich Gebrauch machte, klingelte Josefine ganz ungeniert fast stündlich nach Lida. Keba kam jedes Mal mit herbeigeeilt.

„Wollen wir es so machen, dass du einmal klingelst, wenn du Lida rufst, ich zweimal, wenn Keba kommen soll?", schlug Lijanne bald vor, denn es war ihr unangenehm, dass Keba jedes Mal angehetzt kam, obwohl es für sie gar nichts zu tun gab.

„Wenn du meinst." Josefine zuckte nur mit den Achseln. „Du darfst nicht zu gut zu den Sklaven sein, sonst tanzen sie dir eines Tages auf der Nase herum."

Jeden Morgen betrat Keba mit Lida das Zimmer, half Lijanne beim Waschen, Frisieren und Anziehen, richtete das Bett und die Kleidung in der Kommode. Sie begleitete sie in den Speisesalon und wartete stundenlang auf dem Flur vor den Unterrichtsräumen. Sie brachte ihrer neuen Herrin mehrmals am Tag ein Glas frisches, kühles Wasser, reichte ihr bei Bedarf ein Taschentuch und steckte Lijanne die Haarsträhnen hoch, falls sich einmal welche aus dem Haarknoten gelöst hatten. Lijanne hatte das Mädchen wirklich gern. Keba war stets besonnen und konzentriert, sie zeigte sich sehr eifrig, und Lijanne war es ein Rätsel, wie Keba jemals im Verschlag des Sklavenhändlers gelandet war. Dass sie aber fast keinen Handgriff mehr selbst machen konnte, daran gewöhnte sich Lijanne nur schwer. Doch um keinen Preis wollte sie auffallen. Da alle Mädchen in der Schule so verfuhren, gab sie sich Mühe, es ihnen gleichzutun. Und sie spürte, wie stolz Keba auf ihre Aufgaben war.

Die ersten Wochen wurden wie vom Wind vorbeigetrieben. Der Tagesablauf war ungewohnt straff. Bereits vor Sonnenaufgang wurden die Mädchen von ihren Leibsklavinnen geweckt. Waschen, anziehen, frisieren. Dann ging es zu einer Morgenandacht in eines der Unterrichtszimmer. Hier standen immer alle Schülerinnen dicht an dicht. Kleider raschelten im frühen Dämmerlicht. Mal war ein Husten zu hören, dort ein verlegenes Gähnen, aber sofort wurde es still, wenn die Direktorin den Raum betrat.

Lijanne hatte schnell herausgefunden, dass es unter den Schülerinnen zwei Hierarchien gab: zum einen die Töchter der Plantagenbesitzer, sie standen während der Andacht vorne im Raum. Einige von ihnen bewohnten sogar eigene Zimmer, denn Kleider und ihre persönlichen Gegenstände nahmen zu viel Platz ein. Die Stoffe ihrer Röcke waren edel und mit Spitze besetzt, und Lijanne erschien es, als würden sie jeden Tag ein neues Kleid tragen. Diese Mädchen waren sozusagen die erste Garde der Schule. Die Lehrerinnen und auch die Direktorin kamen ihnen mit einem gewissen Respekt entgegen.

Eines der Mädchen tat sich besonders hervor: Arletta De-Jong. Arletta hatte den Neuankömmling natürlich umgehend unter die Lupe genommen. Mit ihrer Entourage hatte sie sich bereits am zweiten Tag vor dem Unterricht vor Lijanne aufgebaut und sie einer Befragung unterzogen.

„Wo kommst du her?"

„Von Aruba", hatte Lijanne ehrlich geantwortet. Arletta war, wie Lijanne inzwischen erfahren hatte, die Tochter des Plantagenbesitzers, dem die Farm von Lijannes Eltern auf Aruba gehörte. Kurz, ganz kurz hatte Lijanne gehofft, dies würde sie irgendwie mit diesem Mädchen verbinden oder zumindest den Kontakt zu ihm unterstützen. Doch sie hatte sich gewaltig getäuscht.

„Aruba? Von welcher Plantage?"

„Keine Plantage", gab Lijanne etwas kleinlaut zu.

„Ein Handelskontor oder eine Goldmine?" Arlettas Interesse schwand zusehends.

„Nein, eine Viehzucht."

„Vieh?" Arletta hatte spöttisch die Augen aufgerissen und laut gelacht.

„Unglaublich, was sie jetzt schon hier in der Schule aufnehmen! Willst du lernen, mit den Ziegen zu tanzen? Kommt! Hier riecht es plötzlich so komisch.“ Arletta hatte gewunken und war mit den anderen Mädchen davongerauscht.

Lijanne blieb völlig verdattert zurück. Erst als Josefine sie in die Seite stieß, löste sich ihre Erstarrung.

„Hör nicht auf Arletta, und nun komm …“ Josefine schienen Arlettas Worte nicht sonderlich zu berühren.

„Warum sagt sie so etwas? Ich habe ihr doch nichts getan!“

„So ist die nun mal“, hatte Josefine nur achselzuckend gemeint. „Gegen die Töchter der Plantagenbesitzer haben wir keine Chance. Sie haben immer die schöneren Kleider, bekommen immer eine Sonderbehandlung und später auch die besseren Ehemänner.“

Arletta war nicht sehr hochgewachsen, und ihre Hüften waren beinahe so breit wie die der schwarzen Haushälterinnen. Sie hatte dunkelbraunes Haar und fast schwarze Augen. Pausbäckig und mit einer spitzen Nase, die sie gerne emporreckte, wirkte sie etwas hochmütig. Lijanne hatte schnell gelernt, dass dort, wo immer auch Arletta auftauchte, sofort Zwietracht herrschte. Sie trug die feinsten Kleider und schien sich für etwas Besseres zu halten.

Ab diesem Tag erntete Lijanne von Arletta spitze Bemerkungen, wenn sie gewagt hatte, sich in die falsche Reihe zu stellen, nicht den richtigen Stuhl gewählt oder den Speisesalon vor der letzten Pflanzertochter betreten hatte. In Lijanne wuchs die Wut. So hatte sie noch keiner behandelt!

Aber in dieser Schule tanzten alle nach Arlettas Pfeife. Josefine gab sich zwar Mühe, Lijanne vor Fehltritten zu warnen, dennoch gab es Dinge, über die sie einfach stolpern musste. Und immer war Arletta zur Stelle, um sie zu tadeln. Mit einer abfälligen Geste, als wäre Lijanne eine lästige Fliege, die es zu verscheuchen galt, rauschte sie dann an ihr vorbei. „Auf Aruba kennt man so etwas wohl nicht“, konstatierte Arletta des Öfteren oder meinte näselnd: „Nun, wenn man es nicht gewohnt ist, Sklaven zu halten …“ Dabei war ihr Ton so missbilligend, dass sie keinen Zweifel daran ließ, wie sie Lijanne einordnete.

Obwohl Lijanne sich wirklich Mühe gab, alle gleich zu behandeln, schwelte in ihr Arletta gegenüber schnell eine herzliche Abneigung.

Die anderen Pflanzertöchter umschwirrten Arletta wie die Mücken eine Öllampe. Sie hatte auch nicht nur eine, sondern gleich zwei Leibsklavinnen an ihrer Seite, die etwas ältere Tura und deren Tochter Levi. Levi war vielleicht acht Jahre alt und schlief auf einer Matte im Flur vor der Tür zu Arlettas Zimmer. So war sie jederzeit abrufbar für ihre Herrin, die – so hatte Josefine geunkt – sich womöglich nachts nicht einmal selbst umdrehen konnte im Bett.

Sosehr Arletta von ihresgleichen mit Anerkennung und Aufmerksamkeit überschüttet wurde, so sehr wurde sie von der anderen Gruppe in der Pensionatshierarchie verachtet. Diese Mädchen waren die Töchter der wohlhabenden Händler, Kaufleute, Farm- und Plantagenverwalter – so wie auch Lijanne. Zum Teil, insbesondere die Töchter der Händler, waren sie jüdischen Glaubens. Lijanne hatte sich darum nie geschert, doch hier lernte sie, dass nicht nur die Herkunft und das Vermögen den gesellschaftlichen Status eines Menschen bestimmten, sondern auch der Glaube. Josefines Eltern besaßen eines der größten Handelskontore in Willemstad. Doch für Mädchen wie Arletta waren solche Leute gesellschaftlich weit unten angesiedelt.

Das vordergründig gepflegte und gesittete Miteinander der Schülerinnen entpuppte sich als Farce. Lijannes anfängliche Freude über die Gesellschaft anderer Mädchen verflog schnell. Man musste sich in der Schule bewegen wie in einem Kakteenfeld, vorsichtig und stets darauf bedacht, nicht einen Stachel schmerzhaft im Fleisch zu spüren. Und sie mochten sich auch noch so sehr bemühen, Mädchen wie Lijanne und Josefine kamen immer erst nach den Pflanzertöchtern. Das Lob der Lehrerinnen schien allein diesen vorbehalten zu sein. Die zweite

Garde erntete höchstens ein gefälliges Kopfnicken. Wobei sie beileibe keine schlechten Schülerinnen waren, im Gegenteil. Katharina Westdamp, in Lijannes Augen ein wirklich liebenswertes, eher schüchternes Mädchen, zeigte in den Gesangsstunden ein überragendes Talent. Wenn sie ihre wunderbar volle Stimme erklingen ließ, wurde es andächtig still. Arlettas Gefolge verzog die Gesichter, als hätten sie in eine Zitrone gebissen, und die Lehrerin gab Katharina nur wenig Zeit. Lieber ließ sie Arletta singen, die zwar für jeden erkennbar nicht sehr talentiert war, dafür aber mit viel Inbrunst die Töne von sich gab und von ihrer Entourage stets Beifall erntete. Dies zog sich durch alle Unterrichtsfächer, ob Gesang, Lesestunde, Tanz, Benehmen. Es war nicht der Unterricht, der Lijanne an manchen Tagen bis ins Mark erschöpfte, sondern das Balancieren auf dem Grat, den die Hierarchie zwischen den Schülerinnen geschaffen hatte.

6. KAPITEL

Lijanne begann schnell, jeden noch so kleinen Augenblick zu nutzen, um den Mauern der Schule zu entkommen. Ein guter Zeitpunkt hierzu war die tägliche Mittagsruhe. Während die meisten Mädchen es vorzogen, sich in ihre kühlen Zimmer zurückzuziehen, ging Lijanne in den Palmengarten vor dem Schulgebäude. Dort wehte eine leichte Brise, und die frische Luft ließ sie einen Augenblick die Enge der Schule vergessen. In den Unterrichtszimmern war es oft stickig, und Lijanne sehnte sich nach etwas Wind um die Nase. Sie war es nicht gewohnt, sich so lange in einem Gebäude aufzuhalten. Auf Aruba hatte sich ein Großteil ihres Lebens im Freien abgespielt.

Ein Kiesweg umzog den Garten, er schlängelte sich vom Haus fort an den Beeten mit Büschen und Blumen vorbei, beschattet von den hoch aufragenden Palmen. Dann führte er längs der Straße entlang, abgeschirmt von einer Mauer und einem Zaun. Man musste die Einfahrt überqueren und konnte auf der anderen Seite auf dem Weg zurück zum Haus gehen. Selten nur nutzten ihn andere Schülerinnen. Sie mieden die Sonne, um ihre helle Haut nicht zu gefährden. Lijanne hingegen fand, dass sie inzwischen fast zu blass war. Die Haut ihrer Hände wirkte fast durchscheinend. Ihre Beine, einst muskulös vom Reiten, waren dünn geworden, und überhaupt schlackerten ihre Kleider ein wenig. Nicht, dass das Essen nicht gut war. Aber es schickte sich nicht, viel zu essen. Die Mädchen stocherten lustlos in den dargereichten Speisen, und sobald die Gruppe um Arletta die Löffel sinken ließ, wurde auch an den anderen Tischen nicht mehr gegessen. Und Arletta aß wenig, ihr war ihr Hüftumfang wohl selbst ein Dorn im Auge, doch mit ihrem Verzicht trieb sie alle Mädchen in den Hunger.

Oft knurrte Lijanne noch der Magen, wenn sie durch den Palmengarten schlenderte. Je öfter sie diesen Weg ging, desto langsamer wurden ihre Schritte im Bereich des Zaunes und der

Einfahrt. Hinter dieser Grenze lag das Leben. Lijanne sah auf die staubige Straße hinaus, ab und an fuhren Droschken vorbei. Haussklaven eilten zu Fuß in Richtung Stadtmitte oder kamen vollgepackt mit allerlei Waren von dort zurück. Vom Grundstück der Schule aus konnte Lijanne einige andere Häuser sehen. Wer dort wohnte, wusste sie nicht. Die Mädchen des Pensionats verließen das Schulgelände nie. Einzig die schwarzen Haushälterinnen, die ebenso wie die Leibsklaven der Mädchen in kleinen Hütten hinter dem Schulgebäude lebten, eilten ab und zu davon. Lijanne sah sie dann auf einem schmalen Pfad verschwinden, der außerhalb des Zauns am Grundstück entlangführte, und mit gefüllten Körben, die sie auf den Köpfen trugen, zurückkehren.

Lijanne hatte die Farm auf Aruba nicht oft verlassen. Natürlich für den Schulbesuch oder um den Vater zum Hafen oder zum Markt zu begleiten. Doch gab es dort keinen Zaun und keine Mauer. Allein, dass es zwischen ihr und dem Rest von Curaçao diese Grenze gab, bereitete ihr Unbehagen, und das Gefühl von Einsamkeit lastete schwer auf ihren Schultern. Sechs Schritte. Um die Einfahrt zu queren, waren es genau sechs Schritte. Und es würde vielleicht nur drei oder vier brauchen, um das Grundstück zu verlassen. Doch das traute sich Lijanne nicht. Und je näher die Straße vor ihr lag, desto weiter entfernt war ihr Zuhause. Sie sehnte sich nach ihren Eltern, nach dem Anblick ihrer Mutter, wie sie ihrer Arbeit auf der Farm nachging, und nach dem leisen Pfeifen ihres Vaters, wenn er auf der Veranda saß und Halfter flocht. Und sie sehnte sich nach dem warmen Fell eines Pferdes und dem Gefühl von Freiheit, wenn die Hufe klapperten und das Tier sie über die Hochebene trug. Eines Tages überkam sie diese Sehnsucht so übermächtig, dass sie im Schatten der Palmen in Schluchzen ausbrach.

„Señora?“ Keba, die ihr in gebührendem Abstand gefolgt war, machte einen Satz an die Seite ihrer Herrin. „Ist Ihnen nicht gut?“ Das Mädchen spürte, dass seine Señora manchmal sehr traurig war. Sie selbst wusste nur zu gut, wie sich Einsamkeit anfühlte, würde sie doch wohl nie die Plantage, auf der sie geboren wurde, geschweige denn ihre Eltern jemals wiedersehen.

Lijanne musste unter Tränen lächeln. Die Aufmerksamkeit und Fürsorge des Mädchens rührten sie.

„Doch, doch. Alles ist gut. Ich … ich musste nur gerade an mein Zuhause denken."

Keba reichte ihr ein Taschentuch. „Vermisst die Señora ihr Zuhause?", fragte das Mädchen leise. Ihm war es durchaus bewusst, dass es keine Fragen zu stellen hatte, und jemand wie Arletta hätte sie wohl in diesem Augenblick streng getadelt. Lijanne hingegen freute sich über jedes Wort, das über Kebas Lippen kam, denn das Mädchen sprach sonst kaum. Genau genommen hatte sich Keba in den vergangenen Wochen in Lijannes Leben eingefügt, ohne dass sie auch nur das Geringste über das Mädchen wusste. In diesem Augenblick im Palmengarten schalt sie sich innerlich dafür, Keba gegenüber nicht etwas aufmerksamer gewesen zu sein. Doch alles um sie herum war so erdrückend neu gewesen. Jetzt gab sich Lijanne einen Ruck.

„Was ist mit dir? Hast du ein Zuhause, das du vermisst?"

Keba senkte den Blick und starrte auf ihre nackten Füße. „Nein, Señora, mein Zuhause ist jetzt bei Ihnen."

„Aber du musst doch von irgendwoher kommen? Wie bist du bei dem Sklavenhändler gelandet? Du hast doch zuvor auch schon einer Frau gedient, oder?"

Vielleicht waren das ein paar Fragen zu viel. Lijanne zügelte sich. Doch so, wie Keba sich verhielt, hatte sie Erfahrung als Leibsklavin, und es war Lijanne ein Rätsel, wie jemand ein so anstelliges Wesen hatte fortschicken können.

„Ja", kam es leise über Kebas Lippen. „Ich habe auf einer Plantage gelebt, nördlich der St. Joris Baai. Wie meine Mutter schon war ich Leibsklavin der Familie. Ich diente der Schwester des Meneers."

Lijanne musste schlucken, denn Kebas Stimme war plötzlich nicht mehr die eines jungen Mädchens, sondern hörte sich an wie die einer alten Frau, die in ihrem Leben schon so manches erlebt hatte.

„Doch dann schickten sie mich fort, weil ich …“ Sie wedelte verlegen mit ihrer verstümmelten Hand.

„Wie kam es dazu, Keba?“

„Ich … ich …“ Das Mädchen warf Lijanne einen kurzen hoffnungsvollen Blick zu. „Señora darf aber nichts Falsches von mir denken. Ich bin ein gutes Mädchen.“

„Das weiß ich doch, Keba.“ Lijanne fasste Keba kurz am Oberarm und drückte ihn. Am liebsten hätte sie das Mädchen in die Arme geschlossen, doch das gehörte sich nicht und hätte Keba wohl in Verlegenheit gebracht, das wusste selbst Lijanne.

„Einmal in der Woche kam ein fahrender Händler auf die Plantage. Er hatte eine Karre, vollbeladen mit Früchten. Meine Mutter arbeitete in der Küche des Hauses, und ich sollte von ihm etwas holen. Sein Maultier hatte sich geschüttelt. Einige Orangen …“ Das Mädchen schluckte. „Einige Orangen waren vom Wagen gefallen. Bei einer war die Schale aufgeplatzt. Er ließ sie einfach liegen. Als er wegfuhr, hob ich sie auf. Ich meine … ich meine, der Meneer würde so eine Frucht nicht mehr essen wollen. Doch als ich sie in die Schürzentasche steckte, hat mich der Bursche vom Meneer beobachtet. Diebin! hat er gerufen, mich am Kragen gepackt und zum Meneer gebracht. Señora, glauben Sie mir, ich … ich dachte, die Frucht war doch aufgeplatzt …“ Jetzt war es Keba, die schluchzte. Die Worte waren nur so aus ihr herausgesprudelt.

Lijanne konnte sich zusammenreimen, wie die Geschichte ausgegangen war. Keba hatte eine zerquetschte Orange gestohlen, dafür als Strafe zwei Finger eingebüßt und war davongejagt worden. Lijanne selbst konnte kein Unrecht in ihrer Tat erkennen, doch sie wusste, wie jemand wie Arletta oder eins der anderen Pflanzermädchen darauf reagieren würde. Oft genug sah sie diese jungen Herrinnen, wie sie bei Nichtigkeiten ihre Leibsklavinnen tadelten oder gar schlugen.

„Ist schon gut, Keba." Lijanne wusste nicht, wie sie das Mädchen hätte trösten sollen. „Komm, wir gehen weiter, die Mittagsruhe ist bald vorbei. Versprich mir aber eins: Wenn irgendetwas ist, solange du bei mir bist, musst du es mir sagen. Und wenn du etwas haben willst, dann frage mich. Du wirst nichts stehlen müssen, hörst du!"

„Ja, Señora." Ein kurzes dankbares Lächeln huschte über Kebas Gesicht.

Seit diesem Tag versuchte Lijanne, etwas aufmerksamer Keba gegenüber zu sein.

Arletta war eine der wenigen Pflanzertöchter, die regelmäßig Besuch im Pensionat bekamen. Während die Töchter der Kaufleute und Händler aus Willemstad Kontakt zu ihren Familien pflegen konnten, hatten die Töchter der Plantagenbesitzer das Problem, dass die Anreise aus den abgelegenen Gegenden der Insel mühselig und langwierig war oder sie gar von Bonaire kommen mussten. Nur Arlettas Mutter ließ es sich nicht nehmen, alle paar Wochen nach ihrer Tochter zu sehen. Da die Familie ein Stadthaus in Willemstad besaß, hielt sich, laut Josefine, der Aufwand für Arlettas Mutter in Grenzen. Doch ihre Zimmernachbarin verriet Lijanne auch, dass es Eleana DeJong wohl nie lange auf ihrer Plantage auf Bonaire aushielt und deswegen gerne unter dem Vorwand, ihre Tochter zu besuchen, nach Curaçao reiste.

„Mevrouw DeJong ist sehr … sehr engagiert in der Gesellschaft", erklärte Josefine. Und mit einem spitzen Unterton fügte sie hinzu: „Wahrscheinlich, damit sie ihre Tochter gut verheiraten kann."

Lijanne dachte im Stillen, dass der Mann, der Arletta eines Tages zur Ehefrau nehmen würde, es wohl nicht leicht haben würde.

Die erste Begegnung mit Arlettas Mutter würde Lijanne nie vergessen. Mevrouw DeJong rauschte mit wallendem Kleid und gefolgt von zwei Sklavinnen den Flur entlang zu Arlettas

Zimmer. Es war unverkennbar Arlettas Mutter, die Ähnlichkeit war frappierend; ihr Haar war ebenso dunkel, und die Hüften waren sogar noch etwas ausladender. Man konnte sich gut vorstellen, wie Arletta in einigen Jahren aussehen würde. Lijanne, die zu dieser Mittagsstunde auf dem Weg zum Palmengarten war, verkniff es sich, die Frau neugierig anzustarren, und trat respektvoll zur Seite.

Mevrouw DeJong war schon fast an ihr vorbei, als sie ruckartig stehen blieb und den Kopf zu Lijanne drehte. In ihren Augen blitzte kurz der Anschein eines Erkennens auf, ihr schmaler Mund öffnete sich, als wolle sie etwas sagen, dann presste sie die Lippen wieder aufeinander, straffte sich und marschierte davon. Lijanne blieb einen Augenblick verdattert stehen. Sie schaute an sich hinunter, ob irgendetwas an ihrem Aussehen nicht stimmte, und warf Keba, die artig neben ihr wartete, einen fragenden Blick zu. Keba zuckte die Achseln. Gemeinsam gingen sie dann aus dem Haus. Lijanne hatte keine Ahnung, was oder wen Mevrouw DeJong in ihr gesehen haben mochte. Der Blick jedoch, den Arlettas Mutter ihr zugeworfen hatte, und der Schauer, der sie dabei überlief, blieben Lijanne auf ewig in Erinnerung.

Die Tage verschmolzen zu einem Gleichmaß. Die Wochen waren zu Monaten geworden, und diese summierten sich bereits zu einem halben Jahr. Lijanne bemühte sich, im Unterricht aufmerksam zu sein. Es beruhigte sie, dass das, was sie in der kleinen Schule auf Aruba gelernt hatte, durchaus ausreichte, um dem Unterricht auf Curaçao zu folgen. Zumal sich der wissenschaftliche Teil auf ein Minimum reduzierte, während die gesellschaftliche Erziehung der jungen Damen deutlich mehr Gewicht hatte. Damit tat sich Lijanne allerdings umso schwerer. Sie hatte ja nicht geahnt, wie viel Disziplin ihr dies abfordern würde. Insbesondere Tanz und Gesang lagen ihr wirklich nicht. Von den engen Schuhen bekam sie Blasen an den Füßen und von den steifen Schritten schmerzten ihre Beine schlimmer als jemals vom Reiten. Im Gesangsunterricht gab sie sich zwar Mühe, das Kichern der anderen Mädchen war aber nicht zu überhören. Josefine übte so manchen Abend auf dem Zimmer nochmals die Schrittfolgen oder Tonleitern, doch Lijanne war sich sicher, bei ihrer ersten offiziellen Aufforderung kläglich zu versagen. Und vorsingen würde sie in ihrem ganzen Leben niemandem etwas. Dass Josefine fest und steif behauptete, die Anmut im Tanze einer Frau wäre ein wichtiges Auswahlkriterium der Männer, trug nicht gerade dazu bei, Lijannes Selbstbewusstsein in dieser Sache zu stärken.

Dabei spielte die Zeit auch gegen sie, denn zum Ende des Schuljahrs gab es den ersten offiziellen Auftritt der jungen Damen des Mädchenpensionats. Und jedes Mal, wenn Lijanne daran dachte, war wieder eine Woche verflogen.

Der Gouverneur von Curaçao lud alljährlich wichtige Persönlichkeiten der Insel zu einem Ball, und die Aufgabe der Schülerinnen des Pensionats war es, an diesem Abend als Tischdamen für die überzähligen Männer zur Verfügung zu stehen. Obwohl wenn man es nicht offen aussprach, war dies natürlich die erste Möglichkeit für die stolzen Eltern, die heranwachsenden jungen Frauen der Gesellschaft zu präsentieren. Lijanne bekam Kopfschmerzen, wenn sie nur daran dachte. Nicht nur, dass sie nicht auf den Rückhalt ihrer Familie zählen konnte, sie würde wohl kaum an diesem Abend glänzen können. Zumal, Josefine nahm da kein Blatt vor den Mund, natürlich die erste Garde der Mädchen den Vorzug bekam und sich die zweite Garde eher um die grauhaarigen älteren Herren kümmern musste. Sie hatte diesem Ball bereits im vergangenen Jahr beigewohnt, und ihre Schilderungen hörten sich nicht sehr reizvoll an. Lijanne musste sich immer wieder in Erinnerung rufen, dass sie versprochen hatte, ihre Eltern stolz zu machen. Doch sie fragte sich insgeheim, ob es nicht besser wäre, sie würde an diesem Tag Unwohlsein vortäuschen.

7. KAPITEL

Warum nur freute sich die Señora nicht so auf den Ball wie die anderen jungen weißen Damen? Für Keba war dies unverständlich. Lida sprach seit Wochen von nichts anderem, als was sie für die Señora Bakker noch alles zu erledigen hatte und was es noch alles zu besorgen galt. Abends saß sie dann auf ihrer Matte in der kleinen Hütte und band im Licht der Kerze kleine filigrane Blüten aus Garn, die zusätzlich das Kleid ihrer Herrin schmücken sollten.

„Weißt du, Keba, die meisten der Señoras werden auf dem Ball … na ja vielleicht nicht auf diesem, aber auf einem der nächsten, den Mann kennenlernen, den sie heiraten werden."

„Die Señora Josefine auch?"

„Ich glaube, die ist schon jemandem versprochen, die Weißen regeln so etwas ja immer recht früh für ihre Töchter." Lida seufzte verträumt. „Hat deine Señora noch nichts dergleichen verlauten lassen?"

Keba lachte leise. „Nein, ich glaube, meine Señora ist noch keinem Mann versprochen."

„Ja, haben sich ihre Eltern denn nicht darum gekümmert?" Lida sah von ihrer Handarbeit auf.

Keba zuckte die Achseln. „Ich weiß nicht."

„Na, dann musst du sie besonders hübsch herrichten, damit sie vielleicht doch einen Mann abbekommt auf dem Ball."

„Hm, ich glaube, sie möchte da gar nicht hingehen."

„Nicht?" Lida schüttelte ungläubig den Kopf. „Also, wenn ich … weiß wäre … Ich würde auf alle Bälle gehen, zu denen man mich einladen würde. Die Musik und all die schönen Kleider." Lida wiegte sich etwas in den Hüften, als würde sie in Gedanken tanzen.

Keba wusste nicht genau, wie es auf den Bällen der Weißen zuging. Auf ihrer Heimatplantage hatte es keine Feiern gegeben, nur die Beerdigungen des alten Meneers und seiner Frau, die beide binnen kurzer Zeit stattgefunden hatten. Und anders als die Sklaven feierten die Weißen den Übergang der Lebenden in das Reich der Toten nicht.

„Ich könnte mir den Knöchel verstauchen“, sinnierte Lijanne leise im Schatten der Palmwedel.

Keba schüttelte nur den Kopf. „Señora wird aber all die schönen Kleider und die Musik verpassen.“ Sie hatte Lijanne verraten, dass die anderen Leibsklavinnen schon ganz aufgeregt über dieses Fest redeten und überlegten, wie sie ihre Herrinnen frisieren würden und welche Kleider sie bereitlegen sollten. Lijanne tat es etwas leid, dass sie Keba nicht die Freude machen konnte, sich für diesen Ball zu begeistern.

„Nun, wir werden sehen. Vielleicht gehe ich ja doch hin“, beschwichtigte sie das Mädchen und entlockte ihm ein zaghaftes Lächeln.

„Oh, Señora, dann müssen wir entscheiden, welches Kleid Sie tragen möchten, und Ihre Haare …“

„Später, Keba“, rutschte es Lijanne etwas barsch heraus. Aber die Erwähnung von Garderobe und Frisur ließ sie gleich wieder zögern. Sie besaß drei Kleider, keines davon war tauglich für einen solchen Auftritt. Es war besser, sie wählte den Rückzug, auch wenn Keba dies todtraurig machen würde.

Langsam setzten sie ihren Weg fort. Fast ein Jahr war Lijanne nun schon im Mädchenpensionat. Sie konnte es selbst kaum glauben, wie schnell die Zeit verflogen war. Prüfend horchte sie in sich hinein, ob sie denn wirklich etwas gelernt hatte. Gelernt ja, aber verändert hatte sie sich nicht. Vielleicht war ihr Auftreten etwas erwachsener geworden, aber, sie seufzte leise, so wie die anderen Mädchen würde sie wohl nie werden. Sie wusste, was harte Arbeit, schwielige Hände und Schweiß bedeuteten. Dinge, die kaum ein Mädchen hier je kennengelernt hatte. Sie machten sich keine Gedanken über das Wetter, hofften weder auf baldigen Regen noch auf weniger Wind. Gedanken und Gewohnheiten, die Lijanne nicht loswerden konnte, zu eng war sie mit dem Leben auf der Farm verbunden. Die meisten Dinge, die sie kannte und konnte, brauchte sie hier nicht. Und andererseits war vieles, was sie hier lernte, sicherlich wichtig, aber es lag ihr nicht besonders. Manchmal schlich sich der Gedanke ein, dass es vielleicht doch ein Fehler gewesen war, unbedingt an diese Schule zu wollen. Ihre Mutter hatte sie gewarnt. Aber es musste doch möglich sein, das eine zu lieben und das andere auch zu lernen. Vielleicht würde sie eines Tages wieder auf einer Farm leben, aber dann konnte sie diese Farm wenigstens mit viel Anstand und Sitte führen. Doch um derartige gesellschaftliche Anlässe wie den Ball kam sie einfach nicht herum. Wenn sie sich dem entziehen würde, wäre ihr ganzer Aufenthalt hier umsonst gewesen.

Lijanne straffte sich und schritt etwas forscher voran. Die trüben Gedanken und das stechende Gefühl von Heimweh schlichen sich immer öfter ein. Sie schaute durch den Zaun auf die Straße, um sich abzulenken. Große Körbe mit Früchten wurden vorbeigetragen. Es war fast Dezember, einer der Monate, in denen es am häufigsten regnete auf den Inseln. Auf der Farm würde die Mutter momentan auch einiges ernten ... Welches Kleid würde sie tragen können? Vielleicht sollte sie Josefine fragen. Sie musste zu diesem Ball, ob sie wollte oder nicht.

Bevor sich Lijanne über ihre Unschlüssigkeit ärgern konnte, hörte sie laute Rufe von der Straße her. Sofort waren ihre trüben Grübeleien vergessen. Mit wenigen Schritten war sie an der Einfahrt des Schulgrundstücks und trat einen Schritt durch das Tor hinaus, um zu sehen, was los war.

„Señora! Da ... da!“ Keba zeigte in die Ferne. Eine Staubwolke bewegte sich genau auf sie zu. Ein Pferd war zu erkennen, im gestreckten Galopp kam es mitten auf der Straße angestürmt. Menschen sprangen beiseite, Körbe kippten um, Maultiere scheuten vor ihren Karren.

„Keba, bleib genau da stehen!“, befahl Lijanne, raffte ihren Rock und stellte sich dem herannahenden durchgegangenen Tier in den Weg. Rechts versperrte ein Karren die Straße, links von ihr stand Keba. Sie schickte ein Stoßgebet in den Himmel, dass dies ausreichen würde.

„Ho! Hoho!“ Sie streckte die Arme nach oben, um größer zu wirken, und ging einige Schritte vorwärts. Sie wusste, Pferde rannten normalerweise keine Menschen um. Sie sah, wie das Tier sein Tempo drosselte, die Ohren aufstellte und seine Aufmerksamkeit auf sie richtete. Jetzt galt es nur, den richtigen Moment zu erwischen, um die Zügel zu fassen und dann nicht den festen Stand zu verlieren. Lijanne spürte die Zügel, packte fest zu und stemmte die Absätze in den Boden. „Brrrr.“ Das Pferd kam abrupt zum Stehen, machte einige tänzelnde Schritte vor Lijanne und wurde augenblicklich ruhiger.

Ein Lächeln huschte über Lijannes Gesicht. Auch wenn sie nicht gut tanzen konnte – mit Pferden umgehen, das konnte sie noch!

„Na, Mädchen, wem bist du denn ausgebüxt?“ Sie tätschelte mit der freien Hand den Hals der Stute und ließ sie in einem kleinen Kreis Schritt gehen, damit sie sich beruhigte. Die Stute atmete schwer und Schaum tropfte von ihrem Maul auf Lijannes Ärmel.

Die schaute zu Keba. Das Mädchen stand wie versteinert an den Pfeiler der Einfahrt gedrückt und rührte sich nicht.

„Alles gut, Keba. Lauf in die Richtung, wo das Pferd herkam, und schau, ob du seinen Besitzer findest, ich warte hier.“ Irgendetwas hatte das Tier in Panik versetzt, und es wieder dorthin zurückzuführen war keine gute Idee. Keba löste sich aus ihrer Starre und rannte los.

Es dauerte nicht lange, und ein Mann kam in Kebas Begleitung auf Lijanne und das Pferd zu. Dieses hatte sich inzwischen deutlich beruhigt und stand friedlich wartend neben ihr.

Der Mann humpelte etwas, bemerkte Lijanne, als er sich näherte. Er trug schwarze Reitstiefel mit einer hell abgesetzten Krempe, eine beigefarbene Baumwollhose mit Jacke und einen braunen Hut. Seine linke Seite war eingestaubt und verschmutzt, rechts konnte man noch das edle Tuch seiner Kleidung erkennen.

Etwas außer Atem kam er bei Lijanne an. „Danke, dass Sie mein Pferd eingefangen haben.“ Er nahm ihr die Zügel aus der

Hand und sein erster Blick galt den Beinen des Tieres. Dann erst sah er Lijanne an.

Jede andere junge Frau wäre in diesem Augenblick vielleicht pikiert gewesen, doch Lijanne verstand seine Sorge. „Ihr ist nichts passiert." Mit einem Lächeln deutete sie auf das Pferd. „Eine schöne Stute."

„Ja, aber sie ist noch unerfahren in der Stadt, und als ich aufsteigen wollte, erschreckte sie sich vor einem Hund und ... Oh, wie unhöflich, ich habe mich noch gar nicht vorgestellt. Johan van Rood." Er wechselte die Zügel des Pferdes in die rechte Hand und zog mit der linken den Hut von seinen dunkelblonden Haaren.

Jetzt erst konnte Lijanne in sein Gesicht schauen. Ihr Herz machte einen Sprung, und sie merkte, wie ihre Wangen heiß wurden. Er war größer und auch älter als sie. Seine Schultern waren breit, er war kein so schmächtiger Jungspund, wie Lijanne sie schon oft auf der Straße hatte vorüberreiten sehen. Sein Gesicht zeigte ebene Züge, seine Lippen waren schmal, aber wohlgeformt. Seine blauen Augen blitzten sie erwartungsvoll an.

„Oh ... ich ... Mein Name ist Lijanne ... Lijanne de Wind."

Er neigte seinen Kopf ein wenig und lächelte. „Juffrouw de Wind versteht sich auf den Umgang mit Pferden?"

„Ja, ich ... Wir ..." Himmel! Warum stotterte sie denn so? Sie gab sich einen Ruck. „Meine Eltern züchten Pferde – auf Aruba."

„Aruba. So, so." Er klopfte den staubigen Hut an seinem Oberschenkel aus und setzte ihn wieder auf. Dabei lächelte er immer noch. „Ich bin Ihnen sehr dankbar, das Tier wäre wohl bis nach Hause gelaufen, wenn Sie es nicht aufgehalten hätten, Juffrouw de Wind. Und für mich hätte das einen langen Fußmarsch bedeutet."

„Sie kommen nicht aus der Stadt?" Frag nicht so neugierig! schalt sie sich sogleich. Was ging sie das an? Doch er schien die Frage nicht zu aufdringlich zu finden.

„Nein, ich habe eine Plantage gut drei Stunden östlich von Willemstad."

„Oh."

„Zuckerrohr und ein bisschen Pferdezucht. Obwohl ich mir überlegen sollte, die Zucht einzustellen, wenn die Tiere so ungebärdig werden." Er klopfte seiner Stute den Hals.

„Nein!", entfuhr es Lijanne. „Das wäre zu schade, sie ist doch ein wunderschönes Tier! Sie braucht sicherlich nur etwas ... Sie sollten sie besser trainieren."

Nun lachte er sie an. „Ja, da haben Sie wohl recht. Ich werde mir Ihren Rat zu Herzen nehmen."

Oh, Lijanne. Das war unhöflich. Sie merkte, wie ihr jetzt gänzlich das Blut in die Wangen schoss.

Johan van Rood tippte sich mit dem Finger an die Hutkrempe und nickte. „Ich muss leider eilig weiter, Juffrouw de Wind. Ich habe schon einige Zeit verloren und noch einen wichtigen Termin. Nochmals vielen Dank. Es war mir eine Freude, Sie kennenzulernen." Souverän setzte er einen Fuß in den Steigbügel und schwang sich in den Sattel. Seine Bewegungen verrieten Lijanne sofort, dass er keiner war, der Ratschläge fürs Pferdetraining brauchte. Ihr loses Mundwerk war ihr plötzlich sehr peinlich, und während er sich zurechtsetzte, wünschte sie sich, im Erdboden zu versinken. Doch er lächelte immer noch.

„Juffrouw de Wind." Er nickte noch einmal. „Auf ein Wiedersehen, so hoffe ich." Er wendete die Stute und trabte davon.

Sie sah ihm nach, in ihrem Kopf wirbelten die Erinnerungen an seine blauen Augen und sein Lächeln durcheinander. Ein kurzer Schwindel erfasste Lijanne, und sie musste nach Luft schnappen.

„Oh, Señora." Keba hatte ihre Stimme wiedergefunden und zupfte besorgt an Lijannes Ärmel, an dem sich graue Flecken vom Schweiß und dem Speichel des Pferdes gebildet hatten. „Sie waren so mutig! Dieses wilde Tier! Geht es Ihnen gut?"

Lijanne musste lachen. „Ja, mir geht es bestens. Keba, das Tier war nicht wild, es hatte einfach nur Angst." Und in der Tat fühlte sie sich in diesem Augenblick so gut und lebendig wie schon lange nicht mehr.

8. KAPITEL

So unangenehm es Lijanne auch war, aber sie konnte sich vor dem Ball nicht drücken. Das ganze Mädchenpensionat war in heller Aufregung, und wenn sie nicht wie alle dort erscheinen würde, wäre zum einen ihre erste Chance vertan, in die Gesellschaft eingeführt zu werden, und zum anderen würde ihr Fernbleiben sie endgültig zur Außenseiterin machen. Lieber dachte sie an den Tag zurück, an dem sie das entlaufene Pferd eingefangen hatte. Ob dieser Meneer van Rood auch auf dem Ball sein würde? Das wäre natürlich ein guter Grund, hinzugehen. Doch wahrscheinlich würde er nicht da sein, er kam ja von außerhalb. Lijanne konnte nicht leugnen, dass in so mancher Nacht sich seine blauen Augen in ihre Träume schlichen. Was war nur los mit ihr? So sehr hatte sich noch niemand in ihren Gedanken eingenistet.

Die Wochen vergingen, und sie versuchte das Thema Ball zu umschiffen wie ein Fischerboot die Riffe vor der Küste. Sie ignorierte die fragenden Blicke von Keba. Dann war es fast zu spät. Zwei Tage vor dem Ball stand sie ratlos vor ihren wenigen Kleidern. Welches sollte sie nur anziehen? Sie trug jedes dieser schmucklosen und eher praktischen Kleider in der Schule, für einen Ball eignete sich keines.

„Was ist los?" Josefine bemerkte die trübe Stimmung.

Lijanne deutete auf ihre Kleider. „Keines davon kann ich auf einem Ball tragen."

„Zeig mal her!" Josefine trat neben sie und beäugte Lijannes Garderobe. „Da muss ich dir leider recht geben. Du würdest aussehen wie eine Dienstmagd."

„Danke." Lijanne verzog das Gesicht.

„So war das nicht gemeint." Josefine stupste sie an. „Warum hast du nicht eher etwas gesagt? Wir hätten noch einen Schneider beauftragen können."

Lijanne zuckte nur mit den Achseln. Sie hätte sich sowieso kein neues Kleid kaufen können.

Josefine legte nachdenklich die Hand an ihr Kinn. „Meine Mutter bringt mir morgen einige Kleider zur Auswahl. Wenn du magst, kannst du eins davon probieren. Nachdem ich meines ausgewählt habe, versteht sich."

„Das würdest du tun?"

„Ich kann doch nur eines anziehen. Meine Mutter ... Sie war beim Einkauf etwas überfürsorglich. Und ich kann meine Freundin doch nicht in Sack und Asche gehen lassen." Josefine grinste. „Und außerdem müssen wir zusammenhalten. Was glaubst du, wie die Mädchen der ersten Garde da auftreten werden?" Sie wies mit dem Kopf in Richtung des Gebäudeteils, in dem Arletta und die anderen Pflanzertöchter ihre Zimmer hatten. „Arlettas Mutter hat den Schneider schon dreimal kommen lassen. Sie hat wohl Angst ..." Josefine tat geheimnisvoll.

„Wovor hat sie Angst? Komm, sag schon!"

„Na ja, man munkelt, Arletta würde am Tag des Balls ihre Verlobung bekannt geben."

„Ach, was du nichts alles weißt!" Lijanne bedauerte den Mann schon jetzt. Etwas spitz fügte sie hinzu: „Ich dachte, da kommen nur grauhaarige alte Männer."

Josefine zuckte mit den Achseln. „Ja, auch, aber die meisten haben Söhne im heiratsfähigen Alter." Sie zwinkerte Lijanne bei diesen Worten zu. „Was ist mit dir, hast du einen Auserkorenen auf Aruba, der auf deine Rückkehr wartet?"

Lijanne musste lachen. „Nein, ich habe es dir doch schon so oft gesagt, da gibt es niemanden. Auf Aruba ist es, glaube ich, auch schlecht bestellt um die Auswahl."

„Na, dann musst du dir hier einen Mann suchen. So hübsch wie du bist, sollte das wohl kein Problem sein."

„Hübsch?" Lijanne hatte sich bisher im Vergleich zu den anderen Mädchen eher wie einen grauen Vogel betrachtet.

„Also wirklich, Lijanne!" Josefine tat empört. „Du bist nun wirklich alles andere als hässlich, und wenn ...", sie kicherte, „... wenn du deinem Zukünftigen nicht gerade etwas vorsingst, hast du doch gute Chancen."

Lijanne streckte Josefine die Zunge heraus. Das Mädchen kicherte immer noch, wurde dann aber ernst.

„Nein, wirklich, Lijanne, ich finde dich hübsch und du solltest dein Licht nicht immer so … so unter den Scheffel stellen."

„Danke, Josefine."

„Also – morgen kommen die Kleider. Ich suche mir natürlich erst selbst eins aus, aber dann finden wir sicherlich auch ein passendes für dich."

Nach dem Unterricht am nächsten Nachmittag stand Lijanne in der Ecke ihres Zimmers und beobachtete, wie Josefine gemeinsam mit ihrer Mutter die Kleider begutachtete.

„Lijanne – was denkst du … dies?" Josefine hob vorsichtig ein smaragdgrünes Kleid hoch.

Lijanne neigte den Kopf. „Es passt gut zu deinen Augen und deinen Haaren."

„Das finde ich auch", stimmte Josefines Mutter zu und strich ihrer Tochter über die langen braunen Locken.

„Dann werde ich dieses nehmen."

Josefine hatte inzwischen nach Lida geklingelt, und das Mädchen half seiner Herrin auch sogleich in das Ballkleid. Andächtig betrachtete die Mutter ihre Tochter, ihre Augen glänzten feucht. „Du siehst wunderschön aus, Kind."

Lida zupfte hier und da vorsichtig den Stoff zurecht und strahlte über das ganze Gesicht, als wäre sie es selbst, die bald einen Ball besuchen würde. Lijanne wurde bewusst, wie wichtig dieses Ereignis für die Leibsklavinnen war und wie sehr sie Keba enttäuscht haben musste.

„So – jetzt du!" Josefine machte eine einladende Handbewegung.

Josefines Mutter schaute etwas verwundert.

„Der Schneider von Aruba konnte nicht rechtzeitig liefern, Mutter. Lijanne braucht doch ein Kleid, da dachte ich …" Josefine zwinkerte Lijanne verschwörerisch zu.

„Gibt es auf Aruba einen Schneider?“ Josefines Mutter schüttelte den Kopf. „Hättest du mal eher gefragt, Mädchen, unser Hausschneider ist ein sehr zuverlässiger Mann.“

Lijanne senkte betrübt den Kopf. „Ja, meine Mutter war auch sehr verärgert, dass der Mann sein Versprechen nicht gehalten hat.“ Lügen konnte sie inzwischen, ohne rot zu werden. Lijanne fühlte sich dabei weiß Gott nicht wohl, aber eine andere Chance, um an ein Kleid zu kommen, gab es jetzt nicht mehr.

„Dann suche dir eins aus. Und das nächste Mal beauftragst du einen Schneider aus Willemstad.“

„Ja, Mevrouw.“

Lijanne traute sich kaum, die edlen Stoffe der Kleider zu berühren. „Ich weiß nicht ...“ Ihr Blick blieb an einem dunkelblauen Satinkleid hängen.

„Nein. Die Farbe ist viel zu dunkel für dich.“ Josefines Mutter schob Lijanne ein Stück weiter. „Schau, dieses hier, das passt gut zu deinem Haar.“

Das Kleid war sonnengelb mit einem feinen Spitzenkragen.

„Zieh es einmal an, Kind, ich weiß ja gar nicht ... Sie waren ja für Josefine gedacht.“

„Ja, zieh es an.“ Josefine zupfte an dem Glockenband, um Keba zu rufen.

Wenige Augenblicke später erschien das Mädchen atemlos in der Tür. Als es die Kleider sah, strahlte es über das ganze Gesicht. „Señora?“

„Hilf mir, dieses Kleid anzuziehen.“ Lijanne deutete auf die gelbe Robe.

„Oh, Señora ... Ja, Señora.“ Kebas Hände zitterten vor Aufregung. Lida musste Keba zu Hilfe kommen, um Lijanne das Kleid mit den vielen Raffungen und Schnürungen überzustreifen. Josefines Mutter schüttelte verlegen den Kopf, drehte sich dann aber gemeinsam mit ihrer Tochter um.

Lijanne bekam kaum Luft. War sie so viel stabiler gebaut als Josefine oder trug man diese Kleider wirklich so eng? Und ihr Busen! Er erschien ihr plötzlich doppelt so groß. Etwas beschämt strich sie zaghaft über die feine Spitze, die nun ihre Schultern umspielte. „Fertig“, flüsterte sie.

„Oh!“ Josefines Mutter klatschte verzückt in die Hände, als sie sich umdrehte. „Das Kleid ist wie für dich gemacht, Kind.“

Josefine selbst zog kurz die Mundwinkel etwas nach unten.

Lijanne sah nochmals ungläubig an sich hinunter. Veränderte dieses Kleid ihr Aussehen wirklich so sehr? Sie fühlte sich plötzlich so … so weiblich. Erst als sie in Kebas Augen die Bewunderung sah, fiel die Scham etwas von ihr ab. Kebas Augen würden nicht lügen.

Am Tag des Balls fand traditionell kein Unterricht statt. Dennoch herrschte ein regeres Treiben als an einem gewöhnlichen Tag. Schon am frühen Morgen waren die Leibsklavinnen mit Waschschüsseln durch die Flure geeilt, hatten Kleider herbeigetragen, duftende Salben in kleinen Tiegeln zu ihren Herrinnen gebracht. Jedes der Mädchen wollte an diesem Tag besonders schön aussehen und natürlich sauber sein und seinen Wohlgeruch verströmen.

Keba war überglücklich, Lijanne nun doch für den Ball herrichten zu dürften. Stundenlang musste Lijanne auf einem Stuhl verharren, während Keba Haarsträhne um Haarsträhne zu einer kunstvollen Frisur hochsteckte. Danach beäugte sie zufrieden ihr Werk und bedachte Lijanne mit einem Blick, der dieser unmissverständlich bedeutete, dass sie ab jetzt vorsichtig mit ihrer Frisur umgehen solle. Lijanne schenkte Keba ein liebevolles Lächeln und betrachtete sich dann in dem kleinen Handspiegel. War das wirklich sie? Sie sah so erwachsen aus und … so vornehm.

Josefine klatschte vergnügt in die Hände, als sie Lijanne sah. „Da werden aber einige Damen heute blass werden. Und nun los, die Kutschen stehen schon bereit.“

Im Dämmerlicht des schwindenden Tages traten die Mädchen in Zweiergruppen aus dem Schulgebäude und folgten dem Kiesweg bis zum Einfahrtstor. Dort stand eine lange Reihe Mietdroschken, die sie zum Palast des Gouverneurs bringen sollten.

Die Droschke, in der Lijanne neben Josefine Platz genommen hatte, fuhr durch die Straßen von Scharloo nach Punda und dort direkt an der Mündung der Sint Annabaai entlang bis vor das wichtigste Gebäude an der Front des Fort Amsterdam. Unter einem Vorbau führte ein Torbogen zum Innenhof. Die Hufschläge hallten beim Hindurchfahren von den Mauern wider. Kutsche um Kutsche kam im Innenhof zum Stehen. Schwarze Diener in eleganten Fräcken traten an die Wagentüren und öffneten sie für die jungen Damen. Lijannes Mund war ganz trocken vor Aufregung. Wieder in Zweierpaaren schritten die Mädchen auf die imposante Doppeltreppe zu, die zum Eingang des Gouverneurspalastes hinaufführte. Rechts und links brannten Fackeln, aus dem Inneren des Gebäudes hörte man bereits Musik.

Die Direktorin hatte ihren Schützlingen in den letzten Tagen eindringlich immer wieder eingetrichtert, wie sie sich zu verhalten hatten.

„Wenn ihr dort ankommt, wird man euch empfangen und in Gruppen zu den Tischen führen. An diesen Tischen werden wichtige Gäste sitzen. Redet nur, wenn ihr gefragt werdet, und denkt an die Manieren bei Tisch."

Die erfahrenen Mädchen schritten selbstbewusst voran, Arletta an der Spitze, als fände der Ball allein ihr zu Ehren statt. Hier und da ertönte ein leiser Gruß, wenn Familie oder gute Bekannte sie sahen. In den Augen einiger bereits anwesender älterer Frauen glänzte der Stolz, als sie ihre Töchter erkannten. Lijanne hatte sich fest vorgenommen, sich nicht einschüchtern zu lassen, doch der Luxus des Raumes, die vielen Menschen, die funkelnden Kristalllüster an der Decke und die unzähligen Kerzen, die alles in ein Lichtermeer verwandelten, beeindruckten sie zutiefst. Wie sehr fehlte ihr jetzt der aufmunternde Blick ihrer Mutter! Sie wäre hoffentlich stolz auf sie gewesen.

An dem Tisch, an dem ihre kleine Gruppe sitzen sollte, saßen bereits sechs Herren. Höflich erhoben sie sich, als die jungen Damen ihre Plätze einnahmen, immer jeweils eine zwischen den Männern. Lijanne schaute hilfesuchend zu Josefine, diese zwinkerte ihr zu und erwiderte bereits freundlich die Begrüßung durch ihren Tischnachbarn.

„Neels ... Hartwig Neels." Der untersetzte grauhaarige Mann neben Lijanne nickte ihr freundlich zu.

„Lijanne ...", flüsterte sie fast und versuchte, ein freundliches Lächeln auf ihr Gesicht zu zaubern. Zu ihrem Glück war dies zunächst die einzige Konversation, die von ihr verlangt wurde. Die Männer am Tisch waren Baumwollhändler. Ihre Gespräche drehten sich um Importkosten und Ausfuhrgebühren. Die Aufgabe der Mädchen reduzierte sich darauf, dekorativ zu wirken. Langsam konnte Lijanne wieder klar denken. Der Rausch der vielen ungewohnten Eindrücke verflog langsam, und sie konnte den Saal und die Gäste etwas genauer betrachten. An den meisten Tischen saßen offensichtlich Familien und Freunde zusammen, die Tische, an denen die Mädchen des Pensionats platziert worden waren, standen überwiegend am Rand. Nur die Gruppe um Arletta hatte mittig im Saal, nahe der Tafel des Gouverneurs, Platz genommen. Lijanne erhaschte einen kurzen Blick durch die vielen Menschen auf Arletta und ihre Mutter. Neben Eleana DeJong saß ein hochgewachsener hellblonder Mann. Arlettas Vater? Lijanne wusste es nicht. Laut Josefine verließ dieser nur selten seine Plantage auf Bonaire.

Die Suppe wurde aufgetragen. Es war ein Menü mit mehreren Gängen angekündigt. Lijanne hoffte, es würde nicht zu üppig werden, denn sie verspürte keinen Hunger. Und später würde sie tanzen müssen, was ihr ein flaues Gefühl im Magen verursachte. Das Essen forderte ihre ganze Konzentration. Sie war bemüht, nicht zu kleckern, nicht zu laut mit dem Besteck zu klappern oder gar aus Versehen ein Glas umzustoßen. Immer wieder schielte sie zu Josefine. Ihre Zimmergenossin schien weniger nervös zu sein und brachte das Dinner souverän hinter sich. Sicherlich war sie schon öfter zu solchen Anlässen geladen gewesen. Die Familie Bakker führte immerhin ein alteingesessenes jüdisches Handelshaus.

„Ist die junge Dame das erste Mal auf einem Ball?“ Hartwig Neels beugte sich leicht zu Lijanne herüber.

„Ich gestehe, ja“, gab sie zu.

Er lachte und tupfte sich mit einer Stoffserviette die Mundwinkel ab. „Gucken Sie nicht so verschreckt, junge Dame, nachher sind alle etwas beschwipst, Sie brauchen sich also keine Sorgen um Fehltritte zu machen. Bei meinem ersten Ball habe ich mir schon vor der Suppe etwas Rotwein über das Hemd geschüttet.“ Er schaute an sich hinunter. „Ich hoffe, dass, wenn ich dies heute bis zum Dessert verhindern kann, Juffrouw Lijanne mir den ersten Tanz schenkt?“

Lijanne musste lachen, die Anspannung fiel langsam von ihr ab. „Ja, sehr gerne, Meneer Neels.“

Nach dem Essen erhoben sich die Gäste, und schwarze Diener trugen die Tische aus der Mitte des Raumes nach draußen. Eine große Tanzfläche entstand auf diese Weise, und eine Kapelle uniformierter Musiker spielte auf.

Der Gouverneur eröffnete mit seiner Frau den ersten Tanz. Er war ein großer, schwerer Mann, der seine Gattin jedoch leichtfüßig durch die ersten Takte führte. Nach und nach betraten mehr Paare die Tanzfläche. Lijanne sah Arlettas Mutter mit dem hochgewachsenen blonden Mann. Und dann Arletta selbst. In diesem Augenblick stockte ihr der Atem. Der Herr, der Arletta galant zum Tanz führte, war ihr wohlbekannt. Johan van Rood! Der gestürzte Reiter. Lijannes Knie wurden weich wie Butter. War er etwa Arlettas Auserkorener?

„Wollen wir?“ Hartwig Neels hielt Lijanne einladend den Arm hin. Lijanne verspürte plötzlich noch weniger Lust auf das Tanzen, aber es gab kein Zurück mehr. Hartwig Neels erwies sich zu ihrem Glück als guter Tänzer und führte sie sicher am Rand der Tanzfläche. Gesichter und Kleider wirbelten an

Lijannes Augen vorbei. Sie sah Josefine, die auch mit einem der Baumwollhändler tanzte, und viele der anderen Mädchen. Die Wogen der Tanzenden trieben Lijanne und ihren Tanzpartner nach und nach immer weiter in die Mitte des Saals. Hartwig Neels schnaufte hörbar, strahlte aber über das ganze Gesicht. Plötzlich sah Lijanne aus dem Augenwinkel, wie Arlettas Haarpracht an ihr vorbeischwang. Und da war er, seine blauen Augen blieben einen unendlich lang erscheinenden Augenblick, in dem sich alles um sie herum weiterdrehte, an ihr hängen. Lijannes Herz schien stehen zu bleiben. Dann wirbelte er davon, sie sah noch seinen dunkelblonden Haarschopf, und schon war sie unter der Führung von Hartwig Neels am anderen Ende der Tanzfläche angekommen.

Nach diesem ersten Tanz hatte Hartwig Neels vor Anstrengung einen hochroten Kopf. „Sie entschuldigen, Juffrouw Lijanne, ich glaube, ich sollte etwas trinken. Möchten Sie auch? … Kommen Sie."

Lijanne folgte ihm.

„Bitte." Hartwig Neels nahm vom Tablett eines schwarzen Dieners zwei Gläser, in denen ein Schaumwein perlte. Er reichte Lijanne eines davon. „Kein Alkohol!", hatte die Direktorin strikt angewiesen. „Es gibt für die Damen andere Getränke." Lijanne überlegte nicht lange und nahm einen großen Schluck. Fast hätte sie husten müssen, der saure Geschmack und der ungewohnte Alkohol trieben ihr die Tränen in die Augen. Doch spürte sie auch, wie sich von ihrem Bauch aus eine wohlige Wärme ausbreitete. Immer wieder hielt sie Ausschau nach Johan, doch die anderen Tanzpaare schienen ihn und Arletta verschluckt zu haben. Ob er sie erkannt hatte? Würde sie ihn heute noch einmal wiedersehen? Mit einem freundlichen Nicken versuchte sie, ihre Aufmerksamkeit wieder auf Hartwig Neels zu richten. Dieser war inzwischen mit einigen Männern im Gespräch, warf ihr aber immer wieder einen Blick zu.

„Sie haben einen Tanz bei mir gut", ertönte plötzlich eine Stimme hinter ihr. Lijanne lief ein wohliger Schauer über den

Rücken. Es war unverkennbar Johans Stimme. Sie drehte sich zu ihm um.

In seinen blauen Augen fing sich das Licht der unzähligen Kerzen. Er lächelte sie aufmunternd an und bot ihr den Arm dar. Unsicher blickte sich Lijanne zu Hartwig Neels um. Sie wollte nicht unhöflich erscheinen.

Johan bemerkte ihr Zögern und wandte sich an Neels. „Darf ich Ihnen die junge Dame für einen Tanz entführen?"

Neels winkte nur und nickte. „Sie wird mit Ihnen wohl mehr Freude haben als mit mir kurzatmigem Gesellen, bitte ... Aber bringen Sie sie mir wieder."

Johan führte Lijanne auf die Tanzfläche. „Freut mich ausgesprochen, Sie hier wiederzutreffen, Juffrouw de Wind."

Lijanne vermochte nichts zu sagen. Ihr Herz klopfte laut in ihrer Brust, und in ihren Ohren rauschte es. Bevor sie Angst haben konnte, über ihre eigenen Füße zu stolpern, nahm Johan sie mit in die Melodie der Musik. Als würde sie über das Parkett schweben, folgte sie seinen Bewegungen. Dabei sah er sie mit festem Blick und ernstem Gesicht an. Lijanne wurde ein bisschen schwindelig, und sie musste sich fest in seine Arme schmiegen. Sein Blick ließ sie nicht mehr los.

Als die Musik kurz verebbte, gab er ihr einen Augenblick zum Luftholen. „Kompliment, Sie sind eine gute Tänzerin."

Endlich fand sie ihre Stimme wieder. „Nein, das Kompliment geht ganz an Sie."

Schon setzte die Musik erneut ein, diesmal ein paar Takte langsamer. Aus einem Tanz wurden zwei. Als die Musik verebbte, brachte er sie zurück zu Hartwig Neels, der inzwischen wieder an einem Tisch Platz genommen hatte.

„Es war mir ein Vergnügen." Galant verbeugte er sich vor Lijanne. „Wir werden uns wiedersehen." Mit einem verschwörerischen Lächeln verabschiedete er sich.

Lijanne setzte sich auf einen Stuhl und brauchte einen Augenblick, um wieder in die Gegenwart zurückzufinden.

Ein undamenhafter Stoß in die Seite ließ sie zusammenzucken. Josefine hatte neben ihr Platz genommen und sah sie bitterernst an.

„Bist du verrückt, Lijanne?“

Lijanne verstand nicht. Fragend sah sie ihre Zimmergenossin an.

Diese nickte nur in die Richtung, in die Johan verschwunden war. „Johan? Johan van Rood? Lijanne, du hättest auch gleich nackt auf dem Ball auftauchen können, morgen wird die ganze Stadt über euch sprechen! Lijanne!“ Josefine schüttelte den Kopf, ihre Miene war noch immer finster. „Johan van Rood ist der Auserwählte für Arletta DeJong. Und glaub mir – könnten Blicke Flammen werfen, du wärst vorhin auf der Tanzfläche zu einem Häuflein Asche verbrannt.“ Jetzt kicherte Josefine. „Aber ihr saht gut aus! Ein schönes Paar, das wird ordentlich Ärger geben.“

9. KAPITEL

Oh, für welche Aufregung hatte die Señora da nur gesorgt? Tura, die Leibsklavin von Señora Arletta, war außer sich gewesen an dem Morgen nach dem Ball. Ihre Herrin war bitterböse auf Kebas Señora, weil diese wohl mit dem falschen Mann getanzt hatte, jenem Mann, der eigentlich für Señora Arletta bestimmt war. Keba schauderte bei dem Gedanken, was wohl auf den Raub eines Mannes bei den Weißen als Strafe stand. Hoffentlich würde man es ihrer Señora nicht vergelten! Keba selbst versuchte, sich in Gegenwart der anderen Leibsklavinnen unsichtbar zu machen.

„Die Mutter von Señora DeJong wird sich der Sache persönlich annehmen", hörte Keba Tura noch sagen. Den Fehltritt ihrer Herrin musste sie jetzt mittragen. Tura sah Keba mit so vergiftetem Blick an, als wäre es Keba höchstpersönlich gewesen, die sich dem Falschen zum Tanz angeboten hatte.

Bevor Eleana DeJong eingreifen konnte, kam es aber zu einem noch viel größeren Eklat.

„Du hättest mich warnen können." Lijanne war wirklich böse auf Josefine. Am nächsten Morgen saßen sich die beiden jungen Frauen auf ihren Bettkanten gegenüber, während Keba und Lida sich um die Körperpflege ihrer Herrinnen kümmerten. Am liebsten hätte Lijanne Keba fortgeschickt und sich selbst gewaschen. Dieses Getue mit den Leibsklavinnen kam ihr heute besonders albern vor.

„Ich hatte doch keine Ahnung, dass du den Mann kennst und gleich mit ihm den halben Abend verbringen würdest. Was hätte ich denn tun sollen? Dich aus seinen Armen zerren?"

„Zwei Tänze, wir hatten zwei Tänze, und hätte ich gewusst, dass es so einen Wirbel gibt … Ich hätte nie eingewilligt." Lijanne war sich insgeheim zwar nicht sicher, aber auf keinen Fall wollte sie, dass man dachte, sie würde sich zwischen Arletta und ihren Zukünftigen drängen wollen. Es gab viele Fettnäpfchen, in die man treten konnte, aber dieses war sicherlich das größte von allen.

„Ach, Lijanne, er sieht aber auch gut aus! Das musst du zugeben und … da ihr euch ja kanntet … Woher eigentlich?"

Josefine hatte sich bereits erhoben und ließ sich von Lida in ihr Kleid helfen. Heute trugen die Mädchen wieder ihre Schulkleider. Die glanzvollen Roben des gestrigen Abends waren noch mitten in der Nacht von Keba und Lida sicher in einem Reisekoffer verstaut worden, der zu Josefines Elternhaus gebracht werden würde.

„Die Señora hat das Pferd des Meneers eingefangen", rutschte es Keba heraus. Lijanne warf ihr einen tadelnden Blick zu.

„Pferd, was denn für ein Pferd?"

Jetzt stand auch Lijanne auf und steckte die Arme durch die Ärmel des Kleides, das Keba ihr hinhielt.

„Auf der Straße draußen, vor einigen Wochen an einem Mittag. Ihm war seine Stute durchgegangen, und ich habe sie vor der Einfahrt eingefangen."

„Du hast was?" Josefine lachte los. „Du bist wirklich verrückt, Lijanne, so ein Pferd … Es hätte dich umrennen können oder sogar mitschleifen."

„Es war nicht böse, es hatte einfach nur Angst."

„Aha, und da hast du den jungen Meneer van Rood kennengelernt."

„Ja, ganz kurz, ich habe ihm das Pferd wieder übergeben, und er hat sich bedankt. Mehr nicht."

„Mehr nicht?" Josefine kicherte immer noch. „Lijanne, das ist genug, um Mevrouw van Gravelsberg in eine Ohnmacht zu treiben. Du bist hier schließlich nicht auf einer Farm."

„Was hätte ich machen sollen? Das Pferd vorbeigaloppieren lassen?"

Josefine zuckte die Achseln. „Auf jeden Fall hättest du nicht Johan van Rood kennenlernen sollen", sagte sie schnippisch.

Arletta würdigte Lijanne keines Blickes. Da sie sich aber auch sonst ohnehin nicht viel um die Farmerstochter scherte, empfand Lijanne dies nicht als ungewöhnlich. Doch hinter ihrem Rücken braute sich ein gewaltiges Unwetter zusammen.

Zunächst war es Johan selbst, der Lijannes prekäre Lage noch verschlimmerte. Als Lijanne in der Mittagsstunde zur Direktorin gerufen wurde, erwartete sie eine Rüge, weil sie Arletta in die Quere gekommen war, vielleicht hatte auch jemand gepetzt, dass sie am Abend des Balls Schaumwein statt Wasser getrunken hatte. Innerlich wappnete sie sich bereits gegen eine Zurechtweisung.

Als sie das Zimmer von Mevrouw van Gravelsberg betrat, senkte sie demütig den Blick. Reue zu zeigen war wohl der sicherste Weg, es sich mit der Direktorin nicht zu verscherzen.

„Lijanne, mir sind da einige Dinge zu Ohren gekommen", begann Mevrouw van Gravelsberg, ohne Lijanne zu bitten, Platz zu nehmen.

Lijanne hielt den Kopf weiterhin gesenkt und starrte auf ihre Schuhe. Sie wusste, dass der stechende Blick dieser Frau ihr in diesem Augenblick die Tränen in die Augen treiben würde.

„Nun, es ist so, dass du eine Einladung bekommen hast. Ich halte dies für höchst ungewöhnlich und war geneigt, in deinem Namen abzusagen. Da es sich aber um eine wichtige Persönlichkeit handelt, wäre dies doch unhöflich gewesen."

Jetzt musste Lijanne aufsehen. „Eine Einladung?"

„Lijanne, ich hoffe, dir ist bewusst, dass Meneer van Rood einer der wichtigsten Familien der Insel entstammt. Er ist der Besitzer einer der größten Plantagen auf Curaçao."

Nein, das wusste Lijanne nicht, und sogleich jagte ihr ein kalter Schauer über den Rücken. Er … er lud sie ein?

Mevrouw van Gravelsberg machte ein bitterernstes Gesicht. „Ich halte dies für ein recht unschickliches Vorgehen und in Anbetracht der Umstände auch äußerst unpassend. Aber ich muss seinem Wunsch nachgeben." Sie stieß, ganz entgegen ihrer sonstigen Gewohnheit, keinerlei Gefühlsregungen zuzulassen, einen leisen Seufzer aus. „Du bist am morgigen Tag vom Unterricht freigestellt. Eine Droschke wird dich um neun Uhr abholen. Ich habe Meneer van Rood gebeten, dir bei diesem Besuch eine weibliche Person zur Seite zu geben, um bei dem Ganzen irgendwie … noch einen Rest Schicklichkeit zu wahren.“

Lijanne musste sich ein Lachen verkneifen, dass die Direktorin so in Not geriet ob dieser Einladung, ihr es aber anscheinend unmöglich war, diesen Fauxpas abzuwenden.

Mevrouw van Gravelsberg beugte sich auf ihrem Platz leicht nach vorne. „Ich werde es nicht dulden, wenn ein Mädchen unsere Schule in Verruf bringt. Ich weiß nicht, ob es auf Aruba der Tradition entspricht, solche Einladungen anzunehmen, aber ich hoffe, du wirst dich zu benehmen wissen.“

„Natürlich, Mevrouw van Gravelsberg.“ Lijanne vermied es, ihr nochmals ins Gesicht zu sehen. Der drohende Ton der Direktorin ließ keine Frage offen. Lijanne bedeutete eine Gefahr für den guten Ruf der Schule. Nichts lag Lijanne ferner, als dieser Schaden zufügen zu wollen, auch wenn sie sich inzwischen selbst dafür schalt, darauf gedrungen zu haben, an dieser Schule weiter ausgebildet zu werden.

Nun war dem aber so, und wie sich die Dinge gerade entwickelten … Lijanne hatte keine Ahnung, wohin dies führen sollte. Wahrscheinlich würde man sie in wenigen Tagen mit dem Besen aus der Stadt treiben, in vorderster Reihe Arletta und ihre Mutter. Doch der Wunsch, Johan wiederzusehen, war so übermächtig, dass sie nicht umhinkam, sich heimlich zu freuen. Und wenn es das Letzte wäre, was sie in Willemstad tat. Sie würde zu ihm fahren.

Das Herzklopfen über die Einladung stellte sich erst später ein. Lijanne eilte, entgegen ihren sonstigen Gewohnheiten zu dieser Tageszeit, auf ihr Zimmer. Erst als die Tür hinter ihr ins Schloss fiel, konnte sie wieder frei atmen.

Josefine, die auf ihrem Bett lag, schaute verdutzt ihre Zimmergenossin an. „Was ist passiert? Du siehst aus, als hättest du ein Gespenst gesehen.“

„Ich … ich war gerade bei der Direktorin. Er … er hat mich eingeladen. Morgen!“

Ruckartig setzte sich Josefine auf. „Wer?“

„Johan.“ Lijanne hob hilflos die Arme.

Josefine starrte Lijanne ungläubig an. „Er hat was?“ Dann lachte sie los. „Oh, Lijanne, du legst es aber auch wirklich drauf an!“

„Was soll ich denn machen? Hätte ich absagen sollen? Zumal die Direktorin dies wohl nicht geduldet hätte.“

„Nein, hätte sie nicht.“ Josefine wurde wieder ernst. „Johan ist einer der wichtigsten und begehrtesten Junggesellen auf Curaçao. Und bei seinem Einfluss … So ungehörig das auch ist.“ Josefine schwang die Beine über die Bettkante und setzte sich aufrecht hin. Lijanne sank ebenfalls auf ihr Bett. Sie wusste nicht, wo ihr der Kopf stand. Warum sie? Natürlich fühlte sie sich geschmeichelt und Johan war auch wirklich … gut aussehend und charmant. Aber … Sie seufzte leise. Der Sturm, den diese Einladung heraufbeschwören würde, war förmlich schon zu spüren.

„Du magst ihn doch, oder?“, fragte Josefine leise.

„Ja, natürlich mag ich ihn.“

„Dann ist das doch in Ordnung. Lijanne, tiefer kannst du jetzt auch nicht mehr in Ungnade fallen. Also – hab einen schönen Tag und genieße ihn.“

Als Lijanne am nächsten Morgen, gefolgt von Keba, aus dem Schulgebäude trat, um auf die Droschke zu warten, hatte sie das Gefühl, als würden aus den Fenstern tausend Augen auf sie schauen. Dass Mädchen nicht zum Unterricht erschienen, weil sie einen Ausflug machten, war nicht der Regelfall.

Keba hatte sich die Haare geflochten und eine saubere Kittelschürze angezogen. Das Mädchen machte dennoch nicht den Eindruck, als würde es sich über diese unerwartete Abwechslung freuen. Mit gesenktem Blick knetete es nervös die Hände.

„Keba? Alles in Ordnung?“ Beide standen sie vor der Eingangstür.

„Ja, Señora.“ Kebas Stimme war leise. „Es ist … es ist nur …“

„Sag, was dich bedrückt. Ich habe dir versprochen, dass du keine Angst haben musst.“

„Wenn Señora vielleicht diesen Meneer … Vielleicht wird die Señora mich dann nicht mehr brauchen.“

„Ach, Keba“, Lijanne musste lachen. „Wir fahren nur auf einen Besuch. Und egal was passiert, du bleibst natürlich bei mir.“

Keba nickte zögernd. Ihr war gar nicht wohl dabei, mit der Señora auf die Plantage fahren zu müssen. Zum einen würde dies für viel Unruhe sorgen, dessen war sich Keba sicher. Tura hatte schon einiges angedeutet. Gut, man würde der Señora wohl kaum einen Finger abhacken, aber irgendeine Strafe würde sie bekommen. Zum anderen hatte Keba keinen Plantagengrund mehr betreten seit … seit … Sie mochte nicht daran denken. Wenn der Mann, der die Señora eingeladen hatte, ein Pflanzer war, würde er mit Sklaven nicht anders umgehen als der Meneer der Plantage, von der Keba stammte. Und sie war sich sicher, dass ihre Señora nicht wusste, wie Pflanzer mit ihren Sklaven umgingen. Sie sah ihrer Herrin an, dass auch sie Zweifel zu hegen schien, wenn auch wohl andere als sie selbst. Ihre Señora hatte ja keine Ahnung!

Lijanne fragte sich insgeheim, was die anderen Mädchen wohl dachten. War dieser Besuch schon irgendein Eingeständnis an die Zukunft? Johan hatte sich sicher etwas dabei gedacht. Ihr Herz klopfte wie wild bei dem Gedanken. Plötzlich war sie sich nicht mehr sicher, ob der Ausflug zu Johan eine gute Idee war. Sie machte Arletta unverblümt Konkurrenz. Doch das Gefühl, das in ihr aufwallte, wenn sie an ihn dachte, ließ alle Sorgen verschwinden. Er und Arletta – das passte einfach nicht! Er und sie? Das passte auch nicht, aber Lijanne fand die Vorstellung dennoch reizvoll und ein angenehmes Kribbeln gesellte sich zu den Schmetterlingen in ihrem Bauch. Bevor sie endgültig ins Wanken geraten konnte, rollte ein Zweispänner die bekieste Einfahrt hoch. Schnaubend kamen die Pferde vor ihr zum Stehen.

Ein schwarzer Kutscher nickte ihr freundlich zu. Der Wagenschlag öffnete sich, und eine rundliche schwarze Frau stieg aus der Kutsche. Ihre weibliche Begleitung? Fast musste sie lachen und hoffte, dass die Direktorin nicht auch irgendwo an einem der Fenster stand. Denn an so eine Begleitung hatte sie sicher nicht gedacht bei ihrer Bitte an Meneer van Rood.

„Señora de Wind. Meneer van Rood schickt mich, Sie abzuholen." Die vollbusige Frau neigte kurz ihren Oberkörper. „Mein Name ist Beiruna. Bitte kommen Sie." Ihr Gesichtsausdruck war ernst und ohne jede Regung.

Lijanne stieg in den Wagen. Keba folgte und setzte sich mit dem Rücken zur Fahrtrichtung auf die Bank, Beiruna nahm neben Keba Platz. Der Kutscher schnalzte, und schon zogen die Pferde an.

Nachdem sie das Grundstück der Schule verlassen hatten und ein Stück die Straße hinuntergefahren waren, entspannte sich Beiruna etwas. Sie schien sich in ihrer Rolle als Anstandsdame nicht wohlzufühlen. Auch Lijanne atmete auf. Jetzt war es zu spät, jetzt saß sie im Wagen und befand sich auf dem Weg zu Johan. Arletta knüpfte bestimmt schon eine Schlinge für ihren Hals.

„Ist es weit zur Plantage?" Zaghaft richtete Lijanne ihre Frage an Beiruna.

Die schwarze Frau entblößte beim Lachen eine Reihe weißer Zähne. „Ja, Señora, wir werden schon eine Weile unterwegs sein. Aber ich habe etwas zu trinken mitgebracht und wenn die Señora Hunger hat …" Sie deutete immer noch lachend auf einen Korb, der im Fußraum der Droschke stand.

„Das ist sehr nett. Danke." Lijanne verspürte allerdings weder Durst noch Appetit. Ihr Magen rebellierte vor Aufregung, sodass sie eher Angst hatte, sich übergeben zu müssen. Mit tiefen Atemzügen versuchte sie sich zu beruhigen.

Von Beiruna schien die Befangenheit endlich abzufallen. „Meneer van Rood hat gesagt, ich soll gut auf die Señora aufpassen und Sie sicher nach De Eendracht bringen. Ich hoffe, der

Señora wird es bei uns gefallen." Ihre dunkelbraunen Augen blitzten einen kurzen Moment auf.

Lijanne hörte in der Stimme der Haussklavin einen gewissen Stolz. Gerne hätte sie noch mehr gefragt, doch es war wohl nicht angemessen, Fragen an diese Frau zu richten.

Keba drängte sich derweil an die äußerste Ecke des Sitzpolsters, um möglichst viel Abstand zwischen sich und die ältere Sklavin zu bringen. Hatte das Mädchen Angst? Lijanne versuchte, es aufmunternd anzulächeln, doch Keba verzog keine Miene.

10. KAPITEL

Die Fahrt führte aus der Stadt hinaus über breite, palmengesäumte Wege. Zunächst sah man noch einige Hütten, dann nur in der Ferne mal ein Haus, bis sich die Fahrt endgültig durch unbewohntes Gebiet zog. Curaçao war etwas grüner als Aruba. Lijanne hatte bisher noch keine Möglichkeit gehabt, die Stadt zu verlassen; jetzt genoss sie die weite Sicht und die frische Luft. Die Palmenhaine wurden weniger. Dafür sah sie öfters die Divi-Divi-Bäume, die es auch auf Aruba gab und die mit ihrer vom unablässigen Passatwind geformten Krone anzeigten, wo es nach Südwesten ging. Sie fuhren in die entgegengesetzte Himmelsrichtung. Das Land wurde rauer und hügeliger. In der Ferne ragten Berge empor. Kurz fühlte sich Lijanne, als würde sie auf ihre Heimat im Hochplateau von Aruba zufahren. Die Sonne stand inzwischen höher am Himmel. War es die ungewohnte Fahrt, oder waren es ihre angespannten Nerven? Lijanne war schwindelig.

Beiruna schien sofort zu bemerken, dass es um Lijannes Befinden nicht zum Besten stand. „Möchte die Señora etwas trinken?“ Gleich zog sie aus dem Picknickkorb einen Krug mit Wasser und schenkte Lijanne einen Becher ein. Lijanne nahm ihn dankend an. Das Wasser war überraschend kühl und vertrieb das schummrige Gefühl aus ihrem Kopf, und auch ihr Magen beruhigte sich etwas.

„Die Fahrt dauert nun auch nicht mehr lange“, bemerkte die Haussklavin und deutete in Richtung der Berge.

Die Umgebung wandelte sich ein weiteres Mal, und der Weg führte wenig später in einen schattigen Wald aus Orangenbäumen. Bunte Papageien hüpften durch die Baumkronen und begrüßten die Kutsche mit lautem Palaver. Fasziniert schaute Lijanne nach oben. Auf Aruba gab es nicht so viele bunte Vögel. Der Wald lichtete sich wieder, und der Schwarm Papageien zog über sie hinweg. Als die Kutsche einen kleinen Schlenker machte, erhaschte Lijanne einen Blick auf eine weitläufige Lichtung, auf der ein großes Plantagengebäude stand.

„Wir sind da", erklärte Beiruna, und schon parierte der Kutscher die Pferde zum Schritt durch.

In Lijannes Magengegend flatterten kurz wieder die Schmetterlinge auf. Der Wagen kam vor dem Gebäude zum Stehen, und schon war Beiruna aufgesprungen, um Lijanne den Wagenschlag zu öffnen.

Mit zittrigen Knien stieg sie aus der Droschke.

„Herzlich willkommen auf De Eendracht." Drei Stufen führten zur hölzernen Veranda empor, und oben stand Johan van Rood und strahlte über das ganze Gesicht.

Lijanne hatte ihn nicht gleich bemerkt. Die Schmetterlinge in ihrem Bauch veranstalteten einen wilden Tanz. „Danke für die Einladung, Meneer van Rood", versuchte sie höflich hervorzubringen. Doch ihre Stimme klang dünn.

„Ich hoffe, die Fahrt war nicht zu strapaziös. Ich habe Beiruna angewiesen, es Ihnen so bequem wie möglich zu machen."

„Danke, sie war sehr aufmerksam. Es ist nur ... Ich war lange nicht ..."

„Ja, Mevrouw van Gravelsberg lässt ihre Schäfchen nicht oft aus dem Stall. Ich hörte davon", kam er ihr zuvor. Inzwischen war er die Stufen herabgestiegen und stand neben ihr. „Möchten Sie sich vielleicht etwas die Beine vertreten nach der langen Fahrt?" Er bot ihr seinen Arm.

„Ja ... ja, gerne." Unsicher sah Lijanne zu Keba, die etwas verloren neben der Droschke stand.

Johan folgte ihrem Blick. „Das Mädchen kann mit Beiruna gehen. Es hat sicherlich Durst. Beiruna – kümmerst du dich bitte?"

„Komm, Kleine." Die schwarze Haushälterin winkte Keba zu.

Lijanne war der freundliche Ton, der hier zwischen Herrn und Haussklaven herrschte, nicht verborgen geblieben. Auch wenn Mevrouw van Gravelsberg wohl in Ohnmacht gefallen wäre, nahm Lijanne gerne den dargebotenen Arm und ließ sich von Johann van Rood davonführen. Um Keba brauchte sie sich sicher keine Sorgen zu machen, auch wenn es unschicklich war, mit diesem Mann nun alleine umherzugehen. Lijanne war weit fort von den starren Regeln der Schule und der Stadt.

Entlang dem Plantagenhaus zog sich ein kleiner Weg. Das Gebäude war ein zweistöckiger Holzbau, die weiße Farbe hob sich strahlend vom Grün der Umgebung ab.

„Ich hoffe, Sie sind mir nicht böse, dass ich Sie kurzerhand hierher eingeladen habe?“ Johan wirkte verlegen. „Aber ich wollte Sie unbedingt wiedersehen.“

„Wie könnte ich Ihnen böse sein? Es ist wunderschön hier. Allerdings war Mevrouw van Gravelsberg nicht sehr erfreut“, gab Lijanne unumwunden zu.

Er lachte kurz auf, während sie weiter dem Pfad um das Haus herum folgten. „Ja, das glaube ich gerne. Ihr wäre wohl ein gesittetes Beieinander, umgeben von einer Heerschar von Anstandsdamen, deutlich lieber.“ Dann zögerte er kurz. „Wissen Sie, Lijanne, ich wollte Ihnen gerne meine Plantage zeigen und ich … ich fühle mich in der Stadt nicht sehr wohl. Hier draußen …“

„Ich verstehe das.“ Lijanne schenkte ihm ein Lächeln. Tausendmal lieber war sie hier zwischen den Palmen und Orangenbäumen im Garten des Plantagenhauses als in irgendeinem muffigen Salon, möglichst noch umgeben von allzu aufmerksamen älteren Damen. „Aber …“, jetzt zögerte sie. War es vielleicht unpassend, diese Frage zu stellen? Aber sie brannte Lijanne schon seit dem Gespräch mit Mevrouw van Gravelsberg auf der Seele. „Warum haben Sie gerade mich eingeladen? Man … man munkelt ja …“

„Was munkelt man?“ Er löste ihren Arm von seinem und drehte sich zu ihr.

„Nun … Man sagte mir, Sie und …“

„Arletta?“ Er zog scharf die Luft ein und machte eine abfällige Geste. „Juffrouw de Wind, da wird mir in Willemstad etwas angedichtet, zu dem ich noch keinerlei Aussage getroffen habe. Ich glaube, die Mutter von Arletta ist da etwas … etwas übereifrig." Er senkte seinen Blick. „Vielleicht … vielleicht hätte ich etwas deutlicher dagegen angehen sollen. Ich gelte offensichtlich als gute Partie. Sie können sich nicht vorstellen, was mir an Einladungen und Angeboten ins Haus geflattert kam. Seit man annimmt, ich und … Arletta, nun – seitdem ist es ruhiger geworden." Jetzt grinste er etwas verlegen. „Ich hoffe, Sie haben keinen falschen Eindruck von mir. Es ist nur so … Ich fühlte mich mit alldem etwas überfordert. Und ich hoffe, ich habe Sie mit meiner Einladung jetzt nicht in persönliche Not gebracht. Ist … ist Arletta eine Freundin?"

„Nein!" Lijanne hob abwehrend die Hände. „Wir besuchen dieselbe Schule, ja. Aber …" Lijanne zögerte und wusste nicht so recht, was sie sagen sollte. Sicherlich war es nicht sehr nett von ihm, Arletta zu benutzen, um seine Ruhe zu haben, doch sie konnte sich gut vorstellen, wie nur eine kleine Bemerkung von Arlettas Mutter die Gesellschaft von Willemstad zum Brodeln gebracht hatte. Das Wissen aber, dass es ihm mit Arletta nicht ernst war, ließ sie aufhorchen. Wenn dem so war, würde es früher oder später einen handfesten Skandal geben. Und sie wurde das Gefühl nicht los, dass sie ein Teil davon sein würde. Aber nun war sie hier.

„Meneer van Rood, ich würde mich freuen, wenn Sie mir Ihre Plantage zeigten."

Er strahlte über das ganze Gesicht. „Johan – sagen Sie doch bitte Johan, Juffrouw de Wind"

„Lijanne." Sie erwiderte sein Lächeln.

Beiruna hatte Keba mit auf die hintere Veranda des Plantagenhauses genommen, den Ort, an dem gekocht und alle anderen Dinge des Haushalts erledigt wurden.

„Setz dich! Hast du Durst?"

Keba nickte zögernd, während sie sich auf eine der auf dem Fußboden ausgelegten Matten hockte. Hier saßen sonst die

Hausmädchen, stopften Socken, nähten an den Kleidern, putzten aber auch Gemüse oder polierten Tafelsilber. Keba hatte einst oft genug selbst auf der hinteren Veranda ihrer alten Heimatplantage gesessen.

Sie konnte das Verhalten von Beiruna nicht einschätzen. Noch nie hatte – außer Lida und natürlich ihrer eigenen Mutter – eine andere Sklavin so nett zu ihr gesprochen. Und wo waren die anderen Hausklavinnen dieser Plantage? War Beiruna etwa ganz allein in diesem Haus mit ihrem Herrn?

Keba sah, wie ihre Señora mit dem Meneer van Rood vorbeiging. Ihre Herrin sah unsicher und nervös aus. Keba versuchte zu lächeln, als sie den Blick ihrer Señora erhaschte. Sie sollte nicht denken, Keba hätte Angst. Die Señora lächelte zurück. Ja, sie kannten sich inzwischen gut. Keba wurde es einen kurzen Augenblick ganz warm ums Herz. Doch dann fiel ihr Blick auf etwas, das sich hinter der Señora und dem Mann befand, etwas, das sie nie wieder hatte sehen wollen. Am Ende des Wirtschaftshofes, den sie von der Veranda aus überblicken konnte, stand er: der Sklavenbaum. Auf keiner Plantage würde es je anders sein. Die Wärme um ihr Herz verwandelte sich in steinerne Kälte und bittere Erinnerungen stiegen in ihr empor.

„Das ist Beirunas Reich", erklärte Johan, der Lijanne inzwischen wieder den Arm angeboten hatte. Die schwarze Haushälterin klapperte dort mit den Töpfen und lachte, als sie ihren Herrn und seine Begleitung bemerkte. Lijanne sah Keba auf einer Matte in der Nähe von Beiruna sitzen. Das Mädchen sah nicht mehr ganz so verschüchtert aus wie noch vorhin bei ihrer aller Ankunft und hatte einen Krug Wasser und einen Becher neben sich stehen.

„Ist Beiruna schon lange bei Ihnen … dir?" Lijanne musste sich an die vertraute Anrede erst gewöhnen.

„Sie ist sogar schon länger auf der Plantage als ich. Meine Mutter starb sehr früh, Beiruna war der gute Geist, der mich aufzog. Mein Vater hatte kaum Zeit, die Plantage … Nun, er starb auch vor vier Jahren, und seitdem sind wir allein hier." Ein bisschen Wehmut schwang in seiner Stimme mit.

„Das tut mir leid." Lijanne blickte nochmals zum Haus zurück. Ganz allein? Das Gebäude kam ihr riesig vor.

Direkt hinter dem Haus lag ein Küchengarten. Hier wuchsen Früchte, Gemüse und allerlei Kräuter. Von dort gelangte man auf einen Innenhof zwischen Stallungen und Scheunen.

Lijanne hörte die Pferde, bevor sie sie sah, dies erweckte sofort die alte Liebe in ihr. „Oh – ich würde gerne … darf ich?" Sie deutete in die Richtung, aus der sie das Schnauben vernommen hatte.

„Ja, natürlich." Johan lächelte.

In einem Pferch standen drei Stuten, zwei davon mit Fohlen, die dritte erkannte Lijanne als das Pferd, das sie auf der Straße in Willemstad eingefangen hatte.

„Hier fühlt sie sich sicher wohler." Lachend tätschelte sie der Stute, die neugierig an den Zaun gekommen war, die Nüstern. Das Pferd blies ihr sanft seinen warmen Atem über den Handrücken. Ein wohliger Schauer überfiel Lijanne. Oh, wie sehr hatte sie die Pferde vermisst! Sie plauderten etwas über die Zucht und die Ausbildung von Pferden. Johan hatte auf diesem Gebiet wirklich ein enormes Wissen, doch Lijanne stand ihm in nichts nach. Im Gespräch nickte er des Öfteren anerkennend, und ganz selbstverständlich ging ihnen nun das Du über die Lippen. Lijanne fühlte sich seltsam vertraut, als stünde sie zu Hause am Pferch und spräche über die eigenen Tiere. Sie hätte noch ewig hierbleiben können, aber sie wollte nicht unhöflich sein. Lächelnd und deutlich entspannter ließ sie sich von Johan weiterführen. Gesprächsstoff gab es reichlich. Lijanne wusste einiges über Landwirtschaft. Zwar nicht über den Zuckeranbau direkt, aber Bewässerung und Wetter waren keine Fremdworte für sie.

Zwischen den Scheunen, in denen weitere Pferde, Maultiere und auch Ochsen untergebracht waren, führte ein Pfad zu vielen kleinen Hütten.

„Hier wohnen die Sklaven.“ Johan schien keine Scheu zu haben, Lijanne auch diesen Teil zu zeigen. Sie hatte noch nie ein Sklavendorf gesehen. Ein imposanter Baum, ungewöhnlich gerade gewachsen für die Inseln, markierte den Eingang.

„Auf Aruba gibt es nicht viele Sklaven“, bemerkte sie leise.

„Ja, ich weiß, aber hier sind sie unentbehrlich. Wir bauen Zuckerrohr an, da braucht man viele Arbeitskräfte.“

Die Hütten waren nicht groß, aber solide aus Stein gebaut. Neben jeder Hütte lag ein kleiner Kostacker, einige Hühner liefen frei umher, und vor manchen Hütten saßen Frauen mit Kleinkindern. Als Johan vorbeiging, grüßten sie ehrerbietig, aber ohne jedes Zeichen von Scheu. Ein kleines Detail, das für Lijanne ungemein wichtig war. Sie kannte inzwischen die angstgeweiteten Augen von so mancher Leibsklavin, und auch Keba hatte ihr erzählt, dass viele Weiße ihre Sklaven nicht viel besser als Hunde behandelten. Wobei Keba darüber immer sehr leise sprach, was Lijanne ahnen ließ, dass auch das Mädchen schon schlechte Erfahrungen gemacht hatte. Dass Johan augenscheinlich um einen guten Umgang mit seinen Sklaven bemüht war, beruhigte sie. Wie eigentlich alles hier sie beruhigte. Sie fühlte sich auf der Plantage wohl, viel wohler als hinter den engen Mauern des Mädchenpensionats.

„Dort hinten beginnen die Zuckerrohrfelder.“ Am Ende des Sklavendorfes blieb Johan stehen und schwenkte den Arm einmal von links nach rechts. „Sie reichen von dem Hügel dort bis hinüber zur blauen Lagune.“

Da Lijanne am Horizont das Ende des Grüns nicht ausmachen konnte, schätzte sie, dass die Plantage wirklich riesig war.

„Dort ist noch die Zuckermühle.“ Johan bog rechts ab. Ein breiter Pfad, zerfurcht von Maultierkarren, führte zu einem großen, breiten Gebäude. Süßlicher Duft stieg Lijanne in die Nase. Eine Zuckermühle hatte sie noch nie gesehen.

Johan öffnete das große Haupttor, und der süßliche Geruch verstärkte sich.

„Schau." Er deutete in das Gebäude. „Dort sind die großen Walzen, dort wird das Zuckerrohr durchgetrieben. Die Walzen werden von starken Ochsen bewegt. Dann kommt das Zuckerrohr in eine feinere Mühle und wird ausgepresst. Später wird dann der Zuckersaft gesiedet, gebleicht, nochmals gefiltert und schließlich zentrifugiert."

Es schwang so viel Stolz in Johans Stimme mit, dass Lijanne sich nicht traute, zu gestehen, dass sie davon nicht viel verstanden hatte. Doch eines hatte sie aufgeschnappt in Sachen Zucker. „Und dann kann man Rum brennen?"

Johan lachte. „Ja, nach der Zentrifuge bleibt Rohrzucker über und Melasse, diese kann man zum Destillieren nehmen. Dort stehen die Fässer für die Melasse. Wir verkaufen sie nach Willemstad oder sogar hinüber aufs Festland."

Er schloss das große Tor wieder. „Geerntet wird alle paar Wochen. Zuckerrohr braucht gut achtzehn Monate, bis es reif ist. Unser Segen ist das Wasser von den Bergen, sonst wäre es hier wohl zu trocken für einen Anbau. Lass uns zum Haus zurückgehen, Beiruna hat bestimmt eine Erfrischung für uns zubereitet."

Sie gingen wieder durch das Sklavendorf zurück zum Plantagenhaus. Lijanne schaute prüfend nach oben. Die Sonne war ein ganzes Stück weitergewandert. Es war sicher schon nach Mittag. Lijanne hoffte, dass Johan daran dachte, sie pünktlich zurückzubringen. Auch wenn Arletta für sie schon längst einen Galgen aufgestellt haben dürfte.

Johan schien ihre Gedanken lesen zu können. „Die Kutsche wird dich rechtzeitig heimbringen. Wir wollen Mevrouw van Gravelsberg ja keinen Anlass zu weiterer Aufregung geben."

Im Plantagenhaus war es angenehm kühl. Johan hatte Lijanne über die vordere Veranda hineingeführt, durch eine große Eingangshalle trat man in einen herrschaftlichen Salon. Die Einrichtung war mit der des elterlichen Farmhauses in nichts zu vergleichen. Wo Lijanne auch hinsah, entdeckte sie Möbel aus edlen Hölzern, feinstes Glas und Porzellan und wunderschön geknüpfte Teppiche auf dem Boden. Sie kam sich vor wie in einem Palast. Johan bot Lijanne höflich einen Stuhl am Esstisch an. „Setz dich bitte."

Beiruna brachte einen Krug mit Wasser und einen mit Limonade. Dann verschwand sie kurz und kam mit einem Tablett wieder, auf dem Sandwiches lagen.

„Sehr unhöflich von mir, dich so lange draußen durch die Hitze zu führen." Johan goss ihr ein Glas Limonade ein. „Koste, sie ist Beirunas Geheimrezept. Sie ist die Einzige, die es schafft, aus den sauren Pomeranzen vom Orangenhain etwas Schmackhaftes zuzubereiten."

Lijanne nippte an dem kühlen Getränk. In der Tat schmeckte es anders, als man es erwartete. Die Orangen, die auf den Inseln wuchsen, waren einst von den ersten Kolonialherren mitgebracht worden. Doch auf dem kargen Boden produzierten sie nur bitter-saure Früchte. Auf Aruba fraßen die Ziegen diese Orangen, die Menschen hatten so gut wie keine Verwendung dafür.

Lijanne nickte anerkennend. Dann wurde sie nachdenklich. „Ich fand die Führung über die Plantage sehr interessant, es ist so ... Alles ist so viel größer als bei uns auf Aruba." Lijanne fragte sich insgeheim, ob Johan vielleicht eine falsche Vorstellung davon hatte, aus was für Verhältnissen sie kam. Sie hatten schließlich keine große Viehzucht, sondern nur eine kleine Farm, und die gehörte ihnen nicht einmal.

Er ließ einen Moment seinen Blick auf ihr ruhen und nippte an seiner Limonade.

„Aber dir gefällt es hier draußen?"

Sie musste lachen. „Ja, mir gefällt es. Ich glaube, ich bin nicht für ein Leben in der Stadt gemacht."

Johan lächelte.

Sie sprachen über die Plantage, über Lijannes Leben in dem Pensionat, über die Unterschiede zwischen Aruba und Curaçao. Die Zeit verflog, und Lijanne schreckte irgendwann hoch. „Ich denke, ich sollte bald zurückfahren."

Johans Gesicht bekam einen gequälten Ausdruck. „Ja, auch wenn ich dich nur ungern gehen lasse.“ Dann rief er nach Beiruna.

„Sag dem Kutscher, er möge bitte anspannen.“

„Würde ich nicht zurückkehren, stünde bald die ganze Gendarmerie der Insel hier vor deiner Tür. Und Mevrouw van Gravelsberg würde dich der Entführung bezichtigen.“ Lijanne zwinkerte ihm zu, während sie sich erhob.

Übertrieben resigniert hob er die Arme und seufzte theatralisch. „Ja, und womöglich würde sie mich an den Galgen bringen. Dennoch wäre das Risiko verlockend.“

Er geleitete sie auf die Veranda hinaus. Lijanne genoss einen Augenblick die milde Abendluft und die letzten Sonnenstrahlen über den Baumkronen. „Es ist wirklich schön hier.“

„Dann darf ich hoffen, dass du wiederkommst?“ Johans Stimme war leise, und ihr Ton jagte Lijanne einen Schauer über den Rücken.

Ihr wurde bewusst, wie vertraut sie sich in den letzten Stunden geworden waren und wie sehr sie sich zu ihm hingezogen fühlte. Ein seltsames Gefühl einem Mann gegenüber, das ihr gänzlich neu war, aber es war prickelnd, aufregend und ungemein … so … so … Ihr fehlte das passende Wort. Doch ob sie sich wiedersehen würden, das lag wohl in der Gunst von Mevrouw van Gravelsberg, und Lijanne machte sich da keine großen Hoffnungen.

Auf dem Rückweg von De Eendracht nach Willemstad bemerkte Lijanne, wie schwer ihr der Abschied fiel. Ein kleines Stück von ihrem Herzen schien auf dieser Plantage zurückgeblieben zu sein. Diesmal fuhren sie allein, Beirunas Begleitung war in Johans Augen nicht mehr nötig. Keba hingegen schien erfreut, dass es in die Stadt zurückging. Lijanne betrachtete das Abendrot am Horizont. Ihre Gedanken waren bei Johan. Würde sie ihn wiedersehen?

11. KAPITEL

Josefine konnte am Abend ihre Neugier kaum zügeln. „Wie war es?“, fragte sie drängend.

Lijanne war müde, die Rückfahrt hatte sich hingezogen. Dennoch versuchte sie, die Neugier ihrer Zimmergenossin zu stillen, und erzählte von der Plantage, den Pferden und der Zuckermühle.

Josefine lag im Bett, Lijanne zugewandt. Irgendwann verzog sie das Gesicht. „Lijanne, ich weiß, wie eine Plantage aussieht. Wie war denn … er?“

Lijanne hob die Augenbrauen. „Er?“

„Ja, natürlich – er!“

„Sehr nett.“

„Sehr nett?“ Josefine schnaubte leise. „Oh, Lijanne, da verbringst du den ganzen Tag bei dem begehrtesten Junggesellen der ganzen Insel und es war nur ‚sehr nett‘?“

Lijanne drehte sich unwirsch auf ihrem Bett um, sodass Josefine ihr nicht mehr in die Augen sehen konnte. „Mehr gibt es da nicht zu erzählen.“ Im Halbdunkel des Zimmers huschte Lijanne aber ein Lächeln übers Gesicht.

Josefine drehte sich ebenfalls um. „Na gut. Aber du solltest wissen, dass Arletta Gift und Galle gespuckt hat. Die Direktorin hat wohl ihre Mutter über deinen Ausflug informiert, und heute Mittag war Mevrouw DeJong bei ihrer Tochter und anschließend lange bei der Direktorin.“

Lijanne antwortete nichts. Es war ohnehin zu spät. Doch sie ahnte, dass die nächsten Tage nicht einfach werden würden und Arletta jede Möglichkeit nutzen würde, sie zu diffamieren.

Arletta jedoch blieb überraschend still. Zwar atmete sie schneller und ihre Augen wurden zu bösen Schlitzen, wenn sie Lijanne sah, aber sie sagte nichts. Lijanne wähnte sich fast schon in Sicherheit, bis sie zwei Tage nach ihrem Ausflug erneut zur Direktorin gerufen wurde. Sie ahnte, dass dies nichts Gutes bedeuten konnte.

Innerlich wappnete sie sich gegen eine gehörige Standpauke, obwohl sie sich immer noch keiner Schuld bewusst war. Johan hatte sie eingeladen, und dies war ohne ihr Zutun geschehen.

Die Direktorin stand, ganz entgegen ihrer Gewohnheit, hinter ihrem Schreibtisch, als Lijanne den Raum betrat. Sie wies Lijanne auch diesmal nicht an, sich zu setzen, sondern ließ sie abermals stehen.

Lijanne war es leid, dieser Frau immer demütig gegenüberzutreten. Sie hatte sich in der Schule große Mühe gegeben, und auf alles, was nun geschah, hatte sie keinen Einfluss. Der Besuch auf der Plantage hatte ihren Freiheitssinn geweckt; sie fühlte sich wie ein Pferd, das es endlich geschafft hatte, den Zaun zu überspringen. Diesmal senkte sie den Blick nicht sittsam, sondern sah Mevrouw van Gravelsberg mit emporgerecktem Kinn direkt in die Augen. Die Direktorin quittierte dieses Verhalten mit einem empörten Schnauben.

„Ich hätte es mir gleich denken können! Nun, Lijanne, nachdem mir dein ungebührliches Verhalten nicht im Sinne unserer Schule erscheint …"

Lijanne öffnete den Mund, doch bevor sie etwas sagen konnte, hob die Direktorin die Hand und gebot ihr, zu schweigen.

„… ist mir etwas zu Ohren gekommen, das das Maß deiner Frechheit noch übersteigt. Ich hätte gewarnt sein sollen, von Aruba hört man ja auch nie etwas Gutes. Auf jeden Fall hat man mir zugetragen, dass dein Vater keinesfalls tot und zudem noch ein … ein Indianer ist." Sie hörte sich an, als würde sie von einem besonders lästigen Ungeziefer sprechen.

In Lijannes Kopf rauschte es. Wer hatte sie verraten? Arlettas Mutter? Sicherlich, sie war die Einzige, die so etwas wissen konnte. Woher nur? Lijanne spürte brennende Wut in sich aufsteigen.

„Dieser Umstand veranlasst mich, dich sofort der Schule zu verweisen. Deine Mutter hat sich nicht gottgefällig verhalten, und wir können das nicht dulden. Du wirst heute noch dieses Haus verlassen."

Lijanne wurde schwindelig.

„Du kannst gehen."

Wie in Trance wandte sich Lijanne zur Tür. Doch dann jagte es durch sie hindurch wie ein Sturm. So würde sie nicht gehen! Sie würde der Schule nicht ohne ein kleines bisschen Genugtuung den Rücken kehren. Ruckartig drehte sie sich noch einmal um. „Er wird Arletta nicht zur Frau nehmen, da braucht sich Mevrouw DeJong keine falschen Hoffnungen zu machen. Es wird auch nicht helfen, mich von der Insel zu schicken."

„Was erlaubst du dir?!"

Doch bevor die Direktorin noch etwas sagen konnte, war Lijanne schon zur Tür hinaus. Sie eilte den Flur entlang, die Treppe hinauf, bis in ihr Zimmer. Erst nachdem die Tür hinter ihr zugefallen war, flossen Tränen der Wut.

„Verdammt!", rutschte es ihr heraus. Fluchen war sicherlich auch nicht gottgefällig, aber da sie ja nach der Meinung der Direktorin wohl ohnehin bereits mit einem Bein in der Hölle stand, kam es darauf auch nicht mehr an.

Resigniert ließ Lijanne sich auf die Bettkante sinken und barg ihr Gesicht in den Händen. Was sollte sie jetzt tun? Wie sollte sie das ihren Eltern erklären? Wie sollte sie nach Hause kommen? Sie hatte kein Geld für die Überfahrt. Was sollte mit Keba geschehen? Lijanne hatte sich hier in einer Welt bewegt, die einfach nicht die ihre war. Wie ein Teller, der auf Steinboden fiel, zersprang alles um sie herum. Sie war keine Pflanzertochter, sie war nicht mal eine echte Weiße, sie gehörte auf eine Farm und nicht zwischen diese hübsch ausstaffierten Püppchen. Und, dessen war sie sich sicher, sie würde auch Johan nicht wiedersehen. Sie ließ ihren Tränen freien Lauf. Hätte sie doch nur auf ihre Mutter gehört!

Erst als Josefine das Zimmer betrat, wischte Lijanne die Tränen fort und räusperte sich.

„Was ist passiert?“ Josefine setzte sich neben sie.
„Ich ... ich muss die Schule verlassen, noch heute.“
„Himmel! Wegen Johan?“
„Ja“, log Lijanne. Der wahre Grund tat nichts zur Sache.
„Und? Gehst du nun zu ihm? Wie romantisch!“
Josefines verklärter Gesichtsausdruck brachte Lijanne trotz ihrer Verzweiflung zum Lachen. „Nein! Ich werde nach Hause gehen, sobald ich irgendwie Geld auftreiben kann für die Überfahrt.“
Josefine schaute enttäuscht. „Ach, ich dachte ... Na gut. Wie viel Geld brauchst du denn?“
Lijanne überlegte. Dann nannte sie Josefine den Preis für die Überfahrt für eine Person. Keba konnte sie nicht mitnehmen. Auf Aruba gäbe es nichts für sie zu tun, und auf der elterlichen Farm brauchte sie beileibe keine Sklavin.
„Das kann ich dir geben, kein Problem.“ Josefine stand auf, trat an ihre Kommode und holte ein kleines Geldsäcklein heraus.
„Danke. Ich werde es dir eines Tages zurückzahlen.“ Dann klingelte Lijanne nach Keba.
„Ich muss die Schule verlassen. Bitte packe meine Sachen, und dann geh auch deine packen.“
Keba sah ihre Herrin verständnislos an, tat aber wie ihr befohlen.
Josefine beobachtete, wie Lijanne sich zum Aufbruch bereit machte. „Ich würde mich freuen, wenn du mir schreibst, wie es dir geht.“
„Gerne, aber ich werde wenig Aufregendes erleben, ich werde Ziegen und Pferde züchten.“
„Meinst du nicht, dass du und Johan ...“
Lijanne schüttelte den Kopf. Johan würde sicherlich Wind davon bekommen, was hier vorgefallen war. Zumindest würde Arlettas Mutter alles daransetzen, ihm die gleichen Informationen zukommen zu lassen wie der Direktorin. Johan war sicherlich ein toleranter Mann, aber ob seine Toleranz so weit reichte?

Lijanne vermutete, eher nicht. Sie sollte sich ihn aus dem Kopf schlagen, je schneller, desto besser.

Als sie wenig später, gefolgt von der völlig verstörten Keba, durch den Flur der Schule ging, traf sie auf Arletta. An diesem Tag reckte sie die Nase noch höher als sonst in die Luft. „Jetzt kannst du den Bastarden auf deiner Insel schöne Augen machen", spie sie Lijanne hinterher. Ihre Freundinnen kicherten.

Lijanne beeilte sich, aus dem Haus zu kommen. Als sie auf der Straße stand, atmete sie tief durch. Es fühlte sich merkwürdig an. Sie war frei! Erst jetzt merkte sie, wie sehr das starre Korsett der Schule sie eingeengt hatte. Sie hatte um alles in der Welt zur guten Gesellschaft gehören wollen. Aber sie war weder eine Pflanzertochter noch stammte sie aus einer Kaufmannsfamilie. Nachdenklich schaute sie ein letztes Mal auf das Schulgebäude am Ende des Palmengartens.

Jetzt gab es nur noch eins zu tun. „Keba, ich möchte, dass du zu Meneer van Rood auf die Plantage gehst. Sage ihm, dass ich Curaçao verlassen musste und ich ihn darum bitte, sich deiner anzunehmen."

„Aber Señora?" Keba sah Lijanne verzweifelt an. Lijanne hatte sich auf diesen Augenblick innerlich vorbereitet, konnte es jetzt aber kaum ertragen, zu sehen, wie sich Kebas Augen mit Tränen füllten. „Señora … bitte nicht, nicht auf die Plantage."

„Keba, auf Aruba gibt es keine Arbeit für dich, und ich denke, Ziegen hüten wäre nicht die richtige Aufgabe. Meneer van Rood wird dich besser einzusetzen wissen, und er wird dich gut behandeln."

Sie legte ihrer Leibsklavin eine Hand auf die Schulter – in ihrer Freundschaftlichkeit eine ungehörige Geste. Aber das war Lijanne in diesem Moment egal. „Geh zu ihm nach De Eendracht, Keba. Vertraue mir, für dich wird dort alles gut." Sie hoffte im Stillen, dass sie nicht falschlag mit dieser Einschätzung.

„Wenn die Señora meint …" Keba ließ Schultern und Kopf hängen.

Lijanne wandte sich zum Gehen: Wenn sie jetzt noch länger wartete, überlegte sie es sich womöglich anders. „Ich muss zum Hafen. Leb wohl, Keba."

„Leben Sie wohl, Señora." Kebas Stimme klang dünn.

Lijanne machte sich auf den Weg. Der Abschied zerriss ihr fast das Herz, aber sie konnte nicht anders. Irgendwie schaffte sie es, sich über Punda bis zum Hafen durchzuschlagen; dort fand sie das Büro des Hafenmeisters und konnte eine Überfahrt nach Aruba buchen. Noch am selben Tag ging ein Schoner, am nächsten Morgen würden sie schon in der Paarden Bai anlegen. Dies alles kam ihr so unwirklich vor, dass die Stunden wie im Traum an ihr vorbeizogen. Sie schiffte sich mit einem kleinen Boot ein, starrte die halbe Nacht über von der Reling auf die weiß schäumende Gischt des Meeres, verbrachte einige Stunden neben ihrem Gepäckbündel an Deck des Schiffes in unruhigem Schlaf, um im Licht der aufgehenden Sonne bereits wieder an der Reling zu stehen. Am nächsten Tag löste erst der Anblick des Hooiberges von Aruba Lijanne aus dieser Starre, und erneut konnte sie die Tränen nicht zurückhalten. Sie war wieder zu Hause.

Lijanne fand im Hafen von Oranjestad eine Maultierkarre, die in die Richtung des Jamanota-Berges fuhr und deren Fahrer sich bereit erklärte, sie für den letzten Gulden, der ihr von Josefines Geld übrig geblieben war, mitzunehmen. Das letzte Stück Weg zur Farm musste sie zu Fuß zurücklegen. Staub legte sich auf ihre Schuhe, und hier und da huschte eine aufgeschreckte Eidechse über den Weg. Die Kakteen warfen bereits lange Schatten, als sie endlich in der Ferne die weißen Mauern des Farmhauses leuchten sah. Garembas Hütehunde witterten sie als Erstes, die beiden bellten und sprangen auf sie zu. Über ein Jahr war sie nicht hier gewesen, doch es hatte sich nichts verändert. Das beruhigende Gefühl, zu Hause zu sein, umhüllte ihre Seele. Doch wusste sie noch nicht, wie ihre Eltern auf ihre Rückkehr reagieren würden. Ihre Schritte wurden zögerlicher, je mehr sie sich dem Haus näherte. Eine ganz neue Angst hatte sie beschlichen, seitdem sie das Schiff in der Paarden Bai verlassen hatte. Was war, wenn Arlettas Mutter ihre Fäden bis nach Aruba gesponnen hatte? Immerhin gehörte die Farm de Wind zur Plantage ihres Mannes. Bei dem Gedanken packte Lijanne ein eiskalter Schauer. Hatte sie durch ihr Verhalten gar ihre ganze Familie in Gefahr gebracht? Einige der Pferde in den Pferchen schienen sie auch noch zu erkennen. Sie wieherten leise, so als hegten sie die Hoffnung, Lijanne käme mit dem Futter. Gerade als sie die Nüstern der Pferde tätschelte, die sie freundlich über den Zaun hinweg begrüßten, wurde die Tür des Farmhauses von innen aufgestoßen und ihre Mutter erschien auf der Schwelle. Abrupt blieb sie stehen.

„Lijanne?"

„Mutter!"

Mit wenigen Schritten war Marijke bei ihrer Tochter und schloss sie in die Arme. „Was machst du denn hier? Ist etwas geschehen?"

„Ach, Mutter …" Lijanne schmiegte sich schluchzend an die Schulter von Marijke.

„Komm erst mal rein, Kind. Wie bist du denn hergekommen? Warum hast du uns nicht Bescheid gegeben?"

Marijke führte ihre Tochter zum Haus.

Lijanne war erschöpft von der Reise, und das schlechte Gewissen, versagt zu haben und ihre Eltern nun zu enttäuschen, nagte an ihr. Zusammengesunken saß sie am Tisch und schilderte mit erstickter Stimme, was geschehen war.

Ihre Mutter hörte geduldig zu, ging dabei aber im Raum umher, sah aus dem Fenster, ging wieder zum Herd und rückte einen Topf zurecht, wischte sich die Hände an der Kittelschürze ab, bis Lijanne die Geschichte zu Ende erzählt hatte. Erst dann setzte sie sich neben ihre Tochter und strich ihr über die Wange. „Ach, Mädchen, da hast du also mit dem falschen Mann getanzt." Ein kurzes trauriges Lächeln huschte über ihr Gesicht, doch dann bekam ihre Stimme einen tadelnden Ton, und die zuvor so sanfte mütterliche Hand umfasste Lijannes Kinn und zwang sie, ihr ins Gesicht zu sehen. „Nun, ich habe dir gesagt, dass die Gesellschaft da drüben nichts für dich ist. Aber du wolltest nicht hören.“

„Ja, Mutter, es tut mir leid.“

Als Lijannes Vater später am Abend zur Farm zurückkehrte, empfing er seine Tochter voller Freude und ohne Vorwurf. Es war nicht seine Art, zu fragen, was vorgefallen war. Garemba sah und spürte, dass seine Tochter unter einem schlechten Gewissen litt, und das reichte ihm.

Bereits am nächsten Tag war es für Lijanne, als wäre sie nie fort gewesen. Doch die Angst, dass sie mit ihrem Verhalten die Existenz ihrer Eltern in Gefahr gebracht hatte, lag wie ein schwarzer Schatten auf ihrer Seele.

Den Weg zur Plantage zu finden war Keba nicht schwergefallen. Auf ihrer ersten Fahrt dorthin hatte sie vor Angst, wieder einen Fuß auf eine Plantage setzen zu müssen, fast nur aus der Droschke gestarrt; sie hatte sich beinahe jeden Baum gemerkt. Nachdem sie jetzt so lange bei der Señora als Leibsklavin gedient hatte, wollte sie um nichts auf der Welt wieder zurück auf eine Plantage, vor allem nicht auf eine, wo es einen Sklavenbaum gab. Wenn sie nur daran dachte, schmerzten ihre nicht mehr vorhandenen Finger, und die alten Narben auf ihrem Rücken begannen zu brennen. Sie wusste nicht mehr, wie alt sie gewesen war, als sie das erste Mal am Baum gestanden hatte. Drei oder vier Jahre vielleicht. Sie konnte sich aber noch sehr genau daran erinnern, was geschehen war. Ihre Mutter war beschäftigt gewesen, und Keba hatte auf einer Matte gesessen und auf sie gewartet. Irgendwann hatte sie es nicht mehr aushalten können, doch aufstehen durfte sie auch nicht. Da war ihr ein Malheur passiert. Ohne sich zu bewegen, hatte sie stumme Tränen geweint vor Scham und Angst, das wusste sie noch. Die alte hagere Haussklavin des Meneers hatte es bemerkt und ihr eine schallende Ohrfeige versetzt. Dann hatte die Frau sie mit knochigen Armen hochgehoben und davongetragen wie einen Stapel schmutziger Wäsche. Ihre Mutter hatte es gesehen, aber sich nicht getraut, einzuschreiten. Niemand widersprach je der obersten Haussklavin. Sie trug Keba bis zu dem Baum und rief nach dem Aufseher. Keba hatte geweint. Sie hatte schon oft gesehen, was an diesem Baum geschah. Der Aufseher hatte der Haussklavin nur zugenickt, Keba am Arm an den Baumstamm gezerrt und dann seine lange Peitsche ausgerollt. Zwei Hiebe trafen den blanken Kinderrücken, und vor Schmerz nässte sich Keba gleich noch einmal ein. Dann endlich kam ihre Mutter, nahm sie auf den Arm und trug sie davon. Nur Trost spendete sie keinen, lediglich geschimpft hatte sie: Warum Keba nur so ein ungezogenes Kind wäre?

Keba seufzte und starrte auf ihre schmutzigen Füße. Sie war einen ganzen Tag lang gelaufen und hatte sich in der Nacht unter Büschen abseits des Weges zusammengekauert. Sie war müde und hungrig und trödelte nun schon viel zu lange vor der Wegkreuzung herum, wo die Straße abzweigte, die sie auf die Plantage von Meneer van Rood führen würde. Die Sonne war bereits aufgegangen. Keba hatte keine Wahl. Die Señora hatte es befohlen, und sie hatte als ihre Leibsklavin versprochen, dem Folge zu leisten. Mit langsamen Schritten tappte sie auf die Plantage zu.

Sie schlich um das Haus herum. Als sie zu dieser Morgenstunde Beiruna werkeln hörte, war Keba erleichtert. Die alte Haussklavin war wirklich freundlich zu ihr gewesen.

Keba hustete leise. Beiruna horchte auf und drehte sich dann um.

„Kind – was ist mit dir?“ Sie wischte sich die Hände an der Schürze ab und kam auf Keba zu. „Ist etwas passiert? Ist der Señora etwas passiert?“

„N…nein … Ja.“ Keba wusste nicht recht, wie sie das erklären sollte. „Meine Señora musste zurück auf ihre Insel. Sie hat gesagt, ich solle mich auf den Weg hierher machen und dem Meneer das erzählen.“

„Auf ihre Insel?“ Beiruna schüttelte den Kopf. „Das wird dem Meneer aber ganz und gar nicht gefallen. Nun komm aber, Kind, du hast bestimmt Durst.“

Zu Kebas Überraschung war niemand böse mit ihr. Gut – der Meneer war verärgert, aber wegen der Direktorin und einiger anderer Leute. Nicht wegen Keba. Er sorgte dafür, dass sie eine Hütte bekam, Kleidung und etwas zu essen. Und er versprach ihr, er würde höchstpersönlich ihre Señora zurückholen. Keba hatte lachen müssen, denn noch nie hatte ein Weißer ihr etwas versprochen. Beiruna hatte ihr die Hand auf die Schulter gelegt und ihr ins Ohr geflüstert: „Der Meneer kümmert sich schon, alles wird gut – du wirst sehen.“

Keba hoffte es, sie vermisste ihre Señora.

Lijanne ritt auf ihrer Stute über die flache Anhöhe. Sie war seit drei Wochen wieder auf Aruba. Oben auf dem Hochplateau brachte sie das Pferd zum Stehen. Das Panorama der Insel hatte sich in all den Monaten nicht verändert. Doch sie selbst hatte sich verändert. Sie mied den Blick Richtung Osten. Einst hatte dort ihre Hoffnung gelegen. Jetzt bohrte sich die Erinnerung wie ein Stachel in ihr Herz. Sie verbot sich jegliche Sehnsucht nach Johan und nach Keba. Doch sie musste sich eingestehen, dass sie die beiden sehr vermisste. Sie wusste nicht, was jetzt aus ihr werden würde. Sie war froh, dass ihre Eltern sie wieder liebevoll und ohne Vorwürfe aufgenommen hatten. Dafür sollte sie dankbar sein. Sie musste wohl akzeptieren, dass ihr Platz hier war, am Fuß der Berge auf der Farm. Ihr Pferd schnaubte leise wie zur Bestätigung.

Sie trieb die Stute an und lenkte sie den Pfad hinunter bis zur Küste. Sie ritt nicht mehr zur abgelegenen Bucht, denn sie spürte nicht mehr diese prickelnde Sehnsucht nach Freiheit. Stattdessen verharrte sie einige Zeit an der Küste und lauschte der tosenden Brandung.

Plötzlich bemerkte sie, wie ihr Pferd unruhig wurde. Sie blickte sich um. Es mussten andere Tiere oder gar Reiter in der

Umgebung sein. Vielleicht wieder einer der Goldsucher? Ihr Vater hatte immer öfter Ärger mit diesen Männern.

Eine kleine Staubwolke zeigte ihr an, dass jemand den Pfad, dem sie eben noch gefolgt war, entlanggeritten kam. Ihr Pferd wieherte leise, noch bevor Lijanne einen Reiter ausmachen konnte. War es ihr Vater, der ihr folgte? Eigentlich hatte er an diesem Tag auf der Farm genug zu tun.

Sie erkannte das Pferd ihres Vaters, es war aber nicht er, der im Sattel saß.

„Lijanne!" Es war Johans Stimme.

Atemlos brachte er das Pferd neben ihrem zum Stehen. „Gut, dass ich dich gefunden habe!" Er lachte über das ganze Gesicht.

Lijanne sah ihn ungläubig an. „Was … was machst du hier?"

„Na – dich suchen!" Er stieg von seinem Pferd und trat dicht an ihres heran.

„Dein Vater war so freundlich, mir sein Pferd zu leihen. Lijanne, Keba kam zu mir und erzählte, was passiert ist. Dass man dich der Schule verwiesen hat. Ich … ich konnte nicht anders. Ich musste zu dir. Lijanne, jetzt wo …" Er schien nach den richtigen Worten zu suchen.

Lijannes Herz flatterte. Doch dann besann sie sich. „Johan, man hat mich nicht ohne Grund fortgeschickt. Du … du hast meinen Vater kennengelernt und jetzt auch gesehen, wo ich herstamme. Ich … ich glaube nicht, dass wir … beide …" Ihre Stimme brach. Es fiel ihr so schwer, diese Worte auszusprechen, aber Johan und sie waren einfach nicht füreinander geschaffen. Die letzten Wochen hatte sie jede Nacht wach gelegen und gegrübelt, hatte sich auf die Plantage nach Curaçao gewünscht, hatte sich vorgestellt, wie ihr gemeinsames Leben hätte aussehen können. Doch es half nichts, dass sie sich auf etwas Viehzucht verstand und das Wetter deuten konnte. Als Herrin einer Plantage eignete sie sich einfach nicht. Das musste selbst er nun einsehen, zumal … ihr Vater kein Weißer war.

„Lijanne." Johan ergriff ihre Hand, die die Zügel des Pferdes umklammert hielten. „Es ist mir egal, was die Leute denken, du und ich – wir werden auf meiner Plantage glücklich werden. Ich wollte dich fragen, Lijanne … Möchtest du meine Frau werden?"

Lijanne sah entgeistert auf ihn herab.

„Bitte, Lijanne, seit unserem gemeinsamen Tag kann ich an nichts anderes mehr denken. Warum bist du nicht zu mir gekommen, als … Bitte – werde meine Frau." Seine Stimme war ein einziges Flehen.

Lijanne wusste nicht, was sie antworten sollte. Ihr Herz wusste, was sie sagen sollte – musste! –, aber ihr Verstand signalisierte ihr, dass es ein großer Fehler sei. Sie hatte bereits so viele Fehler gemacht!

Die Mühe, die Johan auf sich genommen hatte, um Lijanne auf Aruba zu finden und um ihre Hand anzuhalten, hinterließ bei Lijannes Eltern großen Eindruck.

Garemba schien etwas sprachlos, als Johan seine Bitte um Lijannes Hand am Abend dieses Tages ganz förmlich und mit aller Höflichkeit vortrug, und Marijke trat, in Anbetracht der Erlebnisse von Lijanne auf Curaçao, dem jungen Mann etwas skeptisch entgegen, ließ sich aber schnell von seinen ehrenhaften Absichten überzeugen.

Dennoch nahm sie ihre Tochter beiseite. „Willst du das wirklich, Lijanne? Seine Frau werden und mit ihm dort leben?"

„Mama, ich liebe ihn, ja. Ob es der richtige Weg ist, wieder mit ihm nach Curaçao zu gehen, weiß ich nicht. Ich werde es versuchen, ihm zuliebe." Lijanne hatte den ganzen Rückritt zur Farm gegrübelt, doch im Grunde gab es keine Zweifel.

So stand Lijanne zum zweiten Mal ein Abschied von Aruba bevor. Diesmal aber als künftige Ehefrau von Johan van Rood in eine wohl sichere Zukunft.

Teil 2

Zucker und Schmerz

1859–1861

Curaçao

1. KAPITEL

Lijannes Ankunft auf De Eendracht wurde zum Fest. Beiruna hatte keine Mühen gescheut, der zukünftigen Hausherrin einen würdevollen Empfang zu bereiten. Als die Droschke mit Johan und Lijanne auf dem Weg durch den Orangenhain sich dem Haus näherte, stand bereits die ganze Belegschaft der Plantage Spalier. Die Sklaven hatten sich längs des Weges aufgereiht und schwenkten Palmwedel zur Begrüßung. Lijanne hatte nicht geahnt, wie viele es waren! Vor dem Haus standen Beiruna und Keba, beide in schmucken weißen Schürzen und mit Tränen in den Augen.

Lijanne war überglücklich, Keba wiederzusehen. Im Stillen dankte sie dem Mädchen, denn durch Keba hatte Johan erfahren, dass Lijanne nach Aruba zurückgekehrt war, und dies hatte zu seinem Entschluss geführt, ihr nachzueilen und um ihre Hand anzuhalten.

„Ich kann mir einfach keine andere Frau an meiner Seite vorstellen", hatte er ihr gestanden, dort oben auf dem Jamanota-Berg.

Doch der Empfang auf De Eendracht bereitete Lijanne auch auf das vor, was nun von ihr erwartet wurde: Zukünftig würde sie die Herrin einer der größten Plantagen von Curaçao sein. Ein Umstand, der ihr die Knie weich werden ließ. Konnte sie dieser Aufgabe gerecht werden? Sie hatte doch kaum Erfahrung und wusste im Grunde auch nicht, was von ihr erwartet werden würde. Allein der Gedanke, dass sie nach der Hochzeit zur Gesellschaft gehören würde, ließ sie schwindelig werden. Unweigerlich würde dies dazu führen, dass sie sich in den Kreisen von Frauen wie Eleana und Arletta DeJong bewegen musste. Doch andererseits würde sie nicht länger das Mädchen von der Viehfarm auf Aruba sein, sondern die Frau von Johan van Rood.

„Johan, ich weiß nicht …" Auf der Überfahrt nach Curaçao waren ihr erneut Zweifel gekommen. Das Gefühl des Glücks, dass er ihr gefolgt war und dass er sie zur Frau nehmen wollte, trieb auf der Gischt der Wellen davon, je näher Curaçao rückte. „Ich habe keine Ahnung, was die Frau eines Plantagenbesitzers für Aufgaben hat." Das, was sie in der Mädchenschule gelernt hatte, kam ihr plötzlich alles so überflüssig vor! Singen und Tanzen würde wohl kaum zu ihren täglichen Aufgaben gehören.

„Du musst immer liebenswert mir gegenüber sein und mich jeden Morgen mit einem Kuss wecken", scherzte er, doch als er bemerkte, wie schwer ihr diese Sorge auf dem Herzen lag, wurde er ernst. „Lijanne, eine so zauberhafte Frau wie du … Dir werden alle Türen offen stehen. Glaube mir, ab dem Tag, an dem du meinen Namen trägst, wird sich viel verändern. Und den Krähen von Curaçao wird ihr Gekrächze im Halse stecken bleiben."

Allein seiner Zuversicht und seinen aufmunternden Worten war es zu verdanken, dass Lijanne eine leise Hoffnung hegte, sie würde auch dieser Aufgabe gewachsen sein.

Nachdem sie im Hafen angekommen waren, hatte Johan gleich einen Boten zum Standesamt von Willemstad geschickt, um die Verlobung bekannt zu geben und einen Hochzeitstermin festzusetzen. Niemand sollte auch nur den leisesten Zweifel hegen, dass es ihm ernst war. Lijanne ging das alles fast zu schnell. Diese Nachricht würde aus dem kleinsten Funken ein Lauffeuer machen, das sich in rasender Geschwindigkeit in Punda verbreiten würde. Doch sie musste zugeben, dass sie zu gerne die Gesichter von Arletta und ihrer Mutter gesehen hätte. Lijanne freute sich über diesen für sie so wichtigen kleinen Sieg – obwohl sie ahnte, dass Arletta nichts ungesühnt lassen würde.

„Oh, Señora – willkommen zurück." Beiruna ließ es sich nicht nehmen, der neuen Hausherrin von De Eendracht den Wagenschlag zu öffnen. Ihr strahlendes Gesicht wirkte fast wie das einer Mutter, die ihre zukünftige Schwiegertochter in Empfang nahm.

„Meneer, ich habe mir erlaubt, die oberen Zimmer herzurichten für die Señora."

„Danke, Beiruna." Johan nickte anerkennend. „Lijanne, dann komm – ich zeige dir deine Zimmer."

Als die beiden die Stufen zur Veranda emporstiegen, löste sich auch die Versammlung der Sklaven auf. Beiruna und Keba gingen bereits ins Haus. Nur ein hochgewachsener, breitschultriger schwarzer Mann blieb und trat näher.

„Nicolas?" Johan drehte sich zu dem Mann um. „Lijanne, das ist Nicolas, mein Aufseher."

„Señora." Nicolas zog seinen übergroßen Hut vom Kopf und senkte kurz den Blick. „Meneer – während Sie fort waren, haben wir im Norden die Bewässerungsgräben kontrolliert. Die Sklaven von St. Barbara haben wieder unsere Kanäle angezapft."

„Rickerm, er kann es nicht lassen, verdammt!", fluchte Johan leise, und Lijanne sah in seinem Gesicht zum ersten Mal eine bittere Ernsthaftigkeit. Neben der beschwingten Verliebtheit schien es noch eine andere Seite an ihm zu geben.

„Danke, Nicolas – ich werde mich morgen darum kümmern."

Der Schwarze nickte und ging davon.

„Gibt es Probleme?", fragte Lijanne zaghaft.

Johan winkte ab. „Unser Nachbar ist ein … Er ist anstrengend. Er behauptet seit Jahr und Tag und felsenfest, dass ihm mein Land im Norden zusteht. Dabei ist alles hieb- und stichfest vermessen. Um mich zu ärgern, versucht er, unsere Bewässerungen zu manipulieren." Er zuckte mit den Achseln. „Aber das hat dich nicht zu kümmern." Ein Lächeln huschte über sein Gesicht. „Komm jetzt, ich zeige dir das Haus." Er hielt Lijanne die Tür auf.

Die Eingangshalle und den linksseitig anschließenden Salon kannte Lijanne bereits von ihrem ersten Besuch auf der Plantage. Wieder brauchte sie einen Augenblick, um sich von der erlesenen Einrichtung nicht einschüchtern zu lassen. Johan führte sie diesmal nicht in den Salon, sondern stieß eine Tür auf der gegenüberliegenden Seite auf. „Das Herrenzimmer, und dahinter liegt mein Arbeitszimmer."

Lijanne schaute hinein. Die Wände des Herrenzimmers waren mit dunklem Holz verkleidet. Bilder von Jagdszenen hingen an den Wänden.

„Geh ruhig hinein, es sind ja gerade keine Herren da", forderte Johan sie belustigt auf.

Lijanne war sich der Funktion eines Herrenzimmers bewusst. Im Mädchenpensionat hatte sie gelernt, dass sich die Männer nach Festlichkeiten oder einem Dinner dorthin zurückzogen, um zu rauchen und Gespräche unter sich zu führen. Die Frauen wiederum wurden von der Hausherrin in den kleinen Salon gebeten, wo sie durchaus noch einen Digestif tranken, so sie nicht schwanger oder krank waren. Die Worte der Lehrerin zu diesem Thema konnte Lijanne noch auswendig. Doch würde ihr das künftig helfen? Es fühlte sich für Lijanne seltsam an, jetzt selbst die Möglichkeiten zu haben, Gäste zu empfangen, wobei sie nicht wusste, ob sie dies je tun würde. Ihrem Vater aber würde so ein Herrenzimmer gefallen. Breite Ledersessel, auf dem Tisch ein Aschenbecher für die Pfeife. Aber ob man ihm als Halbindianer hier Zutritt gewähren würde? Johan hatte ihr versichert, dass ihm die Herkunft ihrer Eltern egal war. Aber ob sie ihm angesichts seiner gesellschaftlichen Stellung tatsächlich gleichgültig sein konnte, bezweifelte Lijanne.

Johan plauderte fröhlich weiter. Lijannes ernsten Blick schien er auf die Bilder zu beziehen, und er versuchte zu erklären. „Die Bilder", er deutete auf die Jagdszenen, „hat mein Vater aus den Niederlanden mitgebracht. Dort geht man sehr viel auf die Jagd."

Lijanne versuchte, ihre Grübeleien beiseitezuschieben und ihre Aufmerksamkeit wieder Johan zu widmen.

„Warst du schon in den Niederlanden?", erkundigte sie sich und betrachtete eines der Bilder genauer. Ein Wald voll hoher

Bäume, zwei Reiter und ein kapitaler Hirsch. War es wirklich ein Hirsch? Auf den Inseln gab es keine Großtiere – außer dem Nutzvieh.

„Ja, ich war bereits zweimal dort. Es gibt noch entfernte Verwandte. Ich habe mich aber nie sehr wohlgefühlt. Es ist so schrecklich kalt in diesem Land, und das Wetter wechselt täglich. Es regnet eigentlich ständig." Während er dies erzählte, öffnete er die Tür zu seinem Arbeitszimmer. Ein breiter Schreibtisch und dahinter ein Holzschrank mit unzähligen papiernen Handakten.

„Zweimal in der Woche kommt ein Buchhalter aus Willemstad hierher, Meneer Flavers, und sorgt für Ordnung. Ich habe dafür kein Talent. Und jetzt komm, Beiruna ist sicher schon böse, weil wir uns so lange hier unten aufhalten. Sie ist überglücklich, dass sie das Frauenschlafzimmer herrichten konnte."

Lijanne folgte Johan die breite Treppe hinauf. Oben führte ein langer Flur quer durchs Haus.

„So viele Zimmer?", fragte Lijanne erstaunt.

Johan schmunzelte. „Ja – meine Mutter hat sich immer eine große Familie gewünscht." Dann wurde sein Gesicht ernst. „Ich blieb leider ihr einziges Kind. Aber vielleicht … vielleicht werden die Zimmer ja jetzt irgendwann ihrer Bestimmung gemäß genutzt?"

Lijanne schaffte es nicht, auf diese kleine Anspielung angemessen zu reagieren. Sie fühlte sich immer noch erdrückt von allem, was auf sie zukommen würde. Die Hochzeit … ja, und vielleicht dann Kinder? Darüber hatte sie sich noch gar keine Gedanken gemacht. Natürlich mal aus Spaß, in der einen oder anderen schlaflosen Nacht im Mädchenpensionat, mit Josefine. Die im Gegensatz zu Lijanne schon sehr konkret hatte sagen können, wie viele Kinder sie sich wünschte. Lijanne war da eher unsicher. Zumal sie nicht genau wusste … wie. Natürlich wusste sie, wie das bei Tieren funktionierte, aber was sich zwischen Mann und Frau abspielte, war ihr nicht ganz klar. Und allein der bloße Gedanke daran trieb ihr die heiße Schamröte ins Gesicht. Sie musste husten, um sich abzulenken, und versuchte, sich wieder auf Johan zu konzentrieren.

Johan war derweil an eine Tür auf der linken Seite des Flurs getreten. „Hier wird dein Zimmer sein." Er öffnete die Tür, und Lijanne war im ersten Augenblick geblendet von dem hellen Licht, das sich in den Raum ergoss. Zaghaft trat sie ein. Das Gemach war größer als das ganze Farmhaus auf Aruba. Im Gegensatz zum unteren Stockwerk hatten die Möbel hier helle Farben. Weiß und Rosé, verziert mit verspielten Blumenornamenten. Ein breites Bett stand mit dem Kopfende an der linken Seite, Berge von Kissen und Decken lagen ordentlich drapiert darauf. Wer brauchte bei dieser tropischen Hitze so viele Decken? Lijanne ging am Bett vorbei und strich dabei sanft über den weichen Stoff des Überwurfs. Dann trat sie ans Fenster. Lange helle Vorhänge ließen das Tageslicht herein, von hier oben hatte sie einen guten Ausblick über den Garten vor dem Haus und über die Einfahrt bis hin zu den Palmen.

„Gefällt es dir?"

„Oh, Johan, es ist … es ist wunderschön." Jetzt strahlte sie über das ganze Gesicht. Nicht in ihren kühnsten Träumen hatte sie sich ausgemalt, einmal in so einem Raum zu leben.

„Schau, dort rechts geht die Tür zu einem Zwischenzimmer. Dort kann, wenn nötig, Keba schlafen, dahinter geht eine weitere Tür zu meinem Schlafzimmer." Er zwinkerte ihr zu. „Gegenüber auf dem Flur findest du einen kleinen Wohnraum und ein Ankleidezimmer. Die Sklaventreppe geht am Ende des Flures nach unten. Keba kann also jederzeit nach oben kommen, wenn du sie rufst."

Lijanne stand immer noch am Fenster, überwältigt von der luftig-leichten Stimmung, die dieser Raum verbreitete. Auf dem Flur näherten sich Schritte. Beiruna erschien im Türrahmen.

„Ich bringe noch Handtücher für die Señora." Mit einer gewissen Andacht betrat sie Lijannes zukünftiges Gemach und legte einen Stapel blütenweißer Handtücher auf den Waschtisch. Dann sah sich die alte Haussklavin mit einem prüfenden, aber zufriedenen Blick um. „Ist der Señora so alles recht?"

„Danke, Beiruna, es ist … wunderschön."

Beiruna strahlte über das ganze Gesicht. „Ich bereite jetzt den Lunch vor, Meneer."

Johann nickte und wandte sich dann zu Lijanne. „Ich lasse dir jetzt einen Moment, vielleicht möchtest du dich frisch machen."

Endlich allein im Raum, stand Lijanne weiterhin gebannt am Fenster. In den Baumkronen hockten Papageien. Es war still, nur ein leichtes Rauschen des Windes war zu vernehmen. Hier würde also die zukünftige Frau van Rood leben. Lijanne machte ein paar Schritte zum Bett und setzte sich vorsichtig auf die Kante. Es war weich. Ihre Gefühle wirbelten durcheinander, sie empfand Freude, aber auch ein bisschen Wehmut. Wie prunkvoll doch ihr neues Heim war, verglichen mit dem Farmhaus, in dem ihre Eltern lebten! Hatte sie das verdient? Lieber würde sie ihrer Mutter und ihrem Vater etwas von der Bequemlichkeit hier abgeben wollen. Sie schämte sich fast ein bisschen.

Ein zaghaftes Klopfen riss sie aus ihren Gedanken. Keba betrat mit einer Schüssel frischen Wassers das Zimmer. Ein schüchternes Lächeln huschte über das Gesicht ihrer Leibsklavin.

„Keba!" Lijanne sprang auf. „Wie geht es dir?"

„Danke, Señora, gut."

„Ich bin sehr froh, dass du … dass du hierhergegangen bist und Johan alles berichtet hast." Sie legte Keba die Hand auf die Schulter.

Keba zuckte mit den Achseln. „So hatte es die Señora ja befohlen."

„Hat man sich gut um dich gekümmert?"

„Ja, Señora, ich habe eine kleine Hütte und alles, was ich brauche."

„Gut.“ Ganz wie früher hielt Lijanne Keba die Hände und Arme hin, damit das Mädchen beginnen konnte, sie zu waschen. Es fühlte sich immer noch merkwürdig an, zumal Lijanne in den kurzen Wochen auf Aruba sich wieder um sich selbst hatte kümmern müssen. Aber hier in diesen Räumen erschien es Lijanne nun angemessen und richtig, dass Keba wieder ihrer Aufgabe nachkam.

2. KAPITEL

Lijanne hatte keine Ahnung gehabt, wie die Hochzeit zelebriert werden würde. Heiratete man auf der Plantage? Oder in der Stadt?

Sie saßen wenige Tage nach ihrer Ankunft beim gemeinsamen Frühstück, als Johan ihr eröffnete, sie würden die Trauung in Willemstad in der Kirche vollziehen und es würden auch viele Gäste erwartet. Viele Gäste!

„Können wir nicht … Muss das denn sein?“, stammelte sie, in diesem Moment schon wieder nervös, und legte ihr Besteck beiseite.

„Lijanne, da kommen wir nicht drum herum. Und meine Mutter würde sich im Grabe umdrehen, wenn unsere Hochzeit nicht standesgemäß wäre. Ich muss schon an unsere Verbindungen denken und kann nicht heimlich heiraten wie ein … Viehhirte.“

Verletzt schaute Lijanne ihn bei diesen Worten an. Johan bemerkte es sofort und lenkte beschwichtigend ein. „So war das nicht gemeint. Aber du verstehst, dass die Gesellschaft gewisse Erwartungen an mich … an uns stellt.“

„Dürfen meine Eltern denn auch kommen?“

„Natürlich, Lijanne.“ Er nahm liebevoll über den Tisch hinweg ihre Hand.

Ein wohliger Schauer raste Lijanne über den Rücken. Johan hielt sich taktvoll mit zu vielen Zärtlichkeiten zurück, und sie merkte, wie schwer ihm das fiel. Eine Umarmung hier, ein Wangenkuss da. Sie waren noch nicht verheiratet. Lijannes Körper reagierte inzwischen auf jede noch so kleine Annäherung mit einem hitzigen Schauer. Diese Gefühle brachten sie gehörig durcheinander. Sie waren ihr fremd, doch wahrlich nicht unangenehm.

„Allerdings …“ Er zog seine Hand zurück.

Die prickelnde Wärme verschwand augenblicklich aus Lijannes Leib.

„Allerdings gibt es mit deinem Vater ... nun ... Er wird natürlich nicht vorne mit in der Kirche sitzen können, wie es für die Brauteltern angemessen wäre."

„Ich wusste, dass es ein Problem gibt." Lijanne ließ resigniert die Schultern hängen.

„Mir wäre das egal, Lijanne. Dein Vater ist ein aufrichtiger und ehrlicher Mann. Aber ..." Er druckste herum.

„Was noch?" Ohne dass Lijanne es wollte, bekam ihre Stimme einen scharfen Ton. Ihr wurde klar, dass auch die Hochzeit mit Johan an dem kleinen Makel ihrer Herkunft nichts ändern würde. Auch wenn die Neider verstummen würden: Dass das Blut eines Halbindianers in ihren Adern floss, würde Lijanne wohl zeitlebens verfolgen.

„Ich habe Meneer Flavers gebeten, dich zum Altar zu führen."

„Den Buchhalter?" Lijanne konnte ihre Tränen nicht mehr zurückhalten. Sie stand abrupt auf.

„Lijanne, bitte, du musst verstehen, dass ich da Zugeständnisse machen muss."

„Dass du zugestehen musst, dass auch dir meine Herkunft ein Stachel im Fleisch ist?"

„Setz dich wieder hin!" Sein Ton war so scharf, dass Lijanne erschrocken zurück auf den Stuhl sank. So sanft und zuvorkommend er auch ihr gegenüber sein konnte, in den letzten Tagen hatte es immer wieder kleine Nuancen in seiner Stimmung gegeben, die Lijanne fremd waren und die sie erschreckten.

Schon war sein Ton wieder der jenes Johans, den sie kannte und liebte. „Lijanne, mir gefällt dieser ganze Wirbel auch nicht, aber das müssen wir jetzt gemeinsam ertragen. Nach der Hochzeit ist alles passé, und keiner wird sich mehr um uns scheren. Aber bis dahin sind wir nun mal das Ereignis des Jahres in Willemstad. Versprichst du mir, dass wir das zusammen durchstehen?"

Lijanne nickte artig. „Ja."

Beiruna übernahm die Oberaufsicht über Lijannes Hochzeitsvorbereitungen, als wäre dies die einzige Aufgabe gewesen, auf die die alte Haussklavin schon immer gewartet hatte. Sie ließ einen Tuchhändler aus Willemstad kommen, suchte unter den Sklavinnen die besten Näherinnen aus, die sich die Füße waschen mussten, bevor sie auf der hinteren Veranda sitzend Stunde um Stunde den Stoff zurechtschnitten und mit flinken Fingern nähten.

Lijanne war von der Kunstfertigkeit der Frauen überrascht. Einmal täglich trugen Beiruna und Keba das halb fertige Kleid zu Lijanne auf ihr Zimmer und halfen ihr bei der Anprobe. Was zunächst wie eine Wolke aus Seide, Samt und Tüll erschien, nahm Tag um Tag mehr Form an. Es war kein reinweißes Kleid, eher ein ganz lichthelles, zartes Gelb. Lijanne wagte in dem weichen Stoff kaum zu atmen und betrachtete sich jeden Tag aufs Neue verwundert im Spiegel. Dabei bemerkte sie auch ihre eigene Veränderung. Aus dem blonden Mädchen war eine erwachsene schöne Frau geworden.

Die Hochzeitsvorbereitungen waren ähnlich betriebsam wie damals die Vorkehrungen für den Ballbesuch. Doch diesmal hatte alles noch deutlich mehr Gewicht. Beiruna überlegte lange, wie Keba Lijannes Haar frisieren solle, trieb einige von der Feldarbeit abgezogene Sklavenmädchen durchs Haus, um die anderen Zimmer des Obergeschosses als Gästezimmer herzurichten, denn Lijannes Eltern sollten anlässlich der Hochzeit einige Tage auf Curaçao verbringen, und servierte Lijanne zu den Mahlzeiten seltsame Tees mit dem beschwörenden Hinweis, dass diese ihrer Schönheit und inneren Ruhe guttun würden. Lijanne trank sie, obwohl sie bitter waren und rochen wie eine alte, vertrocknete Orange. Ob Johan Beiruna angewiesen hatte, sich auf diese Weise um sie zu kümmern? Sie wusste es nicht, aber die Tees schienen in der Tat ihre Ausgeglichenheit etwas zu fördern. Sie hätte so gerne mit Johan geredet, doch der hatte viel zu tun auf der Plantage. Er fragte abends stets höflich nach dem Fortgang der Vorbereitungen, aber Lijanne spürte, dass er dies nur zu gerne Beiruna überließ. Sie hoffte, dass sich der Alltag nach der Hochzeit etwas anders gestalten würde. Genau genommen war sie noch Gast in diesem Haus. Nach der Eheschließung wäre es auch ihr Haus, und sie würde vielleicht wieder etwas mehr Freiheiten bekommen. Beiruna beobachtete jeden einzelnen ihrer Schritte, als befürchtete sie, dass Lijanne vor der Hochzeit noch etwas zustoßen könnte. Das schmeichelte ihr, an manchen Tagen ärgerte es sie allerdings auch.

„Nein, Señora, Sie sollten nicht in die Sonne gehen", tadelte die Haussklavin sie ein ums andere Mal. Inzwischen betrachtete Lijanne die Hochzeitsfeier als etwas Unabwendbares, dem sie sich zu stellen hatte. Ein Zurück gab es nicht mehr. Und danach wäre der Spuk dann hoffentlich auch vorbei.

Erst als sie von Johan die Gästeliste vorgelegt bekam, stockte sie nochmals. Die meisten Namen waren ihr gänzlich unbekannt. Über die Einladung der Familie Bakker freute sie sich sehr; Josefine wiederzusehen war ein Lichtblick. Als sie aber weiter unten auf der Liste den Namen DeJong las, ließ sie das Papier sinken.

„Denkst du, es ist gut, Arletta und ihre Familie einzuladen?", fragte sie Johan zaghaft.

„Sie nicht einzuladen wäre wohl ein Fauxpas. Liebling …"

Lijanne lächelte, sie mochte es, wenn er sie so zärtlich ansprach.

„Soweit ich gehört habe, soll sich Arletta bereits einem anderen Mann zugewandt haben. Ihre Trauer über meine Ablehnung dauerte nicht lang."

Lijanne beruhigte dies nicht sehr. Arletta mochte wohl eingesehen haben, dass sie Johan nicht als Ehemann haben konnte. Aber da Arletta nachtragend war wie ein kleines Kind, dem man sein Spielzeug fortgenommen hatte, war dazu sicherlich noch nicht das letzte Wort gesprochen worden. Lijanne seufzte leise.

Ehe sich Lijanne versah, saß sie in ihrem Hochzeitskleid in der Droschke. Meneer Flavers war extra aus Willemstad zur Plantage gekommen, um sie von dort standesgemäß zu begleiten. Lijanne kannte ihn bereits flüchtig, da er für Johan mehrmals in der Woche die Schreibarbeiten für die Plantage erledigte. Auftragsbücher, Abrechnungen ... Jetzt, im feinsten Frack, schien der Mann sich nicht ganz wohlzufühlen, strahlte aber über das ganze Gesicht, als er die Braut zum ersten Mal sah. Er war ein schmächtiger, bereits grauhaariger Mann, der stets leicht gebeugt lief. Seine ansonsten eher fahle Haut hatte am Tag der Hochzeit eine nervöse rötliche Färbung.

Lijanne, die am Morgen noch widerwillig die letzte Tasse Tee von Beiruna entgegengenommen hatte, fühlte sich seitdem recht gelassen. Im Stillen dankte sie der Haussklavin, denn trotz allem mahnte eine leise Stimme in ihrem Kopf zur Flucht. Johan hatte sie an diesem Tag noch nicht sehen dürfen. Beiruna bestand darauf, dass sich dies nicht gehörte und Unglück heraufbeschwören würde. Lijanne ärgerte sich langsam sehr über die Haussklavin. Deren ständige Bevormundung war ihr in den letzten Tagen gehörig auf die Nerven gegangen. Lijanne gelang es, dieses Gefühl zu unterdrücken, und sie schaffte es sogar, ein Lächeln auf ihr Gesicht zu zaubern, als Meneer Flavers zu ihr in die Droschke stieg. Der Gedanke, dass sich mit dem heutigen Tag alles ändern würde und ab morgen ein normaler Alltag möglich wäre, ließ sie Kraft schöpfen. Johan würde in einem zweiten Wagen zur Kirche fahren, denn Braut und Bräutigam sollten erst vor dem Altar aufeinandertreffen.

Als die Pferde anzogen, sah Lijanne hinter einem Fenster des Plantagenhauses Johans Gesicht. Hatte er sie gesehen? Sie dachte an Beirunas Worte. Lijanne war nicht sonderlich abergläubisch.

In einer dritten Kutsche, mit gebührendem Abstand, würden Beiruna und Keba folgen. Auch Keba hatte zu diesem Anlass ein neues Kleid bekommen, wollte es aber erst kurz vor der Abfahrt anziehen, um es nicht zu verschmutzen.

Johan hatte sich noch überlegt, dass alles viel einfacher wäre, wenn sie ein Haus in der Stadt hätten. Er überlegte ernsthaft, noch vor der Hochzeit eines zu kaufen.

„Aber Johan, danach wird es womöglich nur ungenutzt bleiben", gab Lijanne zu bedenken, und er verwarf den Gedanken wieder. Lijanne glaubte nicht, dass sie künftig viel Zeit in Willemstad verbringen würde. Sie fühlte sich auf der Plantage wohl. Sie freute sich darauf, bald an der täglichen Arbeit und dem Plantagenleben teilhaben zu können.

Nachdem auch Meneer Flavers die Droschke bestiegen hatte, legte Lijanne sich eine dünne Decke über Beine und Schoß. Dies würde sie auf der langen Fahrt nach Willemstad vor Staub und Schmutz schützen.

Ihre Eltern hatten schriftlich mitgeteilt, direkt nach Willemstad zu kommen, um dann anschließend mit auf die Plantage zu fahren. Lijanne hätte ihre Mutter gerne bei den Vorbereitungen dabeigehabt, doch sie wusste, dass Marijke und Garemba nicht so einfach von der Farm fortkonnten. Einige Tage Abwesenheit würden bedeuten, dass sie einen Ersatzaufseher einstellen mussten; Lijanne wusste um dieses Problem. Da zählte jeder Tag. Die Freude, noch heute ihre Eltern wiederzusehen, entlockte ihr ein Lächeln.

Die Trauung sollte in der Kirche des Fort Amsterdam stattfinden. Als die Droschke auf den Innenhof fuhr, musste Lijanne an den Ballabend denken. Doch heute brannten weder Fackeln an der Treppe zum Gouverneurspalast noch öffneten livrierte Sklaven die Wagenschläge. Ein dunkler Fleck an der Mauer der schlichten evangelischen Kirche zog Lijannes Blick auf sich. Meneer Flavers, der ihr den Arm darbot, um ihr beim Aussteigen zu helfen, folgte ihrem Blick.

„Eine Kanonenkugel", sagte er leise. „Die steckt da schon lange."

Lijanne hatte keine Zeit, sich darüber Gedanken zu machen, ob es vielleicht ein Omen war, in einer Kirche in den Bund der

Ehe zu treten, in der wie als mahnendes Zeichen eine Kanonenkugel in der Außenmauer steckte.

Meneer Flavers führte sie eine Treppe empor in einen seitlichen Raum, wo sie auf den Beginn der Trauung warteten.

Beiruna eilte herbei und zupfte noch einmal an Lijannes Kleid. Keba hatte einen Krug Wasser mitgebracht und wusch Lijannes Hände und Arme. Draußen hörte man stetiges Hufgetrappel, Schritte auf der Außentreppe und leise Gespräche – die Gäste versammelten sich in der Kirche.

Als es endlich so weit war, spürte Lijanne, wie sie innerlich schwankte, so als stünde sie auf einem Schiff, dessen Planken dem Wogen des Meeres standhalten wollten. Sie klammerte sich an den Arm von Meneer Flavers und ließ sich in den Kirchenraum führen.

Keba hatte die ganze Droschkenfahrt über kaum still sitzen können. Es war die erste große Festlichkeit der Weißen, der sie beiwohnen durfte, und sie war sehr stolz auf ihre Señora. Dieses hübsche Kleid! Keba fand, ihre Señora sah darin aus wie eine Prinzessin. Beiruna und sie durften in der Kirche mit dabei sein. Wohl nur, weil sie die Señora zuvor noch einmal herrichten sollten, aber sie durften mit. Keba war noch nie in einer Kirche gewesen. Früher, auf ihrer alten Plantage, war alle paar Wochen ein Missionar gekommen und hatte den Sklaven von dem Herrn Jesu erzählt. Kebas Eltern hatten sich nicht groß darum geschert. Offiziell folgten die Sklaven zwar dem christlichen Glauben der Plantagenbesitzer, insgeheim beteten sie aber lieber zu ihren eigenen Göttern, die ihre Vorfahren mit ins Land gebracht hatten.

Als sie zusammen mit Beiruna in der Droschke durch Willemstad fuhr, fühlte auch Keba sich als etwas Besonderes, und als sie in den Innenhof des Forts kamen und sie die hochherrschaftlichen Mauern des Gouverneurspalastes sah, in dessen Kellerräumen sie heute mit Beiruna nach der Trauung essen sollte, wurden ihr die Knie weich.

Sie mussten mit dem Betreten der Kirche warten, da bereits einige Gäste angekommen waren. Beiruna wusste, dass es sich nicht gehörte, wenn die beiden Sklavinnen einfach dazwischen herumliefen. So standen sie artig und möglichst unsichtbar am Fuß der Eingangstreppe und warteten, bis die Weißen sich in das Gebäude begeben hatten. Während Beiruna nervös in den Korb schaute, den sie mitgenommen hatte und in dem sich alles befand, um die Señora gleich noch etwas frisch zu machen, beobachtete Keba neugierig die Gäste vor der Kirche. So viele Frauen in hübschen Kleidern und Männer in festlichen Anzügen! Plötzlich erkannte Keba die Señora Arletta. Innerlich musste Keba grinsen. Damit hatte die Señora Arletta wohl nicht gerechnet, dass ihre Señora Lijanne ihr den Mann wegschnappen würde! Sie war manchmal so gemein gewesen, zu Zeiten, als sie noch im Mädchenpensionat gewesen waren, dass Keba nicht umhinkam, die Hochzeit nun als kleine Genugtuung zu empfinden.

Gerade als sie sich noch über dieses leise Gefühl des Sieges freute, sah sie den Mann, der Señora Arletta begleitete. In Keba erstarrte alles, und ein Schmerz scharf wie Feuer stürmte von ihren verstümmelten Fingern empor bis zu ihrem Herzen. Señora Arletta beugte sich lachend zu dem Mann, und er legte ihr kurz, aber offensichtlich in Verbundenheit die Hand auf den Arm. Keba wurde ganz schlecht. Dieser Mann war schuld daran gewesen, dass sie alles verloren hatte, was ihr lieb gewesen war. Fortgejagt auf sein Geheiß, hatte man sie zum Sklavenhändler gegeben. Und dies alles nur wegen einer kleinen bitteren Orange.

Lijanne straffte sich, als Meneer Flavers die Tür öffnete.

„Sind Sie bereit?"

„Ja."

Die dunklen Holzbänke waren bis auf den letzten Platz besetzt. Aus einer Nische des Kirchenschiffs erklang Orgelmusik. In der letzten Reihe, an der Lijanne zuerst vorbeischritt, entdeckte sie ihren Vater. Garembas Augen strahlten, als er seine Tochter erblickte, und er nickte ihr aufmunternd zu. An der Wand, seitlich der Bänke, erblickte sie Beiruna und Keba. Als Sklaven durften sie nicht in den Bänken sitzen. Alle anderen Gäste sah Lijanne nur von hinten, und das war auch gut so. Womöglich hätte sie sonst doch noch das Kleid gerafft und wäre davongelaufen. Sie versuchte, tief auszuatmen. Am Ende des Gangs erblickte sie Johan. Sein zuversichtlicher Blick und die Liebe zu ihr, die sich in seinem Gesicht widerspiegelte, ließ sie ohne weiteres Zögern am Arm von Meneer Flavers zum Altar schreiten. Sie schaute nicht nach links und nicht nach rechts. Dies war ihr Moment. Erst als sie beim Altar ankam und Meneer Flavers sie an Johan übergab, fing Lijanne den Blick ihrer Mutter ein, die in der ersten Reihe saß. Marijke saß kerzengerade da und blickte voller Stolz auf ihre Tochter. Dies gab Lijanne Kraft, die Hochzeitsliturgie durchzustehen.

Nach der Trauung gab es im Ballsaal des Gouverneurspalastes ein festliches Bankett. Lijanne hatte kaum Zeit, einmal durchzuatmen. Beiruna und Keba stürzten sich nochmals auf sie und richteten ihr Aussehen. Lijanne konnte sich nicht vorstellen, dass sich daran in der letzten Stunde viel geändert haben sollte, aber Beiruna schien nicht gewillt, Lijanne auch nur mit einem falsch sitzenden Härchen in den Festsaal zu lassen. Der ganze Ablauf erinnerte Lijanne irgendwie an ein skurriles Theaterstück.

Johan geleitete seine Braut an den Gästen vorbei. Man beglückwünschte ihn überschwänglich. Schüttelte ihm die Hand, klopfte ihm auf die Schulter. Lijanne hingegen kam sich wie hübsches Dekor vor, das man kurz beachtete, vielleicht auch lobend erwähnte, bevor man sich wieder anderen, wichtigeren Dingen zuwandte. Ob ihre Herkunft inzwischen kein Geheimnis mehr war? Sicherlich hatten Arletta und ihre Mutter keine Mühe gescheut, jeden zu informieren, mit was für einer Frau sich Johan zu vermählen gedachte. Allein sein hohes Ansehen dürfte ihn vor Kopfschütteln, Vorwürfen und sogar Häme bewahren. Lijanne fühlte sich plötzlich ganz schlecht. Einzig ihre Mutter nahm sich ihrer an, umarmte sie und wünschte ihr Glück.

„Ich freue mich so für dich, Lijanne. Ich und …", ihre Stimme wurde leiser, „dein Vater sind stolz auf dich."

„Schön, dass ihr es geschafft habt, zu kommen! Wer passt auf die Farm auf?" Lijanne war erschöpft, sie wünschte sich nichts sehnlicher, als so schnell wie möglich wieder auf die Plantage zurückzukehren, doch das würde sich noch einige Stunden hinziehen.

„Oh, Lijanne, das war nicht so einfach, leider …" Ihre Mutter druckste etwas herum. „Wir werden bereits heute Abend schon wieder das Schiff nach Aruba besteigen müssen."

„Ihr kommt nicht mit auf die Plantage?" Lijanne konnte ihre Enttäuschung kaum verbergen. Sie hatte sich so gefreut, ihre Eltern wiederzusehen.

„Nein. Aber du wirst sicherlich ohnehin ein paar Tage Ruhe brauchen, nach alldem hier", versuchte sich Marijke de Wind zu entschuldigen. Lijanne sah ihrer Mutter an, dass sie in Wirklichkeit nicht böse darüber war, der Gesellschaft von Curaçao bald wieder entkommen zu können.

„Ja. Sicherlich." Lijanne zwang sich resigniert zu einem Lächeln. Sie wollte nicht, dass ihre Mutter spürte, wie tief enttäuscht sie war.

„Wo ist Vater?" Lijanne sah sich suchend um.

„Nun … Er … Johan und ich dachten …"

„Er ist nicht hier?"

„Nein, in Anbetracht der anderen Gäste …"

Lijanne spürte, wie ihr die Tränen in die Augen stiegen.

„Alles in Ordnung, Liebling?" Johan ließ endlich einmal seine Gäste Gäste sein und schenkte seiner Braut seine ganze Aufmerksamkeit.

„Ja." Lijanne wollte ihm keine Vorwürfe machen. Sicherlich hätte er es ihr vorher sagen können, aber das hätte auch nichts daran geändert, dass ein Halbindianer in diesen Kreisen nicht erwünscht war. Doch dass sie nicht einmal die Gelegenheit bekam, kurz mit ihrem Vater zu sprechen, traf sie sehr.

„Komm, Kind, du solltest etwas trinken, du bist ganz blass." Ihre Mutter schien zu spüren, dass Lijanne kurz davor war, die Contenance zu verlieren. Liebevoll führte Marijke ihre Tochter an die Hochzeitstafel und rückte ihr ihren Stuhl zurecht. Lijanne betrachtete die ganze Hochzeitsgesellschaft und fragte sich, ob das wirklich ihre eigene Hochzeit war. Nein, es war Johans Hochzeit. Und es waren Johans Gäste. Einzig Josefine war ein Lichtblick, doch die Familie Bakker saß am anderen Ende des Saals an einem Tisch, weit entfernt von Johan und Lijanne.

Lijannes Blick blieb an dunklen, hoch aufgetürmten Haaren hängen. Arletta! Sie war also wirklich gekommen, nebst Mama und Papa. Arlettas Vater sah in diesem Moment zu Lijanne und Marijke herüber. Ein kurzes Lächeln huschte über das schmale Gesicht des Mannes. Lijanne mühte sich, nicht allzu unglücklich auszusehen, doch dann bemerkte sie, dass sein Blick gar nicht ihr galt. Neben ihr saß ihre Mutter und starrte ernst Constantijn DeJong an. Sie kannte ihn, natürlich – ihm gehörte schließlich die Viehfarm auf Aruba. Lijanne spürte instinktiv, dass es da aber wohl noch mehr gab zwischen ihrer Mutter und diesem Mann, und das verwirrte sie zutiefst. Wie eigentlich alles an diesem seltsamen Tag sie verwirrte.

„Man wird gleich das Essen servieren." Johan nahm Platz neben seiner Braut. Auch die anderen Gäste suchten ihre Tische auf.

Johan sah zufrieden in die Runde. Dann beugte er sich leicht zu Lijanne herüber. „Hast du gesehen? Arletta hat in der Tat bereits Ersatz gefunden. Auch wenn ich dies nicht besonders gutheißen kann." Er seufzte leise.

„Warum?" Lijanne verstand nicht.

„Siehst du den Mann, der neben ihr sitzt?"

Lijanne versuchte, nicht zu auffällig zum Tisch der Familie DeJong hinüberzuschauen. Neben Arletta saß ein grobschlächtiger, breitschultriger Mann. Lijanne konnte ihn nur von hinten sehen. Sein Haar war bereits licht, und er schien ziemlich laut zu reden, wobei er das Gesagte mit herrischer Gestik unterstrich. Arlettas Mutter und auch die anderen Tischgäste lächelten gezwungen, während sie ihm zuhörten – oder zuhören mussten. Einzig Arletta strahlte den Mann selig an.

„Wer ist das?“ Lijanne konnte sich nicht entsinnen, ihn schon einmal gesehen zu haben.

„Ruben van Rickerm“, knurrte Johan abfällig. „Man munkelt, Arletta und er schmieden bereits Hochzeitspläne.“

Lijanne brauchte einen Augenblick, um sich an den Namen zu erinnern. „Dein ... unser Nachbar?“

„Ja.“

3. KAPITEL

Die Hochzeit blieb Lijanne im Gedächtnis – aber nicht als ein Ereignis, das sie selbst erlebt hatte, sondern eher wie ein Theaterstück, das sie gesehen, oder wie ein Buch, das sie gelesen hatte. Der Tag und der Abend waren an ihr vorbeigerauscht wie ein unangenehmer Wind. Einzig die Rückkehr zur Plantage, spät in der Nacht, hatte sich tief in ihr Herz eingegraben.

Die Tageshitze war einer lauen Nachtluft gewichen, und je weiter sie sich von Willemstad entfernten, desto lebendiger wurde Lijanne. Im Festsaal war es heiß und stickig gewesen, und das üppige Hochzeitsmahl und auch das Tanzen hatten sie bis ins Mark angestrengt und tief erschöpft. Sie war froh darüber gewesen, dass die Gäste sich selbst genug waren. Man nahm die Hochzeit als Gelegenheit, Kontakte zu pflegen, zu klatschen und zu tratschen und um der Feier willen da zu sein. Johan scherzte zwischen den Menügängen, dass sie sich wohl davonschleichen könnten, ohne dass irgendjemand es bemerken würde. Hätten sie es doch nur getan!

Erst in der Droschke kam Lijanne wieder so recht zu sich. Es war dunkel, und ein gleißender Vollmond stand über der Insel. Die Pferde trabten fröhlich voran, sie hatten genug vom langen Warten in der Stadt. Beiruna und Keba waren bereits früh zurückgefahren, um auf der Plantage alles vorzubereiten, was auch immer das heißen mochte. Johan tat geheimnisvoll.

Auf der Fahrt hatte er ihre Hand genommen. „Jetzt bist du Mevrouw van Rood."

Lijanne hatte glücklich seinen warmen Händedruck erwidert.

Als sie auf das Plantagengebäude zufuhren, hatten Beiruna und Keba bereits unzählige Öllampen entzündet. Das Haus erstrahlte im warmen Licht der kleinen Flammen, und es sah so aus, als begrüße es die Frischvermählten.

Beiruna hatte ihr nach der Ankunft ein Getränk gereicht. Alkohol? Lijanne wusste es nicht so recht. Sie hatte Durst gehabt nach der langen Fahrt und es dankend angenommen. Die Flüssigkeit weckte ihre Lebensgeister und verbreitete ein warmes, wohliges Gefühl in ihrem Bauch.

Johan führte Lijanne in die obere Etage und übergab sie dort augenzwinkernd in die sorgsamen Hände von Keba. Das Mädchen hatte frisches Waschwasser bereitgestellt, half seiner Herrin in deren Schlafzimmer aus dem Hochzeitskleid, wusch sie und reichte ihr dann ein seidenes Nachtgewand.

Es musste weit nach Mitternacht gewesen sein, als Johan an die Zwischentür klopfte und Keba sich rasch zurückzog. Es bedurfte nicht vieler Worte, Lijanne wusste, was noch fehlte: das, was man allgemein als Hochzeitsnacht bezeichnete, etwas, über das sich die Literatur ausschwieg. Auch verheiratete Frauen deuteten höchstens nur sehr vage an, was da zu erwarten war. Lijanne hoffte, dass Johan wusste, was er tat. Ihre einzigen Erfahrungen, was das Beieinandersein zwischen Mann und Frau betraf, übertrug sie aus ihrem Wissen über die Viehzucht. Was Lijanne – und wohl auch der seltsame Trank von Beiruna – in dieser Nacht zum Lachen brachte.

Johan hingegen war sich seiner Sache sehr sicher. Vertrauensvoll begab sich Lijanne in seine Arme und genoss seine zärtlichen Hände. Durch die Vorhänge des Zimmers drangen bereits die ersten Strahlen der Morgensonne, als sie erschöpft, aber als Mann und Frau vereint einschliefen.

Im Gegensatz zu der unruhigen Zeit vor der Hochzeit verwandelten sich die Tage danach schnell zu einem eintönigen Gleichmaß. Johan ging seiner Arbeit auf der Plantage nach, was bedeutete, dass er bereits am Morgen auf ein Pferd stieg und in die Felder ritt, mittags kurz zu einem Lunch ins Haus kam, um dann den Nachmittag entweder in seinem Büro oder wieder draußen auf der Plantage zu verbringen. Lijanne genoss die kurzen Augenblicke des Beisammenseins, langweilte sich aber schnell, sobald er wieder seiner Arbeit nachging.

Wie vertrieben sich die Frauen auf den Plantagen nur den Tag? Lijanne schlenderte durch das Haus, in dem es für sie nichts zu tun gab, da Beiruna das Zepter fest in der Hand hielt. Lijanne setzte sich in den Salon und nahm sich ein Buch aus der kleinen Hausbibliothek; sie wurde müde, dann stand sie wieder auf, wanderte etwas herum. Sie ging auf die Veranda, beobachtete die Vögel in den Palmkronen, schnell wurde es jedoch zu heiß, und sie ging wieder ins Haus. Manchmal erwischte sie sich dabei, wie sie fast eine Ewigkeit aus einem Fenster starrte oder auf ein Möbelstück. Johans kurze Anwesenheit um die Mittagszeit war ein wahrer Lichtblick, doch zu Lijannes Verdruss hielten sich ihre Gespräche eher kurz. Am späten Abend, wenn er zu ihr ins Schlafzimmer kam, war er oft müde. Dennoch war dies das kleine Glück eines jeden Tages, denn dann hatte er Zeit, ihr zuzuhören.

„Kann ich dir tagsüber auf der Plantage helfen?", fragte sie bereits nach kurzer Zeit.

„Nein, da gibt es nichts für dich zu tun, Lijanne."

„Aber ich könnte … Ich kann reiten, mich um die Pferde kümmern."

„Dafür haben wir Sklaven." Johan winkte ab.

„Aber es muss doch irgendetwas geben, was ich tun kann?"

„Sei mir eine liebevolle Ehefrau", scherzte er und zog sie an sich.

Keba kam an jedem Morgen zu ihr, half ihr wie gewohnt beim Waschen und Ankleiden, gesellte sich dann aber zu Beiruna, die das Mädchen mit kleinen Aufgaben rund um das Haus beschäftigte. Abends betrat Keba dann wieder Lijannes Zimmer und half ihr, sich für die Nacht vorzubereiten. Das innige Band, das sie einst zur Zeit des Pensionatsaufenthalts verbunden hatte, gab es kaum noch. Lijanne sah Keba manchmal tagsüber, wie sie Besteck nach hinten auf die Veranda trug oder frisch polierte Schalen wieder zurück in die Vitrinen am Esstisch räumte. Lijanne sehnte sich sogar an manchen Tagen zurück in das Mädchenpensionat. Dort hatte sie sich zwar nie ganz wohlgefühlt, aber zumindest waren die Tage betriebsam und mit Aufgaben erfüllt gewesen, und Keba war ihr den ganzen Tag wie ein Schatten gefolgt. Hier erschien es Lijanne unnütz, das Mädchen den ganzen Tag um sich zu haben, zumal sie ihm auch nichts auftragen konnte, was es zu erledigen hätte. Das war Beirunas Aufgabe.

Nach einigen Wochen fiel Lijanne auf, dass Beiruna sie mit Argusaugen zu beobachten schien und ihr immer öfter Fragen nach ihrer Befindlichkeit stellte. „Geht es der Señora heute Morgen gut?“ oder „Hat die Señora gut geschlafen?“ oder „Möchte die Señora etwas Bestimmtes zum Lunch?“.

Irgendwann wurde es Lijanne zu bunt. Eines Morgens, als Johan bereits aus dem Haus war und Beiruna Lijanne wieder mit diesem prüfenden Blick ansah, während sie das Besteck vom Frühstückstisch räumte und gerade ansetzte, sich erneut nach ihrer Befindlichkeit zu erkundigen, fuhr Lijanne sie an. „Beiruna, mir geht es gut! Was sollen diese Fragen?“

„Oh, Señora … tut mir leid. Ich wollte nicht … Ich dachte nur …“

„Was?“ Lijanne erschrak selbst über ihren barschen Ton, aber die anhaltende Langeweile war ihrer Stimmung nicht zuträglich. Johan schien ihren Wunsch nach einer Aufgabe auf der Plantage nicht ernst zu nehmen. Sie liebte ihn, und er trug sie auf Händen, deshalb hatte sie ihn nicht wieder damit belästigt. Aber langsam spürte sie, wie sich dies auf ihre Laune auswirkte, und zwar nicht im positiven Sinne.

„Tut mir leid, Beiruna.“ Sie entschuldigte sich umgehend.

„Nun, Señora, wo die Señora und der Meneer ja jetzt schon einige Wochen verheiratet sind … Ich hoffte, dass … vielleicht … Ich dachte, es würde sich rasch …“

„Himmel, nun mach doch nicht so ein Geheimnis daraus!“ Lijanne wusste nicht, auf was Beiruna hinauswollte.

„Ich dachte, es würde sich bald eine Schwangerschaft einstellen.“ Beiruna ließ den Kopf und die Schultern hängen.

Lijanne blieb einen Augenblick der Mund offen stehen, ihr fehlten die Worte. Darüber hatte sie selbst noch gar nicht nachgedacht. Wie dumm war sie gewesen! Natürlich war zu erwarten, dass Johans nächtliche Besuche nicht ohne Folgen blieben.

„Bisher noch nicht, Beiruna", gab sie kleinlaut der Haussklavin gegenüber zu. „Ich weiß nicht … Vielleicht dauert es einfach etwas, bis …" Ob Johan wohl auch auf eine derartige Nachricht ihrerseits wartete? ging es ihr plötzlich durch den Kopf.

Beiruna hingegen fand ihre Fassung rasch wieder, ihr Lächeln wirkte allerdings etwas aufgesetzt. „Aber Señora, das wird schon!" Eilig machte sich die Frau davon.

Lijanne blieb nachdenklich zurück. War es das, was von ihr erwartet wurde? Dies klärte für sie plötzlich auch die Frage, was andere Frauen den ganzen lieben langen Tag taten. Wäre erst einmal Nachwuchs im Haus, würde dies die Eintönigkeit sicherlich durchbrechen. Konnte sie etwas Besonderes dazu beitragen? Sie hatte keine Ahnung von diesen Dingen. Nicht zum ersten Mal wünschte sie sich ihre Mutter herbei, der hätte sie solche Fragen stellen können.

Seufzend erhob sie sich vom Tisch und ging in den Salon. Dort gab es aber wie jeden Tag auch nichts zu tun. Prüfend durchforstete sie das Bücherregal, ob sich vielleicht eine Lektüre fand, die Antworten auf derartige Fragen geben konnte, aber so etwas war wohl in der Bibliothek eines gesitteten Haushalts nicht zu finden. Vielleicht wusste Beiruna eine Antwort? Schickte es sich, dass Lijanne als Hausherrin sich mit solchen Fragen an die Haussklavin wandte? Oder sollte sie besser mit Keba darüber reden? Aber das Mädchen war viel zu jung, um mehr zu wissen. Nicht zum ersten Mal fühlte sich Lijanne auf der Plantage schrecklich einsam.

Keba ging es auf De Eendracht wirklich gut. Sie war stolz auf ihre kleine Hütte und auf ihre Arbeit im Haus. Doch sie machte sich Sorgen um ihre Señora. Seit der Hochzeit flatterte sie wie ein

Geist im Haus herum. Beiruna beschwor Keba, dass sich dieser Zustand ändern würde, wenn die Señora erst einmal schwanger wäre. Ein Zustand, den sich Beiruna sehnlichst herbeizuwünschen schien. Zu lange war kein Kinderlachen im Haus zu hören gewesen. Der Meneer van Rood war das letzte Kind, das in diesen Mauern aufgewachsen war – und dies war schon lange her. Fast war es zum Streit gekommen, als Beiruna es mit ihrer fürsorglichen Nachfrage übertrieben hatte.

„Wenn die Señora Lijanne so ungehalten ist, wird daraus auch nichts“, mokierte sich Beiruna etwas später. Dass Señora Lijanne die alte Haussklavin so angefahren hatte, hatte diese schwer gekränkt.

Keba versuchte, Beiruna zu beschwichtigen. „Vielleicht möchte die Señora noch gar keine Kinder?“, gab sie zaghaft zu bedenken.

„Das ist nichts, was man möchte oder nicht möchte.“ Beiruna warf ihr einen bösen Blick zu. „Wenn Mann und Frau … dann gibt es Kinder. Und wenn nicht, dann hat die Frau es sich mit den Göttern oder ihrem Gott oder wem auch immer verscherzt.“

Als es auch nach weiteren Wochen keinerlei Anzeichen gab, dass das Beisammensein der Señora mit dem Meneer Folgen hatte, glaubte Keba nicht mehr an eine schnelle Erfüllung von Beirunas Wunsch.

Während ihre Señora immer stiller wurde und sich mehr und mehr in sich zurückzog, genoss Keba hingegen das Leben im Sklavendorf. Sie war dort ganz selbstverständlich aufgenommen worden und kaum jemand schaute auf ihren kleinen Makel. Endlich fühlte sie sich wieder zugehörig. Natürlich war auch Lida nett zu ihr gewesen. Doch das Leben unter den Leibsklavinnen des Mädchenpensionats war etwas anderes als das Leben in einem Sklavendorf auf einer Plantage.

Und Keba selbst war auch kein kleines Mädchen mehr; mit ihren fast sechzehn Jahren war sie eine junge Frau. Im Zuge der ganzen Aufregung um die Hochzeit der Herrschaften begann Keba selbst darüber nachzudenken, ob sie wohl eines Tages heiraten würde. Dies bedurfte der Einwilligung der jeweiligen Besitzer der Sklaven. Auf ihrer Heimatplantage war dies immer wieder ein Problem gewesen, daran erinnerte sie sich noch. Nicht, weil es nicht genug Frauen oder Männer gab, das Problem war eher, dass die Familien schon so lange auf der Plantage lebten, dass fast alle miteinander verwandt waren. Der Meneer der Plantage löste das Problem, indem er für die jungen Sklavenfrauen Arbeitssklaven im passenden Alter hinzukaufte. Sie mussten dann heiraten und mit ihrem frischen Blut für Nachwuchs sorgen. In den Hütten des Sklavendorfs hatte es deshalb oft Ärger gegeben. Manche der jungen Frauen wollten die ihnen vorbestimmten Ehemänner nicht. Keba hoffte, dass ihr so etwas erspart blieb.

Eine Vorhersage von Johan war allerdings eingetreten. Nach der Hochzeit scherte man sich nicht mehr um sie beide. Lijanne hatte zunächst befürchtet, sie müsse sich in der Gesellschaft beweisen, würde Einladungen folgen und gar Kontakte pflegen müssen. Doch nichts dergleichen geschah. Willemstad war weit entfernt, und Lijanne saß auf De Eendracht fest. Anfangs bemerkte sie es kaum, doch nach und nach dachte sie immer öfter daran, was Josefine alles erzählt hatte, wenn es darum gegangen war, was junge Frauen so alles unternahmen. In der Stadt hatten die Frauen womöglich wirklich tagtägliche Verpflichtungen, um sich zu Teestunden oder anderem zu treffen. Doch auf einer Plantage?

Drei Monate nach der Hochzeit hielt Lijanne es im Haus nicht mehr aus. Wenn sie schon die Pflicht, Mutter zu werden, nicht so schnell erfüllen konnte, wollte sie sich wenigstens anderen Dingen zuwenden. Grübeleien, warum sie kein Kind empfing, würden die Lage sicherlich nicht verbessern. Eines Morgens nach dem Frühstück erhob sie sich, raffte den Rock und folgte Beiruna auf die hintere Veranda.

„Möchte die Señora etwas?“ Beiruna sah ihre Herrin verwundert an.

„Ich möchte nicht alleine sein." Lijanne nahm sich auf der Veranda einen alten Stuhl mit zerschlissenem Sitzpolster und setzte sich an die Balustrade. An diesem Vormittag beobachtete sie zum ersten Mal das Leben, das sich hinter dem Plantagenhaus abspielte. Beiruna werkelte in der Küche herum, wanderte zwischendurch immer wieder durch die Beete des Hausgartens, um Zutaten zu pflücken, schälte Gemüse, putzte Früchte, nahm ein geschlachtetes Huhn aus. Keba hingegen huschte mit Schmutzwäsche aus dem Haus, sah verwundert auf ihre Señora, die plötzlich auf der Veranda saß, und trug dann die Wäsche zu einem Zuber, den sie befeuerte, mit Wasser füllte, um dann die Wäsche zu waschen. Das Beobachten dieser Tätigkeiten und das Gefühl, plötzlich doch irgendwie dazuzugehören, besserten Lijannes Stimmung schon am ersten Tag. Fortan machte sie es sich zur Gewohnheit, mehr Zeit hinter dem Haus als drinnen zu verbringen.

Als Lijanne an einem Morgen aus der Tür auf die Veranda trat, sah sie verwundert, wie Beiruna und Keba nebeneinander an der Balustrade lehnten.

„Was ist los?"

„Oh, Señora, Sie sollten vielleicht lieber reingehen …" Beiruna versuchte, ihr den Blick zu verstellen.

„Was ist denn?" Lijanne ließ sich nicht beirren und trat neugierig auf die Veranda. Sie bemerkte, dass Kebas starrer Blick sich auf irgendetwas in der Ferne gerichtet hatte. Sie schaute über den Wirtschaftshof, aber erst dort, wo der Weg zum Sklavendorf begann, entdeckte sie ein paar Menschen. Nackte schwarze Oberkörper und Johan auf seinem Pferd.

„Was geht da vor sich?" Lijanne sah Beiruna fragend an. Eine derartige Versammlung hatte Lijanne bisher noch nicht beobachtet.

Beiruna zuckte die Achseln. „Señora, es ist heute sehr heiß, wollen Sie nicht lieber …"

„Beiruna – was ist da los?" Lijannes Stimme wurde schneidend. Nicht nur, dass sie sich auf der Plantage inzwischen reichlich überflüssig vorkam, man schien ihr auch noch gewisse Vorgänge vorenthalten zu wollen.

Beiruna schwieg.

„Keba?“

Das Mädchen rührte sich nicht vom Fleck.

Keba war wie versteinert, seit Beiruna angedeutet hatte: „Oh, da braut sich Böses zusammen! Die haben einen Sklaven von St. Barbara erwischt.“ Allein der Name der Plantage ließ es in Kebas Kopf nur noch rauschen. St. Barbara!

Als sie jetzt sah, wie zwei Männer einen dritten zu dem Baum zerrten, jenem Baum, der jedem Sklaven eine Mahnung war, kroch ihr etwas Kaltes den Rücken hinauf. Es war also auf De Eendracht nicht anders als auf anderen Plantagen. Und vor allem nicht anders als auf – St. Barbara. Ihre nicht mehr vorhandenen Finger brannten plötzlich wieder wie Feuer. Und sie spürte förmlich die Peitsche auf ihrer Haut, die sie schon als kleines Kind kennen und fürchten gelernt hatte. Und noch viel schlimmer war, dass sie in diesem Augenblick die Gestalt erkannte, die man dort zum Baum schaffte. David?

„Dann gehe ich jetzt nachsehen.“ Entschlossen raffte Lijanne ihren Rock und stapfte los.

„Nein – Señora, bitte!“, versuchte Beiruna sie noch aufzuhalten, doch Lijanne war schon die Stufen hinuntergeeilt und lief zwischen den Beeten in Richtung der Scheunen.

Als sie näher kam, erschloss sich ihr das Bild. Johan saß noch immer auf seinem Pferd. Neben dem Tier standen drei Feldsklaven. Dahinter konnte Lijanne den Aufseher erkennen. Die hochgewachsene Gestalt von Nicolas überragte die anderen Sklaven um Haupteslänge. Beim Näherkommen sah sie noch einen weiteren Mann, der bäuchlings an den Stamm des hohen Baumes gebunden war.

Kurz bevor sie Johan erreicht hatte – er bemerkte ihr Kommen nicht, da er ihr den Rücken zuwandte –, hörte sie seine Stimme.

„Vier Hiebe, Nicolas."

Der Aufseher rückte seinen großen Hut zurecht und zog seitlich von seinem Gürtel eine große Peitsche heraus. Lijanne stockte der Atem. „Nein!"

Johan drehte sich ruckartig im Sattel um. „Lijanne – was machst du hier?"

„Was geht hier vor?"

„Das hat dich nicht zu interessieren, geh wieder ins Haus!" Seine Augen funkelten sie drohend an. So hatte sie ihn noch nie erlebt. Was war mit ihm los? Das war doch nicht der Johan, der sie abends so liebevoll in den Arm nahm!

In diesem Augenblick ließ Nicolas das erste Mal die Peitsche auf den Rücken des an den Baum gebundenen Sklaven schnellen. Ein scharfes Zischen durchschlug die Luft, ein Knall, die Gestalt am Baum wimmerte.

Lijanne rannte an Johans Pferd vorbei und baute sich vor ihm auf. „Was soll das? Warum wird der Mann geschlagen?"

„Lijanne, geh!"

„Johan!"

Johan stieg von seinem Pferd, packte Lijanne unsanft am Arm und zog sie beiseite. „Was erlaubst du dir, hier so eine Szene zu machen?"

„Warum bekommt der Mann die Peitsche?" Lijanne konnte gar nicht hinsehen; aus der ersten Strieme, die die Peitsche auf den Rücken gezeichnet hatte, quoll bereits hellrotes Blut.

„Er ist ein Sklave, Lijanne, und er hat einen Fehler gemacht. Und jetzt geh ins Haus!" Johan zeigte mit der Hand in die Richtung, aus der Lijanne gekommen war, und seine Augen wurden zu schmalen Schlitzen.

Lijanne zuckte zurück. So hatte er sie noch nie behandelt. Kurz überkam sie die Angst.

„Geh sofort zum Haus!", befahl er nochmals.

Lijanne wich zurück. Johan hob die Hand, ohne sie dabei aus den Augen zu lassen. Der zweite Schlag traf den Mann am Baum. Lijanne drehte sich um und rannte zurück zur Veranda.

Beiruna stand dort, sie wirkte zutiefst betroffen. „Señora!“ Lijanne stürmte an ihr vorbei ins Haus, die Treppe empor und in ihr Schlafzimmer. Erst als die Tür hinter ihr zugefallen war, erlaubte sie sich einen wütenden Aufschrei. Tränen brannten in ihren Augen, aus Wut über Johans Missachtung der Unversehrtheit eines Menschen und aus Mitleid mit dem armen Mann, den man dort am Baum angebunden hatte. Wie konnte Johan nur?

Keba sah der Señora nicht nach, als die ins Haus stürmte. Der Meneer war für alle erkennbar wütend über das Verhalten der Señora. Erst als der Meneer wieder aufs Pferd stieg und die anderen Männer, so wie der Aufseher Nicolas, sich von dannen machten, erwachte Keba aus ihrer Starre. Zusammengesunken am Baum lag David. Natürlich war er erwachsener geworden, aber sie war sich sicher, dass er es war. Wie konnte das passieren? Warum brachte man ihn hier zu diesem Baum? Sie konnte nicht erkennen, wie schlimm es um ihn stand, aber vier Peitschenhiebe hinterließen böse Wunden, so viel wusste sie.

Ohne darüber nachzudenken, schnappte sie sich einen Wasserkrug von der Veranda und zwei Lappen, die eigentlich zum Säubern der Böden bereitlagen, und rannte die Stufen hinab.

„Wo willst du hin?“, hörte sie Beiruna rufen. „Bleibst du wohl hier!“

Doch Keba konnte nicht gehorchen. Sie lief zu David. Er lag schwer atmend und kaum noch bei Sinnen im Staub unter dem Baum. Man durfte den Bestraften nicht helfen und schon gar nicht, wenn sie nicht zur eigenen Plantage gehörten. Doch es war niemand mehr in der Nähe. Man ging einfach davon aus, dass der Bestrafte irgendwie nach Hause kriechen würde. Andernfalls würde der Aufseher ihn am Abend an der Grenze zur Nachbarplantage ablegen.

Die anderen Feldsklaven waren noch bei der Arbeit, im Sklavendorf herrschte Totenstille. Vielleicht bemerkte niemand, was sie tat? Vorsichtig kniete sie sich neben den jungen Mann.

„Bleib liegen, ich helfe dir", flüsterte sie und begann, die Wunden mit einem feuchten Lappen zu säubern. Die ersten Fliegen hatten bereits das Blut gerochen.

David gab ein leises Stöhnen von sich. Nachdem Keba die Striemen behandelt hatte, hob sie seinen Kopf etwas an und flößte ihm den Rest an Wasser ein. Er spuckte und hustete, doch es kam wieder Leben in seine Augen.

„Danke", murmelte er mit schwacher Stimme. Dann versuchte er, sich aufzusetzen. Er konnte hier nicht liegen bleiben, das wussten sie beide. Keba stützte ihn, so gut sie konnte, und half ihm in ihre Hütte. Sie begab sich selbst in große Gefahr.

„Was hast du nur getan, Junge, was?"

Keba half ihm, sich bäuchlings auf ihr Lager zu legen. Es würde Tage brauchen, bis die Striemen verheilt sein würden, aber auch nur dann, wenn sie sich nicht entzündeten. So lange konnte er nicht hierbleiben. Sobald er wieder laufen konnte, musste er fort. David verlor durch die Anstrengung und wegen der Schmerzen wieder das Bewusstsein, vermutlich in dieser Situation ein gnädiger Umstand. Keba legte ihm wieder ein feuchtes Tuch über die Wunden und beschloss, später noch einmal nach ihm zu sehen. Jetzt musste sie zum Haus zurück, um nicht selbst Gefahr zu laufen, in Ungnade zu fallen. Bevor sie aus der Hütte schlüpfte, sah sie ihn noch einmal an. Wie groß und kräftig er geworden war! Als Kinder hatten sie viel miteinander gespielt.

Lijanne verweigerte an diesem Tag den Lunch und schickte Keba fort, als diese kam, um sich nach ihr zu erkundigen.

Am Abend musste sie Johan wieder unter die Augen treten. Schweigend saß Lijanne am Tisch.

Johan wirkte bei Weitem nicht mehr so zornig wie noch am Morgen. „Lijanne." Er räusperte sich. „Ich weiß, dass dir von Aruba die Sklavenhaltung nicht geläufig ist."

Seine Stimme war nun wieder so liebevoll, wie sie sie von ihrem Ehemann kannte. Ihre Wut verflog bereits.

„Es tut mir leid, dass du dies hast mit ansehen müssen. Aber es ist nun mal so, dass ein Sklave, der einen Fehler macht, bestraft werden muss. Wenn dies nicht geschieht, werden die anderen Sklaven ungehorsam. Das ist nicht anders als mit Pferden …"

Lijanne schnaubte verächtlich. „Aber das sind Menschen, Johan!"

Er wirkte unbeeindruckt und sprach mit sanfter Stimme weiter. „Es sind Sklaven, Lijanne. Sie haben Gehorsam zu leisten. Und dass sich meine eigene Frau dazwischenstellt, macht nicht gerade einen guten Eindruck. Zumal es nicht mal einer unserer Sklaven war. Sei mir nicht böse, dass ich dich so harsch angewiesen habe, zu gehen, aber ich muss vor meinen Sklaven das Gesicht wahren. Ich hoffe, das verstehst du."

„Er war nicht …?" Lijanne war verwirrt. „Aber warum …"

„Lijanne, bitte! Dies sind wirklich keine Dinge, die dich zu beschäftigen haben. Ich verlange doch nur von dir, dass du dich wie die Besitzerin einer Plantage benimmst. Sklaven in Schutz zu nehmen ist … nicht angemessen. Wir verpflegen sie, wir beschützen sie – aber sie sind nicht unsere Freunde."

„Sie blutig zu peitschen nennst du beschützen?" Lijanne hatte keinen Appetit mehr und schob angeekelt ihren Teller beiseite.

Johan legte sein Besteck ebenfalls nieder und seufzte. „Er ist einer von Rickerms Sklaven und hat versucht, unser Wasser umzuleiten. Was soll ich denn tun? Ihm das durchgehen lassen?"

Lijanne schwieg. Sie hatte keine Ahnung, was ein Pflanzer in so einem Fall tat. Aber die Bestrafung kam ihr dennoch übermäßig hart vor.

„Lijanne, wenn ich nicht tagtäglich auf den Feldern für Zucht und Ordnung sorge, wird Rickerm – nicht zuletzt über seine Sklaven – eines Tages die Chance nutzen und versuchen, an mein Land und meine Sklaven zu kommen. Das musst du verstehen."

Lijanne tat sich schwer damit, das zu verstehen. Doch als sie am Abend wieder in seinen Armen lag, war ihr Zorn verflogen. Sie musste wohl noch viel lernen, und ihm zuliebe würde sie sich große Mühe geben.

4. KAPITEL

Die harte Bestrafung des Sklaven wühlte sie dennoch auf. Hatte Lijanne sich in Johan getäuscht? War er vielleicht kein bisschen anders als die anderen Plantagenbesitzer? Seit sie ihn kannte, war er gut zu seinen Sklaven gewesen. Die Bestrafung, die sie miterlebt hatte, war die erste dieser Art. Mal ein Schlag mit der flachen Hand oder mit einem Stock, wie es die Mädchen des Pensionats mit ihren Sklavinnen gehandhabt hatten, nun ja. Aber die lange Peitsche? War das wirklich gerechtfertigt? Lijanne vergaß nicht, wie das Blut aus den von den Peitschenhieben aufgeplatztzten Striemen hervorquoll. Und eines hatte sie von ihren Eltern gelernt: Ob Mensch oder Tier – es gab eine Grenze. Dabei dachte sie auch an die verstümmelten Finger von Keba. Sie konnte und wollte nicht zulassen, dass in ihrem eigenen Umfeld so etwas geschah. Das Wissen darum, dass es auf anderen Plantagen, bei anderen Weißen, wohl noch schlimmer zuging und es kaum ein Maß gab für das Leid, das Sklaven andernorts ertragen mussten, ließ ihr Herz versteinern. Solange sie auf De Eendracht lebte, würde sie zu verhindern wissen, dass es zu Schlimmerem kam. Doch wie sie dies bewerkstelligen sollte, wusste sie nicht. Sie hoffte nur, dass Johan sich dieser Strafen nicht allzu oft bediente. Sie würde sich selbst davon überzeugen müssen, dass dies auf ihrer Plantage nicht gang und gäbe war.

Da Johan Lijanne nie wissen ließ, was sie auf der Plantage zu tun und zu lassen hatte, beschloss sie schließlich, dies einfach auszuprobieren. Ihr erster Versuch bestand darin, morgens, bevor sie sich auf der hinteren Veranda niederließ, einen Spaziergang über den Wirtschaftshof und zum Sklavendorf zu machen. Johan war zu diesem Zeitpunkt noch bei den Pferdeausläufen, wo er sein Pferd für den Ritt zu den Feldern sattelte. Eine der wenigen Arbeiten, die er nicht einem Sklaven überließ.

Bei ihrem ersten Spaziergang dieser Art sah er sie über den Rücken seines Pferdes hin an. Seine Augen verengten sich prüfend, das entging ihr nicht. Doch dann lächelte er und führte sein Pferd auf den Hof, winkte, stieg auf und ritt davon. Gegen ihre Anwesenheit auf dem Wirtschaftshof hatte er also nichts einzuwenden.

Einige Tage später dehnte Lijanne ihren Spaziergang etwas aus, sie ging an Johan vorbei, als er noch das Pferd sattelte, und betrat den Weg zum Sklavendorf, bevor er davonritt. Sie hörte die Hufschläge hinter sich. Lijanne hielt die Luft an, sie erwartete eine Ermahnung oder den Befehl, wieder zum Haus zurückzugehen, doch er ritt weiter. Seine scharfe Zurechtweisung an dem Tag, als der Sklave bestraft worden war, war vielleicht doch nur ein Ausrutscher gewesen. Lijanne liebte ihn, aber ihr Vertrauen zu ihm wurde von dem Vorfall überschattet. Oder war sie zu empfindlich?

Im Sklavendorf herrschte am Morgen rege Betriebsamkeit. Die Männer schulterten ihre großen Macheten und die Frauen holten die Maultiere, die beladen waren mit Packsätteln, auf denen das Zuckerrohr transportiert wurde, aus den Scheunen. Im Dorf blieben nur einige Greise und Kinder zurück.

Als Lijanne das erste Mal den Pfad zwischen den Hütten entlangging, traten alle Sklaven demütig zur Seite, senkten den Blick und murmelten ein „*Bon día, Señora*". An ihren schüchternen und doch neugierigen Blicken bemerkte Lijanne, dass es für die Sklaven sehr ungewohnt war, die Señora hier zu sehen. Sie antwortete stets mit einem „*Danki*". Lijanne hatte seit ihrer Abreise aus Aruba nicht mehr die Sprache der Indianer und Sklaven gesprochen. Keba und Beiruna tauschten sich im Haus auf Niederländisch aus. Lijanne spürte, dass sie über die Sprache das Vertrauen der Sklaven gewinnen konnte.

Nach wenigen Tagen hatten sich alle an ihren morgendlichen Spaziergang gewöhnt. Hier und da begrüßte man sie sogar mit einem Lächeln, und einige Kinder kamen herbeigelaufen, um sie ein Stück zu begleiten. Erst hatten ihre Mütter sie angstvoll zurückbeordert. Doch Lijanne hatte lachend „*di nada*“ zurückgerufen, was so viel bedeutete wie „ist schon in Ordnung“. Die frische Luft und die Menschen um sie herum taten Lijanne unendlich gut. Viel zu viel Zeit hatte sie im Haus zugebracht.

Johan blieben ihre Besuche im Sklavendorf nicht verborgen. Eines Mittags beim Lunch sprach er eine mehr als deutliche Rüge aus. „Das ist kein Ort für dich, Lijanne. Du solltest etwas Abstand zu den Sklaven wahren.“

„Warum?“ Lijanne sah ihn unverwandt an.

„Sie sind unsere Arbeiter, Untergebene. Man hegt keine Sympathie zu ihnen.“

„Aber zu Beiruna hast du doch auch ein gutes Verhältnis.“

„Das ist etwas ganz anderes.“

„Ja?“

Johan tupfte sich den Mund mit einer Serviette ab und legte diese dann gewissenhaft beiseite. Das Thema war ihm sichtlich unangenehm.

„Haus- und Feldsklaven sind immer noch zwei ganz unterschiedliche Welten. Lijanne, du musst dich an die Gepflogenheiten auf dieser Plantage gewöhnen.“

„Daran, dass du deine Sklaven auspeitschen lässt?!“ Ihre Bemerkung war schärfer, als sie es gewollt hatte.

„Himmel!“ Johan ließ seine rechte Hand auf den Tisch krachen, dass Lijanne zusammenzuckte.

„Gewöhne dich daran!“ Forsch und ungnädig stand er auf und verließ grußlos den Raum.

Lijanne starrte vor sich hin auf den noch halb vollen Teller. Ihr wurde klar, dass sie sich nie daran gewöhnen und somit wohl ewig sie und Johan etwas trennen würde. Sie kamen einfach aus so verschiedenen Welten!

Keba hatte David am Abend des Tages seiner Strafe noch vom Plantagengrund geholfen. Spät in der Nacht hatte sie ihn gestützt und war mit ihm durch die Felder gelaufen.

„Warum tust du das?“, hatte er während einer kurzen Pause keuchend gefragt. Der Schmerz verzerrte sein Gesicht, und er war kaum bei Sinnen.

Keba hob ihre verstümmelte Hand gegen den schwachen Mondschein.

„Du?“ Einen Augenblick starrte er sie ungläubig an. „Was machst du hier?“

„Ich bin die Leibsklavin der Señora.“

„Bist …“ Er stöhnte wieder vor Schmerz. „Bist groß geworden, kleine Keba.“

„Ja, du auch! Und schwer.“ Sie wuchtete sich wieder seinen Arm über die Schultern und schleppte ihn weiter.

An der Grenze zu den Feldern von St. Barbara musste sie ihn sich selbst überlassen. Die Plantage auch noch zu verlassen, das traute sie sich nicht. Zu viel hatte sie in den letzten Stunden für ihn riskiert.

„Sehen wir uns wieder?“ Er setzte sich erschöpft auf den Boden.

„Sieh du erst mal zu, dass du lebend in dein Dorf zurückkommst.“

„Das schaffe ich jetzt auch noch. Wir sehen uns wieder, beim nächsten Vollmond, genau hier. Versprochen?“

Keba wusste nicht, ob sie sich das trauen würde, aber wenn es ihm in diesem Augenblick die Kraft gab, durchzuhalten und in sein Dorf zurückzukehren …

„Versprochen“, hatte sie gesagt.

Und Keba hatte sich wirklich getraut, in der nächsten Vollmondnacht aus dem Dorf zu schleichen und zu dieser Stelle zurückzukehren. Sie hatte gewartet, schon geglaubt, er würde nicht kommen, doch dann raschelte es im Zuckerrohrfeld, und David tauchte in der Dunkelheit auf.

„Ich schulde dir etwas, Keba. Ich habe ein Geschenk für dich.“ Seine Bewegungen waren immer noch etwas langsam, aber sein Rücken schien gut verheilt zu sein. Er nahm ihre Hand und legte eine Kette aus Muscheln hinein. „Die mochtest du als Kind so gerne, diese Muscheln.“ Im Mondschein sah sie sein Lächeln. Ihr wurde ganz warm ums Herz.

„Erzähl mir, was dir geschehen ist, Keba, wie bist du auf diese Plantage gekommen?“

Nebeneinander gingen sie durch das Mondlicht. Keba fühlte sich in ihre Kindheit zurückversetzt, schon damals hatte sie David gemocht und ihm so manches anvertraut. Sie konnte es noch gar nicht fassen, dass sie ihn wiedergefunden hatte. Dann erzählte sie ihm vom Sklavenhändler und wie die Señora sie gekauft hatte.

„Ich bin wirklich froh, dich zu sehen, Keba.“ Wie früher zog er kurz frech an ihrem Zopf.

„Was … was hast du eigentlich getan?“ Keba hatte schon versucht, die anderen Sklaven auszuhorchen, aber alle bissen sich lieber auf die Zunge, als auszusprechen, was zu der Bestrafung geführt hatte.

Er zuckte die Achseln. „Ich habe einen eurer Wasserschotts umgelegt, damit das Wasser auf unsere Felder fließt. Unser Meneer hat es mir befohlen. Hätte ich nicht … hätte er mich ebenso … Ich war dumm, habe nicht aufgepasst, und euer Aufseher hat mich erwischt. Unser Meneer von St. Barbara streitet sich schon seit Jahren mit eurem Meneer um das Land und die Bewässerung.“ David zuckte mit den Achseln. „Ist doch genug Wasser da, da habe ich den Schott so gelegt, dass das Wasser auf die Felder von St. Barbara floss. Euer Aufseher hat Wind davon bekommen. Ich hab nicht aufgepasst. Hätte er es nicht bemerkt …“

Keba verstand nicht recht, worum und warum die Weißen sich stritten. Doch insgeheim war sie froh, dass ihr dieser Streit nun David wiedergebracht hatte. In jener Nacht lief sie glücklich zurück zu ihrer Hütte im Sklavendorf. Und es war nicht die letzte Nacht, in der sie sich davonschlich. Sie war ihrer alten Heimat und ihrer Vergangenheit näher, als sie gedacht hatte. Ob ihre Eltern … Nein! Sie verbot sich, daran zu denken. Ihre

Eltern hatten sie dem Meneer überlassen. Sie hatte an dem Tag nicht nur ihre Finger verloren. Wut stürmte in ihr hoch, doch sie legte sich gleich wieder bei dem Gedanken an David. Er hatte damals geschrien und geschrien und gefordert, man solle sie loslassen! Wäre er nicht selbst noch ein Kind gewesen, er hätte sie beschützt. Jetzt war er kein kleiner Junge mehr und schien sie immer noch zu mögen. Die Götter hatten sie wieder zusammengebracht, davon war Keba überzeugt. Zwischen ihnen lag nur ein tiefgrünes Meer aus Zuckerrohr.

Beim ersten Schrei ließ Beiruna vor Schreck scheppernd einen Topf fallen. Lijanne sprang erschrocken von ihrem Stuhl auf. „Was war das?"

Beiruna trat an die Stufen der Veranda und lauschte. „Das kam von der Zuckermühle."

Weitere Rufe und Schreie waren zu hören.

Beiruna raffte ihren Rock und hastete los. Lijanne und Keba folgten ihr.

An der Zuckermühle fanden sie eine chaotische Situation vor. Draußen vor dem Gebäude standen unzählige Feldsklaven, dazwischen einige Maultiere. Johans Pferd war neben dem Eingang an einen Pfosten gebunden. Aus dem Inneren der Scheune drangen immer noch Schreie. Mit Beiruna bahnte sich Lijanne einen Weg durch die Umstehenden.

Sie versuchte, Johan zu entdecken, konnte ihn aber nirgends ausmachen. In dem Bereich, wo die von zwei starken Ochsen angetriebene Mühle stand, sah sie den Aufseher Nicolas und einige andere Sklaven, die versuchten, irgendetwas hochzustemmen.

Lijanne stürzte auf die Gruppe zu. „Was ist passiert?" Noch immer konnte sie Johan nirgends sehen.

Nicolas stützte einen schweren Balken nur mit seinen Schultern. Er ächzte unter der Last und schaute verzweifelt nach oben. „Der Meneer! Das Gestänge hat sich verklemmt, er stieg hoch, um es zu lösen."

Lijanne schaute ebenfalls nach oben, der Antrieb der Mühle führte durch ein Loch in der Zwischendecke, nur ein Gewirr aus Balken, Ketten und Rädern war zu erkennen. Man sah vier nackte schwarze Beine, zwei Sklaven schienen auf dem Gestänge herumzuklettern.

„Der Meneer ... Er steckt fest!“, keuchte Nicolas.

„Wie komme ich da hoch? Sag es mir!“

Nicolas schüttelte den Kopf. „Zu gefährlich!“

Lijanne sah sich verzweifelt um. An der Seite des Rondells, in dem die Ochsen die Balken antrieben, führte eine Leiter zu einer Luke empor. Mit zwei Schritten war sie dort und erklomm hastig die Sprossen. Oben angekommen, erkannte sie die zwei Männer – und Johan! Er steckte bis zur Brust zwischen zwei Balken. Sein Gesicht war schmerzverzerrt.

„Johan!“ Lijanne balancierte über die Bretter der Zwischendecke zu ihrem Mann.

„Die Mühle ... unten Balken gebrochen ... komme nicht ...“ Seine Stimme erstickte.

Die beiden Sklaven versuchten, die Balken auseinanderzustemmen, vergeblich, das Holz hatte sich verkeilt. Lijanne hatte keine Ahnung, wie der Aufbau der Mechanik funktionierte, aber sie wusste eins – Johan musste da raus! Und zwar schnell! Das Ineinandergreifen der Ketten sagte ihr, dass die Ochsen im Rondell noch immer eingespannt waren.

Sie kniete sich auf einen der Balken und beugte sich über das Loch. „Nicolas, die Ochsen! – Spannt die Ochsen aus! Schnell! Schnell!“

Unten wurden Stimmen laut. Die Zugketten rasselten. Lijanne hörte eins der Tiere angstvoll muhen. Viel zu viele Menschen waren da unten, das kannten die Tiere nicht. Sie rief noch: „Nicolas – passt auf ...“ Doch dann vernahm sie ein weiteres Kettenrasseln, sah, wie sich die Zugvorrichtung in der Luft spannte und unten einer der gewaltigen Ochsen in Panik ausbrach. Er war noch nicht ganz vom Zuggeschirr befreit, bockte nach links und nach rechts und zog die Balken in die falsche Richtung.

„Nein! Nein!" Lijanne versuchte noch irgendwie die Ketten zu bremsen, doch die Kraft des Tieres übertrug sich nach oben. Die beiden Männer neben Johan konnten die Balken nicht mehr halten. Johan gab einen gellenden Schmerzensschrei von sich. Die Balken schoben sich gegeneinander, und Lijanne hörte, wie Knochen zermalmt wurden.

Unten polterte es, der Ochse war frei. Sofort erschlaffte die Mechanik der Zuckermühle, doch Johann hing immer noch eingeklemmt und wie leblos zwischen den Balken.

„Hilfe – so kommt doch helfen!" Lijanne hockte neben ihm und hielt seinen Kopf. Er hatte ganz blaue Lippen und seine Haut war leichenblass. Es kam Lijanne wie eine Ewigkeit vor, bis weitere Männer auf dem Zwischenboden eintrafen, Johan vorsichtig unter den Balken herauszogen und ihn die Leiter herab nach unten brachten.

Sie legten ihn auf den Boden. Beiruna war sogleich bei ihm und untersuchte ihn vorsichtig. Dann schüttelte sie den Kopf und gab einen grässlichen, schmerzklagenden Laut von sich.

Lijanne stand wie versteinert daneben. Er hatte doch eben noch geatmet? Sie ließ sich auf die Knie fallen und nahm seinen Kopf in ihre Hände. „Johan? Johan!"

Ein dünnes Rinnsal Blut quoll aus seinem Mundwinkel.

Johan war tot.

5. KAPITEL

Lijanne lag in ihrem Bett, durch die Vorhänge drang das Licht des Tages. Welcher Tag? Wie war sie hierhergekommen? Hatte sie nicht eben noch ... Johan! Wie konnte das nur geschehen? Johan kannte doch seine Mühle, er musste gewusst haben, wie gefährlich es war, zwischen die Balken zu steigen! Das Geräusch der splitternden Knochen hatte sich in Lijannes Kopf festgefressen. Hatte sie das alles etwa nur geträumt?

Sie hörte, wie jemand den Raum betrat. Keba? Lijanne drehte den Kopf. Sie konnte nicht recht erkennen, wer es war. Eine Gestalt trat an ihr Bett, stellte etwas auf das Nachtschränkchen. Um Lijanne waberte dichter weißer Nebel. Sie hörte wieder diese Schreie und dieses grässliche splitternde Geräusch ...

„Lijanne?“ Die Stimme schien von weit her zu kommen. „Lijanne!“

Lijanne weigerte sich, die Augen aufzumachen. Da, wo sie in Gedanken war, da war es still. So schön still. Sie hatte in ihrem Kopf eine Tür gefunden, hinter der sie alles eingesperrt hatte. Doch sie selbst befand sich in einem Raum ohne Geräusche, ohne Beschränkungen. Sie hatte Angst, wenn sie ihn verlassen würde, kämen die Erinnerungen wieder.

„Lijanne!“ Die Stimme wurde schärfer, und Lijanne spürte einen unsanften Klaps auf ihrer Wange. Sie wehrte sich. Wer wagte es? Mühsam öffnete sie die Lider. Grelles Licht schmerzte sie. Sie wollte die Augen wieder zumachen. Doch es traf sie noch mal ein zarter Schlag auf die Wange.

„Aufwachen!“, befahl eine Stimme.

Das konnte nicht sein! Lijanne versuchte nun, gegen den zähen Nebel in ihren Gedanken anzukämpfen, doch sie hing darin fest wie eine Fliege im Honig. Sie wollte etwas sagen, doch ihre Stimme gehorchte ihr nicht. Sie bemerkte, wie ihre Lippen nur einen schmatzenden Ton von sich gaben. Plötzlich spürte sie, dass sie zu sich kommen musste, womöglich würde sie sonst nie wieder …

Ein Ruck ging durch ihren Körper. Krampfhaft riss sie die Augen auf und schnappte nach Luft wie ein Ertrinkender. Der zähe Nebel verschwand. Sie konnte schemenhaft ihr Schlafzimmer erkennen. Und sie erkannte die Hand, die sich auf ihre Stirn legte.

„So ist es gut, Lijanne, schön aufwachen!“

„Mama?“

„Ja, ich bin da, Kind.“

Lijanne spürte, wie sich jemand auf ihre Bettkante setzte. Sie griff nach der Gestalt, klammerte sich an den warmen Arm, der sich um sie legte, und weinte und weinte. Weinte, bis alles um sie herum wieder dunkel wurde.

Als Lijanne das nächste Mal erwachte, war sie schnell in der Gegenwart angekommen. Warmrotes Licht drang durch die Fenster, die Vorhänge waren beiseitegezogen. War es Morgen oder war es Abend? Lijanne versuchte, sich zu bewegen, doch ihr Körper schmerzte.

Sie spürte eine Regung neben sich. „Mama?“ Ihre Stimme hörte sich fast panisch an.

„Ich bin noch da, Lijanne.“ Eine Hand legte sich auf ihre Schulter.

„Was … Wieso bist du hier?“

„Beiruna hat nach … hat Meneer Flavers verständigt, und er schickte uns eine Nachricht. Es tut mir so leid, was passiert ist.“

„Wie … Wann?“

„Lijanne, du warst fast zwei Wochen nicht recht bei Sinnen. Beiruna hatte schon vor unserer Ankunft nach dem Arzt rufen lassen. Er sagte, der Schock …“

„Eurer Ankunft?“

„Ja, dein Vater ist auch hier, er hat sich mit Nicolas um die Plantage gekümmert.“

Lijanne schloss die Augen wieder. Sie war so unendlich müde. Aber die Gewissheit, dass ihre Eltern bei ihr waren, beruhigte sie plötzlich. Sie konnte schlafen, schlafen, ohne dabei auf die Tür in ihrem Kopf zu starren, hinter der sie all das Erlebte verbannt hatte.

Johans Beerdigung hatte ohne Lijanne stattgefunden. In dem heißen Klima musste ein Toter schnell begraben werden. Marijke führte ihre Tochter zu der Stelle am Rand des Orangenhains, wo nun, neben den Grabsteinen von Johans Eltern, auch der seine stand. Lijanne starrte lange auf das frische Grab. Die Sklaven der Plantage hatten ihrem Herrn die letzte Ehre erwiesen. Marijke erzählte Lijanne mit leisen Worten, wie die Beerdigung gewesen war. Aufgrund der Umstände hatte man von einer größeren Bestattung Abstand genommen. Meneer Flavers hatte alles Amtliche in Willemstad organisiert. Die frischen Blumen auf dem Grab waren eindeutig von Beiruna. Lijanne musste schlucken. Beiruna mühte sich sehr, im Haus die Fassung zu wahren, doch sie hatte so etwas wie einen Sohn verloren. Lijanne war bei Weitem nicht die einzige Trauernde auf De Eendracht, auch wenn es ihr Status Beiruna nicht erlaubte, dies zuzugeben oder es sich gar anmerken zu lassen.

Lijanne versuchte, ihre Trauer, so gut es ging, fortzusperren. Das Einzige, was sich nicht hinter dieser Tür verschlossen halten ließ, waren die Gewissensbisse. Kaum konnte Lijanne wieder etwas klarer denken, kamen die Selbstvorwürfe. Sie hätte liebevoller sein sollen zu Johan, sie hatte sich in den letzten Wochen nicht gut um ihn gekümmert, sie war garstig zu ihm gewesen wegen der Bestrafung dieses Sklaven. Sie hätte ihm mehr Verständnis entgegenbringen sollen. Lijanne gelang es nicht, sich von diesen Schuldgefühlen zu befreien.

Ihre Mutter half ihr wieder auf die Beine, trieb sie aus dem Bett, befahl, sie solle ihr Essen unten im Salon zu sich nehmen. Doch Lijanne hatte keinen Appetit. Schweigend saß sie am Tisch und starrte auf Johans leeren Platz. Ihr blieb nicht verborgen, dass Beiruna und Keba sie sorgenvoll beobachteten.

Marijke de Wind hingegen gestattete ihrer Tochter nicht, sich wieder zu verkriechen. „Iss, sonst gehst auch du noch zugrunde!“, befahl sie und blieb neben Lijanne so lange sitzen, bis diese zumindest einen Teil ihres Essens hinuntergewürgt hatte. Schritte waren vor dem Haus auf der Veranda zu hören. Die Eingangstür öffnete sich und ihr Vater trat ein. Wie auch auf Aruba trug er einen großen Hut, und sein Haar war zu einem Zopf gebunden. Den Hut nahm er jetzt ab, und ein leichter Anflug von Unsicherheit huschte über sein Gesicht. Dann aber kam er an den Tisch, zog sich den Stuhl heran, auf dem sonst Johan gesessen hatte, und nahm Platz. Er betrachtete seine Tochter mit seinen warmen braunen Augen.

„Mädchen, du musst wieder auf die Beine kommen. Deine Plantage braucht dich, und wir …“, er schaute kurz zu seiner Frau, „wir können nicht mehr lange bleiben.“

Die Starre, die Lijanne gefangen hielt, fiel in diesem Augenblick gänzlich von ihr ab.

„Vater, ich … aber … Die Plantage …“

„Es ist jetzt deine Plantage. Du wirst sie alleine weiterführen müssen.“

„Das … das kann ich nicht.“

Ihr Vater setzte sich kerzengerade auf. „Lijanne, wenn du das nicht kannst, werden viele Menschen ihre Heimat verlieren. Du zuerst, dann Beiruna und Keba, Nicolas und die Feldsklaven. Sie alle sind jetzt auf dich angewiesen. Du bist die Erbin dieser Plantage, und du wirst sie weiterführen, denn sonst war die Arbeit von Johan und seiner Familie umsonst. Willst du, dass sein Erbe sich in Luft auflöst und fortgeweht wird? Er hat dich geheiratet. Er war dein Mann, auch wenn euch nicht viel Zeit vergönnt war. Nun liegt es an dir.“

Lijanne brauchte einen Moment, um die Sätze ihres Vaters in sich aufzunehmen. Garemba war nie ein Mann großer Worte oder langer Reden gewesen. Er nannte die Dinge beim

Namen, und dies tat er mit einer unantastbaren Klarheit. Wie auch jetzt. Er hatte recht. Lijanne war nun die Herrin über De Eendracht.

„Wir müssen bald zurück nach Aruba." Ihre Mutter streichelte ihr liebevoll über das Haar. „Aber du schaffst das schon. Du hast von Johan einiges gelernt, und du liebst diese Plantage doch."

Ja, sie liebte die Plantage wirklich. Auch wenn sie nicht wusste, ob diese Liebe jetzt noch so war wie vor Johans Tod. Alles würde anders sein – und sie war … allein.

Ihre Eltern verließen De Eendracht wenige Tage später. Lijanne stand auf der Veranda, flankiert von Keba und Beiruna, und sah der Droschke nach. Die Liebe, die sie den beiden hinterherschickte, war unendlich. Doch ab jetzt war sie auf sich gestellt. Sie unterdrückte einen Schauer. Ja, sie würde die Plantage weiterführen – schon um Johans Erbe zu bewahren.

Am nächsten Morgen tat sie etwas, was sie seit langer Zeit nicht mehr getan hatte. Sie verließ nach dem Frühstück das Plantagenhaus und ging hinüber zu den Pferchen der Pferde. Die Tiere beäugten sie neugierig. Lijanne wusste, welche zugeritten waren und welche noch nicht. Oft genug hatte sie Johan zugesehen, wenn er morgens in die Felder ritt. Sie wählte eine ältere braune Stute. Das Tier folgte ihr willig am Halfter und ließ sich striegeln.

Nicolas tauchte bei den Pferden auf. Er schien sofort zu wissen, was sie vorhatte.

„Señora, die Arbeiter gehen heute auf die nördlichen Felder." Er deutete mit einem Nicken auf das Pferd. „Folgen Sie dem Hauptweg und dann an der zweiten Gabelung rechts, dann finden Sie uns schon."

„Danke, Nicolas." Sie lächelte ihn unsicher an. Er war ein guter Mann, ein guter Arbeiter und … er war ein wahrer Verbündeter. Lijanne wusste, dass Garemba mit Nicolas über die Situation auf der Plantage gesprochen hatte. Niemand wollte, dass De Eendracht zugrunde ging. Nicolas hatte ihrem Vater zugesagt, die Aufsicht über die Sklaven wahrzunehmen, bis Lijanne sich an ihre Rolle als Herrin über De Eendracht gewöhnt hatte. Und sie würde heute damit beginnen.

Wenig später führte sie die braune Stute auf den Wirtschaftshof. Beiruna kam von der hinteren Veranda des Plantagenhauses auf sie zu. „Wollen Sie das wirklich tun, Señora?“ Ängstlich schaute sie auf das Pferd.

„Das Pferd ist das kleinere Problem.“ Lijanne musste lächeln, auch wenn ihre Knie etwas wackelig waren. Aber Reiten verlernte man nicht.

„Hier, ich habe der Señora eine Wasserflasche vorbereitet. Es ist heiß da draußen.“ Beiruna reichte Lijanne die Flasche, die sie vorne an den Sattel band. „Danke.“

Lijanne atmete einmal tief ein, raffte ihren Rock und stellte den linken Fuß in den Steigbügel. Etwas Schwung, und sie saß oben. Die Stute machte ein paar nervöse Schritte. Sie schien es nicht zu kennen, dass jemand mit wallender Kleidung auf ihren Rücken stieg.

„Ho, ho, ist gut, mein Mädchen.“ Lijanne versuchte, locker im Sattel zu sitzen und dem Pferd ein sicheres Gefühl zu vermitteln. Das Tier beruhigte sich sogleich.

„Seien Sie vorsichtig, Señora!“

Lijanne wendete die Stute und lenkte sie vom Wirtschaftshof in Richtung der Felder. Dabei musste sie schmunzeln. *Vorsichtig sein!* Wenn Beiruna wüsste, wie Lijanne mit ihrem Pferd einst über die Strände von Aruba geprescht war … Die braune Stute schnaubte zufrieden und lief wie von selbst den Weg entlang. Lijanne setzte sich nochmals im Sattel zurecht.

Vom Pferderücken aus konnte man kaum über die hohen Zuckerrohrpflanzen hinwegsehen. Ihre langen Blätter wogten im Wind und vereinten sich zum Horizont hin zu einem grünen Meer. Lijanne hatte keine Vorstellung davon, wie groß die Felder der Plantage wirklich waren, der Weg zwischen den Pflanzen erschien endlos. Sie folgte der Wegbeschreibung von

Nicolas. Obwohl die Feldsklaven zu Fuß zu ihrem Einsatzort marschiert waren, hatten sie einen gehörigen Vorsprung. Als Lijanne die ersten Männer zwischen den Pflanzen sah, waren diese bereits bei der Arbeit.

Nicolas winkte aus der Ferne mit seinem Hut. Lijanne lenkte ihr Pferd zu ihm.

„Señora." Anerkennend nickte er ihr zu.

Lijanne stieg ab. Ihre Beine und auch ihr Gesäß schmerzten von dem ungewohnten Ritt. Aber sie fühlte sich lebendig.

„Nicolas, erkläre mir bitte die Arbeit auf den Feldern." Sie hatte zwar von Johan in den letzten Monaten einiges aufgeschnappt, aber er hatte sich nie die Mühe gemacht, ihr den Zuckerrohranbau zu erläutern. Es gab wahrscheinlich auch nicht viele Frauen, die dies interessierte. Aber Lijanne war fest entschlossen, nun alles darüber zu lernen.

„Die Arbeiter setzen gerade die Stecklinge für ein neues Feld." Nicolas deutete auf die lange Reihe Männer, die im überraschend feuchten Boden standen. „Diese Felder müssen gut bewässert werden", erklärte er.

Langsam, das Pferd am Zügel haltend, ging Lijanne neben Nicolas her. Er erzählte ihr, wie man die Felder vorbereitete, in welcher Abfolge sie bepflanzt und geerntet wurden und welche Aufgaben die Männer und die Frauen dabei zu erledigen hatten. Die Feldarbeit war so organisiert, dass es stets etwas zu tun gab. Das ganze Jahr über wurden Pflanzen gesetzt und an anderer Stelle geerntet. So weit verstand Lijanne dies.

„Und ... und was ist meine Aufgabe?" Lijanne war diese Frage etwas unangenehm, aber Johan hatte immerhin viel Zeit in den Feldern verbracht. Seine Anwesenheit schien wichtig gewesen zu sein.

„Nun, Señora, die Sklaven arbeiten natürlich fleißiger und gewissenhafter, wenn der Herr der Plantage ein Auge auf sie hat."

„Mehr nicht?"

Nicolas zuckte mit den Achseln. „Das ist so und wird immer schon so gehandhabt."

„Aber wo und wie welche Felder zu bestellen sind, das wissen die Sklaven?"

„Ja, natürlich, das hat sich hier in den letzten dreißig Jahren kaum geändert." Der Vorarbeiter lachte.

„Gut." Lijanne war sich nicht so sicher, ob sie jeden Tag auf dem Pferd sitzend den Sklaven bei der Arbeit zusehen wollte. Natürlich – wenn dies nötig war, aber ... Ihr erschloss sich der Grund dafür nicht so ganz. Auf Aruba ließ man die Viehhirten auch alleine auf den Farmen arbeiten. Sie wussten schließlich, was zu tun war.

„Die ... die Zuckermühle funktioniert wieder?", fragte sie dann leise.

Nicolas blickte bestürzt zu Boden. „Ja, Señora. Es kann wieder geerntet werden."

„Gut."

Sie schwiegen einen Moment einvernehmlich.

„Bis wohin reichen die Felder?" Lijanne hielt sich die Hand zum Schutz gegen die Sonne über die Augen.

„Von hier aus noch nach Nord-Ost bis hin zur großen blauen Lagune. Dort ...", er zeigte in die entgegengesetzte Richtung, „... bis an die Hänge der Berge. Da gibt es eine breitere Schneise. Das Land dahinter gehört zu St. Barbara."

St. Barbara. Lijanne musste an ihre Hochzeit denken und an das, was sie über Ruben van Rickerm wusste. Johan war seinem Nachbarn nicht wohlgesinnt gewesen. Inzwischen würde wohl auch ganz Curaçao von Johans Tod erfahren haben. Lijanne seufzte leise.

„Danke, Nicolas. Wenn irgendetwas geschieht, was ich wissen sollte, sag es mir bitte. Und ich möchte ab heute täglich einen Rapport über die Arbeiten haben."

„Sehr wohl, Señora."

Lijanne stieg wieder auf ihr Pferd. Kurz überlegte sie.

„Nicolas – zur Lagune?"

Er schwenkte den Arm. „Immer dem Weg folgen."

Lijanne trieb ihr Pferd an. Erst im Trab, dann im Galopp durchquerte sie die Felder. Der Weg endete plötzlich, und das Zuckerrohrfeld ging abrupt in den kargen, buschigen Inselbewuchs über. Ein schmaler Pfad führte durch Kakteen und Divi-Divi-Bäume. Der Boden wurde steiniger. Achtsam lenkte Lijanne ihr Pferd voran. Auf einmal lag eine große Wasserfläche vor ihr. Sie schimmerte azurblau, und die Sonne spiegelte sich in vielen kleinen tanzenden Punkten auf dem Wasser. Die blaue Lagune. Kein Schiff war zu sehen, nur einige Flamingos staksten durch das Wasser. Sanfte Wellen kräuselten sich zum steinigen Ufer hin, die Luft schmeckte salzig, ganz anders als noch vor wenigen Minuten zwischen den Feldern. Lijanne hielt einen Augenblick andächtig inne und schaute über das weite Wasser. Dieser Ort erfüllte sie mit Kraft, so wie es einst die raue Felsenküste von Aruba getan hatte. Sie war zu Hause angekommen.

6. KAPITEL

Meneer Flavers gab sich Mühe, Lijanne über die Abrechnungen und den Stand der Buchhaltung aufzuklären. Sie war ihm sehr dankbar, dass er sich ohne weitere Aufforderung nach Johans Tod wie gewohnt um die Belange der Plantage gekümmert hatte. Sich auf der Plantage zu zeigen, bei den Feldsklaven zu sein, dies war das eine, zum anderen musste Lijanne aber auch über die Bücher Bescheid wissen.

So ging sie in das Schreibzimmer, wenn er auf der Plantage war, und versuchte, seinen Ausführungen zu folgen. Zunächst hatte er ihr einige grundlegende Abläufe erklärt. Dann musste er sie allerdings über die wirtschaftliche Lage von De Eendracht informieren. Ein Thema, das ihm anscheinend Sorge bereitete. Der sonst eher sanftmütige und ausgeglichene Mann wirkte unruhig an diesem Tag. Seine hohe Stirn durchzogen tiefe Falten, und er schaute besorgt drein. Lijanne erwartete schlechte Nachrichten.

„Mevrouw van Rood, ich muss leider zugeben, dass die Plantage in den letzten zwei Jahren bei Weitem nicht mehr so einträglich wirtschaftete wie früher. Ich weiß nicht, ob Ihr Mann Sie darüber informiert hat."

Lijanne musste den Kopf schütteln. Nichts dergleichen hatte Johan verlauten lassen. „Was bedeutet das?"

„Nun, zum einen müssen wir uns darum kümmern, dass wir unsere Kunden in Willemstad behalten." Meneer Flavers kramte in seinen Papierbergen.

„Hier haben wir die Preislisten der vergangenen Monate … Und hier habe ich die Angebote anderer Plantagen aufgelistet. Es ist so, dass natürlich die großen Produzenten die Preisgestaltung der Abverkäufe lenken. Hier setzt St. Barbara die Prioritäten. Meneer Rickerm bietet seinen Rohrzucker und die Melasse zu sehr günstigen Konditionen an. Damit bestimmt er die Geschäfte."

„Und wir? Wie hat Johan darauf reagiert?"

„Er war noch nicht gewillt, seine Preise zu senken. Dadurch verloren wir einige Abnehmer an St. Barbara."

„Und was denken Sie darüber?" Lijanne hatte wirklich keine Ahnung von diesen geschäftlichen Dingen, und sosehr sie sich auch bemühte, die Zahlen flatterten in ihrem Kopf herum wie aufgescheuchte Motten.

„Nun", Meneer Flavers faltete seine Hände und schaute einen Augenblick nachdenklich auf den Schreibtisch. „Das finanzielle Polster der Plantage ist bald erschöpft. Es sind natürlich immer laufende Rechnungen zu begleichen. Der Reis, die Hirse und die Bohnen für die Feldsklaven, das Futter für das Vieh. Die Kosten sind nicht horrend, aber sie sind da. Wenn unsere Einnahmen noch weiter sinken, weil wir weniger verkaufen …"

„Also sollten auch wir unsere Preise senken?"

„Ja, ich denke, es ist langsam an der Zeit dafür."

Lijanne wusste nicht, ob dies im Sinne ihres Mannes war. Doch sosehr sie auch überlegte, diese Entscheidung würde sie fällen müssen. Sie straffte sich. „Dann machen wir das so, geben Sie bitte in der Stadt unsere neuen Preise an die Kunden weiter."

„Das werde ich, Mevrouw van Rood." Ein zufriedenes Lächeln huschte über das Gesicht von Meneer Flavers und seine Sorgenfalten glätteten sich etwas.

Lijanne ahnte nicht, dass es mit dieser Entscheidung noch nicht getan war.

Keba freute sich über den neuen Lebensmut ihrer Señora. Alle waren nach dem Tod des Meneers wie erstarrt gewesen. Die Feldsklaven bangten um ihre Zukunft.

David war inzwischen wieder ganz genesen und fähig, zu arbeiten, doch trafen Keba und er sich immer noch im Schutze der Nacht.

„Wird deine Señora die Plantage verkaufen?", fragte David eines Abends.

Keba zuckte mit den Achseln. „Ich weiß es nicht.“ Sie war nur froh, dass Meneer Flavers nach den Eltern der Señora hatte schicken lassen und diese es geschafft hatten, die Señora aus ihrer Lethargie zu holen. Keba hatte weniger um die Plantage als um den Geisteszustand der Señora gebangt. Aber nun schien die Señora voll neuer Lebenskraft zu sein.

„Ich hoffe, sie verkaufen dich dann nicht.“ David riss ein Blatt von einem Zuckerrohrstängel ab und drehte es nachdenklich in seiner Hand.

Keba stockte. Drohte ihr dies womöglich? Immerhin hatte die Señora sie schon einmal fortgeschickt.

„Ich werde es verhindern“, fuhr David ungerührt fort.

Keba musste nun lachen. „Und wie willst du das verhindern?“

„Du könntest fortlaufen.“

„Ach – und wohin? Wir sind auf einer Insel. Ich würde nicht weit kommen und wenn … Du weißt, was dann passiert.“ Sie hob mahnend ihre verstümmelte Hand; den Sklaven, die fortliefen, drohte eine noch viel schlimmere Strafe: Sie wurden mit einem Brandzeichen markiert. Dann wollte sie erst recht niemand mehr haben. Keba hatte einige dieser armen Gestalten beim Sklavenhändler gesehen.

„Ich könnte dich freikaufen.“

„Ja, aber du hast kein Geld, David. Außerdem bist du selbst auch nicht frei.“ Sie stupste ihn von der Seite an.

Er sprang mit einem Satz vor sie hin und versperrte ihr den Weg. „Dann werde ich dich entführen.“

„Jetzt hör auf!“ Keba machte es Angst, dass er über dieses Thema sprach. Sie beide brachten sich ohnehin mit ihren nächtlichen Treffen bereits in allerhöchste Gefahr.

Gut eine Woche nach dem letzten Gespräch mit Meneer Flavers hörte Lijanne zur Mittagsstunde eine Droschke vorfahren. Beiruna, die soeben den Tisch abräumte, sah erst fragend zu Lijanne, dann zur Tür. Meneer Flavers erwarteten sie noch nicht.

„Wer könnte das sein?“ Lijanne erhob sich und glättete ihr Kleid. Sie bekamen nicht viel Besuch auf De Eendracht. Genau genommen bekamen sie nie Besuch. Nicht einmal nach Johans Tod, einzig ein paar Kondolenzkarten hatte ein Bote gebracht.

Lijanne ging zum Fenster und sah hinaus. Sie wurde stocksteif, als sie erkannte, wer dort aus der Droschke stieg. Es war Rickerm! Und soeben reichte er galant einer Frau die Hand, um ihr aus dem Wagen zu helfen. Arletta. Lijanne klopfte das Herz bis zum Hals. Das konnte nichts Gutes bedeuten.

Sie atmete tief ein und ging zur Tür. Sie hörte, wie die ungebetenen Gäste bereits die Stufen zur Veranda emporstiegen. In letzter Sekunde besann sich Lijanne auf die Gepflogenheiten, die auf einer Plantage herrschten, und winkte Beiruna hektisch zu, damit diese die Tür öffnete.

Rickerm trat, ohne zu zögern und ohne Beiruna eines Blickes zu würdigen, ins Haus. Seine schweren Schritte polterten auf dem Holzboden, und seine wuchtige Gestalt nahm das Licht.

„Meneer Rickerm, was verschafft mir die Ehre?“ Lijanne musste sich zusammenreißen, damit ihre Stimme nicht bebte.

Bevor Rickerm selbst etwas sagen konnte, schob sich Arletta an ihm vorbei. Sie war noch pausbäckiger geworden, und ihr Kleid straffte sich über ihrem Bauch. War sie schwanger?

„Lijanne.“ Arletta breitete andeutungsweise die Arme aus. „Es tut uns ja so leid, was geschehen ist.“

Lijanne nahm ihr weder die freundliche Begrüßung noch die Beileidsbekundung ab, zumal diese auch reichlich spät kam; sie zwang sich aber zu einem höflichen Lächeln.

Rickerm räusperte sich. Arletta verstummte sofort. Er hatte ein rotes verschwitztes Gesicht, und sein massiger Leib bebte. Er schien nicht in bester Kondition zu sein, wenn ihn der kurze Weg von der Droschke bis ins Haus so anstrengte. Lijanne konnte vor ihrem inneren Auge förmlich sehen, wie er sich daheim das Leben von einigen Leibsklavinnen versüßen ließ. Es ekelte sie.

„Mevrouw van Rood. Als Ihre Nachbarn dachten wir uns, es wäre an der Zeit, Ihnen nach den tragischen Vorkommnissen einen Besuch abzustatten." Er räusperte sich wiederholt.

Lijanne wurde bewusst, dass es, auch wenn sie die beiden nicht ausstehen konnte, unhöflich war, sie an der Tür stehen zu lassen.

„Kommen Sie doch bitte herein." Sie wies auf den Salon.

Rickerm marschierte sofort an ihr vorbei, zog sich mit einem abfälligen Grunzen einen Stuhl zurecht und setzte sich, ohne zu zögern. Arletta folgte ihm. Lijanne bemerkte ihren abschätzenden Blick beim Betreten des Raumes.

Lijanne nahm den beiden gegenüber am Tisch Platz. Beiruna kam mit einem Tablett herbeigeeilt und reichte frisches Wasser. Lijanne suchte kurz dankbar den Augenkontakt zu ihr. Auch im Blick der alten Haushälterin spiegelte sich Misstrauen.

„Nun, ich und meine Frau", Rickerm tätschelte Arletta beiläufig die Hand, „sind gekommen, um nach Ihnen zu sehen, Mevrouw van Rood. Dies ist ja das Mindeste, was wir als Nachbarn tun können. Und Sie als Frau nun so ganz alleine auf dieser Plantage!"

Seine letzten Worte hatten einen lauernden Unterton, der Lijanne mahnte, achtsam zu sein. „Danke, Meneer van Rickerm, es geht mir gut."

„Freue mich, dies zu hören."

„Ach, Lijanne, ob der alten Zeiten willen sagte ich zu Ruben, dass wir unbedingt nach dir sehen müssten."

Lijanne musste ein Lachen unterdrücken. Der alten Zeiten willen? Was dachte sich Arletta nur? „Das ist sehr freundlich", presste sie heraus.

„Nun, es ist uns zu Ohren gekommen, dass Ihr Buchhalter in der Stadt neue Preise für Sie ausgegeben hat."

Daher wehte also der Wind! Lijanne straffte sich. „Ja, es schien mir angemessen, dass wir uns dem Markt anpassen." Sie hörte sich an wie Meneer Flavers höchstpersönlich.

„Ja, durchaus eine weise Entscheidung. Johan war ja nie besonders … flexibel, wenn es darum ging.“ Rickerm setzte sich aufrecht hin. „Mevrouw van Rood, ich möchte Ihnen ein Angebot machen. Denken Sie bitte in Ruhe darüber nach. Da Sie als Frau wohl kaum die Plantage alleine führen können, möchte ich Ihnen etwas vorschlagen. Verpachten Sie mir den Plantagengrund, und ich kümmere mich um die Plantage, als wäre es meine eigene. Ich würde die Plantage auch kaufen, wenn Sie vielleicht zurück zu Ihrer Familie möchten.“

Lijanne starrte Rickerm einen Augenblick ungläubig an. War er wirklich so plump und so dumm, ihr einen solchen Vorschlag einfach so vor die Füße zu werfen? Sie versuchte, ihre Fassung zu wahren.

„Meneer van Rickerm, ich danke Ihnen für dieses Angebot, aber ich gedenke nicht, die Plantage abzugeben.“

„Aber Lijanne, du kannst doch nicht so ganz allein …“ Arletta wirkte ausnahmsweise einmal ehrlich überrascht.

„Wenn Sie meinen, Mevrouw van Rood. Ich werde dieses Angebot nicht noch einmal wiederholen.“ Ruben van Rickerms Geduld war anscheinend bereits erschöpft.

Hatte er wirklich damit gerechnet, dass Lijanne ihm dankbar sein und sein Angebot sofort annehmen würde? Sie fühlte sich plötzlich sehr selbstbewusst. „Ich gedenke, die Plantage im Sinne meines verstorbenen Mannes weiterzuführen, Meneer van Rickerm.“

„Wie Sie wollen.“ Er erhob sich schwerfällig und gab Arletta ein Zeichen, dass es Zeit war, zu gehen. Arletta wirkte noch immer etwas perplex. „Lijanne, Ruben meint es doch nur gut. Denk bitte darüber nach!“

„Da gibt es nichts nachzudenken.“ Lijanne erhob sich ebenfalls und geleitete die beiden zur Tür.

Als die unliebsamen Besucher wieder in die Droschke stiegen, musste Lijanne sich einen Augenblick an die geschlossene Tür lehnen. Rickerm wollte unbedingt die Plantage! Dies war also der „höfliche Versuch“ gewesen, sie zu übernehmen. Sicherlich würde er Lijannes Ablehnung seines Angebots nicht auf sich beruhen lassen.

Lijanne berichtete am nächsten Tag Meneer Flavers von Rickerms Auftritt.

„Mevrouw van Rood, es ist schon so, dass man in Willemstad darüber spricht, was wohl aus De Eendracht werden wird. Dass eine Frau alleine eine Plantage führt, ist … recht ungewöhnlich.“ Er blickte sie prüfend an. Dann huschte ein leises Lächeln über sein Gesicht. „Ich bin nur der Buchhalter, ich kann Ihnen Ratschläge geben, aber Ihre Entscheidungen müssen Sie selbst treffen.“

„Ich werde auf keinen Fall die Plantage an Rickerm abgeben.“

Er nickte. „Das würde ich Ihnen zum gegenwärtigen Zeitpunkt auch nicht raten.“

„Wie kommt der Mann nur darauf, dass …?“

„Das ist wohl recht einfach erklärt. Indem Sie mich angewiesen haben, die Preise herabzusetzen, haben Sie ihm indirekt die Stirn geboten.“

Lijanne schnaubte. „Und das werde ich, wenn nötig, auch weiterhin. Ich werde alles dafür tun, damit dieser Kerl und Arletta Johans Plantage nicht in die Finger bekommen.“

7. KAPITEL

In der darauf folgenden Woche bemerkte Lijanne schon beim Betreten des Büros, dass Meneer Flavers etwas bedrückte.

„Mevrouw van Rood, ich habe leider schlechte Nachrichten. Die Kunden sind auf unseren Preisnachlass nicht eingegangen. Einzig die Melassefässer fanden Abnehmer, aber für den Rohrzucker wird es immer schwieriger."

„Und woran liegt das?" Lijanne nahm auf ihrem Stuhl Platz.

„St. Barbara hat unsere Preise nochmals unterboten. Wie ich hörte, war Meneer Rickerm persönlich in Willemstad und hat mit den Kunden neu verhandelt."

Lijanne spürte, wie Wut in ihr aufstieg. „Aber er wird doch auch seine Grenze haben, irgendwann kann auch er nicht mehr den Preis senken."

„Ich befürchte, er wird zumindest unsere Kalkulationen unterbieten können, er besitzt wesentlich mehr Land." Flavers faltete resigniert die Hände. „Er hat unlängst die Plantage nordwestlich von seinem Land aufgekauft. Ruben van Rickerm hat sich in den Kopf gesetzt, der größte Grundbesitzer von Curaçao zu werden. Und dank seiner Heirat mit Arletta DeJong hat er wohl nun auch die finanziellen Mittel dazu."

Lijanne schnaufte verächtlich. „Dann unterbieten Sie seine Preise nochmals."

„Das kann ich nicht empfehlen, Mevrouw van Rood, wir verdienen dann nichts mehr an den Lieferungen."

„Aber es muss doch einen Weg geben! Wir können ihm das doch nicht durchgehen lassen!"

„Zunächst werden wir es hinnehmen müssen und darauf hoffen, dass uns nicht auch noch die letzten Kunden abspringen."

„Und … und wenn ich selbst in die Stadt fahre?"

„Das könnten Sie versuchen, Mevrouw, aber ich weiß nicht, ob …"

„Weil ich eine Frau bin?"

Meneer Flavers zuckte entschuldigend die Achseln. „Es ist … ungewöhnlich, ja."

„Haben Sie eine Liste unserer Kunden?"

„Ja, selbstverständlich." Er kramte kurz in einem Papierstapel herum und gab ihr dann ein Blatt. Lijanne überflog die Namen. Kaum einer sagte ihr etwas. Dann stockte sie – Bakker! Josefines Familie. Da könnte sie vielleicht etwas erreichen.

„Ich werde in die Stadt fahren und mich persönlich darum kümmern."

„Wie Sie möchten."

Zwei Tage später ließ Lijanne sich am Morgen von Keba eines ihrer guten Kleider bringen. „Und sag Nicolas, er soll den Wagen anspannen lassen. Und du – zieh dich um, du musst mit."

Keba nickte dienstbeflissen. „Jawohl, Señora." Dann half sie Lijanne, sich anzukleiden.

Als sie das Zimmer verließ, sah Lijanne ihr nachdenklich hinterher. Sie hatten sich sehr voneinander entfernt. Lijanne sollte sich unbedingt etwas mehr um Keba bemühen. Vielleicht würde ihnen die Fahrt in die Stadt guttun.

Kurze Zeit später stiegen sie in die bereitstehende Droschke. Lijanne spürte, wie unruhig die Pferde waren, zu lange waren sie nicht im Geschirr gelaufen. Die letzte Fahrt hatte ihre Eltern nach Willemstad zum Hafen gebracht. Und das war inzwischen schon wieder Wochen her. Lijanne war ebenso nervös. Seit ihrer Hochzeit war sie nicht mehr in der Stadt gewesen. Die Pferde zogen an und trabten durch den Orangenhain. Keba saß Lijanne gegenüber, zwischen ihren Füßen ein Korb mit Proviant von Beiruna.

Bald hatten sie den Weg nach Willemstad erreicht. Lijanne spannte ihren Sonnenschirm auf, Johan hatte ihn ihr einst gekauft, als sie von Aruba in Willemstad angekommen waren. Sie hatte ihn noch nie benutzt. Doch die Sonne brannte vom Himmel, und Lijanne wollte nicht mit krebsroter Haut in Willemstad ankommen. Sie war jetzt die Besitzerin einer Plantage, und dementsprechend würde sie auch auftreten. Für irgendetwas musste die Ausbildung im Mädchenpensionat doch gut gewesen sein! Nervös zupfte sie an ihrem Kleid.

Die Fahrt kam ihr unendlich lang vor, und ihr wurde bewusst, wie wenig Abwechslung sie in den letzten Monaten gehabt hatte. Nur die Plantage hatte sie gesehen und eintönige Zuckerrohrfelder. Die windschiefen Divi-Divi-Bäume schienen ihr bestätigend zuzuwinken.

Sie fuhren auf die ersten Ausläufer von Willemstad zu. Kleine Siedlungen reihten sich an das weitläufige Ufer des Schottegat. Von Weitem schon sah Lijanne die Segel der vielen Boote, die sich wie eh und je dicht in dem Naturhafen drängten. Sie folgten der Uferstraße bis hin zum Scharlooweg, der bis an die Spitze von Punda an der Sint Annabaai führte. Dort standen die Handelskontore, auch das der Familie Bakker.

Der Kutscher parierte die Pferde vor einem sonnengelben Bau mit hohen Fenstern. Das nervöse Kribbeln in Lijannes Bauch verstärkte sich. Die ganze Fahrt über hatte sie gegrübelt, was sie sagen sollte. In dem Augenblick, in dem sie aus der Droschke stieg, fühlte sich ihr Kopf leer an.

„Keba?“ Lijanne reichte ihrer Leibsklavin den Schirm. Ab hier war es nun deren Aufgabe, ihn hinter ihrer Herrin herzutragen, auch wenn es nur wenige Meter bis zur Eingangstür waren.

Entschlossenen Schrittes betrat Lijanne das Kontor.

Gleich hinter dem Eingang lag eine Schreibstube. Ein junger Mann mit schwarzem Haar blickte auf, legte seine Arbeit beiseite und trat hinter einem Schreibpult hervor. „Mevrouw, was kann ich für Sie tun?“

„Ich hätte gerne mit jemandem aus der Familie Bakker gesprochen.“ Lijanne wusste nicht einmal, wer nun die Geschäfte des Kontors führte. War es Josefines Vater oder inzwischen einer ihrer Brüder?

„Einen Augenblick bitte.“ Der junge Mann bedeutete ihr, zu warten, und verschwand über einen Flur.

Wenig später kam er wieder. „Wenn ich Sie bitten darf."

Lijanne folgte ihm. Er führte sie zu einer Tür und klopfte an.

„Bitte", erklang eine Stimme aus dem Raum.

Der junge Mann öffnete die Tür, und Lijanne trat ein.

„Guten Tag, Mevrouw, was kann ich für Sie tun?" Hinter einem wuchtigen Schreibtisch saß ein Mann mittleren Alters. Gewiss nicht Josefines Vater, dafür erschien er Lijanne zu jung.

„Mein Name ist Lijanne van Rood. Ich komme von der Plantage De Eendracht."

„Mevrouw van Rood. Ich bin Leander Bakker. Bitte nehmen Sie doch Platz."

„Danke." Keba huschte nach vorne, zog Lijanne den Stuhl zurecht und stellte sich anständig hinter ihrer Herrin auf, nachdem diese sich gesetzt hatte.

„Mevrouw van Rood ... Kennen wir uns?" Leander Bakker lächelte sie freundlich über seinen Schreibtisch hinweg an.

„Ich war mit Josefine ..." Lijanne zögerte.

„Meine Schwester, ja." Er nickte.

„Mit Josefine habe ich zusammen die Schule besucht."

„Ja, ich erinnere mich. War es nicht so, dass Ihr Mann einen tragischen Unfall hatte? Mein Beileid."

„Danke, ja, sehr tragisch, leider." Lijanne straffte sich. „Ich bin hergekommen, um mit Ihnen über unsere Lieferungen zu sprechen. Wie Sie vielleicht vernommen haben, führe ich die Plantage im Sinne meines verstorbenen Mannes weiter. Leider musste unser Buchhalter mir berichten, dass es zu Ausfällen im Kundenstamm kommt."

Leander Bakker sah sie überrascht an. Er schien es nicht gewohnt zu sein, dass eine Frau ihn so direkt auf geschäftliche Dinge ansprach.

„Ja, Ihre Plantage beliefert unser Haus noch, soweit ich informiert bin." Er griff nach einem Aktenbündel und blätterte darin. „Ja, hier, wir nehmen einmal im Monat dreißig Sack Rohrzucker an."

Lijanne nickte bestätigend. „Meneer Bakker, ich wollte einmal bei Ihnen vorstellig werden und mich persönlich davon überzeugen, dass Sie mit der Zusammenarbeit zufrieden sind."

„Bisher kann ich nicht klagen."

„Wie auch andere Plantagen unterliegen wir natürlich einem gewissen Preisdruck. Ich wollte Ihnen versichern, dass wir, auch wenn wir vielleicht nicht die Günstigeren sind, äußerst zuverlässig liefern."

Leander Bakker lächelte sie immer noch freundlich an. „Mevrouw van Rood, dies habe ich bisher auch nicht infrage gestellt."

„Gut. Das freut mich." Lijanne fiel ein Stein vom Herzen. Zumindest ein Kunde, den sie halten konnte. Jetzt gelang auch ihr ein zaghaftes Lächeln.

„Planen Sie einen Besuch bei meiner Schwester? Sie würde sich bestimmt freuen."

„Ich … ich weiß nicht."

„Fahren Sie ruhig hin, sie lebt nur wenige Straßen von hier entfernt. Ich bin mir sicher, dass sie sich freut."

Auch wenn Lijanne nicht gehofft hatte, Josefine wiederzusehen, so reizte es sie schon. „Wenn Sie meinen …"

Wenig später stand Lijanne vor dem Wohnhaus der Familie Bakker. Das Gebäude nahm fast den Platz von vier Häusern ein und lag direkt am Wasser der Sint Annabaai, unweit des Gouverneurspalastes. Lijanne überlegte gerade noch, ob sie wirklich klopfen sollte, als bereits eine Haussklavin die Tür öffnete.

„Ja bitte?"

„Oh … zu Josefine Bakker", stammelte Lijanne überrascht.

„Wen darf ich anmelden?"

„Lijanne van Rood."

„Bitte kommen Sie herein." Die Frau bat Lijanne in die Eingangshalle, dann verschwand sie in einem Seitenzimmer.

Lijanne sah sich zaghaft um. An den Wänden hingen Ölgemälde, die von der langen Tradition der Familie zeugten. Männer in stattlicher Pose, bunten Pumphosen und den weißen

Kragen aus den Zeiten der spanischen Eroberung. Auch Keba sah sich um, wobei sie ihre Augen eher nach unten richtete. Lijanne folgte ihrem Blick und stellte fest, dass sie auf einem riesigen roten Teppich standen. Teppiche waren ungewohnt auf den Inseln. Bei dem heißen Klima fand sich unter diesen nämlich gerne Ungeziefer ein, und es bedurfte intensiver Pflege, dies zu verhindern. Wahrscheinlich gab es in diesem Haus sogar eigene Sklaven für die Teppichpflege, ging es Lijanne durch den Sinn.

„Lijanne!“ Die vor Freude ganz hohe Stimme von Josefine riss sie aus ihren Gedanken. „Was machst du denn hier? Ich freu mich ja so!“

Josefine ließ ihre ehemalige Zimmergenossin gar nicht zu Wort kommen. „Dara, serviere Tee, nimm das Mädchen mit und sag Lida Bescheid. Sie wird sich ebenso freuen. Lijanne, komm!“ Josefine winkte Lijanne in einen Salon.

„Oh, Lijanne, ich habe gehört, was geschehen ist, es tut mir so unendlich leid. Ich hörte, dass es dir gar nicht gut geht. Setz dich doch bitte.“

Lijanne nahm vorsichtig auf einem der filigranen Stühle des Salons Platz. „Ich bin wieder wohlauf, aber es war ein … großer Schock.“

„Das glaube ich.“ Josefine nickte mitfühlend. „Was treibt dich in die Stadt?“

„Ich war bei deinem Bruder im Kontor.“

„Leander? Du?“ Sie lachte. „Du warst sicherlich die erste Frau in seinem Büro.“ Dann wurde ihr Blick ernster. „Was hat dich dazu bewogen?“

„Nun, ich habe mich jetzt um eine Plantage zu kümmern.“ Lijanne zuckte mit den Achseln. Inzwischen kam ihr dies sehr leicht über die Lippen.

Josefine hingegen riss überrascht die Augen auf. „Allein? Du führst die Plantage jetzt allein?“

„Was blieb mir anderes übrig?“

„Na, du hättest einen Verwalter engagieren können oder … oder …“

Lijanne seufzte leise. „Josefine, die Plantage steht zwar auf einem soliden Fundament, aber die Zeiten scheinen nicht einfacher zu werden. Ein Verwalter wäre sehr kostspielig. Und ich …"

Josefine winkte ab. „Ich ahne es. Du kümmerst dich lieber selbst darum."

Nochmals zuckte Lijanne die Achseln. „Ja."

„Aber dass du in die Stadt kommst, um höchstpersönlich in ein Kontor zu gehen! Na, da werden die Krähen ja wieder etwas zu krächzen haben. Seit Arletta diesen Ruben geheiratet hat und bei ihm auf dem Land lebt, gibt es kaum noch Gesprächsstoff." Josefine wurde nachdenklich. „Ich hörte davon, dass Ruben van Rickerm – übrigens finde ich ihn ganz schrecklich!" Sie machte eine Geste, die seinen fülligen Leib gut umschrieb. „Ich hörte, dass er Arletta wohl nur wegen des Geldes geheiratet hat. Na, mehr hat sie auch nicht verdient. Arlettas Vater findet Rubens Idee, die größte Plantage des Landes zu besitzen, anscheinend sehr verlockend und unterstützt ihn dabei. Kannst du dich an Linda erinnern? Ihre Eltern hatten auch eine Plantage, und in der Schule schienen sie und Arletta die besten Freundinnen zu sein. Nun hat Ruben die Plantage von Lindas Eltern aufgekauft. Die arme Linda! Ihre Eltern sind mit ihr zurück in die Niederlande." Josefine plapperte fröhlich vor sich hin.

„Arletta … ja. Sie war unlängst bei mir", warf Lijanne ein.

„Arletta? Bei dir?" Josefine sah Lijanne ungläubig an.

„Unsere Plantagen liegen nebeneinander. Und ich befürchte, dass dieser Ruben es auch auf mein Land abgesehen hat." Lijanne seufzte.

„Oh, das wusste ich nicht, ich … ich kenne mich da draußen ja auch kaum aus. Aber du verkaufst es ihm nicht, oder?"

„Nein, aber er macht mir das Leben schwer. Deshalb bin ich in der Stadt. Ich musste bei unseren noch vorhandenen Kunden vorstellig werden."

„Deswegen Leander, ich verstehe." Josefine klatschte leise in die Hände. „Na, da hast du recht daran getan, ich werde auch noch einmal mit ihm reden, auch wenn er sicherlich meint, ich hätte keine Ahnung davon. Aber wenn du zu unseren Lieferanten gehörst, soll das auch so bleiben."

Lijanne lächelte dankbar.

Die nachfolgenden Stunden ließ Lijanne sich von Josefine all die wichtigen und unwichtigen Dinge erzählen, die in der Stadt so passierten. Die meisten Namen waren ihr unbekannt, und sie konnte Josefine auch kaum folgen, aber es tat gut, einmal wieder jemandem zuzuhören.

Als Lijanne aufbrechen musste, versprach Josefine, sie auf der Plantage besuchen zu kommen. „Du kannst da draußen ja nicht dauernd alleine herumsitzen."

„Gerne, Josefine, ich würde mich sehr freuen."

Auf der Rückfahrt lehnte sich Lijanne zufrieden zurück. Sie würden das Kontor der Bakkers nicht als Abnehmer für den Rohrzucker verlieren, und Josefine hatte sich ehrlich gefreut, sie wiederzusehen. Der Tag in der Stadt hatte Lijanne erschöpft. Keba hingegen saß ihr gegenüber und wirkte sehr unruhig. Nachdem sie das dritte Mal zu Lijanne gesehen hatte, als würde ihr etwas auf der Seele brennen, beschloss Lijanne, nachzufragen.

„Keba, was ist los? Du wirkst so unruhig. War es nicht nett, Lida wiederzusehen?"

„Doch ... doch, Señora. Aber Lida ... Sie hat mir etwas erzählt."

„Sprich, was hat sie gesagt?"

„Ich glaube ja nicht, dass es wahr ist, Señora, aber Lida hat gesagt, es würde nicht mehr lange dauern und man würde alle Sklaven freilassen."

„Freilassen?" Lijanne sah Keba verblüfft an. „Warum sollte man dies tun?"

8. KAPITEL

Lijanne hoffte, mit ihrem Besuch bei den Bakkers zunächst das Schlimmste abgewendet zu haben. Solange der Plantage einige Kunden blieben, konnte sie Bestand haben. Meneer Flavers nickte anerkennend, als Lijanne ihm berichtete, dass Leander Bakker seine Unterstützung zugesagt hatte.

„Ja, ich vernahm gleich am nächsten Tag in Willemstad, dass viele Ihnen ihre Hochachtung aussprachen, Mevrouw van Rood."

Lijanne lächelte im Stillen in sich hinein. Es war sicherlich auch Josefines Verdienst, dass ihr Auftritt in der Stadt nicht als ungehörig für eine Frau angesehen wurde.

In den darauf folgenden Tagen gab es noch zwei weitere Kontore, die schriftlich mitteilten, dass sie zu den abgesprochenen Preisen auch weiterhin zu den Abnehmern zählen würden. Meneer Flavers berechnete die Umsätze und war durchaus zufrieden. „Wir werden so die nächsten Monate haushalten können."

Doch das Glück war von trügerischer Kürze. Gut sechs Wochen nach ihrem Besuch in der Stadt stand Lijanne eines Morgens am Fenster ihres Schlafzimmers. Die Sonne hatte sich gerade über die Palmkronen erhoben, doch irgendetwas stimmte nicht. Die Luft war milchig, ein dunstiger Schleier hing am Himmel. Etwas, was auf Curaçao höchstens nach starken Niederschlägen zu sehen war. Doch es hatte nicht geregnet, im Gegenteil, es war seit einiger Zeit ausgesprochen trocken. Lijanne überlegte noch, was dieses seltsame Phänomen auslösen könnte, als sie schnelle Schritte auf dem Flur hörte.

Es klopfte hektisch. „Señora? Señora!" Beiruna stürzte in den Raum, ohne eine Antwort abzuwarten. „Es brennt – die Felder brennen!"

„Was?" Lijanne rannte an ihr vorbei, den Flur entlang, die Treppe hinunter und hinten aus dem Haus hinaus. Ungläubig blieb sie auf der hinteren Veranda stehen, von wo aus sie über das Sklavendorf hinweg weit in der Ferne dunkle Rauchschwaden am Himmel sah. Ihre Hände krallten sich um das Holz der Veranda. Was sollte sie tun? Konnte sie etwas tun? Der Rauch zog wie eine hohe, drohende Wand auf das Haus zu. Dort draußen waren noch Menschen. Vom Dorf her tauchten schemenhaft Gestalten aus dem Nebel auf, hustend und jammernd, um Hilfe rufend. Lijanne schwankte – sie musste irgendetwas unternehmen! Sie konnte doch nicht dastehen und hilflos mit ansehen, wie … Ein Ruck durchfuhr sie. Ohne weiter darüber nachzudenken, stürzte sie zum Pferdestall. Bereits wenige Minuten später zog sie ein gesatteltes Pferd auf den Wirtschaftshof.

Beiruna kam vom Haus atemlos angelaufen. „Señora … zu gefährlich … Wind!“, keuchte sie.

Doch Lijanne saß bereits auf dem Pferd und trieb es an.

Dicke Rauchwolken waberten ihr auf dem Weg zwischen den Feldern entgegen. Die Schwaden hüllten sie ein und brannten in Lunge und Augen. Lijannes Pferd scheute, doch sie trieb es unerbittlich weiter. Sie hörte Rufe. Alle Feldsklaven drängten sich auf dem Weg und versuchten, vor dem Rauch zu flüchten. Lijanne sprengte mit ihrem Pferd mitten hinein.

„Nicolas? Nicolas!“

„Hier, Señora … hier! Das Feuer – es breitet sich aus.“

Lijanne musste husten und spucken. Sie sprang vom Pferd und klammerte sich an die Zügel, um nicht die Orientierung zu verlieren. War es gar schon zu spät?

„Schick die Männer ein Stück weiter, sie sollen eine Schneise schlagen.“

„In die Felder?“

„Ja!“, schrie Lijanne ihn an. Auf Aruba hatte so manches Mal der Busch gebrannt. Hier schien aber keiner zu wissen, was bei einem Feuer zu tun war. „Da! Da hinten – sie müssen quer zum Feuer schlagen!“

Nicolas starrte sie fassungslos an. „Aber Señora?“

Lijanne stieß einen Fluch aus, stieg wieder auf ihr Pferd und wendete es in Richtung der Sklaven. „Folgt mir!“ Ihr Ton duldete keinen Widerspruch.

Sie ritt ein ganzes Stück zurück. Dort, wo der Rauch nicht mehr so schwarz und beißend war, stoppte sie erneut und deutete in das Feld, dort stand das Zuckerrohr gerade mal mannshoch.

„Hier! Immer fünf nebeneinander und dann auf voller Breite die Pflanzen abschlagen, werft sie zur Seite – der Erdboden muss frei sein!“

Nicolas erschien an ihrer Seite. „Los! Los! Ihr habt gehört, was die Señora gesagt hat, fangt an!“

Die Feldsklaven machten sich an die Arbeit. Lijanne betete im Stillen, dass sie schnell genug waren, sonst fraß das Feuer womöglich nicht nur die Felder. Prüfend blickte Lijanne immer wieder auf die sich nähernden schwarzen Rauchwolken und auf die breite Schneise, die sich immer tiefer in das Feld zog. Als sie das Knistern des Feuers schon hören konnte, erklang aus der Ferne ein Pfiff.

„Sie haben es geschafft, sie haben das Ende des Feldes erreicht. Und jetzt weg hier, Señora!“ Nicolas gab Lijannes Pferd einen Schlag auf das Hinterteil. Das Tier gehorchte nur allzu gerne und galoppierte in Richtung des Plantagenhauses davon. Lijanne musste sich an der Mähne festklammern, aus dem Augenwinkel sah sie noch, wie Nicolas ihr im schnellen Lauf folgte. Das Pferd stoppte erst, als der Weg aus den Feldern in das Sklavendorf führte. Dort standen inzwischen einige Frauen sowie Beiruna und Keba.

Lijanne sprang vom Pferd und ließ das Tier alleine weiterlaufen. Es würde zum Stall preschen, sicherlich nicht wieder zurück in die Felder. Atemlos musste sie die Hände auf die Knie stützen, ihre Lunge brannte, als hätte das Feuer sie berührt.

„Señora … Ist die Señora unverletzt?“ Beiruna war mit einem Schritt bei ihr und stützte sie.

„Es … es geht … gleich wieder“, keuchte Lijanne.

Kurz darauf tauchte Nicolas aus den Rauchschwaden auf, ebenso hustend und atemlos, aber wohlbehalten.

Wie gebannt starrten die Menschen auf die dunklen Rauchwolken. Es kam allen wie eine Ewigkeit vor, bis sie nicht mehr schwarz emporquollen, endlich wurden sie deutlich heller und dann weniger.

„Es hat funktioniert! Schaut doch, es hat funktioniert!" Lijanne liefen Tränen der Erleichterung über die Wangen. Sie hatte im Geiste schon das Sklavendorf und die ganze Plantage brennen sehen. Nach und nach tauchten auf der anderen Seite der Felder die Arbeiter auf. Einige mussten gestützt werden, doch sie hatten es geschafft, die Schneise zu schlagen und sich dann vor dem Feuer zu retten. Lijanne ließ Nicolas alle abzählen. Niemand fehlte. Alle hatten es aus den Feldern hierhergeschafft.

Lijanne fasste langsam wieder einen klaren Gedanken. „Wie konnte das passieren, Nicolas?"

Ihr Vorarbeiter zuckte die Achseln und starrte immer noch fassungslos in den Himmel, wo in der Ferne die letzten weißen Schwaden emporstiegen. „Ich weiß nicht, Señora … Ich weiß es nicht."

Lijanne wartete noch eine Stunde, bis sich der letzte Rauch am Himmel verzogen hatte, dann holte sie erneut ihr Pferd. Sie musste wissen, wie groß der Schaden war.

An der Schneise angekommen, sah sie die letzten Stängel am Boden glimmen. Dahinter war alles verbrannt. Hier und da züngelte noch eine Flamme, aber das Feuer würde keine neue Nahrung finden. Langsam trabte Lijanne das abgebrannte Land entlang. Die Fläche war groß, viel größer, als sie befürchtet hatte. Zum ersten Mal konnte sie in die Weite sehen, ohne dass die hohen Zuckerrohrpflanzen ihr die Sicht nahmen.

Die Sonne verfärbte sich bereits rötlich, als Lijanne am Ende der Felder ankam. Ein Wasserkanal begrenzte das Land. Auf der gegenüberliegenden Seite gab es keinen Brandschaden. Hier war das Feuer ausgebrochen. Lijanne schwante Böses. Wütend trieb sie ihr Pferd im scharfen Galopp zurück zur Plantage.

Am nächsten Tag saß Lijanne resigniert auf ihrem Platz im Arbeitszimmer der Plantage. „Die Felder fangen doch nicht einfach so Feuer?“

Meneer Flavers starrte auf seine Unterlagen. „Das wirft uns sehr zurück. Bis wir die Felder wieder abernten können, werden Monate ins Land ziehen.“ Er seufzte.

„Ich kann mir nicht helfen, aber ich werde das Gefühl nicht los, dass Rickerm damit etwas zu tun hat.“ Lijanne verschränkte die Arme vor der Brust.

„Wollen Sie damit andeuten, Sie vermuten, dass er das Feuer gelegt ... oder legen lassen hat?“ Flavers’ Blick wurde wachsam.

Lijanne zuckte die Achseln. „Er will der Plantage schaden, das hat er ja schon mit seinen niedrigen Preisen versucht. Und seit er weiß, dass ich die Plantage nicht aufgeben werde ... Wer weiß es so genau?“

„Hm.“ Flavers lehnte sich auf seinem Stuhl zurück und trommelte mit den Fingern nachdenklich auf die Schreibtischplatte. „Das ist natürlich eine gewagte Anschuldigung. Wenn man es ihm nicht nachweisen kann ...“

„Das werde ich wohl kaum.“ Lijanne hatte hin und her überlegt und war am Morgen nochmals zu den abgebrannten Feldern geritten. Nirgends war eine Spur zu finden. Wie auch immer das Feuer entstanden war, es würde wohl für immer ein Rätsel bleiben.

„Ich möchte Sie nicht noch zusätzlich beunruhigen, Mevrouw van Rood. Aber in der Stadt häufen sich die Berichte über ein ganz anderes Problem. Der Gouverneur hat, dies wurde allerdings noch nicht offiziell bestätigt, eine Nachricht bekommen, dass die Niederlande die Sklavenhaltung abschaffen wollen.“

Lijanne war so erschöpft, dass sie nicht mehr klar denken konnte. „In den Niederlanden gibt es doch kaum Sklaven, sagt man.“

Flavers lächelte. „Wir gehören aber zu den Niederlanden.“

Lijanne fuhr sich mit der Hand über das Gesicht. „Natürlich, entschuldigen Sie. Und was … was würde das bedeuten? Ich … ich habe davon auch schon gehört. Aber das wird man doch nicht wirklich tun? Ich meine … Wer soll denn dann die ganze Arbeit machen?“

Flavers zuckte die Achseln. „Es ist schwer vorherzusagen, was passieren wird. Aber es ist so, dass dieses Gerücht sich bereits verbreitet hat und auf einigen Plantagen die Sklaven schon aufständisch werden. Die Aussicht auf Freiheit macht sie mutig. Deshalb denke ich, dass Rickerm vielleicht gerade ganz andere Sorgen hat, als unsere Felder abzubrennen. Zumindest ist es wohl schon zu Zwischenfällen gekommen.“

„Bei Rickerm? Welcher Art?“

„Arbeitsverweigerung, aufständisches Verhalten … Tja, und woanders leider auch zu Bränden. Im Norden hat es eine Zuckermühle erwischt.“

„Sie denken doch nicht, dass unsere eigenen Sklaven … Nein! Das glaube ich nicht.“ Lijanne schüttelte entschlossen den Kopf.

„Es wird auf jeden Fall nicht so schnell gehen, wie sich manche der Sklaven das wohl erhoffen. Aber solange es dazu keine klaren Informationen gibt, muss man wohl mit Problemen rechnen. Und sollte es eines Tages so sein … Wer weiß, was dann aus unserer Gesellschaft wird?“

Ruben van Rickerm, die Sklaven, das Feuer und die Zahlen, die Flavers immer vorlegte und die er nicht beschönigen konnte. Hätte Lijanne geahnt, was als Herrin der Plantage alles auf sie zukommen würde, wäre sie vielleicht doch lieber bei der Viehzucht geblieben, bei ihren Eltern … Doch sie würde das schaffen, irgendwie, und um ihre Sklaven machte sie sich am wenigsten Sorgen. Die zündeten weder ihre Felder an noch würden sie sich gegen Lijanne auflehnen – ihnen ging es doch gut auf De Eendracht.

Teil 3

Schwarz und weiß

1862

Curaçao

1. KAPITEL

„Van Rickerm hat eine weitere Plantage nördlich von seinem Grund aufgekauft“, berichtete Flavers, während er im Arbeitszimmer auf und ab ging, die Arme hinter dem Rücken verschränkt.

Lijanne saß auf ihrem Stuhl und beobachtete ihn. Meneer Flavers hatte bisher die wirtschaftlichen Belange der Plantage sehr besonnen geführt; heute wirkte er das erste Mal ernsthaft beunruhigt. Mit gerunzelter Stirn strich er sich immer wieder durch das schüttere Haar.

Dann drehte er sich zu Lijanne um. „Kurzum, ich denke, er wird in absehbarer Zeit ein weiteres Angebot für De Eendracht abgeben. Und Sie, Mevrouw van Rood, sollten dann bereits wissen, wie Sie darauf reagieren.“ Er sah sie prüfend an und legte den Kopf schief.

„Ich werde nicht verkaufen!“ Lijanne kniff die Augen zusammen und straffte sich, dabei ballte sie die Fäuste auf ihrem Schoß.

„Ich weiß, Mevrouw van Rood, dass dies Ihre Haltung ist. Doch durch das Feuer hat sich die Situation sehr verändert.“

„Ich habe es doch gewusst!“ Lijanne sprang von ihrem Stuhl auf. Eine dumpfe Wut stieg in ihr empor. „Es war sicher Rickerm!“

„Das wiederum habe ich nicht gesagt.“ Flavers hob abwehrend die Hände. „Es geht lediglich darum, dass sich die Situation der Plantage durch das Feuer verschlechtert hat. Es wird zu monatelangen Ernteausfällen kommen, und dies werden unsere Kunden in der Stadt nicht tolerieren können. Die einzige Möglichkeit, die Plantage am Leben zu erhalten, wäre …“

„Wäre was?“ Lijanne stemmte die Hände in die Hüften.

„Sie müssen ja nicht gleich verkaufen. Aber Sie sollten darüber nachdenken, Rickerm zum Beispiel die abgebrannten Felder zu verpachten. Die Einnahmen daraus und die Ernte, die wir noch einfahren können, sollten reichen, um den Kopf über Wasser zu halten.“

„Pffff … Dann hat er ja förmlich schon einen Fuß in meinem Haus!“ Lijanne schüttelte den Kopf.

„Denken Sie darüber nach. Ich sehe leider keinen anderen Ausweg aus der Misere.“

Sosehr Lijanne auch grübelte, ihr fiel keine Alternative ein. Wie sollte man mit einer Plantage anders Geld verdienen als mit der Bewirtschaftung der Felder? Sie hatte wegen des Feuers gut ein Drittel der Pflanzungen verloren, und der dadurch entgangene Gewinn würde über kurz oder lang fehlen. Flavers hatte leider recht.

Und als hätte der Buchhalter es geahnt, dauerte es keine zwei Wochen, bis ein Botenjunge von St. Barbara vor der Tür stand, um einen Brief zu überreichen.

Lijanne legte ihn auf den Schreibtisch im Arbeitszimmer und starrte ihn an, als ginge eine ansteckende Krankheit von ihm aus. Sie öffnete ihn erst, als Flavers wieder zugegen war.

„Oh, das ging schneller, als ich erwartet hatte, muss ich gestehen. Aber Meneer van Rickerm weiß um die Wirtschaft. Haben Sie den Brief schon gelesen?“

„Nein.“ Lijanne fühlte sich, als würde dort auf dem Tisch der Beweis ihres eigenen Versagens liegen. Was hätte Johan an ihrer Stelle getan? Sie kannte die Antwort: Er hätte es erst gar nicht so weit kommen lassen! Ihre Schuldgefühle verstärkten sich. Sie rieb sich mit den Fingerspitzen die Schläfen, als könne dies die trüben Gedanken verscheuchen.

Flavers öffnete das Schreiben und studierte es eingehend. „Wie ich es vorhergesagt habe. Rickerm bekundet Interesse an den abgebrannten Feldern. Aus nachbarschaftlicher Kollegialität Ihnen gegenüber wäre er bereit, diese zu pachten und zu bewirtschaften, um Ihnen über den entstandenen Schaden hinwegzuhelfen.“

Lijanne schnaubte. „Nachbarschaftliche Kollegialität – dass ich nicht lache! Rickerm kreist über mir wie ein Geier über waidwundem Wild!“

„Mevrouw van Rood …“ Flavers reichte ihr den Brief über den Tisch hinweg. „Lesen Sie doch einmal selbst.“

Lijanne überflog das Schreiben. „… und herzliche Grüße von meiner Frau Arletta.“ Angewidert warf sie das Papier auf den Tisch. Sie hoffte, dass von irgendwoher der rettende Einfall käme. Aber es kam keiner. War das wirklich ihre einzige Chance? Sie seufzte resigniert. „Und wir haben wirklich keine andere Lösung?“

„Außer vielleicht komplett zu verkaufen.“

„Das wird niemals geschehen, dann machen wir es lieber so.“

Flavers nickte zufrieden. „Es ist die richtige Entscheidung, Mevrouw van Rood.“

Lijanne unterzeichnete zähneknirschend und mit gespreizter Feder das Angebot und hoffte nur, dass sie Ruben van Rickerm damit nicht Tür und Tor geöffnet hatte. Ein Botenjunge brachte das Schreiben nach St. Barbara.

Noch lange stand sie am Fenster und starrte ihm hinterher. Sie fühlte sich schlecht, sie hatte das Gefühl, als glitte ihr alles aus den Fingern. Natürlich wollte sie die Plantage zu Ehren von Johan und in seinem Sinne erhalten. Doch ob ihr dies gelingen würde? Lijanne hörte förmlich die Häme, die in Willemstad sicher schnell die Runde machen würde: Wäre van Rood nicht so dumm gewesen, die Tochter eines Viehfarmers, eines Indianers gar, zu heiraten! Die braucht jetzt nur wenige Monate, um den jahrzehntelang aufgebauten Familienbesitz in den Ruin zu treiben.

Nur wenige Tage später berichtete Nicolas, dass Rickerms Sklaven bereits auf den abgebrannten Feldern arbeiteten.

„Behalte sie gut im Auge!“, wies Lijanne ihren Vorarbeiter an. Nicht nur, dass die Bestellung ihrer Felder den räumlichen Abstand zu St. Barbara deutlich reduzierte, ihr war auch, nach allem, was sie von Flavers gehört hatte, nicht wohl dabei, dass Rickerms Sklaven ihrer Plantage nun so nahe kamen. Wenn sie so unruhig waren, wie Flavers berichtet hatte, konnte das unabsehbare Folgen haben. Lijanne hoffte inständig, dass sich ihre Sklaven davon nicht anstecken lassen würden.

Auch wenn sich alles in ihr dagegen sträubte, musste sie dennoch ihren Arbeitern gegenüber Präsenz zeigen. So stieg sie wieder auf ein Pferd und ritt in die Felder, die noch ihre waren. Dabei kam sie an Rickerms Arbeiterkolonnen vorbei. Die Anweisung an Nicolas, ein Auge auf die Sklaven zu haben, war unnötig gewesen. Sie erschrak. Das Bild auf den abgebrannten Feldern war ein gänzlich anderes als jenes auf ihren eigenen. Sie zählte zehn berittene Aufseher, alle trugen lange Peitschen an den Gürteln. Und im Gegensatz zu den Sklaven von De Eendracht, die wohlgenährt und voller Kraft an die Arbeit gingen, wirkten viele von Rickerms Feldarbeitern wie Schatten ihrer selbst. Ihre Augen verfolgten Lijanne auf ihrem Ritt an den Feldern vorbei und bis in ihre Träume.

Flavers hatte recht früh nach Johans Tod zu bedenken gegeben, dass die Kosten für die Versorgung der Sklaven auf der Plantage über normale Verhältnisse hinausgingen. Doch Lijanne war nicht gewillt gewesen, die Essensrationen zu kürzen. Beim Anblick von Rickerms Sklaven lobte sie sich im Stillen für ihre Entscheidung. Wie konnte man seine Arbeitskräfte, immerhin das wertvollste Gut, fast verhungern lassen? Nein – bei ihr würde es das nicht geben!

Selbst Greise und Kinder schufteten sich Tag für Tag für Rickerm mit Hacken durch die verbrannte Erde, dahinter legten Männer die Bewässerungsgräben neu an; viele waren mit Fußketten aneinandergefesselt. Frauen, die frische Stecklinge setzten, folgten ihnen. Wie blind war sie bloß gewesen? Erst jetzt wurde Lijanne bewusst, wie anständig Johan mit seinen Sklaven umgegangen war.

Nachdem sich auch nach einigen Tagen dieser Anblick nicht verändert hatte, beschloss Lijanne, Nicolas dazu zu befragen. Nach ihrer morgendlichen Runde zügelte sie ihr Pferd neben dem Vorarbeiter und stieg ab.

„Nicolas, warum sehen Rickerms Sklaven alle aus wie Sträflinge?“

Nicolas zögerte einen Augenblick, als würde er sich seine Antwort sehr genau überlegen. „Rickerms Sklaven sind in den letzten Monaten aufständisch gewesen. Er bestraft inzwischen jeden außerordentlich hart.“

„Aber warum lehnen sie sich gegen ihn auf?“ Lijanne bereute die Frage, kaum hatte sie sie gestellt. Der Anblick, der sich ihr bot, war deutliche Sprache genug.

Nicolas seufzte leise. „Señora, es ist so … Seit man davon spricht, die Sklaven freizulassen … Also, das sind nur Gerüchte, die ich gehört habe, aber … Sobald es so weit wäre, würde es nur freie Sklaven betreffen. Sklaven, denen man nachsagt, Unruhe zu stiften, oder die sich sonstige Vergehen haben zuschulden kommen lassen … Sie bleiben als Arrestarbeiter.“

„Du meinst also, dass Rickerm es darauf ankommen lässt? Dass er das forciert?“

Nicolas hob abwehrend die Hände und wandte sich schnell wieder seinen Arbeitern zu. Lijanne blieb nachdenklich neben ihrem Pferd stehen. Jetzt endlich ergab dies alles für sie einen Sinn. Rickerm würde seine Sklaven immer wie Gefangene halten. So blieben sie billige Arbeitskräfte. Ein kalter Schauer kroch ihr über den Nacken, obwohl die Mittagshitze schon zwischen den Feldern stand. Und Lijanne musste sich dringend über diese geplante Sklavenfreilassung informieren. Auch ihre Plantage würde betroffen sein, in welcher Form auch immer.

Keba bemerkte, dass David oft bis ins Mark erschöpft war, wenn er zu ihren nächtlichen Treffen kam. Sie sahen sich auch nicht mehr ganz so häufig; ein, zwei Mal die Woche trat David den langen Fußmarsch an von St. Barbara an die nun deutlich dichter bei De Eendracht verlaufende Grenze. Keba machten diese nächtlichen Ausflüge nichts aus, sie hatte im Haus bei der Señora und unter Beirunas Obhut nicht viel auszustehen. David hingegen war deutlich dünner geworden, ganz mager wirkte er.

Sie liefen auch nicht mehr in die Felder hinein, sondern setzten sich im Schutz des Zuckerrohrs auf den Boden. „Was ist los bei euch auf der Plantage?“, fragte Keba besorgt.

David winkte müde ab. „Seit der Meneer die neuen Flächen im Norden gekauft und nun noch die Felder von eurer Plantage gepachtet hat, lässt er uns doppelt und dreifach arbeiten.“

„Hat er denn die Sklaven von den anderen Plantagen nicht übernommen?“

David schüttelte den Kopf. „Nein, nur wenige der kräftigen Männer. Und vor allem die Aufseher hat er übernommen. Alle anderen hat er in einem langen Marsch nach Willemstad geschickt, auf den Sklavenmarkt.“

„Aber sie hätten doch ...?“ Keba verstand das nicht.

„Ich glaube, der Meneer will nicht noch mehr Sklaven haben. Einige unserer Männer haben schon gegen ihn aufbegehrt. Die Essensrationen hat er uns auch gekürzt.“ David lachte leise und verächtlich. „Hast du nicht gehört, was man erzählt? Vielleicht lässt man die Sklaven bald frei.“

„Ja, ich habe es gehört. Aber ich glaube nicht daran.“ Keba konnte sich einfach nicht vorstellen, was die Weißen ohne die Sklaven machen sollten. Nie würden sie ihren wertvollsten Besitz einfach laufen lassen!

„Wir werden sehen. Sollte es zu einem Aufstand kommen, werde ich auf jeden Fall kämpfen. Für die Freiheit. Und dann ...“, er zog Keba dichter an sich heran, „... heiraten wir!“

Sie sah ihn verblüfft an. „Wir?“

Er blickte vorwurfsvoll zurück. „Ja, warum nicht? Willst du mich etwa nicht?“

Keba sah ihm an, dass es ihm wirklich bitterernst damit war. „Gut, wenn wir eines Tages frei sind, heiraten wir.“ Sie stieß ihn an und lachte. Sie glaubte nicht daran, aber wenn es ihn glücklich machte ...

Lijanne beschloss, in die Stadt zu reiten. Dort würde sie die nötigen Informationen zu den anstehenden Änderungen finden.

Das hoffte sie zumindest. Wen sie dort fragen sollte, wusste sie noch nicht. Leander Bakker war sicherlich der falsche Ansprechpartner. In einem Kontor hielt man keine Feldsklaven, und vielleicht würde er misstrauisch werden, wenn sie als Lieferantin solche Themen bei ihm anschnitt. Wo sie Flavers finden würde, wusste sie auch nicht, aber auf seinen nächsten Besuch zu warten dauerte ihr einfach zu lang. Josefine? Die junge Frau hatte sicherlich nicht viel Interesse an derartigen Entwicklungen, doch immerhin hatte Josefine Kontakt zur Inselgesellschaft. Sie musste etwas wissen!

Nach ihrer morgendlichen Runde durch die Felder sattelte Lijanne ihr Pferd nicht ab. Sie ließ es einen Moment im Schatten verschnaufen und bereitete sich selbst auf den Weiterritt in die Stadt vor.

Beiruna verzog missmutig das Gesicht, als Lijanne ihr beim Betreten der hinteren Veranda ihr Vorhaben ankündigte.

„Allein, Señora? Wollen Sie nicht lieber die Kutsche nehmen?“ So mürrisch sich die Haussklavin auch seit Johans Tod Lijanne gegenüber aufführte, in solchen Momenten blitzte doch die Sorge um die Herrin hervor. Lijanne konnte ihr selten wirklich böse sein. Sie alle hatten eine schwere Last zu tragen. Die alte Haussklavin und Keba, ihre eigene Leibsklavin, waren Lijanne fremd geworden in den letzten Monaten. Beiruna war äußerst wortkarg. Ob sie ihr die Schuld an Johans Tod und dem Desaster um die Plantage gab? Jahrzehntelang hatte sich in Beirunas Leben nichts verändert. Seit Lijannes Ankunft auf der Plantage schien es drunter und drüber zu gehen. Lijanne hätte alles liebend gerne rückgängig gemacht. Sie plagte sich oft genug selbst mit Vorwürfen, ob sie irgendetwas falsch entschieden hatte. Aber dafür war im Grunde keine Zeit. Wenn De Eendracht überleben sollte, musste sie energisch nach vorne sehen.

„Nein, ich bin mit dem Pferd viel schneller. Bitte fülle mir eine Feldflasche mit Wasser.“

„Keba, hole Wasser für die Señora.“

Keba stand von der Matte auf, wo sie im Schatten des Verandadaches gesessen hatte, und eilte zum Brunnen. Lijanne sah ihr einen Augenblick unschlüssig hinterher. Auch Keba schien etwas zu bedrücken. Doch es war jetzt keine Zeit, danach zu fragen.

Keba kam mit der vollen Feldflasche vom Brunnen zurück. „Danke, Keba. Ich bin vor Sonnenuntergang zurück." Lijanne seufzte leise, als Keba ihr die Flasche überreichte, und warf einen letzten Blick auf Beiruna, die ihr bereits wieder den Rücken zuwandte. Vielleicht sollte sie einmal das Gespräch suchen mit den beiden Frauen. Lijanne würde ihre Hilfe und Unterstützung brauchen. Es war wohl eher nicht statthaft, dass sich eine Señora mit ihrer Haussklavin aussprach, doch wenn sie alle weiterhin friedlich in diesem Haus leben wollten, wäre es sicherlich eine gute Idee.

Lijanne kehrte zu ihrem Pferd zurück, das seitlich an der Veranda angebunden auf den Abritt wartete, befestigte ihre Wasserflasche vorne am Sattel und führte das Tier auf den Hof. Sie musste sich beeilen.

2. KAPITEL

Der Weg nach Willemstad war noch derselbe, doch der Anblick, der sich Lijanne bot, als sie der Stadt näher kam, war ein anderer. Am Wegesrand zogen lange Kolonnen von Sklaven dahin. Alle waren sie an den Füßen aneinandergekettet, berittene Aufseher begleiteten sie. Das Metall an den Knöcheln der Arbeiter klirrte im Gleichmaß ihrer Schritte. Manche der Sklaven hoben die Köpfe, als Lijanne vorbeitrabte; ihre Gesichter waren ausgemergelt und die Blicke trüb. Auf der ganzen Insel schienen die Sklaven in Aufruhr zu sein. Anders konnte Lijanne sich diese Zustände nicht erklären. Sie trieb ihr Pferd voran; das alles war ein Grund mehr, so schnell wie möglich herauszufinden, was los war. Sie hatte nicht geahnt, wie schlimm es anscheinend schon um Curaçao stand. De Eendracht lag inzwischen wohl bereits selbst wie eine Insel in einem unruhigen Meer. Wie lange es dauern würde, bis die Wogen über ihre Grenzen schwappen würden? Lijanne glaubte immer noch fest daran, dass sie von ihren eigenen Sklaven nichts zu befürchten hatte. Doch beim Anblick der vielen Feldarbeiter, die zu Gefangenen gemacht geworden waren, bröckelte ihre Zuversicht.

Ihr Pferd war schnell gelaufen, und Lijanne erreichte Willemstad in den frühen Nachmittagsstunden. Auch wenn sie es schätzte, dass der Weg zu Pferd schneller zu bewältigen war als mit der Droschke, empfand Lijanne es als unangenehm, sich verschwitzt zu fühlen, außerdem schmerzte ihr Gesäß. Doch schöpfte sie neue Kraft, als sie die ersten Straßen durchquerte. Vom Schottegat wehte eine frische Brise die stickige Tageshitze davon. Lijanne beobachtete von der Uferstraße aus, wie man unzählige Sklaven auf kleine Schiffe verfrachtete und zur gegenüberliegenden Seite brachte. Als sie an einer weiteren Kolonne Zusammengeketteter vorbeikam, parierte sie kurz ihr Pferd nahe einem der Aufseher.

„Sagen Sie, wo bringt man sie alle hin?“

Der Aufseher, ein älterer, von Wind und Wetter gegerbter Mann mit großem Schlapphut, starrte sie einen Moment lang an. Dass ihn eine weiße Frau, die zudem auf einem Pferd saß, so einfach ansprach, ließ ihn kurz innehalten. Dann aber nahm er die Zügel in die eine Hand und mit der anderen seine kalte Pfeife aus dem Mundwinkel und deutete mit einem Finger in die Ferne. „Nach Otrabanda auf den Markt. Wohin sonst?"

Lijanne blickte unschlüssig zwischen dem Aufseher und den Sklaven hin und her. Es war ihr ein Rätsel, warum plötzlich so viele Plantagenarbeiter verkauft werden sollten.

Der Aufseher trieb sein Pferd mit den Schenkeln an und brachte es dicht vor Lijanne zum Stehen. Dann beugte er sich ein Stück zu ihr herüber.

„Señora sind wohl nicht oft in der Stadt, hm?" Er richtete sich wieder etwas auf. „Die Sklaven kommen von den Plantagen und werden alle nach Surinam gebracht. Dort braucht man momentan viele neue Arbeitskräfte."

„Surinam?" Lijanne hatte von dem Land schon gehört. Es war ebenfalls eine niederländische Kolonie, gutes Land für Zuckerrohranbau, aber auch viel Dschungel.

Der Sklaventrupp war inzwischen an ihnen vorbeigetrottet. Der Aufseher tippte an seine Hutkrempe, nickte und trieb sein Pferd an. Lijanne ritt langsam auf der Uferstraße weiter Richtung Punda.

Im Stadtteil der Händler und Kontore schien alles so wie bei Lijannes letztem Besuch zu sein. Die Straßen wirkten um diese Tageszeit wie leer gefegt. Nur wenige Haussklaven huschten mit Körben vorüber. Vor dem Haus der Bakkers zügelte Lijanne ihr Pferd. Plötzlich dämmerte ihr, dass es vielleicht doch ein Fehler gewesen sein könnte, hierhergeritten zu sein. Eine Droschke mit Kutscher hatte zu warten, doch wohin nun mit dem Pferd? Sie konnte es ja schlecht sich selbst überlassen.

Noch während sie überlegte, öffnete sich die Eingangstür zum Haus der Bakkers und eine Haussklavin lugte durch den Türspalt.

„Kann ich der Señora helfen?"

Lijanne fiel ein Stein vom Herzen. Schon allein das Anklopfen wäre mit dem Pferd am Zügel schwierig geworden.

„Ich möchte zu Señora Josefine, bitte. Mein Name ist Lijanne van Rood."

„Sehr wohl, Señora, ich schicke einen Burschen für das Pferd."

Lijanne stieg ab und klopfte sich den Staub aus dem Rock. Sie kam sich heute wieder wenig damenhaft vor. Ein kleiner schwarzer Junge schob sich durch ein Seitentor zwischen den Häusern. Er grinste, als er auf das Pferd zukam. „Señora, bitte, ich sorge dafür, soll es Wasser bekommen?"

„Ja, Wasser, und nimm ihm den Sattel ab, dass es sich erholen kann." Lijanne gab dem Jungen die Zügel, und er führte das Tier, das sichtlich froh war, der glühenden Sonne zu entkommen, in den Hinterhof des Hauses.

Die Haussklavin stand derweil in der geöffneten Tür. „Darf ich die Señora bitten? Señora Josefine erwartet Sie im Salon."

Lijanne folgte der Sklavin in die kühlen Räume.

„Lijanne, welche Freude! Aber du hättest eine Nachricht schicken können vor deinem Besuch." Josefine saß an einem kleinen, zierlichen Salontisch. Als Lijanne näher kam, erhob sie sich.

„Es tut mir leid, Josefine, dass ich so kurzfristig …" Lijanne hielt inne. Jetzt erst sah sie, dass Josefine hochschwanger war. „Oh, ich wusste ja nicht … Wenn ich ungelegen komme … Es tut mir leid."

„Nein, schon gut, komm her und sei mir willkommen." Josefine setzte sich wieder und winkte Lijanne zu sich an den Tisch. „Ich bin nur nicht mehr ganz so flink wie früher. Schön, dich wiederzusehen." Sie strich sich bei den Worten zärtlich über den gewölbten Bauch. Diese liebevolle Geste versetzte Lijanne einen Stich. Es fiel ihr schwer, es sich selbst einzugestehen, aber dass sie mit Johan keine Kinder hatte haben können, schmerzte sie in ihrer Seele. Vielleicht wäre alles ganz anders gekommen, wenn sie ihm einen Erben geschenkt hätte? Schnell verscheuchte sie die trüben Gedanken. Sie war aus einem anderen Grund hier. Doch Josefine plauderte zunächst munter weiter.

„Es tut mir leid, dass wir dich nicht zu unserer Hochzeit eingeladen haben. Raúl und ich ... Du hattest ja eine schwere Zeit."

„Ich freue mich so für dich, Josefine. Ich habe wirklich sehr viel zu tun auf der Plantage." Dass sie sicher deshalb nicht eingeladen worden war, weil sie keinen standesgemäßen Gast abgab, war Lijanne durchaus bewusst. Doch Josefine war deutlich anzumerken, dass ihr dabei nicht wohl war. Immerhin waren sie alte Freundinnen.

„Ich ... ich hörte, es hat einen Brand gegeben?"

„Ja, ein Teil unserer Pflanzungen ist dem Feuer zum Opfer gefallen."

„Arletta sprach davon, dass ihr Mann dir entgegengekommen ist. Ist ja auch gut, wenn man sich da draußen gegenseitig hilft. Arletta hat übrigens einen Sohn geboren und ist bereits wieder in anderen Umständen."

„Oh, wie ... schön." Lijanne verkniff sich eine spitze Bemerkung bezüglich Rickerms vermeintlicher Hilfe. Josefine wusste nichts von der Konkurrenz der Plantagen. Sie lebte hier in Willemstad in ihrer kleinen heilen Welt rund um die Kontore.

„Arletta kommt inzwischen sehr oft in die Stadt. Sie sagt, es sei ihr zu unruhig auf der Plantage. Ich hoffe, dir ergeht es da besser?"

„Bei uns ist alles ruhig. Aber – Josefine, genau deshalb bin ich hier." Lijanne wollte nicht länger warten. „Ich ... Nun ja, man bekommt nicht viel mit auf den Plantagen, wenn man sich wie ich selten in der Stadt aufhält. Daher wollte ich fragen, ob ... ob du mir sagen kannst, wie es um die Freilassung der Sklaven steht. Was hat sich da entwickelt?"

Josefine zog ihre Mundwinkel enttäuscht nach unten. „Jetzt sag nicht, du kommst den weiten Weg hierher, um mich danach zu fragen. Es haben so viele Mädchen geheiratet und Kinder bekommen, es gab zwei außerordentliche Bälle ..." Doch dann lachte sie. „Ich weiß ja, dass dich das alles nicht interessiert." Verschwörerisch legte sie kurz ihre Hand auf die von Lijanne.

„Ach, wie einfach wäre es gewesen, wenn dein Mann nicht ... Es tut mir so leid. Also, wie kann ich dir helfen? Ich bin zu diesem Thema eigentlich nicht so bewandert, aber aufgrund meines Zustandes lese ich inzwischen doch an manchem Tag gerne die Zeitung."

„Josefine, ich habe sehr viele Sklaven gesehen, die nach Otrabanda zum Sklavenmarkt gebracht wurden. Wieso scheinen alle Plantagen ihre Sklaven zu verkaufen?"

Josefine legte den Kopf etwas schief. „Lijanne, sie verkaufen ihre Sklaven nicht, soweit ich weiß." Sie faltete die Hände vor ihrem Bauch und hielt einen Augenblick inne, bevor sie fortfuhr. „In der Zeitung steht immer wieder etwas von Aufständen. Im Norden soll es besonders heftig zugehen. Nun ... Die ungehorsamen Sklaven werden dann verkauft. Auch geben viele kleine Plantagenbesitzer ihren Grundbesitz auf. Leander sprach davon, dass die Lieferungen an unser Kontor nur noch von wenigen Plantagen zuverlässig getätigt werden."

„Sie geben ihren Grundbesitz auf? Aber warum?"

Josefine sah ihre Freundin verblüfft an. „Du hast davon wirklich noch nichts gehört, oder? Ich meine ... Wenn selbst ich darüber Bescheid weiß ... Und du als Plantagenbesitzerin nicht?"

Lijanne zuckte die Achseln. Sie nahm sich aber vor, ein ernstes Wort mit Meneer Flavers zu sprechen. Bisher war sie davon ausgegangen, dass er sie in ihrem und auch seinem eigenen Interesse über alles Wichtige informieren würde.

„Also, soviel ich weiß, ist der Stichtag für die Abschaffung der Sklavenhaltung für nächstes Jahr im Juni angesetzt. An dem Tag erhalten alle Sklaven eine Entschädigung." Josefine wedelte mit der Hand, als wolle sie eine lästige Fliege verscheuchen. „Ich weiß ja nicht, wozu das gut sein soll. Unsere Haussklaven waren in heller Aufregung über die Nachricht. Meine Lida träumt seit dem Tag davon, sich Schuhe zu kaufen. Schuhe! Nun, sie müssen dann einen Anstellungsnachweis erbringen, haben aber das

Anrecht, sich freizukaufen, und sogar das Recht, eigenständig Land zu erwerben. Ich denke zwar nicht, dass diese Entschädigungszahlung dafür reicht, aber was man diesen Leuten für Flausen damit in den Kopf setzt, sieht man ja."

„Und ... und wer vergibt diese Entschädigungszahlung?"

„Na, die ehemaligen Sklavenhalter, deshalb geben ja auch so viele kleine Plantagenbesitzer momentan auf, wie ich hörte. Stell dir das doch mal vor ... Da muss man diesen Leuten auch noch Geld dafür bezahlen, dass man sich um sie gekümmert hat." Josefine zog ein spitzenbesetztes Taschentuch aus ihrem Ärmel und tupfte sich damit die Stirn. „Leander sagt, er wisse nicht, wohin dies alles führen soll, und Raúl ... Seine Familie hat eine Niederlassung in Brasilien, er sprach schon davon ... Aber ich weiß nicht ..."

Lijanne wurde es ganz heiß und sogleich wieder kalt, die weiteren Worte von Josefine nahm sie nur noch wie durch einen Nebel wahr. Denn wenn ihr auch der ganze Ablauf noch nicht bewusst war, eines war sicher: Ihre Plantage warf bei Weitem nicht so viel ab, dass sie ihren Sklaven irgendetwas ausbezahlen konnte. Ihr Magen zog sich krampfhaft zusammen, wenn sie sich klarmachte, was dies bedeuten würde.

„... Ruben und Arletta bekommen von Arlettas Vater rege Unterstützung. Auf der Nachbarinsel macht er nichts anderes. Er kauft alles Land auf, das ihm in die Finger fällt und das er haben kann. Und er übernimmt auch dankbar alle in Gefangenschaft geratenen Sklaven. Die DeJongs und Ruben van Rickerm scheinen die Einzigen zu sein, die aus der ganzen Situation noch Profit ziehen. Und wenn sie so weitermachen, gehören ihnen bald große Teile von Curaçao und Bonaire."

Lijanne war schlagartig wieder aufmerksam.

„Der Zukauf der anderen Plantagen hat ihnen viel Land eingebracht. Und ..." Josefine zögerte und betupfte sich erneut die Stirn mit dem Spitzentaschentuch. „Du weißt ja, wie Arletta ist. Sie hat geredet über dich. Nun ... Sie findet es untragbar, was du da machst so allein auf der Plantage. Du würdest zu deinen

Sklaven auf die Felder reiten. Dies lässt natürlich die anderen Frauen die Hände über dem Kopf zusammenschlagen." Josefine kicherte etwas unsicher.

„Das ist meine Arbeit, eine Arbeit, die auf einer Plantage nun mal zu erledigen ist." Lijanne musste sich Mühe geben, ihre Stimme nicht trotzig klingen zu lassen.

„Wie auch immer, Arletta ist der Überzeugung, dass du das nicht mehr lange durchhalten wirst. Ruben setzt fest darauf, deine Plantage bald kaufen zu können. Und damit würde ihm fast die ganze Ostküste der Insel gehören. Ach, Lijanne, das wäre doch für dich das Beste! Dann könntest du wieder in die Stadt ziehen. Das wäre doch viel bequemer, als so allein da draußen zu sein."

Lijanne starrte Josefine einen Augenblick lang ungläubig an.

„Ich bin gerne da draußen. Und nach wie vor wird Ruben Johans Plantage nicht bekommen." Lijanne stand abrupt auf. Sie fühlte sich plötzlich, als würde sie keine Luft mehr bekommen. „Ich denke, ich sollte jetzt gehen. Danke, dass du Zeit für mich hattest, Josefine."

Josefine erhob sich schwerfällig. „Aber das ist doch selbstverständlich, Lijanne."

„Ich wünsche euch alles Gute." Lijanne ließ ihren Blick kurz über Josefines gewölbten Bauch gleiten.

„Wenn wir dir irgendwie helfen können oder du eine Unterkunft in der Stadt suchst, melde dich, Lijanne."

Lijanne antwortete darauf nichts mehr. Der gefühlte Strick, der sich um ihren Hals gelegt hatte, löste sich erst, als sie wieder auf ihrem Pferd saß und die letzten Häuser der Stadt hinter sich gelassen hatte.

3. KAPITEL

Als Flavers das nächste Mal die Plantage aufsuchte, überfiel ihn die ungehaltene Lijanne mit Fragen. Sie hatte seit ihrem Besuch in der Stadt nur noch unruhig geschlafen. In ihren Träumen führte man ihre Sklaven in Kolonnen und aneinandergekettet von der Plantage fort, in vorderster Reihe schlichen Beiruna, Keba und Nicolas. Lijanne war hinterhergerannt, doch die Aufseher hatten nur gelacht, ihre Peitschen knallen lassen und voller Hohn mit den Fingern auf sie gezeigt.

„Wann gedachten Sie mich über die Entwicklungen zu informieren?“ Lijanne fixierte den Buchhalter mit festem Blick. Sie kam nicht umhin, ihm langsam die Stirn zu bieten. Natürlich war sie auf ihn angewiesen, aber sie bezahlte ihn auch für seine Dienste, und da sollte er wenigstens so loyal sein, sie über alle wichtigen Vorgänge auf der Insel auf dem Laufenden zu halten.

„Mevrouw van Rood, beruhigen Sie sich!“ Er saß hinter seinem Schreibtisch und faltete die Hände. „Ich hielt es in Anbetracht der schweren Zeiten nicht für gut, Sie noch mehr zu beunruhigen.“

„Mich noch mehr zu beunruhigen?“ Lijanne schnaubte und wanderte im Zimmer auf und ab. „Die Abschaffung der Sklavenhaltung ist ein einschneidendes Ereignis. Und …“, sie wies mit dem Finger in die Ferne, als würde sie auf die Felder zeigen, „… ich habe Sklaven – nicht wenige sogar! Ich würde sie ungern verlieren.“

Meneer Flavers senkte den Blick auf seine Papiere. „Mevrouw van Rood, das ist es ja eben. Ich sehe derzeit keine Möglichkeit, dass Sie die Plantage unter wirtschaftlichen Aspekten aufrechterhalten können. Die Entschädigungszahlungen, die Landabgaben an die Sklaven, die voraussichtlich nötig sein werden, die weitere Versorgung derer, die Ihnen vielleicht treu ergeben bleiben …“ Er schüttelte den Kopf. „Ihnen wird vermutlich das Haus und ein wenig Land über bleiben, aber schlussendlich werden Sie verkaufen müssen, wenn Sie Ihren Sklaven helfen wollen." In seinen letzten Worten schwang leichter Sarkasmus mit, was Lijanne nicht verborgen blieb. Wut kochte in ihr hoch, und sie musste sich zusammenreißen, um nicht bitterböse darauf zu reagieren. Flavers, der die Sklaven nur als Mittel zum Zweck betrachtete, war ihre Einstellung diesen Menschen gegenüber ein Dorn im Auge; vermutlich belächelte sie auch jeder andere auf dieser Insel dafür.

Flavers hielt ihr ein Blatt Papier hin. „Ich habe aus aktuellem Anlass das alles schon einmal für Sie überschlagen."

Lijanne nahm das Blatt und starrte ungläubig auf die Zahlen. Sie waren hoch, viel zu hoch. Resigniert ließ sie sich auf einen Stuhl sinken.

„Es tut mir leid." Flavers schob fahrig seine restlichen Papiere auf dem Schreibtisch zusammen.

Schwarz auf weiß sah die Rechnung noch viel bedrohlicher aus. Die Ausgaben überstiegen bei Weitem die Jahreseinnahmen der Plantage.

„Was schlagen Sie vor?" Lijanne wusste, was Flavers antworten würde, und sie wappnete sich innerlich.

„Sie werden verkaufen müssen, und ich denke nach wie vor, Rickerm wäre der erste Ansprechpartner."

Lijanne überlegte fieberhaft, wie sie diese Katastrophe abwenden konnte. Sie verstand einfach nicht, wie die Kolonialverwaltung mit einem solchen Dekret die ganze Plantagenwirtschaft auf der Insel in Gefahr bringen konnte. Es musste doch eine gütliche Lösung für alle geben! Aber Lijanne hatte keine Ahnung, wie diese aussehen sollte. Nicht zum ersten Mal sehnte sie sich nach einem Gesprächspartner. Wenn doch nur Johan da wäre! Oder ihre Eltern ... Sie musste ihre Sklaven unbedingt über den Stand der Dinge informieren. Sicher waren durch die Nähe zu Rickerms Arbeitskolonnen schon die ersten Gerüchte im Umlauf. Die Gefahr, dass aus einem Funken ein Schwelbrand wurde, galt inzwischen auch für ihr Sklavendorf.

In der ersten Nacht, in der Keba vergeblich auf David wartete, machte sie sich noch keine Gedanken. Sie wusste, dass die Sklaven von St. Barbara sehr viel härter arbeiten mussten, seit sich der Plantagenherr wie eine gefräßige Raupe das Land entlang der Küste einverleibte. Bisher hatte es David immer irgendwie geschafft, nicht auf die Felder im Norden geschickt zu werden, um sich weiterhin im Schutz der Dunkelheit mit Keba treffen zu können. Doch als sie auch die zweite und eine dritte Nacht umsonst in die Felder geschlichen war und Stunden später immer noch zwischen den hohen Zuckerrohrstängeln auf ihn wartete, begann sie sich ernsthaft Sorgen zu machen.

In ihrer Beunruhigung gelang es ihr kaum, sich auf ihre tägliche Arbeit zu konzentrieren. Tausend Gedanken und Schreckensbilder gingen ihr durch den Kopf. Hatte David sich etwas zuschulden kommen lassen? Hatte man ihn bestraft oder gar eingesperrt? Oder war er nur auf den Feldern im Norden? Keba fühlte sich mit diesen Fragen schrecklich allein.

„Pass doch auf!", rügte Beiruna sie ein ums andere Mal. Das Mädchen erschrak selbst, wenn es etwas verschüttete oder eine Aufgabe sogar vergaß, doch die Sorge um David lag ihr wie ein schwerer Stein auf dem Herzen. Beiruna war seit dem Tod des Meneers ständig schlecht gelaunt. Keba fühlte sich im Plantagenhaus nur noch von dunklen Geistern umgeben. Die Señora war still, sie grübelte oft, und wenn Meneer Flavers da gewesen war, verschlechterte sich ihre Stimmung noch. Und Beiruna hatte ihre freundliche und liebenswürdige Art von einst vergessen und ging ihren täglichen Aufgaben nur noch mürrisch nach.

In der fünften Nacht hielt es Keba nicht mehr aus. Nie hätte sie gedacht, dass sie sich dies trauen würde, doch es war ihr, als würden ihre Füße sie wie magisch von ganz alleine weitertragen. Ihr Herz zog Keba nach St. Barbara. Sie musste endlich wissen, was mit David geschehen war! Doch ihre schier unerträgliche Sehnsucht ließ sie unaufmerksam werden. Denn als sie nach fast zwei Stunden Fußmarsch durch die Felder die Grenze des

Sklavendorfes von St. Barbara erreicht hatte und angestrengt in das Dorf starrte, wo nur noch wenige Fackeln brannten, überhörte sie das sich nähernde Pferd. Erst als es bis auf wenige Meter herangekommen war, drangen seine Hufschläge in Kebas Bewusstsein, und erschrocken versuchte sie sich zwischen den Pflanzen zu verstecken, doch die raschelten dabei laut. Sie hörte, wie das Pferd zum Stehen kam. Kaum traute sie sich zu atmen. Als erneut Hufschläge erklangen, hoffte sie schon, dass man sie nicht entdeckt hatte. Doch der Aufseher hieb seine Peitsche zielsicher durch die Zuckerrohrstängel und riss Keba ein brennendes Mal über die Wange.

„Komm sofort da raus!“, befahl barsch eine Männerstimme.

Lijanne saß schon eine ganze Weile an ihrem Waschtisch und wartete auf Keba, als sie Beirunas ungehaltenes Rufen hörte.

„Keba! Keba! – Wo steckt das Mädchen nur?“

Lijanne stand auf und trat noch im Nachtgewand auf den Flur. Keba ließ sie sonst nie warten. Im unteren Stockwerk des Hauses waren Beirunas Schritte zu hören.

„Beiruna“, rief Lijanne. „Was ist los? Wo steckt Keba?“

„Señora – ich weiß es nicht“, erklang die Stimme der Haussklavin vom Fuße der Treppe.

Lijanne schaute über die Brüstung nach unten. Dort stand Beiruna, die Hände in die Hüften gestemmt, und sah sich unschlüssig um, bis ihr Blick nach oben zu Lijanne wanderte. Die Sklavin zuckte die Achseln. „Señora – ich weiß es nicht“, wiederholte sie, und in ihrer Stimme schwang nun Besorgnis mit.

„Ich komme gleich hinunter.“

„Soll ich der Señora helfen?“

„Nein, schau noch mal draußen nach, bitte. Nicht, dass Keba in ihrer Hütte liegt und gar krank ist oder …“

Lijanne konnte sich auf Kebas Verschwinden keinen Reim machen. Eilig ging sie zurück in ihr Schlafzimmer. Durch einen kleinen Zwischenflur, von dem eine weitere Tür in Johans ehemaliges Gemach führte, gelangte Lijanne in das Ankleidezimmer. Schon seit langer Zeit hatte sie sich nicht mehr selbst die Kleidung ausgewählt und vor allem auch nicht sich selbst angekleidet. Lijanne entschied sich für eines ihrer schlichten Alltagskleider, mit dem sie auch gut auf ein Pferd steigen konnte. Es erstaunte sie, wie schnell sie fertig war ohne die aufwendige Waschzeremonie und das umständliche Ankleiden durch die Leibsklavin. Während sie noch die letzten Haken des Kleides schloss, war sie schon auf dem Weg nach unten. In der Tür zur hinteren Veranda stieß sie fast mit Beiruna zusammen.

„Hast du sie gefunden?"

„Nein, Señora ... In ihrer Hütte ist sie nicht und im Dorf weiß auch niemand ... nun doch ... na ja ...", stotterte Beiruna.

„Was?" Lijanne war inzwischen an Beiruna vorbei auf die Veranda hinausgetreten. Der Wirtschaftshof lag im hellen Morgenlicht, einige Hühner scharrten im trockenen Boden und aus der Ferne erklang der Ruf der Papageien aus den Baumwipfeln. Eigentlich ein friedlicher Morgen. Doch tief in Lijannes Innerem keimte eine dunkle Sorge auf.

Beiruna senkte den Blick und nestelte verlegen an ihrer Schürze. „Nun, Señora, man munkelt seit Längerem, Keba hätte ... Keba würde ..."

„Himmel, Beiruna! – Du stammelst doch sonst nicht so herum!" Lijanne drehte sich unwirsch um.

„Angeblich schleicht sich Keba in der Nacht aus dem Dorf."

„Keba? In der Nacht? Warum sollte sie?"

Beiruna zog nur die Schultern nach oben. „Ich weiß es nicht, Señora. Ich hätte ... Oh, dieses Mädchen ist ungehorsam ..." Jetzt sah Beiruna richtig wütend aus.

Lijanne hob besänftigend eine Hand. „Beiruna, Keba hat sich hier noch nie etwas zuschulden kommen lassen. Ich bin sicher, es gibt eine Erklärung dafür. Wo könnten wir sie denn suchen?" Lijanne sah wieder in Richtung Wirtschaftshof. Nachdenklich starrte sie einen Augenblick in die Ferne. Dann schloss sie die

Augen, wartete einen Moment und öffnete sie wieder. Spielte ihr das gleißende Sonnenlicht einen Streich?

„Wenn das Mädchen wieder auftaucht, kann es was erleben!“, murrte Beiruna derweil hinter ihr.

„Beiruna?“

„Ich finde dieses Verhalten einfach …“

„Beiruna!“ Lijannes Stimme klang scharf.

„Señora?“

„Was ist das?“ Lijanne wies mit der Hand in die Richtung, in der sie etwas sah, was sie unter keinen Umständen wahrhaben wollte.

„Grundgütiger!“ Beiruna trat neben sie und starrte ebenso zum Horizont weit hinter dem Sklavendorf und den Feldern.

„Es brennt schon wieder!“, keuchte die Haussklavin.

„Das … das ist aber nicht auf unserem Land, oder?“ Lijanne hielt sich eine Hand über die Augen, um sie vor der Sonne zu schützen und besser sehen zu können. Die schwarze Rauchwolke schien weit entfernt zu sein.

„Nein … Das ist … Es brennt auf St. Barbara!“

Mit zwei schnellen Sprüngen hatte Lijanne die Verandastufen hinter sich gelassen und rannte zum Pferdestall. Wenn es auf St. Barbara brannte und sie es hier auf De Eendracht sehen konnten, dann war das kein kleines Feuer. Lijanne schnappte sich das Sattelzeug und im Nu stand das Tier fertig gezäumt neben ihr. Sie führte es auf den Hof.

„Señora, wollen Sie etwa da hinüber?“ Beiruna war inzwischen ebenfalls die Verandatreppe hinuntergestiegen und schaute noch immer in den Himmel.

„Beiruna, das ist kein kleines Feuer! Vielleicht sind Menschen in Gefahr!“

„Bis Sie da ankommen, Señora …“

Lijanne zögerte, Beiruna hatte recht. Lijanne war zwar noch nie auf St. Barbara gewesen, aber der Ritt würde sich mindestens eine Stunde hinziehen.

„Ich reite trotzdem." Und schon saß Lijanne auf. „Beiruna, gib Nicolas Bescheid." Lijanne lenkte ihr Pferd auf die Zuckerrohrfelder zu. Auf diese Weise wäre sie vielleicht schneller als auf der steinigen Straße.

Es war nicht schwer, den Weg zu finden. Je weiter Lijanne in die Felder hineinritt und je näher sie dem Land von St. Barbara kam, desto schärfer zeichnete sich der dunkle Rauch am Himmel ab. Die Pflanzungen der Plantage wirkten wie ausgestorben. Wenigstens einige Arbeiter hätte man in den Feldern sehen müssen, doch es war keine Menschenseele zu entdecken. Lijanne trieb ihr Pferd an. Noch herrschte im Schutz der mannshohen Pflanzen die Kühle der Nacht, erst später würde es heiß werden. Während Lijanne sich der Rauchwolke näherte, zügelte sie ihr Pferd. Das Tier wurde merklich nervös, es spürte das Feuer. Als sie an eine breite Wegkreuzung kam und nach links abbog, sah sie in der Ferne das Ende der Felder. Die dichten Rauchwolken quollen jedoch dort in den Himmel empor, wo das Sklavendorf der Plantage stand. Lijanne erkannte von Weitem aufgebrachte Menschen und einige Reiter in der Nähe der Rauchschwaden. Nur widerwillig ließ sich ihr Pferd auf das Szenario zulenken. Dort schien das schiere Chaos zu herrschen. Schreie gellten, Menschen liefen umher, die Aufseher auf ihren Pferden kommandierten und schwangen die Peitschen, und aus den Rauchwolken loderten Flammen hoch in den Himmel empor. Keiner nahm Notiz von Lijanne. Als sie die Hitze des Feuers auf der Haut spürte, bog sie in einen Seitenpfad ein. Auf diese Weise konnte sie um das brennende Sklavendorf herumreiten. Der Pfad führte in einen kleinen Wald aus Divi-Divi-Bäumen, auch hier hing beißender Rauch in der Luft. Fast hätte Lijanne den Übergang auf die Freifläche nahe dem Wirtschaftshof verpasst. Ungehalten zügelte sie ihr Pferd. Sie versuchte, etwas zu erkennen. Schemenhaft zeichneten sich durch den Rauch Gebäude ab. Immer noch gellten Schreie und Rufe. Die Hütten der Sklaven boten dem Feuer ständig neue Nahrung. Plötzlich peitschte ein lauter Knall durch die rauchgeschwängerte Luft. Kurz war es still, dann ertönte wildes Geschrei. Ein Schuss? Lijanne lenkte ihr Pferd durch das Unterholz eines kleinen Wäldchens, das das Sklavendorf umgab. Ein weiterer Schuss war zu hören. Das Pferd zuckte zusammen und scheute voller Panik, irgendetwas befand sich vor seinen Hufen. Lijanne wurde fast aus dem Sattel geworfen. Nur durch einen beherzten Griff in die Mähne konnte sie ihr Gleichgewicht halten, und ein fester Schenkeldruck verhinderte, dass das Pferd seitlich ausbrach. Im Dickicht, so konnte Lijanne erkennen, kauerten zwei schwarze Gestalten, Kinder, die sich gegenseitig angstvoll umschlungen hielten.

Mit schreckgeweiteten Augen starrten sie Lijanne auf ihrem Pferd an.

„Was ist passiert?“ Lijanne versuchte, nicht zu streng zu klingen.

Die Kinder schwiegen.

„Erzählt mir, was passiert ist!“

Das größere der Kinder löste sich aus seiner Starre. „Feuer, das Dorf brennt! Der Meneer … Die Aufseher …“ Wieder peitschte ein Schuss. Die Kinder zuckten zusammen.

„Lauft da entlang in die Felder, dort seid ihr sicher! Lauft!“

Lijanne musste das nicht zweimal sagen. Hand in Hand hasteten die Kinder durch das Dickicht davon. Lijanne brauchte ihre ganze Kraft, um ihr Pferd zu zwingen, sich der Plantage weiter zu nähern. Aus dem Schutz des Wäldchens konnte sie jetzt das Haupthaus erkennen. Auf dem Wirtschaftshof war die Hölle los. Aufgebrachte Sklaven schwangen Macheten und Stöcke, die Aufseher trieben ihre Pferde zwischen die Arbeiter und das Wohnhaus. Die Wachleute schwangen lange Peitschen. Auf der Veranda des Hauses stand Ruben van Rickerm, eine Flinte im Anschlag – und er zielte auf die Sklaven! Auf dem Boden, unter den Hufen der Pferde der Aufseher, lagen Menschen im Staub. Keiner der Reiter achtete auf die Verletzten, vielmehr hetzten sie ihre Tiere immer wieder gegen die aufgebrachte Menge. Lijanne konnte kaum glauben, was sie dort sah. Ihr wurde schmerzlich bewusst, dass sie hier nicht helfen konnte – weder der einen noch der anderen Seite. Energisch lenkte sie ihr Pferd am Zügel in die entgegengesetzte Richtung. Sie musste hier weg, sofort!

Sie suchte nach einem Weg durch das Dickicht zur Front des Plantagenhauses. Hier war die Sicht besser, weil der Wind den Rauch in eine andere Richtung trieb. Aus dem Schutz der Bäume heraus dirigierte sie ihr Pferd in das nächstliegende Zuckerrohrfeld. Sie musste zur Straße zurückfinden, der Weg durch die Felder wäre wegen des Aufstands zu gefährlich. Ihr Pferd war schweißnass und schnaubte. Durch die hohen Stängel konnte Lijanne noch einmal bis zum Plantagenhaus sehen. Zwei Kutschen standen in der Auffahrt, Haussklaven eilten mit Gepäck geschäftig hin und her, und aus dem Haus trat eine Frau. Arletta, schwerfällig, hochschwanger! Eine schwarze Frau mit einem Kleinkind auf dem Arm folgte ihr. Sie flüchteten!

Zwei weitere Gestalten eilten von der Veranda zu den Droschken. Lijanne traute ihren Augen kaum. Keba! Und derjenige, der sie grob am Arm gepackt vor sich herschob … Lijanne traf es wie ein Schlag.

Kurz war sie versucht, laut zu rufen, aber bei dem Lärm, der vom hinteren Teil der Plantage ertönte, wäre es zwecklos gewesen. Lijanne biss sich auf die Unterlippe. Und das Bild, das sich ihr gerade bot, warf viele Fragen auf, sehr viele Fragen. Und eine böse Ahnung.

Lijanne lenkte ihr Pferd durch das Feld. Dass sie dabei ganze Zuckerrohrreihen abknickte, war ihr egal. Sie musste fort und durfte auf keinen Fall gesehen werden. Erst weitab von St. Barbara wechselte sie auf den Hauptweg, der eine schnellere Gangart erlaubte.

4. KAPITEL

Keba saß in der Droschke und wagte nicht, den Kopf zu heben. Es war ein Fehler gewesen, sich in der Nacht nach St. Barbara zu schleichen. Der Aufseher hatte sie entdeckt. Wie einen Ochsen hatte er sie mit einem Seil an seinen Sattel gebunden und bis zum Plantagenhaus gezerrt. Dort war er vom Pferd gestiegen, mit seinen schweren Stiefeln über die Veranda in das Haus gestapft und erst nach einer ganzen Weile mit dem Meneer Rickerm wieder aufgetaucht. Sie hatte nicht verstehen können, worüber die beiden Männer sprachen. Dann hatte der Aufseher sie vom Sattel losgebunden und in einen Verschlag bei der Zuckermühle gesperrt, weit weg vom Sklavendorf. Noch während Keba überlegte, wie sie sich aus dieser misslichen Lage befreien könnte, war draußen auf der Plantage die Hölle losgebrochen. Es musste früh am Morgen sein, denn es drang bereits Sonnenlicht durch die Spalten des Holzverschlags. Kaum hatte Keba den Rauch gerochen, hörte sie auch schon das Knistern der Flammen und aufgeregtes Schreien. Der Rauch fand seinen Weg durch die Ritzen in ihr Gefängnis. Hustend hatte Keba gegen die Tür geschlagen und um Hilfe gerufen. Dann hörte sie draußen Schüsse. Ihre Tür blieb fest verschlossen. Verängstigt hatte sich Keba in eine Ecke gekauert. Sie versuchte, so wenig zu atmen, wie es nur möglich war, denn der Rauch fraß sich in ihre Lungen. Sie wusste nicht, wie lange sie dort gekauert hatte, als endlich die Tür geöffnet wurde. Im grellen Gegenlicht konnte sie nur eine große Gestalt erkennen. Der Mann packte sie am Arm und zog sie mit sich. Hustend und fast blind stolperte Keba neben ihm her. Ganz in ihrer Nähe schien ein Aufstand zu toben. Mit tränenden Augen sah Keba eine Menge aufgebrachter Sklaven, deren Zorn sich gegen das Plantagenhaus zu richten schien. Von dort wiederum peitschten Schüsse, die von den Sklaven mit wütendem Geschrei quittiert wurden. Der Mann zog sie fort von dem Geschehen. In einem weiten Bogen zerrte er sie um das Plantagenhaus herum.

Hier war der Rauch nicht mehr so dicht, und auch die Schreie und Rufe klangen dumpf. Zwei Kutschen wurden eilig beladen. Keba versuchte, sich mit den Händen die Augen zu reiben, noch immer konnte sie nicht klar sehen.

„Hier ist sie", hörte sie den Mann sagen, der sie hierhergeschleppt hatte.

„Gut, gehen Sie jetzt durchs Haus nach hinten und helfen Sie Meneer van Rickerm. Der Mob muss zur Ruhe gebracht werden", ertönte eine zweite Stimme. Und die war Keba wohlbekannt.

Als Lijanne auf De Eendracht eintraf, stürzte ihr eine höchst besorgte Beiruna entgegen.

„Señora, was ist passiert?" Entsetzt starrte sie Lijanne an. Der wurde erst jetzt bewusst, wie mitgenommen sie und ihr Pferd aussahen. Beim Ritt durchs Unterholz war ihr Kleid zerrissen, ihre Arme waren zerkratzt vom Zuckerrohr, und ihr Pferd schnaufte und bebte und der Schweiß rann ihm über die Flanken.

„Auf St. Barbara gibt es einen Aufstand", stieß Lijanne hervor. Gerade vom Pferd gesprungen, merkte sie, wie unsicher sie auf den Beinen war. „Beiruna, lauf und lass nach Nicolas suchen! Die Arbeitssklaven sollen von den Feldern kommen!" Lijanne wies mit einem Arm in die Ferne. Schon auf dem Heimritt war ihr der Gedanke gekommen, dass, wenn die Situation auf St. Barbara sich nicht bessern würde, viele der Sklaven von dort ihr Heil in der Flucht suchen würden. Wenn ihr Weg in die Felder und gar auf ihren Grund und Boden führen würde … Lijanne mochte gar nicht darüber nachdenken, was Rickerms Aufseher ihnen antun würden, wenn sich ihre und die Sklaven von Rickerm zwischen den Feldern vermischten.

Beiruna drehte sich um und eilte davon. Lijanne blieb erschöpft und leicht schwankend neben ihrem Pferd stehen. Was sollte sie tun? Was um alles in der Welt war nun zu tun? Mit unsicheren Schritten brachte sie das Tier zum Gatter, nahm ihm das Sattelzeug ab und wusch sich mit fahrigen Bewegungen an der Pferdetränke den Schmutz von den Armen und aus dem Gesicht. Das kalte Wasser brachte sie wieder zur Besinnung. Es würde nicht lange dauern, bis es Ärger gäbe, das spürte sie wie ein nahendes Unwetter. Kurz überschlug sie, wie viel Zeit sie noch hatte. Die Kutschen würden bald in der Stadt eintreffen, also blieben vielleicht vier Stunden. Ungeduldig ging Lijanne zum Sklavendorf und wartete auf die Feldarbeiter. Am Horizont sah man noch immer dunkle Rauchschwaden aufsteigen.

Nicolas führte den Arbeitertrupp nach Hause. Lijanne wartete am Feldrand auf ihre Sklaven. Immer wieder drehten sie die Köpfe in Richtung St. Barbara.

„Auf der Nachbarplantage gibt es einen Aufstand. Ich möchte, dass heute niemand mehr das Sklavendorf verlässt, egal was passiert. Es ist … zu gefährlich."

Die Sklaven begannen zu murren. Lijanne sah hilfesuchend zu Nicolas. Kurz überkam sie die Angst, ihre Sklaven würden aufgrund der aktuellen Geschehnisse auf falsche Gedanken gebracht. Doch tief in ihrem Inneren vertraute sie diesen Menschen. Sie hatten keinen einzigen Grund, sich gegen sie zu stellen.

„Ihr habt gehört, was die Señora sagt." Nicolas' Stimme brachte alle zum Verstummen. Mit der Hand wies er in Richtung der Hütten, und die Sklaven verzogen sich.

Erst als sie allein waren, richtete er das Wort an Lijanne. „Wie schlimm ist es?"

„Ich glaube, sehr schlimm. Auf St. Barbara tobt ein Kampf." Lijanne war den Tränen nahe. Nicolas tat etwas, womit er sich unter anderen Umständen wohl eine harte Strafe eingehandelt hätte: Er legte kurz seine Hand auf Lijannes Schulter. „Señora … Unserer Plantage wird nichts dergleichen geschehen." Seine Stimme war so fest und voller Überzeugung, dass Lijanne ihn dankbar anlächelte.

„Aber es wird Ärger geben, Nicolas … Ich … ich habe Keba dort gesehen."

„Ihre Leibsklavin?“ Nicolas zog scharf die Luft ein. „Ist sie … Hat sie dort gar …“

„Ich weiß nicht, was sie auf St. Barbara zu suchen hatte, aber ich habe gesehen, wie man sie abführte.“ Lijanne seufzte. Sie konnte sich Kebas Verhalten einfach nicht erklären.

„Señora, ich glaube nicht, dass das Mädchen da am Aufstand beteiligt ist … obwohl …“

„Obwohl was? Nicolas, weißt du irgendetwas, was ich nicht weiß?“ Lijanne wurde ungehalten. Es reichte schon, dass sie von einer Seite hintergangen worden war. Wenn jetzt auch noch Keba sich gegen sie verschworen hatte …

„Nein, Señora, ich weiß nur, dass Keba sich öfters nachts mit einem … mit einem Jungen von St. Barbara getroffen hat.“ Nicolas war dieses Geständnis sichtlich unangenehm.

„Sie hat was?“ Lijanne hatte ja mit allem gerechnet, aber dass Keba sich heimlich davonschlich … Plötzlich war ihr klar, warum das Mädchen oft so übernächtigt gewirkt hatte.

„Ich hätte es melden sollen.“

„Darüber sprechen wir noch, Nicolas. Und jetzt geh und sieh zu, dass niemand, aber auch wirklich niemand mehr heute das Sklavendorf verlässt.“

„Ja, Señora, Sie können sich auf mich verlassen.“

Lijanne blieb nicht viel Zeit, darüber nachzudenken. Sie beeilte sich, ihre Kleider zu wechseln und sich zu waschen. Kaum sah sie wieder halbwegs wie die Herrin einer Plantage aus, hörte sie auch schon Hufschläge vor dem Haus.

„Señora!“ Beiruna klang besorgt.

Lijanne holte tief Luft und wischte sich mit dem Handrücken über die Stirn. „Ich komme!“ Sie hatte noch gehofft, dass sich ihre Befürchtungen in Luft auflösen würden. Leider kam es anders.

Mit gerafften Röcken eilte sie die Treppe hinunter. Beiruna stand bereits an der Tür und lugte durch ein Fenster nach draußen.

„Señora, da kommen einige Reiter. Gendarmen."

Lijanne erspähte den unliebsamen Besuch ebenfalls. Die Reiter und ihre Pferde warfen bereits lange Schatten, es war schon später Nachmittag. Doch sie waren schnell gewesen. Sicher hatte Rickerm schon nach Hilfe aus der Stadt rufen lassen, bevor seine Sklaven überhaupt gewusst hatten, was ihnen blühte. Lijanne zählte vier Gendarmen plus Rickerm und nachfolgend einige seiner Aufseher. Rickerm und seine Leute wirkten zerschunden und sahen erschöpft aus. Die Pferde schnaubten, als ihre Reiter sie vor der vorderen Veranda des Plantagenhauses zügelten. Die Gendarmen stiegen ab. Rickerm und seine Männer blieben auf ihren Pferden sitzen.

Beiruna sagte nichts, aber sie warf Lijanne einen besorgten Blick zu.

„Na, dann …" Lijanne straffte sich und öffnete die Tür.

„Mevrouw van Rood?" Die Gendarmen ließen die Hacken knallen und setzten zu einem militärischen Gruß an.

„Ja, das bin ich." Lijanne bekämpfte mit aller Kraft ihre Angst.

„Mevrouw van Rood." Der Sprecher der Gendarmen machte einen steifen Schritt auf sie zu. „Es hat bei Meneer van Rickerm auf der Plantage St. Barbara einen Sklavenaufstand gegeben."

„Oh, es betrübt mich, dies zu hören."

Ruben van Rickerm schnaubte laut.

„Mevrouw, Meneer Rickerm hat eine Sklavin in Gewahrsam genommen. Sie kommt von Ihrer Plantage und war maßgeblich an diesem Aufstand beteiligt."

Lijanne rang um Fassung. „Oh, was Sie nicht sagen."

„Nun tu nicht so überrascht!", blaffte Rickerm los. „Es ist deine kleine Leibsklavin gewesen, und es dürfte dir wohl kaum entgangen sein, dass sie heute nicht zugegen war."

Lijanne räusperte sich. „Ja, in der Tat habe ich sie heute vermisst."

Der Gendarm sah sie abschätzend an. „Nun, Mevrouw van Rood, aufgrund der Umstände hat die Gouverneursverwaltung dem Eilantrag von Meneer Rickerm stattgegeben, Ihre Plantage und Ihre Sklaven zunächst unter seine Obhut zu stellen. Sie müssen verstehen … die Aufstände …“

„Was? Meine Plantage? Das können Sie doch nicht so einfach …“

„Doch!“ Rickerm trieb sein Pferd nach vorne. „Du bist als Frau nicht geeignet, eine Plantage und vor allem die Sklaven zu führen. Was dabei herauskommt, haben wir ja jetzt gesehen.“ Plötzlich änderte sich sein Tonfall und wurde betont milde. „Ich werde die Plantage in deinem Interesse führen. Du bekommst eine Apanage und darfst natürlich in deinem Haus wohnen bleiben. Aber um die Sklaven und die Pflanzungen sollte sich ein Mann kümmern.“

Lijanne schnappte empört nach Luft – zum einen, weil er ohne ihre Zustimmung zu einem vertraulichen, oder besser gesagt abwertenden Du übergegangen war, zum anderen, weil das, was er vorhatte, einfach nicht wahr sein konnte! Doch bevor sie in der Lage war, etwas dazu zu sagen, reichte ihr der Gendarm einen Brief. „Dies ist die Anordnung. Ihre Sklaven unterliegen ab sofort der Aufsicht von Meneer Rickerm.“

Wort für Wort las sie, was in dem Schreiben stand. Es war unmissverständlich.

„Was ist mit Keba – meiner Leibsklavin?“ Lijanne wusste nicht, was sie den Männern sonst noch entgegensetzen sollte.

Jetzt schnaubte der Gendarm ungläubig und schüttelte den Kopf. „Mevrouw van Rood, Ihre Sklavin wird eines schweren Vergehens beschuldigt. Sie sollten besser nicht in Erwägung ziehen, sie zurückzuholen. Man hat sie in Willemstad unter Arrest gestellt. Aufständische Sklaven sind mit aller Härte zu bestrafen.“

„Aber sie hat damit nichts zu tun!“

„Das müssen Sie, oder besser gesagt Meneer Rickerm muss das mit der Gouverneursverwaltung klären.“

Ruben van Rickerm winkte derweil nach seinen Aufsehern. Die wendeten ihre Pferde und machten sich auf den Weg um das

Haus herum. „Meine Leute bleiben ab jetzt hier und behalten die Sklaven im Auge." Rickerm nickte dem Gendarmen zu. Dann streifte sein Blick nochmals Lijanne, und sie sah sehr wohl das kurze gehässige Lächeln, das über sein Gesicht huschte.

Ihr kroch ein eiskalter Schauer über den Rücken.

„Mevrouw van Rood." Der Gendarm nickte und bestieg wieder sein Pferd, die anderen drei taten es ihm gleich.

„Dieser verdammte Mistkerl!" Kaum hatten die Reiter den Plantagengrund über den Weg durch den Orangenhain verlassen, ballte Lijanne die Hände zu Fäusten.

„Señora?" Beiruna trat vorsichtig aus dem Schatten der Veranda.

„Er hat sofort die Gelegenheit beim Schopf ergriffen! Oh, wie ich ihn hasse!" Lijanne stampfte ganz undamenhaft mit dem Fuß auf. „Wäre Keba doch nur nicht so dumm gewesen …"

„Aber Señora, Keba hat doch nicht wirklich auf St. Barbara …"

„Nein, natürlich nicht, Beiruna. Ich glaube, Rickerms Aufseher haben sie erwischt und …", Lijanne ließ die Schultern hängen, „… dazu benutzt, es so aussehen zu lassen, als hätte sie den Aufstand angezettelt. Dabei hat er sich wahrscheinlich noch schnell einiger seiner unbequemen Sklaven entledigt." In ihrem Kopf hallten die Schüsse vom Morgen nach. Ihre Wut verwandelte sich in Trauer. „Beiruna, was mache ich denn jetzt?" Die Haussklavin schwieg.

5. KAPITEL

Die zwei Tage bis zum nächsten Besuch von Flavers wanderte Lijanne unruhig im Haus umher. Sie ritt nicht wie sonst am Morgen in die Felder. Dort hatten jetzt Rickerms Aufseher das Sagen, und diesen Leuten wollte sie trotz ihrer Angst um ihre eigenen Sklaven auf keinen Fall begegnen.

Nach dem Besuch der Gendarmen hatte Lijanne noch schnell einige Worte mit Nicolas wechseln können; aber selbst dies wurde von den Aufsehern, die anscheinend nie von ihren Pferden stiegen, geschweige denn sich wuschen oder die Kleidung wechselten, argwöhnisch beäugt.

„Sorge dafür, dass alle Sklaven gehorsam bleiben. Ich will nicht, dass es bei uns so endet wie …"

„Ich habe bereits mit den Männern gesprochen. Glauben Sie mir, Señora, keiner wird sich gegen Sie stellen." Dabei betonte Nicolas das Sie und warf den Aufsehern von Rickerm einen vernichtenden Blick zu.

„Nicolas, wir müssen versuchen, glimpflich aus der Situation herauszukommen. Keinen Ärger mit Rickerms Leuten!"

„Ja, natürlich, Señora." Nicolas rückte mit einer Hand seinen großen Schlapphut zurecht. Ihm passte es ebenso wenig wie Lijanne, dass die Sklaven der Plantage nun unter fremder Aufsicht standen. Noch nie waren auf diesem Land weitere Aufseher nötig gewesen.

Flavers traf gewohnt pünktlich mit seiner Droschke ein. Lijanne hatte die Hände zu Fäusten geballt und ihre Fingernägel gruben sich schmerzhaft in ihre Handflächen, aber sie wollte ihren Buchhalter nicht gleich an der Tür schon wütend anfahren. Bebend vor Ungeduld wartete sie, bis er wie immer im Büro hinter dem Schreibtisch Platz genommen hatte.

„Es hat auf St. Barbara einen Aufstand gegeben?" Sie hob die Stimme, als wäre es eine Frage, und sie behielt ihn genau im

Blick. Flavers zog fast unmerklich die Augenbrauen hoch. „Ja, ich hörte davon."

Jetzt konnte sich Lijanne nicht mehr zusammenreißen. Wütend baute sie sich vor dem Schreibtisch auf und wies mit dem Zeigefinger auf Flavers. „Sie! Sie waren dort!"

„Ich? Wie kommen Sie … Nein!"

„Lügen Sie mich nicht an, Flavers, das Spiel ist aus! Ich habe Sie dort gesehen!" Lijanne verschränkte die Arme vor der Brust.

„Was erlauben Sie sich, Mevrouw? Wie reden Sie überhaupt mit mir?"

„So, wie man mit einem Lügner und Verräter reden sollte! Sie haben mich die ganze Zeit hintergangen und mit Rickerm gemeinsame Sache gemacht!"

Flavers öffnete den Mund, doch ihm versagte die Stimme.

„Es reicht mir, Meneer Flavers! Ich will Sie in meinem Haus nicht mehr sehen! Doch bevor Sie verschwinden, sagen Sie mir, wo ich Keba finde."

„Wen?"

„Meine Sklavin! Die, die Sie mit fortgenommen haben von St. Barbara."

„Sie hat das Ganze angezettelt! Sie ist dort herumgeschlichen und hat die Hütten angezündet!"

„Erzählen Sie mir keine Märchen! Keba würde so etwas niemals tun! Warum auch?"

Flavers sprang auf. Sein Gesichtsausdruck wurde finster. „Vielleicht, weil Sie sie dazu angestiftet haben? Um sich an Ihrem Nachbarn zu rächen, zum Beispiel?"

„Ich?" Lijanne lachte auf. „Das ist die dümmste Geschichte, die ich je gehört habe. Und nun raus aus meinem Haus!" Sie wies auf die Tür. „Und sagen Sie Rickerm, dass ich nicht klein beigeben werde. Er wird mir diese Plantage nicht wegnehmen."

„Das werden wir ja noch sehen." Flavers zog mit beiden Händen seine Weste glatt. „Mevrouw, Sie haben momentan mehr Feinde als Freunde, vergessen Sie das nicht!" Mit wenigen Schritten war er an ihr vorbeigestürmt und verließ das Haus.

Lijanne stützte sich mit beiden Händen auf die dunkle Schreibtischplatte. Ihr Herz schlug ihr bis zum Hals, und ihr war speiübel. Sie hatte Flavers vertraut, sie hatte ihm, ohne im Geringsten an ihm zu zweifeln, die Geschäfte der Plantage überlassen. Wie groß wohl das Ausmaß seines Betruges sein mochte? Sie konnte es nicht einschätzen. Nachdem sie sich etwas beruhigt hatte, ließ sie den Blick über die Papiere auf dem Tisch wandern. Sie musste nun allein damit zurechtkommen, und zuerst würde sie prüfen, welchen Umfang seine Manipulationen angenommen hatten. Tränen der Wut stiegen ihr in die Augen. Doch vor allem musste sie sich dringend um Kebas Verbleib kümmern.

Am nächsten Morgen sattelte Lijanne ihr Pferd, um nach Willemstad zu reiten. Sie hoffte, Keba dort noch vorzufinden. Hoffentlich war sie nicht zur Strafe Gott weiß wo gelandet! Zudem bereiteten ihr Flavers' Anschuldigungen ein mehr als flaues Gefühl im Magen. Was war, wenn Rickerm sie tatsächlich dafür verantwortlich machte, die Sklaven mit Kebas Hilfe aufgewiegelt zu haben? Drohte ihr vielleicht selbst sogar eine Strafe? Unruhig ritt sie los, und der Weg kam ihr viel länger vor als sonst.

Das Bild auf den Straßen nahe Willemstad hatte sich nicht verändert. Aufseher trieben wie immer Sklaven vor sich her. Die Befürchtung, dass Keba sich vielleicht schon auf irgendeinem Transport befand, ließ Lijanne ihrem Pferd die Fersen in die Flanken stoßen.

Wo sollte sie nur hin? Josefine würde ihr wohl kaum helfen können. Lijanne beschloss, direkt zur Gouverneursverwaltung zu reiten. Ihr Weg führte sie an der Sint Annabaai entlang. Kleine Boote schaukelten friedlich auf dem blauen Wasser. Ihr Pferd schnaubte zufrieden; der kühle Seewind, der hier durch die Straßen strich, tat dem Tier gut. Als Lijanne das Torhaus des Gouverneurspalastes erreichte, wurde ihr schwindelig. Die Bilder von ihrem ersten Ball und ihrer Hochzeit mit Johan erschienen vor ihrem inneren Auge. Es kam ihr vor, als läge dies alles weit, weit zurück, als wäre dies alles in einem anderen Leben geschehen. Lijanne riss sich zusammen und lenkte ihr Pferd auf den Innenhof. Ein kleiner schwarzer Junge eilte sofort herbei, um sich um das Tier zu kümmern.

„Wo finde ich die Verwaltung?“, fragte sie ihn.

Der Junge sah Lijanne mit seinen großen braunen Augen verwundert an, dann deutete er mit dem Finger auf eine Tür zur Linken.

Lijanne wischte sich mit der Hand über die Stirn und richtete ihren Haarknoten. Sie hoffte, dass sie nicht zu zerzaust aussah. Dann straffte sie sich und schritt entschlossen auf die Tür zu.

Der Beamte hinter dem Schreibtisch neigte den Kopf. „Van Rood, sagen Sie … Und Sie suchen eine Ihrer Sklavinnen?“

„Ja, das ist richtig.“ Lijanne hatte dem Mann mit wenigen Worten erklärt, was vorgefallen und warum sie in der Stadt war. Und dass eine ihrer Sklavinnen fälschlicherweise eines Vergehens beschuldigt wurde.

„Einen Augenblick, bitte.“ Der Beamte stand behäbig auf und verließ den Raum. Lijanne schlang nervös ihre Hände ineinander. Kurze Zeit später kam der Beamte wieder, zwei Gendarmen hinter sich. Er wirkte jetzt viel aufmerksamer und dienstbeflissener, Schweißtropfen standen auf seiner Stirn.

„Mevrouw van Rood, es tut mir sehr leid. Aber auf Anordnung des Gouverneurs müssen wir Sie bitten, mitzukommen.“

Lijanne starrte ihn entgeistert an. „Ich? Warum?“

„Dazu kann ich Ihnen nichts sagen. Bitte kommen Sie mit uns.“

Lijanne erhob sich. Die beiden Gendarmen flankierten sie rechts und links, als wäre sie eine Verbrecherin. Und genau so führte man sie auch ab.

Sie fand sich in einer Art Zelle mit einer Pritsche und einem Tischchen wieder. „Warten Sie hier, der Ehrenwerte Richter Theversen wird sich Ihres Falles annehmen.“

„Richter? Warum? Was wird mir vorgeworfen?“ Lijanne hatte mit vielem gerechnet, aber nicht damit, dass man sie in Gewahrsam nehmen würde. Rickerm und Flavers hatten anscheinend ganze Arbeit geleistet.

„Dazu kann ich Ihnen keine Auskunft geben.“ Der Beamte bedeutete den beiden Gendarmen, dass sie den Raum verlassen sollten. Bevor er die Tür schließen konnte, besann sich Lijanne.

„Oh bitte, darf ich noch zwei Nachrichten aufgeben? Es ... es weiß ja niemand, dass ich hier ... Geht das?“

Der Mann schien kurz nachzudenken, dann nickte er. „Ja, ich glaube, das geht. Ich lasse Ihnen Papier und Feder bringen.“

„Danke.“

Die Tür schloss sich, und Lijanne hörte, wie der Schlüssel im Schloss gedreht wurde. Zweifellos war sie eine Gefangene.

Wenig später wurde die Tür wieder aufgeschlossen; ein blasser junger Mann reichte ihr die Schreibutensilien und wartete im Türrahmen, bis sie fertig war. Sie musste nicht lange überlegen, das Einzige, was sie brauchte, war Hilfe. Zunächst schrieb sie eine kurze Nachricht an Josefine. Sie hoffte, dass ihre Freundin inzwischen ihr Kind geboren hatte und ihr kurzfristig zur Seite stehen konnte. Als sie das zweite Stück Papier zusammenfaltete und es an Marijke de Wind, Aruba, adressierte, liefen ihr die Tränen über die Wangen.

6. KAPITEL

Noch am gleichen Abend bekam Lijanne Besuch. Josefine schickte ihre Leibsklavin und eine Nachricht, sie sei nach der Geburt ihres Sohnes Jakob noch unpässlich und nicht imstande, das Haus zu verlassen. Die Sklavin überbrachte ein Nachtgewand und ein weiteres Kleid für den Tag. Sollte Lijanne noch etwas brauchen, sollte sie es der Sklavin mitteilen. Lijanne hoffte, dass sie keine weitere Hilfe benötigte. Sie rechnete mit einem schnellen Ende ihrer Gefangenschaft – oder wie auch immer man ihren Aufenthalt im Gouverneursgebäude nun nennen sollte. Für alle Fälle bat sie Josefines Sklavin um einen kleinen Dienst: Sie möge doch bitte dafür sorgen, dass ein Botenjunge nach De Eendracht geschickt wurde. Beiruna würde sich sicher bereits große Sorgen machen.

So überstand Lijanne ihre erste Nacht in der Zelle, ohne zu wissen, wie es mit ihr weitergehen sollte. Am nächsten Morgen brachte ihr ein Sklave eine Schale frisches Wasser und ein Handtuch sowie ein karges Frühstück. Lijanne schob es beiseite, sie hatte keinen Appetit. Vielmehr ging ihr der Zustand des Eingesperrtseins und des Untätig-herumsitzen-Müssens aufs Gemüt. Am späten Vormittag, die Mittagssonne stand bereits hoch vor dem kleinen Fenster und die Luft in der Zelle war unerträglich stickig, hörte Lijanne wieder Schritte vor der Tür. Der Schlüssel knirschte im Schloss. Ein hochgewachsener, hagerer Mann betrat die Zelle. Dabei musste er den Kopf einziehen, um sich nicht am Türrahmen zu stoßen. Unzählige Falten durchzogen sein Gesicht, was es noch länger wirken ließ, und seine Nase glich dem Schnabel eines Raubvogels.

„Mevrouw van Rood, mein Name ist Theversen."

Bevor er weitersprechen konnte, bestürmte Lijanne den Mann mit Fragen. „Richter Theversen? Warum hält man mich hier fest? Was wird mir vorgeworfen?"

Richter Theversen hob die rechte Hand, um Lijanne zum Schweigen zu bringen. Dabei verzog er keine Miene.

„Mevrouw van Rood, Ihr Nachbar Ruben van Rickerm beschuldigt Sie, maßgeblich an einem Sklavenaufstand, der sich auf seiner Plantage abgespielt hat, beteiligt zu sein. Wir prüfen diese Behauptung. Verstehen Sie bitte, dass wir nicht dulden können, dass Sie in dieser Zeit auf Ihre Plantage zurückkehren."

Lijanne starrte den Mann ungläubig an. „Und … und wie lange gedenken Sie mich hier … Wann darf ich wieder nach Hause?" Ihre Stimme brach, obwohl sie sich fest vorgenommen hatte, stark zu bleiben.

„Das kann noch eine gewisse Zeit dauern. Wir müssen alles sehr genau prüfen. Die aktuellen Umstände auf der Insel erlauben es nicht, irgendwelche Risiken einzugehen."

„Ich … ich bin doch kein Risiko für die Insel!"

Richter Theversen neigte den Kopf etwas zur Seite. „Sie müssen etwas Geduld haben." Sein Tonfall klang auf einmal milde. Aber dann reckte er wieder das Kinn nach vorne. „Ich nehme mich des Falles an und lasse Sie wissen, zu welchem Urteil ich komme." Mit diesen Worten verließ er die Zelle und schloss die Tür hinter sich.

Lijanne ließ sich auf die Pritsche sinken und schlug die Hände vors Gesicht. Zum Weinen war sie zu erschöpft, aber kräftig auf Rickerm fluchen, das konnte sie noch!

Sie beobachtete fünf weitere Tage, wie die Sonne an dem kleinen Fenster vorbeiwanderte. Wie ein Tier in einem zu engen Käfig ging Lijanne stundenlang in ihrer Zelle auf und ab. Sechs Schritte zur Tür, sechs Schritte zurück zum Fenster, das auf den kleinen Innenhof hinauswies. Jedes Mal, wenn sie Hufschläge vernahm, stellte sie sich auf die Zehenspitzen und schaute nach draußen. Doch es kam niemand, den Lijanne kannte. Man brachte ihr etwas zu essen, doch weder der Richter noch sonst irgendjemand informierte sie, wie es weitergehen sollte. Nur der Sklave, der täglich mit dem Tablett hereinhuschte, das er demütig auf dem Tischchen abstellte, schien noch Notiz von ihr zu nehmen. Alle anderen hatten sie offensichtlich vergessen. Ob ihre Mutter wohl kommen würde? Hatte sie ihre Nachricht überhaupt erhalten? Vier Tage, so hatte Lijanne sich ausgerechnet, würde der Brief unterwegs sein. Und sie war sicher, dass ihre Mutter umgehend reagieren würde. Den fünften Tag hatte Lijanne besonders nervös abgewartet, doch nichts war geschehen. Auch Josefine hatte sich nicht mehr gemeldet. Möglicherweise war es ihr unangenehm, dass sich ihre Freundin Lijanne in dieser misslichen Lage befand. Außerdem dürfte die ganze Geschichte längst die Runde in Willemstad gemacht haben. Lijanne aber war es inzwischen im Grunde egal, was man von ihr dachte. Josefine jedoch musste sicher auf ihren Ruf achten.

Erst am achten Tag erklang spät in der Dämmerung vom Hof her das Geräusch einer einfahrenden Droschke. Lijanne horchte nur kurz auf; die Hoffnung auf ein baldiges Ende ihrer Festsetzung hatte sie längst verloren. Sie lag auf der schmalen Pritsche und starrte an die Decke. In ihrer Zelle war es bereits dunkel, als sie Schritte auf dem Flur vernahm. Alarmiert setzte Lijanne sich auf. Als sich knirschend der Schlüssel im Schloss drehte, sprang sie hoch und glättete mit den Händen ihr Kleid, froh, noch nicht das Nachtgewand übergestreift zu haben.

„Lijanne!“ Marijke de Wind stürzte herein. „Oh, mein Kind …“

Lijanne fiel ihrer Mutter in die Arme. Noch nie hatte sie sich so sehr nach ihr gesehnt, und noch nie hatte sie so verzweifelt auf ihre Hilfe gehofft! Alle Tränen, die sie in den letzten Tagen mühsam hinuntergeschluckt hatte, bahnten sich ihren Weg.

Ihre Mutter strich ihr liebevoll übers Haar. „Wie konnten Sie nur!“ Ihre Stimme klang scharf, und sie richtete sich eindeutig an ihre Begleiter. Durch die Tränen nahm Lijanne verschwommen den Beamten wahr, der sie hierhergebracht hatte, und Richter Theversen. „Das arme Mädchen hier tagelang einzusperren! Ist das jetzt die Art, wie man mit ehrwürdigen und unbescholtenen Bürgern der Insel umgeht?“ Marijke de Wind zog ihre Tochter fest an sich. „Komm mit, Kind, es ist vorbei! Ich nehme dich jetzt mit!“ Mit einem lauten Schnauben bugsierte Lijannes Mutter sie an den Männern vorbei in den Flur. „Das wird ein Nachspiel haben, Meneers!“

Ehe Lijanne es sich versah, stand sie in der frischen Abendluft im Innenhof des Gouverneurspalastes. Ihre Festsetzung endete ebenso jäh, wie sie begonnen hatte. Erst als sie an der wartenden Droschke angekommen waren, ließ ihre Mutter sie los. „Alles in Ordnung, Lijanne? Es ist vorbei, du kannst heute noch auf die Plantage zurück.“

„Mutter, ich bin so froh …“ Lijanne versagte die Stimme.

„Ich konnte leider nicht schneller sein, es … es bedurfte einiger Gespräche, um dich aus deiner Lage zu befreien. Steig ein, wir verlassen sofort die Stadt!“

Als der Kutscher den Wagenschlag öffnete, stutzte Lijanne kurz. Ein goldenes Emblem sprang ihr in die Augen. Es waren drei ineinander verschlungene Buchstaben: CdJ.

Lijanne war mehr als verwirrt. „Mutter, warum fährst du in einer Kutsche von Arlettas Familie?“

Marijke de Wind gab ihrer Tochter einen kleinen Schubs. „Los, steig ein!“

Lijanne erschrak fast zu Tode, als sie bemerkte, dass bereits jemand in der Kutsche saß. Erst auf den zweiten Blick erkannte sie, wer es war.

„Keba!“

Marijke de Wind setzte sich neben ihre Tochter und gab dem Kutscher ein Zeichen.

„Mutter, was hast du getan?“

„Na – ich habe euch geholfen! Himmel, Kind, du schaffst es aber auch immer wieder, dich in Schwierigkeiten zu bringen!“ Sie hörte sich seltsamerweise belustigt an. Lijanne war ganz durcheinander.

„Keba, geht es dir gut?“ Besorgt beugte sie sich zu ihrer Sklavin.

„Ja, Señora. Mir geht es gut.“

„Es war gar nicht so einfach, sie zu finden. Dieser Rickerm hat ganze Arbeit geleistet. Er wollte das Mädchen morgen einschiffen und aufs Festland bringen. Ich kam gerade noch rechtzeitig." Ihre Mutter griff nach Lijannes Hand. „Und was dich angeht – das ist gerade noch mal glimpflich ausgegangen. Ruben van Rickerm wird dich künftig in Ruhe lassen."

„Wie … Was hast du getan?" Lijanne war es ein Rätsel, wie ihre Mutter das alles vollbracht hatte.

„Als ich deinen Brief bekam, musste ich umgehend reagieren. Und es gibt nur einen einzigen Mann auf den Inseln, der mehr Macht hat als dieser Ruben van Rickerm – oder gar irgendein Richter."

Lijanne sah ihre Mutter fragend an. „Wer ist das?"

„Constantijn DeJong." Marijke de Wind lachte leise auf.

„Du warst bei ihm?"

„Ja, ich bin von Aruba aus gleich mit dem Schiff nach Bonaire gefahren. Ich erkläre dir das später. Jetzt sind wir erst mal auf dem Weg zur Plantage."

Lijanne war so unendlich froh, ihre Mutter bei sich zu haben, dass sie zunächst keine weiteren Fragen stellte. Sie sehnte sich nur nach sauberen Kleidern, einem anständigen Essen und ihrem eigenen Bett. Alles andere hatte Zeit bis zum nächsten Tag. Die Pferde des Zweispänners trabten temperamentvoll vorwärts.

Beiruna war außer sich vor Freude. Als sie am späten Abend die Droschke entdeckte, die über den Orangenhain auf die Plantage zufuhr, lief sie aufgeregt der Kutsche entgegen.

„Oh, Señora, wie gut, dass Sie wieder da sind!" Völlig außer Atem riss sie den Wagenschlag auf, nachdem die Droschke zum Stehen gekommen war. „Ich habe mir solche Sorgen gemacht! Keba! Oh, Keba, du bist auch wieder da!"

Lijanne musste lächeln. So überschwänglich und freudig hatte sie Beiruna schon seit Langem nicht mehr erlebt.

„Kommen Sie, Señoras. Haben die Señoras Hunger? Ich mache schnell noch eine Kleinigkeit."

„Ja, Beiruna, bitte." Lijannes Magen knurrte laut allein bei dem Gedanken an Beirunas gute Küche.

„Bleibst du noch hier, Mutter, oder musst du gleich wieder fort?"

Marijke de Wind stieg hinter ihrer Tochter aus der Droschke. „Ich bleibe noch etwas. Ich glaube, du brauchst meine Hilfe momentan mehr als dein Vater."

Wenig später lag Lijanne satt und zufrieden endlich wieder in ihrem eigenen Bett. Erst jetzt kam ihr der Gedanke, dass Rickerms Anschuldigungen vielleicht ein Nachspiel haben könnten. Sie wusste immer noch nicht, wie ihre Mutter sie aus dem Schlamassel herausgeholt hatte. Wichtig war jetzt, die Zukunftsängste zu meistern und besser aufzupassen. Vor allem durfte sie nicht mehr jedem blind vertrauen. Nachdenklich beobachtete sie vom Bett aus, wie der Mond über die Baumwipfel wanderte. Flavers und seine Betrügereien waren ihr eine Lehre gewesen. Sie würde nach wie vor um die Plantage kämpfen. Auch wenn sie im Moment nicht wusste, ob es da überhaupt noch etwas gab, um das es sich zu kämpfen lohnte.

Am nächsten Morgen war Keba wie gewohnt an Lijannes Seite. Das Mädchen war in den Tagen der Gefangenschaft schmal geworden. Nervös und mit flatternden Händen half es der Señora beim Waschen und Ankleiden.

„Keba, war es schlimm?", fragte Lijanne sanft. Sie hatte keine Ahnung, wie man mit gefangenen Sklaven umging.

„Es ging, Señora, ich habe es ja überlebt", antwortete das Mädchen mit dünner Stimme.

„Es tut mir sehr leid. Ich kam in die Stadt, um dir zu helfen, doch dann hat man mich selbst … Sag, Keba, hattest du etwas mit dem Aufstand auf Rickerms Plantage zu tun?" Lijanne musste sie dies fragen.

Keba sah Lijanne mit großen Augen an. „Nein, Señora!"

„Du weißt, was man uns vorwirft?"

„Nicht … nicht genau, Señora." Keba ließ die Schultern und den Kopf hängen. „Es tut mir sehr, sehr leid, wenn ich Ihnen Ärger bereitet habe, Señora."

„Und was hattest du nachts auf St. Barbara zu suchen?"

Das Mädchen starrte auf seine nackten Füße und wackelte nervös mit den Zehen. „Ich … ich wollte …" Dann hob Keba den Kopf und blickte Lijanne offen an. „Ich habe mir Sorgen um meinen Liebsten gemacht. Wir haben uns fast jede Nacht getroffen. Doch dann kam er plötzlich nicht mehr."

„Keba, du hättest mich fragen oder mir zumindest Bescheid geben sollen. Sich einfach fortzuschleichen war keine gute Idee."

„Ich weiß, Señora."

„Darüber sprechen wir später noch. Erzähl mir, was auf der Plantage geschehen ist."

„Ich weiß es nicht genau. Ein Aufseher hat mich erwischt. Er hat dem Meneer Bescheid gegeben, und dann haben sie mich eingesperrt. Wenig später … brannte das ganze Sklavendorf."

„Gut." Lijanne hatte immer gewusst, dass Keba keine Schuld traf. Es war von vornherein ein überaus hinterlistiger Plan gewesen; Rickerm hatte, wie sie es bereits geahnt hatte, die Gelegenheit beim Schopf gepackt.

„Wird man mich … noch mal einsperren … oder gar fortbringen?"

„Nein, Keba, ich werde dafür sorgen, dass das nicht geschieht." Lijanne hoffte inständig, dieses Versprechen halten zu können, doch sie ließ sich nichts anmerken. Keba sollte keine Angst haben, das Mädchen sah mitgenommen genug aus.

Lijannes Mutter saß bereits am Tisch, als Lijanne nach unten kam. Marijke schenkte ihrer Tochter ein aufmunterndes Lächeln. Beiruna trug ein reichhaltiges Frühstück auf. Mit strahlendem Gesicht eilte sie zwischen der hinteren Veranda und dem Esstisch im Salon hin und her und servierte Früchte und frisches Brot in solchen Mengen, als würde das Haus noch mehr Gäste erwarten.

„Man scheint dich vermisst zu haben.“ Marijke de Wind sah der Haussklavin nach.

Lijanne wunderte sich etwas über Beirunas Einsatz. Seit Johans Tod hatte sie die Sklavin nicht mehr so fröhlich gesehen. Doch dann besann sie sich auf ihre Mutter. Lijanne wollte endlich wissen, warum Marijke de Wind offensichtlich mehr Einfluss hatte, als sie je bereit war, zuzugeben.

„Mutter, wie um alles in der Welt hast du es geschafft, mich da rauszuholen?“

„Ach, Lijanne, das ist eine lange Geschichte. Weißt du …“ Marijke de Wind ließ das Besteck sinken und sah Lijanne etwas verlegen über den Tisch hinweg an.

„Ich möchte endlich alles wissen. Du hast mir nie viel von dir erzählt.“ Das Gefühl, dass ihre Mutter ihr etwas verheimlichte, hatte Lijanne schon ziemlich lange – eigentlich seit sie damals beim Sklavenhändler Keba gekauft hatten.

„Gut, Kind, ich werde dir alles erzählen.“ Marijke de Wind tupfte sich mit einer Serviette den Mund ab. „Ich bin weder in Rotterdam geboren noch war meine Familie … Kurzum, ich hatte gar keine Familie. Ich bin in einem Waisenhaus auf einer kleinen Insel im Norden der Niederlande aufgewachsen.“

„Warum hast du mir das nie erzählt?“ Lijanne kam nicht umhin, ihre Mutter vorwurfsvoll anzusehen.

„Es tut mir leid, Lijanne. Vielleicht habe ich mich geschämt für das, was damals geschah. Ich hatte keine einfache Kindheit, und meine ersten Jahre auf den Inseln hier …“ Marijke erhob sich von ihrem Platz und trat ans Fenster. Lijanne den Rücken zugewandt, fuhr sie fort. „Ich war damals ungefähr sechzehn. Ich weiß nicht einmal genau, wann ich geboren wurde, weder an welchem Tag noch in welchem Jahr, das weiß nur der liebe Gott. Ich lebte, solange ich denken konnte, in dem Waisenhaus auf der Insel Texel. Meine Mutter starb im Kindbett, mein Vater soff sich zu Tode. Ich kann mich an meine Eltern nicht erinnern.“ Sie seufzte.

Lijanne musste schlucken. Sie erinnerte sich, wie sehr Marijke ihr immer eine liebevolle Mutter gewesen war. Dass sie selbst so etwas nicht hatte erleben dürfen, machte Lijanne traurig.

„Ich kümmerte mich um die zwei kleineren Mädchen, die dort lebten, und ging der Witwe Jacobsen, die das Waisenhaus mit christlicher Strenge führte, zur Hand. Doch eine Sturmflut veränderte schlagartig das Leben auf der Insel und vor allem unseres. Auf der Insel selbst gab es nicht einmal schwere Schäden zu verzeichnen. Doch auf dem Festland brachen die Deiche. Viele Männer, die normalerweise auf der Insel lebten und für die es seit Jahren kaum noch Erwerbsmöglichkeiten gab, nutzten die Chance, aufs Festland überzusetzen, um dort nach Arbeit zu suchen. Die Witwe Jacobsen verlor nach der Sturmflut ihre wichtigsten Arbeitskräfte: zwei junge Männer, einst ebenfalls Waisen, die sich um die Haupteinnahmequelle des Waisenhauses kümmerten – die Waisenbrunnen. Diese zwei Brunnen, aus denen Wasser für die Schiffe gefördert wurde, die auf der Reede vor der Insel lagen, um Proviant aufzunehmen, sicherten die Existenz des Waisenhauses und erlaubten der Witwe Jacobsen und auch uns Kindern ein bescheidenes, aber zufriedenes Leben." Marijke verschränkte die Arme vor der Brust, als wäre ihr kalt. Einen Augenblick schwieg sie, dann fuhr sie fort.

„Auch die jungen Männer wollten ihr Glück auf dem Festland suchen und nutzten die Gelegenheit, den widrigen Umständen auf Texel und der strengen Fuchtel der Witwe Jacobsen zu entfliehen. Da die zurückbleibenden Kinder des Waisenhauses noch zu klein waren, um die Arbeit an den Brunnen zu verrichten, bestimmte die Witwe Jacobsen kurzerhand, dass ich fortan diese Aufgabe zu übernehmen hätte. Allerdings musste ich mich als Junge verkleiden. Dafür schnitt mir die Witwe einfach meine langen Haare ab …", gedankenverloren strich sich Marijke durchs Haar, „… damit ich am Hafen nicht auffiel und die Wasserfässer zu den Schiffen bringen konnte. Die Arbeit war unvorstellbar hart. Ich musste außerdem in einem kleinen Holzschuppen an den Brunnen leben, er war fortan mein Zuhause. Feucht war er, und die Mäuse huschten mir nachts über die Füße. Ich hätte das alles kaum überstanden, wenn da nicht der kauzige Nachbar und dessen Knecht gewesen wären. Sie halfen mir heimlich, und ich durfte mich an ihrem Ofen wärmen." Wieder schlang Marijke die Arme um ihren Oberkörper. Ihre Stimme war leise geworden. Lijanne spürte, wie ihre Mutter im Geiste in alten Zeiten angekommen war.

„Der Nachbar, der einst zur See gefahren war, erzählte mir allerhand Geschichten über ferne Länder. An diesen Geschichten hielt ich mich fest, träumte von wärmeren Ländern und einem besseren Leben."

Lijanne lachte leise. „Nun, da hast du ja mit Aruba die richtige Wahl getroffen."

Marijke nickte, ohne sich umzudrehen. „Ja, da magst du recht haben, Lijanne, aber der Weg hierher war weder gerade noch besonders einfach." Ihre Stimme war wieder kräftiger.

Lijanne hatte Angst, dass ihre Mutter die Erzählung abbrechen würde. „Wie bist du dann auf diese Inseln gekommen? Erzähl es mir bitte."

Marijke brauchte einen Augenblick, bis sie die richtigen Worte fand, um weiterzuerzählen. „Eines Tages, es war im Spätsommer und die Schwalben flogen bereits gen Süden, belieferte ich ein Schiff, auf dem sich der junge Constantijn DeJong befand. Er war im Auftrag seines Vaters in Europa gewesen, um den Transport zweier Zuchthengste und eines Bullen auf die Heimatinseln zu beaufsichtigen."

„Constantijn DeJong? Er hat dich auf die Inseln gebracht?" Lijanne war verblüfft.

„Nein, nicht direkt." Jetzt lachte Marijke leise. „Genau genommen dachte er, er hätte den Jungen Martijn als Pferdeknecht angeheuert. Im Hafen wusste ja keiner, dass ich ein Mädchen war. Einer der Hengste, die er erworben hatte, erwies sich auf dem Schiff als sehr schwierig im Umgang. Es gelang mir, ihn zu beruhigen. Constantijn bot mir an, ihn und die Tiere nach Bonaire zu begleiten. Sein Vater würde dort eine große Plantage betreiben, und man könne noch fleißige Arbeiter gebrauchen, die mit Tieren umzugehen wissen. Da ich der harten Arbeit mit den Wassertransporten überdrüssig und mein Rücken schon ganz krumm war vom Schleppen der schweren Fässer, willigte ich kurz entschlossen ein."

„Als Junge? Mutter!" Lijanne hatte nicht geahnt, wie abenteuerlich Marijkes Geschichte war!

„Ja, so war das damals. Nun – um es kurz zu machen: Ich hatte bei Constantijn noch etwas gut. Deshalb habe ich ihn jetzt um seine Hilfe gebeten." Marijke klatschte kurz in die Hände. „Und wie du siehst, war das eine gute Entscheidung. Du bist frei, und Rickerm wird dich vorerst nicht mehr behelligen."

Am Tonfall konnte Lijanne erkennen, dass die Geschichte ihrer Mutter hier zumindest vorläufig zu Ende war. Die Neugier brannte in ihr, doch Lijanne wusste, dass es keinen Zweck haben würde, weiterzufragen. Entweder würde Marijke de Wind eines Tages freiwillig berichten, warum Constantijn DeJong in ihrer Schuld stand – oder sie würde es für immer für sich behalten. Doch innerlich triumphierte Lijanne. Das vage Gefühl, das sie schon damals auf ihrer Hochzeit gehabt hatte, war zur Gewissheit geworden: Ihre Mutter kannte Constantijn DeJong. Und das hatte ganz und gar nichts mit der Viehzucht auf Aruba zu tun.

7. KAPITEL

Keba saß nach ihrer Rückkehr auf die Plantage in ihrer kleinen Hütte und starrte auf die lehmverputzte Wand. Die feinen Risse erinnerten sie schmerzlich an die Haut der Sklaven, die ihr in der Stadt während ihrer kurzen Gefangenschaft begegnet waren. Ausgemergelte Gestalten, so mager, dass jeder einzelne Knochen zu sehen war. Die Augen lagen in tiefen Höhlen, und die Fußgelenke waren aufgescheuert von den eisernen Fesseln. Keba schloss die Lider, doch die Bilder wollten nicht verschwinden. Im Gegenteil, sie wurden noch viel lebendiger, und zu ihrem Kummer mischte sich Davids Gesicht unter die vielen schwarzen Schatten. Sie hatte ihn nicht gefunden. Auf St. Barbara nicht und auch nicht in den schmutzigen Hütten des Sklavenmarktes. Die Mutter der Señora war ihr wie ein rettender Engel erschienen. Das leise Getuschel, wohin man all die Menschen schaffen wollte, hatte Keba vor Angst zittern lassen. Von Surinam hatten sie gesprochen, einem dschungelreichen Land voller Zuckerrohrplantagen, sehr viel größer als diese Inseln. Keba hatte noch nie auf dem Feld gearbeitet, und die Angst, bald mit einer Machete in einem unbekannten Land auf einer fremden Plantage zu stehen, traf sie bis ins Mark.

„Du wirst deine Señora nicht wiedersehen“, hatte der Mann in der Droschke gehässig geraunt und dabei hämisch gelacht. Es war Meneer Flavers. Keba war wütend geworden, als sie erkannt hatte, wer sie in Gewahrsam genommen hatte auf St. Barbara. Oh, welch falsches Spiel hatte man mit ihrer Señora getrieben! Dabei hatte Meneer Flavers doch immer so nett und hilfsbereit gewirkt! Und die Señora hatte ihm vertraut. Am liebsten hätte Keba ihm in sein höhnisches Gesicht gespuckt.

„Und du, Mädchen … Du warst einfach zur falschen Zeit am falschen Ort. Danke, dass du uns ein Problem abgenommen hast.“ Er hatte widerlich gekichert und sich diebisch gefreut. Keba war kraftlos in sich zusammengesunken. Ihr war noch gar nicht klar, welche Probleme sie ihrer Señora bereiten würde, aber sie schämte sich so sehr.

Flavers hatte Keba in der Stadt gleich am Markt abgeladen. „Hier – eine Aufständische!“ Mit diesen Worten hatte er sie in die Hände der Aufseher gestoßen. Man brachte sie über einen langen Hof, an dem rechts und links Baracken standen. Davor standen unzählige Sklaven, die meisten von ihnen trugen das Brandzeichen auf der Schulter, das sie als angeblich gefährlich markierte. Keba hatte noch jetzt, obwohl sie in Sicherheit war, den Geruch von verbranntem und faulendem Fleisch in der Nase, der von diesen Markierungen ausging. Wenn die Mutter der Señora nicht gekommen wäre, hätte man einen Tag später wohl auch Keba ein solches Mal verpasst.

Ob man David auch … Keba schluchzte laut auf und zog die Knie hoch an ihren Oberkörper. Die Hoffnung, dass er nur im Norden auf einem entlegenen Teil der Ländereien von Rickerm gelandet war, hatte sie fast aufgegeben. Er war jung und kräftig, und oft genug hatte er ihr von seinen Ideen erzählt und davon, dass, wenn die Sklaven erst einmal frei wären, alles anders werden würde. Rickerm hatte ihn sicher aussortiert. Aufrührer konnte er nicht gebrauchen. Wenn David auf dem Sklavenmarkt gelandet und in ein fremdes, fernes Land verkauft worden war, würde sie ihn nie wiedersehen. Kebas Herz drohte vor Kummer zu zerspringen. Vielleicht wäre es besser gewesen, die Mutter der Señora hätte sie nicht da rausgeholt.

„Mutter, was soll ich denn jetzt tun?“ Lijanne rang die Hände. Natürlich war Lijanne froh, wieder auf De Eendracht zu sein. Doch nach der ersten Freude stellte sich Ernüchterung ein. „Nichts gehört mir mehr. Mein Land und meine Leute werden von Rickerm kontrolliert, und nach diesem …“, wütend ballte sie die Fäuste, „… nach diesem Plan wird man mir auch wohl kaum wieder die Verantwortung dafür übertragen. Ich stehe als dumme Frau da und gelte zudem noch als Gefahr für die Insel.“ Lijanne wanderte unruhig im Salon auf und ab, während ihre

Mutter seelenruhig an ihrem Tee nippte. Erst eine Nacht war seit ihrer Rückkehr vergangen, aber Lijanne fühlte sich bereits jeder Hoffnung beraubt.

„Ach, Kind, du musst jetzt nach vorne schauen.“ Marijke schenkte ihrer Tochter ein aufmunterndes Lächeln.

Lijanne teilte den Optimismus ihrer Mutter nicht. „Am besten komme ich gleich mit nach Hause.“ Mit hängenden Schultern nahm sie ebenfalls an dem Tischchen Platz, an dem bereits ihre Mutter saß. Marijke griff fest nach der Hand ihrer Tochter.

„Uns wird schon etwas einfallen. Du musst diesem Rickerm die Stirn bieten.“

„Ich … ich kann doch gegen ihn nichts ausrichten.“

„Das darfst du nicht so schwarzsehen, Kind!“ Marijke de Wind lächelte verschwörerisch. „Du bist immerhin Johans rechtmäßige Erbin, und noch ist es deine Plantage. Alles andere wird sich fügen. Die Verwaltung der Kolonie wird sich vorsehen müssen. Sobald das Dekret zur Sklavenfreilassung erst mal in Kraft tritt, wird hier ein anderer Wind wehen. Bis dahin sind es nur noch wenige Monate.“

„Aber ich muss doch auch irgendwie Geld verdienen. Die Plantage …“

„Rickerm zahlt jetzt für die Versorgung der Sklaven. Das wäre ja noch schöner, wenn er die Früchte erntet, aber nicht selbst dafür einsteht. Solange musst du nur das Haus versorgen. Und da findet sich ganz sicher eine Lösung. Außerdem habe ich beschlossen, eine Weile hierzubleiben.“ Marijke strahlte ihre Tochter an. „Dein Vater kommt auch mal ohne mich aus, du und deine Zukunft sind jetzt wichtiger.“

„Danke, Mama.“ Lijanne sah ihre Mutter liebevoll an.

„So, und jetzt … jetzt schauen wir mal in deine Bücher. Ich habe auch nicht allzu viel Ahnung davon, aber wir sollten uns ansehen, was dieser Flavers dir da eingebrockt hat.“

Lijanne nickte. Es fiel ihr schwer, sich das auch noch aufzuladen, aber es war wohl nicht zu vermeiden. Es musste einfach reiner Tisch gemacht werden.

Einige Stunden später beugten sich die beiden Frauen immer noch über die Aktenberge und konnten keinen roten Faden erkennen. Flavers hatte wirklich ganze Arbeit geleistet. „Er hat offensichtlich eine doppelte Buchhaltung geführt und die richtigen Zahlen gar nicht zu Papier gebracht." Lijanne schob entnervt einen Papierstapel zur Seite.

Auch ihre Mutter war mit ihrem Optimismus am Ende. Marijke richtete sich auf und verschränkte die Arme vor der Brust. „Oder es stand wirklich grausig schlecht um die Plantage. Was nicht heißt, dass Rickerm nicht trotzdem Interesse an dem Land hat. Er hat ja genug Arbeiter, um im Großen und Ganzen damit voranzukommen."

„Du meinst, ich soll sie ihm doch überlassen?" Lijanne sah ihre Mutter entgeistert an.

„Nein!" Marijke hob abwehrend die Hände. „Das habe ich nicht gesagt. Aber vielleicht ist es wirklich an der Zeit, an die Zukunft zu denken. Und nicht weiter an der alten Plantagenstruktur festzuhalten."

„Du hast leicht reden, Mutter. Euer Vieh wird immer Abnehmer finden. Zumal die DeJongs auf Bonaire sich vergrößern, wie man hört."

„Ja, und genau aus diesem Grund sollten wir für diese Plantage auch eine Lösung finden, eine Lösung ohne Sklaven. Aber – ich mag es gar nicht sagen – zunächst muss sich jemand um diese Bücher kümmern. Ich glaube, uns fehlt das Wissen." Marijke de Wind legte jetzt ebenfalls die Papiere zur Seite.

„Aber wen sollen wir denn fragen? Mein Ruf in der Stadt ist ruiniert. Man wird mich auslachen, wenn ich in meiner Situation jetzt nach einem neuen Buchhalter suche." Lijanne zog die Mundwinkel nach unten.

„Fällt dir niemand ein, der uns helfen könnte?" Marijke runzelte die Stirn.

Lijanne grübelte. „Nun, die Einzige, die ich bitten könnte, wäre Josefine."

„Gut, dann fahren wir morgen in die Stadt und fragen sie. Vielleicht kann sie uns jemanden empfehlen."

Lijanne hatte eine dunkle Angst, dass sich auch Josefine von ihr abwenden könnte. Doch eine andere Wahl, als sie um Hilfe zu bitten, gab es wohl nicht.

Als sie am nächsten Morgen hinter ihrer Mutter in die Droschke stieg, war Lijanne ziemlich unsicher. In der Nacht hatte es etwas geregnet, vielleicht war das ein gutes Omen? Zumindest zeigte sich die Natur optimistisch, indem sie in Windeseile einen zarten grünen Flaum auf den trockenen Boden zauberte. Auch die Bäume des Orangenhains standen plötzlich in sattem Grün. Die Pferde vor der Kutsche tänzelten, sodass der Kutscher seine Not hatte, sie zu zügeln. Alles deutete auf einen guten Tag hin, doch Lijanne mochte dem nicht trauen.

„Hoffentlich hat es bei uns auch etwas geregnet, die Jahre werden immer trockener." Marijke spannte einen Sonnenschirm auf. Noch war es angenehm kühl, doch sobald die Sonne höher stand, würde es heiß werden.

„Wie ist es dir damals auf Bonaire ergangen, Mutter?" Lijanne musste sich irgendwie ablenken, die Angst, wieder in die Stadt zu fahren, raubte ihr fast den Atem. Hoffentlich würde man sie nicht wieder festsetzen. Doch wer wusste das schon …

Marijke wandte den Kopf zur Seite, sodass Lijanne ihr Gesicht nicht mehr sehen konnte. Dass ihre Mutter gestern nicht weitererzählt hatte, ließ Lijanne ahnen, dass deren erste Zeit auf den Inseln nicht so gut gewesen war. Doch sie wollte es nun genau wissen.

Ihre Mutter brauchte einen Augenblick, bis sie ihre Stimme fand. „Ach, Lijanne, mein Start hier war damals nicht so einfach. Zumal ja alle glaubten, ich sei der Junge Martijn." Lijanne hörte, dass sie kurz lächelte.

„Die Familie von Constantijn DeJong gehört zu den wenigen angestammten weißen Siedlern in der Kolonie. Auf Aruba war Gold gefunden worden, und die Glücksritter pflügten jeden Meter Boden auf den Inseln um. Selbst auf Bonaire tobte ein harter Konkurrenzkampf zwischen den Plantagenbesitzern und den Goldsuchern. Das Erste, was ich als Martijn lernen musste, war nicht nur Reiten, sondern auch Schießen. Denn meine neue Aufgabe beschränkte sich nicht nur auf das Hüten der Tiere. Ich musste sie auch vor den unzähligen Glücksrittern verteidigen, die unter anderem auf der Suche nach Gold waren. Es war eine wilde Zeit."

„Du … hast schießen müssen?"

„Ja, aber erschossen habe ich keinen, glaub mir. Ich war viel zu schlecht im Zielen, zudem war mein Reitpferd damals etwas nervös und ging bei jedem Schuss durch. Ich kann froh sein, dass ich mir nicht den Hals gebrochen habe. Fast wäre es so weit gewesen, leider flog dann auch mein kleines Geheimnis auf."

„Du bist vom Pferd gefallen?"

„Ja, ich war weiß Gott nicht so eine gute Reiterin wie du, als ich jung war." Jetzt drehte Marijke ihr Gesicht wieder ihrer Tochter zu und sah sie liebevoll an.

„Durch diesen Unfall habe ich damals Garemba kennengelernt."

„Vater? Er war auch bei den DeJongs auf der Plantage?"

„Ja." Marijke richtete ihren Blick wieder in die Ferne. „Ich habe ganz schön für Aufregung gesorgt. Ich war verletzt, Garemba fand mich und … Nun ja, als man mich im Sklavendorf verarztete, entdeckte man natürlich, dass ich ein Mädchen war. Der alte Plantagenherr, der Vater von Constantijn, Cor DeJong, war nicht sehr erfreut. Sein Sohn hingegen … Ihm war es, glaube ich, etwas peinlich, dass es mir gelungen war, ihm so lange eine Rolle vorzuspielen, schließlich hatten wir eine lange Reise hinter uns. Er hatte nie Verdacht geschöpft, dass ich ein Mädchen sein könnte. Und er hatte wohl ein schlechtes Gewissen, dass er es letztlich gewesen war, der mich in diese Situation gebracht hatte. Er setzte sich dafür ein, dass sein Vater mich nicht gleich wieder zurück in die Niederlande schickte. Ich durfte auf Bonaire bleiben … Ich sollte seiner Schwester als Gesellschafterin dienen.

Helene DeJong hat es mir leicht gemacht. Sie war schwach und kränklich und wohl einfach nur glücklich, dass sich überhaupt jemand um sie kümmerte." Marijke seufzte leise. „Ich mochte sie wirklich. Leider starb sie nur wenige Monate später."

„Oh ..." Lijanne wusste nicht, was sie sagen sollte. Fragen gab es zwar genug, aber sie spürte, dass ihrer Mutter der Verlust naheging, also schwieg sie. Am Horizont tauchten die ersten Häuser von Willemstad auf.

8. KAPITEL

Der kleine Jakob lag in einem Stubenwagen; leise weinte er vor sich hin und streckte die Ärmchen empor. Josefine sah gesund und munter aus, während das schwarze Kindermädchen, das unablässig den Babywagen schaukelte, dafür umso erschöpfter wirkte.

Lijanne versetzte der Anblick des rosigen kleinen Jungen einen Stich. Alte Fragen tauchten wieder auf. Würde sie je eigene Kinder haben? Warum nur hatte sie Johan keines schenken können?

Marijke hingegen blieb ungerührt. Zwar tauschte sie mit Josefine die üblichen Höflichkeitsfloskeln aus – wie hübsch der kleine Jakob sei und wie schwer die ersten Monate als junge Mutter seien –, doch dann wechselte sie geschickt das Thema.

„Mevrouw, wir kommen mit einer Bitte."

Lijanne sah ihre Mutter kurz verwundert an. Früher hätte sie Josefine wohl nicht so förmlich angesprochen. Der Blick, den ihre Mutter ihr jetzt zuwarf, sagte Lijanne, dass nun sie an der Reihe war.

„Ja, Josefine, meine Mutter hat recht, wir wollen dich etwas fragen."

„Aber natürlich, gerne." Josefine war so hilfsbereit wie immer. „Therese, kümmerst du dich bitte um Jakob?" Mit einem kleinen Wink wies sie das schwarze Kindermädchen an, das Baby mit nach oben zu nehmen.

Lijanne blickte der Frau einen Moment nachdenklich hinterher. Wäre die Versorgung eines Kindes auf ihrer Plantage Beirunas Aufgabe geworden? Dann besann sie sich.

„Was kann ich für euch tun?" Josefine deutete auf die Stühle; die Frauen nahmen Platz.

„Leider, Josefine, musste ich feststellen, dass mein ehemaliger Buchhalter ... nun ... sagen wir mal, nicht gut für mich gearbeitet hat." Dass Flavers offensichtlich zusammen mit Arlettas Ehemann ein übles Spiel getrieben hatte, verschwieg Lijanne. Immerhin hatte Josefine Kontakt zu Arletta.

„Oh, der Meneer Flavers? Er hat doch solch einen guten Ruf."

Lijanne zögerte. Marijke fand schneller die passenden Worte. „Nun, vielleicht war sein Engagement für eine kleine Plantage nicht so groß wie für manches größere Anwesen."

Lijanne griff den Faden auf. „Deshalb wollten wir dich fragen, ob du uns vielleicht jemanden empfehlen kannst. Die Bücher sollten von kundiger Hand geführt werden."

Josefine überlegte einen Moment. „Macht dies jetzt nicht Arlettas Gemahl für deine Plantage? Ich meine ... Ich hörte unlängst, dass ..."

„Ja, er hat meine Arbeiter und meine Felder unter seine Aufsicht genommen. Allerdings muss die Hauswirtschaft auch weiterlaufen."

„Ich verstehe." Josefine legte die Fingerspitzen an ihr Kinn. „So auf Anhieb weiß ich niemanden. Ich höre mich aber gerne einmal um."

„Das wäre sehr nett von dir. Ich ... Wir haben so wenige Kontakte in der Stadt."

Josefine neigte den Kopf etwas und ihr Blick wurde vorwurfsvoll. Aber sie verkniff sich eine Bemerkung dazu. Lijanne war klar, dass sie nach der Anschuldigung, einen Sklavenaufstand angezettelt zu haben, bis an ihr Lebensende bei den anderen Plantagenbesitzern und auch bei den Städtern unbeliebt bleiben würde. Doch machte sie sich da nicht etwas vor? In all den Jahren hatte sie nie Kontakte in der Stadt gehabt. Abgesehen von ihrer Freundin Josefine war ihr die Gesellschaft von Willemstad herzlich gleichgültig. Das wurde ihr jetzt erst richtig bewusst. Sie hatte auch nie ein Teil dieser Gesellschaft werden wollen – doch halt, ganz am Anfang, als sie das Mädchenpensionat besuchte. Spätestens als sie gemerkt hatte, wie spinnefeind sich die Pflanzertöchter und viele der anderen weißen Bewohner waren, war sie innerlich davon abgerückt. Wie blind war sie damals nur gewesen!

„Aber vielleicht weiß ich etwas anderes für dich?" Josefines Stimme drang wie von weit her in Lijannes Grübeleien und holte sie zurück in den Salon.

„Es sind einige niederländische Landvermesser eingetroffen, und es kommen wohl noch mehr. Ich hörte, sie suchen Unterkünfte weiter draußen." Sie hielt sich die Hand vor den Mund, als wäre das, was sie nun sagen würde, verboten. „Die Pflanzer wollen sie verständlicherweise nicht aufnehmen."

Marijke war da ganz ungeniert und fragte sofort: „Warum nicht?"

Josefine straffte sich. Von oben war lautes Babygeschrei zu hören; Josefine jedoch blieb gänzlich ungerührt. „Sie vermessen die Ländereien der Plantagen neu und sollen wohl festsetzen, welches Land an die Sklaven abgegeben werden kann." Sie lachte schrill auf. „Kann man sich das vorstellen?"

Lijanne konnte es, und sie ahnte, wie Plantagenbesitzer wie Rickerm darauf reagieren würden. Sie wollte gerade einwenden, dass eine Unterbringung der Landvermesser vielleicht keine gute Idee war, als ihre Mutter bereits in die Hände klatschte. „Das hört sich hervorragend an, Lijanne, oder? Zimmer hat dein Haus ja genug."

Wenig später saß Lijanne wieder neben ihrer Mutter in der Droschke. Josefine hatte geraten, wegen der Landvermesser bei der Gouverneursverwaltung vorstellig zu werden.

„Ich gehe da besser nicht mit hinein." Lijanne schüttelte entschlossen den Kopf, als die Kutsche im Innenhof des Gouverneurspalastes zum Stehen kam. Misstrauisch blickte sie zu dem Fenster empor, wo sie noch vor Kurzem die längsten Stunden ihres Lebens verbracht hatte.

„Gut, ich werde das regeln."

Lijanne schaute ihrer Mutter nervös hinterher. Noch nie hatte sie sie so zielsicher erlebt wie in den letzten Tagen. Natürlich ging es ihr um ihre Tochter, aber es musste noch etwas anderes geben, das sie antrieb, Lijannes Leben auf Curaçao wieder in geordnete Bahnen zu lenken.

Nur wenig später kam sie mit einem triumphierenden Lächeln zurück. „Der Beamte scheint in der Tat froh zu sein, dass sich überhaupt jemand anbietet, die Landvermesser aufzunehmen. Er sagte mir, er habe schon Angst gehabt, dass sie in den Sklavenhütten schlafen müssten. Er schickt einen zu uns, sobald ihr Schiff angekommen ist. Und die Unterkunft wird gut bezahlt, damit ist dein Haushalt zunächst bestens versorgt." Zufrieden setzte sich Marijke wieder neben ihre Tochter.

„Denkst du, es ist eine gute Idee, diese Leute bei uns aufzunehmen?"

„Das ist eine hervorragende Idee! Und dein Nachbar Rickerm wird sich fürchterlich darüber ärgern." Ihre Mutter lachte, und auch das war Lijanne fremd an ihr.

Die Pferde fielen in einen zügigen Trab, es war bereits Nachmittag, und ein kräftiger Wind machte die flirrende Hitze erträglich.

„Weißt du, Lijanne, ich finde diese ganzen Entwicklungen gut." Marijke streckte sich ein wenig, als wäre sie froh, die Stadt hinter sich zu lassen.

„Was meinst du damit?" Lijanne war das Verhalten ihrer Mutter immer noch ein Rätsel.

„Als ich damals bei den DeJongs war ... und nachdem Helene gestorben war ... Ich tat ein paar Dinge, die man dort nicht gerade guthieß."

Lijanne wurde hellhörig. „Was ist damals passiert, Mutter?"

„Nun ... Auf Bonaire waren die Sklaven damals schon unruhig. Sie arbeiten dort ja in den Salzpfannen und nicht auf Zuckerrohrfeldern. Glaub mir, die Arbeit ist unbeschreiblich hart. So etwas wünscht man keinem, egal ob er schwarze oder weiße Haut hat. Ich ... ich habe damals einigen Sklaven zur Flucht verholfen."

„Mutter!"

Marijke lächelte. „Ja, genau so hat Garemba auch reagiert, als wir jetzt von dir hörten ... Ganz die Mutter, sagte er."

„Im Gegensatz zu dir war ich aber unschuldig", antwortete Lijanne trotzig. Schließlich hatte sie nichts getan.

„Ja, ich weiß, Kind, aber alleine die Erinnerung daran, was ich damals getan habe ... Und dass du jetzt so ähnlich reagierst wie ich ... Wir sind wohl aus dem gleichen Holz geschnitzt."

„Aber ich habe doch gar nicht ..."

„Ich weiß. Aber ich glaube, wenn du in die Situation kommen würdest, entscheiden zu müssen zwischen Recht und Unrecht, würdest du instinktiv richtig handeln. Die DeJongs waren immer sehr hart zu ihren Sklaven. Ich verstehe ja, dass man bei seinen Arbeitern durchgreifen muss. Sie aber so verwundet und zerschunden in die Salzpfannen zu schicken, dass sie kaum noch Kraft hatten, vor Schmerz zu schreien, und auch bei Kindern und Frauen keine Ausnahme zu machen – nein!"

„Deshalb hast du ihnen geholfen?"

„Ja. Acht Frauen mit ihren Kindern. Die DeJongs haben es nie beweisen können, dass ich damals etwas damit zu tun hatte. Doch ich glaube ... Deshalb und ...", sie zögerte, schüttelte dann aber fast unmerklich den Kopf, „... deshalb hat mich der alte DeJong nach Aruba geschickt. Ich war eine Weiße, verkaufen konnte er mich schlecht. Letztendlich war die Viehfarm und vor allem Garemba natürlich das Beste, was mir je passieren konnte. Wir sollten dem alten Verwalter dort helfen. Als er starb, erhielten wir die Farm. DeJong war froh, uns auf der Insel zu wissen, weit weg von seinen Sklaven."

Lijanne verstand die Geschichte noch nicht ganz. Für ihre Fluchthilfe hätte man ihre Mutter streng bestrafen müssen. Die Viehfarm passte nicht recht ins Bild.

„Aber das ist alles lange her, Kind. Doch ich erkenne, dass du mir immer ähnlicher wirst." Wieder lächelte sie ihre Tochter an, und diesmal lag unübersehbar Stolz in ihrem Blick.

„Gäste, Señora?" Beiruna sah Lijanne ungläubig an.

„Ja, Gäste. Bereite also morgen die Zimmer vor. Unsere Besucher treffen sicher erst in einigen Tagen ein. Ihr Schiff ist noch nicht angekommen. Keba soll dir helfen."

Beiruna schüttelte immer noch ungläubig den Kopf. Lijanne konnte es ihr nicht verübeln. In dieser Zeit auch noch Gäste auf der Plantage zu empfangen war sicher überraschend. Aber es waren ja auch keine gewöhnlichen Gäste, es waren zahlende Gäste. Je länger Lijanne darüber nachdachte, desto besser gefiel ihr diese Idee.

Draußen ging die Sonne unter. Ihre Mutter hatte sich bereits zurückgezogen. Der Tag war lang und anstrengend gewesen. Lijanne trat nochmals vor die Tür auf die vordere Veranda. Das Abendlicht tauchte den Orangenhain in ein warmrotes Licht und die reifen Früchte leuchteten wie hundert kleine Sonnen. Zu ärgerlich, dass man sie für nichts verwenden konnte. Lijanne setzte sich auf eine der hölzernen Bänke und lauschte dem Gezwitscher der Vögel. Vielleicht gab es ja doch eine Zukunft für sie auf dieser Plantage. Wenn sie daran dachte, was ihre Mutter in ihrem Leben alles durchgestanden hatte, war sie zuversichtlich, dass sie selbst es auch schaffen würde.

9. KAPITEL

Es war mitten in der Nacht, als ein leises Klopfen Lijanne aus dem Schlaf riss.

„Señora? Señora?“ Es war Kebas Stimme vor der Tür.

Schlaftrunken setzte Lijanne sich auf. „Keba? Was ist? Komm rein!“

Keba schob sich durch den Türspalt. Mit wenigen Schritten war sie an Lijannes Bett. „Es tut mir leid, Señora, Sie wecken zu müssen, aber … Im Sklavendorf … Sie sollten kommen.“

Mit einem Schlag war Lijanne hellwach. „Was ist los? Gibt es Unruhe?“

„Nein, aber …“

„Gib mir mein Tageskleid.“ Lijanne war mit einem Satz aus dem Bett.

Im Flur zögerte sie einen Augenblick. Sollte sie ihre Mutter wecken? Sie beschloss, erst einmal selbst nachzusehen, was los war.

Auf der hinteren Veranda gab Keba ihr im Mondlicht ein Zeichen, zu warten. Das Mädchen lauschte. Dann trat es dicht an Lijanne heran und flüsterte: „Wir müssen aufpassen; es ist besser, wenn die Aufseher von Meneer Rickerm nichts mitbekommen.“

Lijanne schauderte. Wenn Keba so geheimnisvoll tat, lag ganz bestimmt etwas im Argen.

Mit flinken Schritten überquerten sie den Wirtschaftshof. An dessen Ende huschte Keba hinter die ersten Hütten. Dort gab es einen kleinen Pfad. Lijanne fühlte sich auf ihrer eigenen Plantage wie ein Strauchdieb. Keba führte sie hinter den Hütten entlang bis an das Ende des Sklavendorfes.

„Keba?“ Nicolas’ Stimme erklang aus dem Dunkel.

„Ich habe die Señora mitgebracht.“

Eine kleine Öllaterne leuchtete auf. Nur ein winziges Licht, aber es spendete genug Helligkeit, dass Lijanne etwas erkennen konnte. Vor ihr stand Nicolas mit der Lampe. Hinter ihm blitzten acht oder mehr Augenpaare auf.

„Nicolas, was ist hier los? Warum holt ihr mich mitten in der Nacht hierher?“

Nicolas hielt die Laterne nach hinten. „Señora, diese Leute habe ich vorhin aufgegriffen.“

Die Menschen senkten die Blicke, sodass nur noch verschwommen Silhouetten zu erkennen waren.

„Wo kommt ihr her? Warum seid ihr hier?“ Lijanne ahnte bereits nichts Gutes.

Ein junger Mann, breitschultrig, aber so ausgemergelt, dass man selbst im schwachen Schein der Laterne jede einzelne Rippe erkennen konnte, trat hervor. Lijanne sah, wie Keba zusammenzuckte.

„Señora, wir kommen vom nördlichen Land von Meneer Rickerm.“

„Und ihr seid auf der Flucht? Himmel, wenn sie euch erwischen, wird man euch hängen!“

„Ich führe nur die Frauen und Kinder, sie können dort nicht länger bleiben.“

„Wie ist dein Name?“

„David.“

Lijanne ließ ihren Blick zwischen dem jungen Mann und Keba hin und her wandern. Sie kannte Keba gut genug, um zu erkennen, dass sie den jungen Mann kannte – wahrscheinlich sogar mehr als das.

„Hier könnt ihr auf keinen Fall bleiben.“

David wies auf seine Gefolgschaft. „Sie sind zu schwach, um weiterzugehen. Wir sind seit Stunden unterwegs. Und es gibt kein Zurück.“

Das war Lijanne auch klar. Würde Rickerm die Sklaven erwischen, es wäre ihr sicheres Ende. Aber sie brachte sich selbst ebenfalls in Gefahr. Wenn sie den Arbeitern bei ihrer Flucht half, hatte man wirklich einen Grund, sie anzuklagen. Panik überfiel Lijanne. „Auf der Plantage könnt ihr nicht bleiben.“

Nicolas trat hervor. „Señora, in wenigen Stunden geht die Sonne auf. Dann werden die Aufseher aus dem Norden bemerken, dass Leute fehlen."

„Wo sollen sie denn hin? Wir können sie hier auch nirgendwo verstecken."

„Es ... Vielleicht ... Es gibt an der Mündung der blauen Lagune eine Höhle in den Klippen." Nicolas starrte nachdenklich in die Nacht. „Ich glaube nicht, dass man sie dort suchen wird."

Plötzlich fand Keba ihre Stimme wieder. „Ja, Señora, das ist eine gute Idee von Nicolas. Dort könnten sie erst einmal bleiben."

„Ihr bringt uns alle in Teufels Küche, verdammt noch mal!" Lijanne riss die Hände empor.

In den Reihen der Geflüchteten erklang das leise Schluchzen eines Kindes.

„Nicolas, liegt diese Höhle noch auf unserem Grund?"

„Nein, Señora, soweit ich weiß, ist das Niemandsland."

„Gut. David, kennst du den Weg?"

„Ja, Señora." Dabei fiel sein Blick auf Keba. Sie schien den Ort auch zu kennen, woher auch immer. Lijanne wollte es lieber nicht wissen.

„Dann geht, macht schnell! Ich werde versuchen, euch morgen etwas Essen zu schicken. Verhaltet euch dort still. Kein Feuer!"

„Ja, Señora." Der junge Mann drehte sich um und trieb die Menschen voran.

Lijanne blieb mit Nicolas und Keba allein im schwachen Licht der Laterne zurück.

„Keba? Ist das ... dein Freund? Warst du wegen ihm auf St. Barbara?"

„Ja, Señora."

„Wir stecken jetzt alle in der Klemme. Kein Wort zu niemandem, hört ihr!"

„Ja, Señora", erklang es gleichzeitig von Nicolas und Keba.

Ein Rascheln hinter ihnen ließ sie zusammenzucken.

„Was geht hier vor?“ Einer von Rickerms Aufsehern trat aus dem nächtlichen Dunkel.

Lijannes Knie wurden weich. Dann packte sie geistesgegenwärtig Keba an den Haaren und schrie sie an: „Ich habe dir hundert Mal gesagt, du sollst nachts nicht herumschleichen. Komm sofort mit! Nicolas, bring deine Peitsche! Gut, dass du sie gefunden hast. Mädchen – du kannst jetzt was erleben!“ Lijanne zerrte die überraschte Keba am Zopf hinter sich her.

„Wenn Sie Hilfe brauchen, Señora?“ Rickerms Aufseher sah ihnen verblüfft hinterher.

„Schon gut! Mit einer aufmüpfigen Sklavin werde ich noch selbst fertig!“, rief Lijanne ihm zu und lockerte ihren Griff. Keba verstand sofort und begann zu wimmern. „Nein, Señora, ich wollte doch nicht ... Es tut mir leid ...“

Auf dem Weg durch das Sklavendorf waren sie leise. Schlimm genug, dass der Aufseher etwas mitbekommen hatte! Mit eiligen Schritten versuchten sie, genug Abstand zwischen sich und den Mann zu bekommen, der ihnen mit schwerem Gang folgte. Doch er schien wenig Lust zu haben, die augenscheinlich bevorstehende Szene zwischen der Herrin der Plantage und ihrer Sklavin zu beobachten. Er blieb im Sklavendorf zurück, während Lijanne mit Keba und Nicolas auf das Plantagenhaus zueilte.

Auf der Veranda ließ Lijanne Keba los und stützte schwer atmend ihre Hände auf die Knie. „Das war knapp.“

„Danke, Señora ... danke, dass Sie Da... den Leuten geholfen haben.“

„Keba, du wirst da nicht hingehen! Egal was passiert! Du darfst auf keinen Fall zu ihnen ... zu ihm gehen. Erwischt man dich mit fortgelaufenen Sklaven, kann auch ich dir nicht mehr helfen. Hörst du!“

„Ja, Señora.“

„Nicolas, wir werden morgen sehen, was wir für sie tun können. Das wird nicht so einfach sein. Für heute reicht es. Geht in eure Hütten. Und noch mal: Kein Wort zu niemandem!“

Keba und Nicolas verließen die Veranda. Lijanne öffnete leise die Tür zum Haus. Im Inneren verharrte sie noch einen Moment. War sie denn völlig verrückt geworden?

Am nächsten Morgen konnte sie ihre Unruhe nicht lange vor den wachsamen Augen ihrer Mutter verbergen.

„Was ist los, Lijanne, machst du dir noch Sorgen wegen der Aufnahme der Landvermesser? Das wird schon keine Probleme geben."

„Nein ... das nicht."

Marijke sah ihre Tochter mit großen Augen an. „Das nicht?"

Lijanne war bewusst geworden, dass sie ihr Vorhaben, den entflohenen Sklaven zu helfen, nicht ohne die Unterstützung ihrer Mutter und auch nicht ohne die von Beiruna bewerkstelligen konnte. Sie schickte Keba, um Beiruna und auch Nicolas zu holen. Erst als alle im Salon versammelt waren, begann Lijanne leise, eindringlich und sehr bestimmt zu sprechen.

„Mutter ... Beiruna. In der letzten Nacht ist etwas vorgefallen. Etwa acht ...", sie sah sich unwillkürlich kurz um, ob sie auch wirklich keine ungebetenen Zuhörer hatten, „... Sklaven sind von der Nachbarplantage geflohen."

Beiruna zog scharf die Luft ein.

„Es sind Frauen und Kinder. Krank und halb verhungert. Sie wären nicht weit gekommen. Wir ..." Lijannes Blick streifte kurz Keba und Nicolas. „Wir haben sie zur blauen Lagune geschickt, dort gibt es eine Höhle, dort sollen sie sich erst einmal verstecken."

Beiruna legte die rechte Hand auf den Mund und sah ihre Herrin mit großen Augen an.

„Sind das Sklaven von Ruben van Rickerm?", fragte Lijannes Mutter leise.

„Ja."

„Du bringst dich damit in große Gefahr, Kind. Diesmal ist es nichts, was man dir anhängen will, sondern etwas, was du aus freien Stücken tust."

„Ich weiß, Mutter, aber man wird sie umbringen, wenn man sie findet. Du weißt, wie hart man inzwischen mit Aufständischen umgeht."

Ihre Mutter senkte den Blick und wirkte, als würde sie sehr genau nachdenken.

„Nun gut, wir haben also ein Problem", meinte sie dann leise. „Wir müssen diesen Menschen helfen, ohne dass es jemand mitbekommt. Vor allem nicht Rickerms Aufseher oder gar er selbst. Er wird sicher heute hier auftauchen, was liegt näher …", Marijke lachte spöttisch auf, „als als Erstes zu versuchen, es wieder dir in die Schuhe zu schieben."

Lijanne ließ die Schultern hängen. Dies befürchtete sie auch.

Marijke sah alle Anwesenden nacheinander eindringlich an. „Wir können ihnen nur helfen, wenn wir zusammenhalten."

Keba und Nicolas nickten. Beiruna zögerte zunächst, nickte dann aber auch.

„Gut. Lijanne, du darfst auf keinen Fall mit diesen Leuten Kontakt haben. Ich übernehme das."

„Du?"

Ihre Mutter zuckte mit den Achseln. „Ich bin am unauffälligsten. Wer wird schon Verdacht schöpfen, wenn eine ältere Frau auf ein Pferd steigt, um einen Ausritt an die blaue Lagune zu machen? Ich werde Hunger haben, Beiruna soll mir etwas Proviant mitgeben. Und … wenn es mir dort gefällt, werde ich ab sofort wohl öfters ausreiten."

„Mama, das kann ich von dir nicht verlangen! Du begibst dich doch ebenso in Gefahr!"

„Ich komme schon zurecht, und besser sperren sie mich das nächste Mal ein als dich. Deine Plantage braucht dich jetzt mehr als je zuvor."

Teil 4

Bitter und süß

1863

Curaçao

1. KAPITEL

Die Hoffnung, die Keba geschöpft hatte, als sie plötzlich wieder vor David stand, war zart und zerbrechlich. Sie war so froh gewesen, dass er lebte, und vor allem, dass er noch auf Curaçao war. Sie hatte ihn in ihrer Furcht schon in einem fernen Land vermutet. Doch er war nicht mehr der David, den sie kannte, der damals eines Nachts plötzlich vor ihrer Hütte gestanden hatte. Ausgezehrt und erschöpft war er und mehr vom Gedanken der Freiheit beseelt als je zuvor. Was hatte man ihm nur angetan?

„Bist du verrückt, hierherzukommen?" Sie hatte ihn an der Schulter gepackt und in ihre Hütte gezogen. In kurzen Sätzen hatte er ihr berichtet, dass er einige Frauen und Kinder bei sich hatte.

„Auf Rickerms Plantage im Norden droht endgültig der Aufstand. Die Männer verschwören sich hinter seinem Rücken, so sie denn noch die Kraft dazu haben. Ich habe die Frauen und Kinder geführt." Geflohen seien sie, und sie wüssten nun nicht mehr, wohin sie gehen sollten.

„Hier könnt ihr nicht bleiben. Rickerms Aufseher sind scharf wie die Wachhunde."

„Die Frauen können nicht weiter, einige sind kaum noch fähig, einen Fuß vor den anderen zu setzen." Davids Stimme hatte fest und entschlossen geklungen.

Keba überlegte fieberhaft, was sie am besten tun konnte. Ihr Entschluss stand schnell fest: Alleine kam sie nicht weiter. Auch wenn es gefährlich war und sie sich noch viel tiefer hineinreiten würde, als sie das bisher schon getan hatte, es blieb ihr nichts anderes übrig, als Nicolas und die Señora einzuweihen. Und wenn es das Letzte war, was sie tat. Würde man sie und David entdecken, wäre so oder so alles verloren.

„Warte hier." Keba war aus ihrer Hütte geeilt und zu Nicolas geschlichen. Mit leisen knappen Worten hatte sie ihm erklärt, was gerade vor sich ging. Einen Moment fürchtete sie, er würde

Alarm schlagen und sie an Rickerms Aufseher verraten. Dann jedoch schüttelte er den Kopf und folgte ihr.

Als sie mit Nicolas in ihrer Hütte erschien, schaute David erschrocken auf.

„Schhh – er wird uns helfen!“ Keba hob beruhigend die Hände.

Nicolas zog zwar ungehalten die Augenbrauen zusammen, nickte dann aber. „Was denkt ihr euch nur? Wollt ihr uns alle an den Galgen bringen? Wo sind sie?“

„Am Ende des Dorfes im ersten Feld.“ David sah alles andere als beruhigt aus, aber er wusste ebenso wie Keba, dass sie keine andere Wahl gehabt hatten, als Nicolas zu informieren.

„Gut, führe mich hin, und Keba, du gehst zur Señora.“

„Nein!“ David packte Keba am Arm.

„Doch, David, wenn wir dir helfen sollen, dann geht dies nur mit dem Wissen der Señora. Es sind einige Dinge vorgefallen … Wir bringen sie nur noch mehr in Gefahr, wenn wir sie nicht informieren.“ Keba spürte tief in ihrem Inneren, dass die Señora sie nicht verraten würde.

Nicolas und David schlichen fort in die Dunkelheit, sie selbst huschte zum Plantagenhaus hinüber.

Als Keba wenig später mit der Señora am Zuckerrohrfeld ankam, wo dunkle Schatten zwischen den Stängeln zu erkennen waren, pulsierte ihr das Blut in den Adern. Doch sie hatte richtig vermutet. Die Señora hatte ein gutes Herz und großen Mut, sie ließ sie nicht im Stich.

Während die Señora und Nicolas im Schein der kleinen Öllampe leise mit ihm sprachen, blieb Kebas Blick an David hängen. Wie schmal er geworden war! Und einige Narben, die sie nicht kannte, verunzierten seine Haut. Ob er gehört hatte, was mit ihr auf St. Barbara geschehen war und was man ihr zur Last gelegt hatte?

„Du darfst dort nicht hin!“ Der scharfe Blick der Señora holte Keba zurück in die Wirklichkeit.

„N…nein, Señora." Hastig nickte sie. Auch wenn sich ihr Herz nach David verzehrte. Mit jeder Faser ihres Leibes wollte sie nichts lieber als nur einmal wieder mit ihm reden, seiner Stimme lauschen und seinen Körper spüren. Doch sie sah ein, dass ihre Wünsche vorerst warten mussten. Es war zu gefährlich.

Später, nachdem der Aufseher von Rickerm sie fast erwischt und die Señora so geistesgegenwärtig reagiert hatte, lag sie in ihrer kleinen Hütte. Ihr rannen die Tränen über die Wangen. Tränen der Angst und des Schreckens, aber es waren auch Tränen der Freude. David lebte! Und er war auf Curaçao.

Lijanne betrachtete ihre Mutter prüfend.

„Denkst du, dieses Kleid reicht aus?" Marijke drehte sich einmal im Kreis. Um ihre Hüften schwang ein ausladender Rock, der seit über dreißig Jahren aus der Mode war; sie hatten ihn in einer Kleiderkammer gefunden, er dürfte noch von Johans Mutter stammen, vermutlich aus ihrer Jugendzeit. Für den Plan der beiden Frauen war er perfekt.

„Ich denke ja." Lijanne musste schmunzeln. „Da kannst du ein ganzes Pferd drunter verstecken."

Wenig später machten sie sich auf zum Stall. Beiruna hatte zuvor mehrmals einen Korb mit Proviant in die Geschirrkammer getragen. Rickerms Aufseher waren in der Früh auf die Felder geritten, doch wusste man nie, wo und wann sie wieder auftauchten. Lijannes Mutter atmete schwer unter der Last des Kleides, als sie bei den Pferden ankamen. „Gut, dass ich nicht zu Fuß gehen muss."

Gemeinsam packten sie Beirunas Köstlichkeiten in zwei lederne Satteltaschen. Die beulten sich aus bis fast zum Platzen. Lijanne hoffte, dass der Trick mit dem Kleid gelingen würde.

Ihre Mutter brauchte Hilfe, um auf das Pferd zu steigen. Doch als sie sicher im Sattel saß und Lijanne und Beiruna sorgsam den Stoff ihres Rocks bis weit über die Satteltaschen gezogen hatten, war nichts mehr zu sehen.

„Ich denke, das geht. Aber sollten dir die Männer begegnen, achte unbedingt auf das Kleid!“, warnte Lijanne ihre Mutter noch einmal.

„Ich passe schon auf. Ich habe mehr Angst davor, vom Pferd zu fallen, als vor den Aufsehern.“ Ihr Lächeln geriet etwas schief; Lijanne wusste, dass ihre Mutter lange nicht mehr geritten war. Man verlernte es zwar nie, doch würde ihre Mutter am Abend gegen den Muskelkater ein heißes Bad brauchen.

Als Marijke im gemäßigten Schritt den Wirtschaftshof in Richtung blaue Lagune verließ, sah Lijanne ihr besorgt und doch auch mit Stolz hinterher.

Viel Zeit, darüber nachzudenken, was ihrer Mutter auf deren Mission alles geschehen konnte, hatte Lijanne nicht. Kaum war sie wieder im Haus und dabei, Beiruna und Keba bei der Vorbereitung der Gästezimmer zu helfen, erklangen Hufschläge.

„Meneer Rickerm“, raunte Beiruna nach einem schnellen Blick durch eins der Fenster.

„Kein Ton! Ihr wisst Bescheid!“ Lijanne strich ihren Rock glatt und fuhr sich dann mit beiden Händen einmal von der Stirn her über das Haar.

Schwere Schritte waren auf der vorderen Veranda zu hören, und es klopfte laut an die Tür.

„Beiruna …“ Lijanne gab ihr ein Zeichen. Sie selbst blieb kerzengerade in der Eingangshalle stehen.

Die Haussklavin öffnete die Tür, und in einer Wolke feinen Staubs und einen Schwall von Schweiß- und Stallgeruch mit sich bringend, polterte Ruben van Rickerm herein.

„Lijanne! Es sind Sklaven entlaufen. Sind sie hier?“

„Meneer Rickerm.“ Lijanne versuchte ihn mit der förmlichen Anrede auf Abstand zu halten. Ihr entging nicht, dass an seiner Schulter nicht, wie sonst, die lederne Peitsche baumelte, sondern eine blank polierte Flinte. In ihrem Hals bildete sich ein Kloß.

„Du bist doch so eine Freundin der Sklaven! Hast du sie etwa versteckt? Diese Neger machen, was sie wollen, man sollte sie alle …“ Er sah sich im Haus um, als hielte er Lijanne für so dumm, die entlaufenen Sklaven unter den nächstbesten Tisch kriechen zu lassen.

„Hier ist niemand. Und die Aufsicht über meine Sklaven haben ja Sie“, erwiderte Lijanne spitz.

„Wenn sich herausstellen sollte …“ Er schnaubte wie ein alter Karrengaul.

„Ich sagte es bereits: Hier ist niemand, und ich weiß auch nicht, wo du nach deinen Sklaven suchen könntest.“ Jede Form von Höflichkeit war ihr jetzt gleichgültig, sie wollte nur, dass er schnell verschwand, bevor ihre weichen Knie nachgaben.

Er schnaubte noch einmal und erdreistete sich, ein paar Schritte in das Haus hinein zu machen. Dann drehte er sich zu Lijanne um. Seine Augen wurden zu schmalen Schlitzen.

„Du und deine Mutter, ihr steckt doch alle unter einer Decke! Ich wusste schon immer, dass dein renitentes Verhalten nicht von ungefähr kommt. Lijanne, sei nicht dumm – du musst dich für eine Seite entscheiden! Besser wäre, du wählst die richtige.“ Er richtete sich gebieterisch auf und hob leicht die Arme. „Ich und meine Familie versuchen, dir entgegenzukommen. Warum verkaufst du nicht und gehst wieder nach Aruba? Dort wärst du besser aufgehoben.“

„Entgegenkommen? Indem du mich verhaften lässt und dich meiner Sklaven bemächtigst?“ Jetzt war es Lijanne, die das Kinn wehrhaft emporreckte. „Du kannst mich nicht einschüchtern, und meine Plantage bekommst du auch nicht!“

„Das werden wir ja sehen! Du kannst von Glück reden, dass deine Mutter ihre Finger im Spiel hat“, knurrte Rickerm und stapfte mit schweren Schritten aus der Tür.

Lijanne atmete erleichtert aus, ein kurzer Schwindel überfiel sie, sodass sie sich an der Wand abstützen musste. Sie hörte, wie Rickerm davonritt. Er würde wachsam sein. Sie durften sich keinen noch so kleinen Fehler erlauben. Nur was zum Himmel hatte ihre Mutter mit der ganzen Sache zu tun? War Rickerm so verärgert, weil Marijke ihre Tochter aus der Festsetzung herausgeholt hatte? Oder hatte ihre Mutter gar noch mehr bewirkt? Lijanne legte sich eine Hand an die Stirn. Sie verstand einfach einige Dinge nicht.

2. KAPITEL

Ihre Mutter war lange unterwegs, die Sonne ging bereits tiefrot am Horizont unter, als Lijanne hörte, wie ein Pferd auf den Wirtschaftshof trabte.

In den Stunden nach Rickerms Besuch hatte sie gemeinsam mit Beiruna und Keba weiterhin die Zimmer für die Landvermesser hergerichtet. Das war auch bitternötig gewesen. Unter dem Eindruck all der Geschehnisse hatte selbst die Haussklavin ihre Arbeit etwas vernachlässigt. Ihr war es sichtlich unangenehm, als sie schon im ersten Gästezimmer Spinnweben in den Ecken und kleine schwarze Käfer unter dem Bettzeug fanden. Beiruna duckte sich, als würde sie von Lijanne einen Hieb erwarten. Doch Lijanne hatte andere Dinge im Kopf, als ihre Haussklavin zu bestrafen. Sie säuberten und lüfteten drei der Gästezimmer gründlich. Man hatte ihrer Mutter nicht genau gesagt, wie viele Gäste sie zu erwarten hatten, lediglich eine Unterkunft für ein bis drei Männer wurde gesucht. Lijanne hoffte inständig, dass überhaupt jemand kam. Es war nicht auszuschließen, dass in der Stadt jemand gegen sie arbeitete und den Männern abriet, bei ihr abzusteigen. Allerdings konnten diese Landvermesser wohl eher nicht auf die Gunst der Plantagenbesitzer zählen.

Lijanne ließ Beiruna und Keba das Bettzeug nach unten tragen, damit sie es vor der hinteren Veranda anständig ausschlugen. Dies vertrieb auch die unliebsamen sechsbeinigen Bewohner. Danach wirkten die Betten wieder frisch und die geputzten Zimmer einladender als je zuvor.

Als sie bemerkte, dass ihre Mutter zurückgekommen war, eilte Lijanne verschwitzt die Treppe hinunter und hinaus auf den Wirtschaftshof, um Marijke in Empfang zu nehmen. Die versuchte gerade, in ihrem voluminösen Kleid vom Pferd zu steigen; Lijanne half ihr dabei.

Ihre Mutter lächelte erschöpft, aber zufrieden. „Sie sind alle wohlauf und haben nun Verpflegung für einige Tage.“

Ihr Blick fiel auf Keba, die Lijanne hinterhergeeilt und auf der Veranda stehen geblieben war und sich nervös die Hände knetete. „Auch dem jungen Mann geht es gut. Er kümmert sich um die Frauen und Kinder."

Ein kurzes leuchtendes Strahlen huschte über Kebas Gesicht. Dann besann sie sich und kehrte schnell wieder ins Haus zurück.

Lijannes Mutter hatte es inzwischen vom Pferd heruntergeschafft. Etwas steif und breitbeinig blieb sie stehen, während ihre Tochter sich des Tieres annahm. „Ich bin wirklich alt geworden, morgen werde ich kaum einen Schritt machen können", stöhnte sie.

„Du wirst dich jetzt erst mal ausruhen."

„Ich denke nicht. Wenn meine ‚Leibesertüchtigung' nicht auffallen soll, werde ich täglich einen kleinen Ritt machen müssen. Die Aufseher haben mich sehr wohl gesehen. Erst dachte ich, sie verfolgen mich. Ich werde zwar nicht jeden Tag bis zur Lagune reiten, aber zumindest etwas die Felder entlang." Marijke versuchte sich zu strecken. „Dann wird es ihnen vermutlich in wenigen Tagen gleichgültig sein, wenn sie mich sehen."

Lijanne nickte. Ihre Mutter hatte recht. „Rickerm war hier und hat seine Sklaven gesucht", erwähnte Lijanne leise, während sie das Pferd zu seinem Pferch führte.

„Damit war zu rechnen. Hat er sonst noch etwas gesagt?"

Lijanne zog verwundert die Augenbrauen hoch. „Nein, er war nur sehr verärgert."

Marijke nickte. „Das ist nicht verwunderlich." Ein kurzes Lächeln huschte über ihr Gesicht.

„So, Kind, deine Mutter braucht jetzt einen Zuber mit heißem Wasser."

„Ich sage Beiruna und Keba gleich Bescheid." Mit einem Klaps entließ Lijanne das Pferd in seinen Pferch, wo es sich mit einem Schnauben in den Sand fallen ließ. Auch das Tier war erschöpft – hatte es doch auf dem Hinweg fast die doppelte Last tragen müssen.

Am nächsten Morgen ging Marijke betont langsam die Treppe nach unten. Dennoch schien sie bei bester Laune zu sein. Die Gefahr, in die sie sich alle begeben hatten, indem sie den Sklaven halfen, schien sie nicht zu beeindrucken. Lijanne hingegen konnte sich nicht dagegen wehren, dass sie nachts von Albträumen geplagt wurde.

Nach dem Frühstück dachte sie kurz darüber nach, ihre Mutter nochmals darauf anzusprechen, wie sie es geschafft hatte, sich gegen Rickerm durchzusetzen. Rickerm und Flavers waren gewiss keine Unbekannten in der Stadt, und jeder einzelne weiße Bürger würde eher ihnen zur Seite stehen und mehr auf das Wort der Männer geben als auf das einer Frau von einer Viehfarm auf Aruba.

Doch ihr blieb dafür keine Zeit. Kaum hatte Beiruna den Tisch abgeräumt, waren erneut Hufschläge vor dem Haus zu hören. Lijanne erstarrte. Kam Rickerm schon wieder?

Beiruna spähte aus dem Fenster, und als Lijanne keinerlei Ängstlichkeit in ihrem Gesicht erkennen konnte, entspannte sie sich.

„Señora, es scheinen die Landvermesser zu sein."

„Dann ist ihr Schiff wohl gestern angekommen." Lijanne erhob sich und strich ihr Kleid glatt. Unter gequältem Seufzen erhob sich ihre Mutter ebenfalls. „Die Herren werden mich wohl für eine alte Frau mit Knochengicht halten."

Lijanne trat zur Begrüßung der Gäste auf die vordere Veranda. Zwei Reiter, je mit einem bepackten Maultier am Strick hinter ihrem Pferd, kamen über den Weg aus dem Orangenhain. Ein junger Mann, vielleicht drei oder vier Jahre älter als Lijanne selbst, mit ordentlicher, aber für die Inseln ungewöhnlicher Kleidung saß auf dem ersten Pferd. Sein dunkles schulterlanges Haar hatte er zu einem Nackenzopf gebunden. Er trug eine Jacke, darunter eine Weste und darunter wiederum ein Hemd und um den Hals ein gebundenes Tuch.

Lijanne schmunzelte in sich hinein. Denn würde der junge Mann sich nicht schnell an leichtere Kleidung gewöhnen, würde es ihm wie seinem Begleiter ergehen. Der war ein pummeliger, deutlich älterer Herr mit runder Brille und schütterem Haar. Sein Gesicht war puterrot, und ihm lief der Schweiß in dicken Tropfen von den Schläfen, sodass seine Jacke auf den Schultern bereits große feuchte Flecken zeigte.

Marijke trat neben ihre Tochter. „Die armen Männer, sie wirken ja fast wie gar gekocht. Beiruna, ich denke, du solltest schon mal Wasser holen, die Herren möchten sich bestimmt gleich frisch machen."

Inzwischen waren die Reiter vor der Veranda angekommen. Während der rundliche ältere Mann bereits ungelenk von seinem Pferd kletterte, blieb der junge Mann noch sitzen. Er nickte den Frauen freundlich zu. Er wirkte erschöpft, dennoch rang er sich ein höfliches Lächeln ab.

„Mevrouw van Rood?"

Lijanne trat einen Schritt vor. „Ja, da sind Sie richtig."

Aus dem höflichen wurde ein erleichtertes Lächeln. „Das freut mich. Wir sind vor einiger Zeit wohl zu früh abgebogen. Dort waren wir eindeutig falsch."

„Wie räudige Hunde hat man uns vom Hof gejagt", schnaubte der rundliche Mann, der immer noch schwer atmend neben seinem Pferd stand.

„Meneer Servon." Der junge Mann sah seinen Begleiter eindringlich an. Dann richtete er seine Aufmerksamkeit wieder auf die beiden Frauen.

„Mein Name ist Marinus Valk. Wir reisen im Auftrag des Königlich Niederländischen Amtes für Landvermessung." Nun schwang auch er sich vom Pferd – deutlich eleganter als sein Begleiter.

„Es freut mich sehr, Sie auf De Eendracht begrüßen zu dürfen. Wir werden Sie nicht fortjagen." Lijanne lächelte. „Möchten die Herren sich gleich etwas frisch machen?"

„Ja, es wäre sehr freundlich, wenn dies möglich wäre."

Lijanne wurde peinlich bewusst, dass sie nicht einmal einen schwarzen Laufburschen hatte, der den Gästen hätte die

Pferde abnehmen können. Doch Meneer Valk schien dies nicht zu erwarten.

„Wo können wir die Tiere unterbringen?"

„Hinter dem Haus sind Stallungen und Pferche, dort entlang." Kurzerhand raffte sie ihren Rock, bereit, die Männer mit den Tieren um das Plantagenhaus herumzuführen.

„Ich sorge für eine Erfrischung im Haus." Mit einem Winken verschwand ihre Mutter durch die Eingangstür.

„Hatten Sie eine angenehme Reise?", fragte Lijanne.

Meneer Valk setzte gerade zu einer Antwort an, als Meneer Servon ihm zuvorkam. „Schrecklich, dieses Leben auf dem Schiff, überall Ungeziefer, und dann dieser Seegang! Und hier auf der Insel herrschen ja Zustände! Überall Menschen in Ketten oder Menschen mit Waffen!"

„Meneer Servon ist leider nicht seefest und auch das Leben in den Kolonien nicht gewohnt", versuchte Meneer Valk zu entschuldigen.

„Nicht seefest? Ich frage mich, wie ich je wieder zurück in die Heimat kommen soll. Hätte man mir dies vorher nur gesagt! Und dann diese Hitze hier … Abscheulich!"

„Mein lieber Meneer, verschrecken Sie doch unsere Gastgeberin nicht jetzt schon mit Ihrer ungehaltenen Art." Der junge Mann zwinkerte Lijanne zu.

„Ach, Meneer Valk, es ist nicht das erste Mal, dass ich Gäste aus Europa über das Klima hier klagen höre. Aber, Meneer Servon, wenn es Sie beruhigt: Man gewöhnt sich daran."

Als sie wenig später im Haus eintrafen, hellte sich die Stimmung von Meneer Servon sichtlich auf beim Anblick des Kruges mit kühlem Wasser. Doch als er sich gerade bedienen wollte, kam ihm Beiruna flink zuvor. Meneer Servon schreckte zurück. Unsicher beobachtete der Mann die schwarze Haussklavin und nickte dann zögerlich. „Danke." Er war Sklaven offensichtlich nicht gewohnt.

Lijanne fiel ein weiterer Stein vom Herzen, denn auf dem Weg zu den Pferdeställen war ihr bewusst geworden, dass sie den

Männern auch kein männliches Personal zur Verfügung stellen konnte. Sie hoffte, dass sie keinen persönlichen Leibsklaven erwarteten. Wie unbeholfen war sie doch in derlei Dingen! Doch anscheinend lag es beiden Männern fern, sich den Gewohnheiten der Einheimischen anzupassen.

„Ich habe in der oberen Etage Zimmer für Sie vorbereitet. Leider hat die Plantage kein Gästehaus. Aber es wird Ihnen an nichts fehlen." Lijanne versuchte, ihre Unsicherheit zu überspielen.

„Danke, Mevrouw van Rood. Es ist schon mehr, als wir erwartet hatten, dass Sie uns so freundlich empfangen. Man warnte uns bereits am Hafen, dass wir nicht willkommen sein werden auf dieser Insel."

Meneer Servon grunzte. „Nicht willkommen sein? Ein ungehobelter Kerl, der zwei Farbige an der Kette führte wie Hofhunde, brüllte uns an, wir sollten uns zum Teufel scheren!"

Lijannes Mutter versuchte zu erklären. „Sehen Sie, die Lage ist etwas angespannt auf der Insel. Die Plantagenbesitzer bangen um ihren Grund und Boden."

„Sie meinen die Sklavenhalter?" Servon schüttelte abwehrend den Kopf.

„Meneer Servon, fast jeder auf diesen Inseln hält Sklaven, und ohne die wäre die Bewirtschaftung der Plantagen auch nahezu unmöglich."

„Das ist ja wie im Mittelalter! Es wird Zeit, dass auf diesen Inseln kontinentale Verhältnisse geschaffen werden."

„Genau um dies vorzubereiten, sind wir ja hier." Meneer Valk versuchte, Servon zu beruhigen. Dann wandte er sich an die Frauen. „Entschuldigen Sie, wir sind erschöpft von der Reise, und die Kultur hier ist uns noch fremd. Ich hoffe, Sie können uns dabei helfen, uns etwas anzupassen, und uns den einen oder anderen Rat geben, wie wir uns verhalten müssen, damit uns nicht noch einmal das widerfährt, was wir heute auf der ersten Plantage erleben durften."

Lijanne versuchte, dem jungen Mann ein aufmunterndes Lächeln zu schenken, obwohl sie wusste, dass es nicht leicht für die Männer werden würde. Und sie wusste auch, dass sie nicht gerade die beste Ratgeberin in solchen Dingen war.

„Worin genau liegen denn Ihre Aufgaben?“, fragte Marijke ungerührt weiter.

Meneer Valk runzelte kurz die Stirn. Eine Geste, die ihn, so befand Lijanne, noch interessanter wirken ließ. Seit der Mann von seinem Pferd gestiegen war, beobachtete sie ihn. Schon einige Male hatte sie sich im Stillen ermahnt, ihn nicht ungebührlich anzustarren. Sie wusste auch nicht, was plötzlich mit ihr los war. Es fiel ihr schwer, sich auf das Gespräch zu konzentrieren, und die Hitze erschien ihr jetzt auch drückender als sonst.

„Wir werden die Grenzen der Plantagen bestimmen und Land für die zukünftige Ansiedlung der freien Schwarzen festlegen.“

„So es denn freie Schwarze geben wird“, gab Lijannes Mutter leise von sich.

„Glauben Sie mir, in den meisten Kolonien der europäischen Königreiche ist die Sklavenhaltung inzwischen aufgehoben, verboten und abgeschafft worden. Bei den Briten zum Beispiel gelten diese Gesetze schon seit 1834.“

„Ja, aber die dadurch entstehenden Probleme für die Plantagenbesitzer sind nicht unerheblich.“ Marijke sah kurz ihre Tochter an.

Meneer Valk blieb dieser Blick nicht verborgen. „Entschuldigen Sie, Sie dürfen sich durch solche Worte nicht angegriffen fühlen. Für uns in den Niederlanden ... in Europa ... ist die Sklaverei ungewohnt. Und große Plantagen gibt es bei uns auch nicht.“ Er warf Servon einen warnenden Blick zu. Der hatte tief Luft geholt, als wolle er gerade zu einer Rede ansetzen. Nun atmete er allerdings wieder aus und nahm stattdessen einen großen Schluck Wasser aus seinem Glas.

„Wie viele Sklaven haben Sie auf der Plantage, Mevrouw van Rood?“

Lijanne sah seinem Blick an, dass diese Frage keine Falle war.

„Hundertsiebenundzwanzig, darunter aber einige Greise, schwangere Frauen und Kleinkinder; genau genommen sind zweiundachtzig voll arbeitsfähig. Allerdings werden sie ... von unserem Nachbarn für uns beaufsichtigt, er bewirtschaftet auch einen Teil meiner Felder. Seit mein Mann tödlich verunglückt ist ... ist es nicht so einfach."

„Oh, mein Beileid. Wir wussten ja nicht ..." Meneer Valk senkte kurz den Blick.

Lijanne fühlte sich seltsam berührt von dieser Geste. Ihr Herz machte einen ungelenken Sprung. Er war so höflich ... Und er sah gut aus. Gleich schämte sie sich für diese Gedanken, hatten sie doch soeben noch von Johans Tod gesprochen. Aber es war einfach so: Tief in ihrem Inneren regte sich ein Fünkchen Freude über diesen Gast.

Servon traute sich, wieder etwas zu sagen. „Und wie denken die Damen über die Abschaffung der Sklaverei?"

Meneer Valk strafte seinen Begleiter mit einem strengen Blick. „Fallen Sie doch nicht immer mit der Tür ins Haus, Servon!"

„Na, wenn ich hier auch nicht willkommen bin, möchte ich es lieber gleich wissen."

Lijanne hob beschwichtigend die Hand. „Wir haben zwar Sklaven, glauben aber, dass sich nach der Aufhebung der Sklavenhaltung vielleicht einiges zum Positiven ändern wird." Sie wusste selbst nicht, warum sie dies sagte. Sie hatte sich bisher nicht damit befasst, was dann werden würde. Immerhin hatte sie momentan nicht einmal eigene Sklaven. Doch der anerkennende Blick von Marinus Valk machte sie zufrieden.

„Ein sehr netter junger Mann", stellte Lijannes Mutter fest, nachdem sie den Gästen ihre Zimmer gezeigt hatte und Beiruna mit ausreichend Waschwasser in die obere Etage des Plantagenhauses geeilt war.

„Ja, aber die beiden Meneers werden es nicht leicht haben." Lijanne war sich sicher, dass deren Aufgabe auf Curaçao mehr als schwierig werden würde. „Sie werden mit viel Gegenwind rechnen müssen."

„Die gesamten Inseln werden mit einem schweren Sturm rechnen müssen. In nur wenigen Monaten werden die Sklaven frei sein. Man spürt förmlich, wie die Luft heute schon knistert. Hast du die Menschen in der Stadt nicht gesehen? In ihren Augen lodert ihr schreiender Wunsch nach Freiheit und selbstbestimmtem Leben."

Lijanne sah ihre Mutter mit großen Augen an. So leidenschaftliche und von Herzen kommende Worte hatte sie noch nie von ihr gehört.

Marijke verschränkte die Arme vor der Brust. „Ich weiß, wie sie sich fühlen, ich habe auch kämpfen müssen, nur mit dem Unterschied, dass ich ... dass ich keine Sklavin war."

„Wofür hast du kämpfen müssen?"

„Für meine Freiheit!" Marijke bekam einen trotzigen Gesichtsausdruck.

„Aber ... ich denke ...?" Lijanne war verwirrt.

Ihre Mutter stand von ihrem Stuhl auf und wanderte zu einem der Fenster. Das sanfte Licht umfing sie wie ein beschützender Schleier. Lijanne hätte nicht fragen sollen. Vielleicht gab es Dinge, die ihre Mutter ihr einfach nicht erzählen wollte oder gar sollte. Gerade als sie dachte, Marijke würde weiterhin schweigen, holte diese Luft und fuhr fort.

„Natürlich hat man mich damals nicht geradewegs nach Aruba gebracht. Ich hatte auf Bonaire den Sklaven zur Flucht verholfen. Der alte DeJong war außer sich. Erst ließ er mich ...", sie fasste sich unwillkürlich mit der rechten Hand an die linke Schulter, „auspeitschen. Drei Schläge bekam ich. Am Sklavenbaum, wo ihm die Bestrafung seiner geflohenen Sklaven verwehrt geblieben war, traf sie eben mich. Dann sperrten sie mich bei Wasser und Brot zwanzig Tage in einen Erdkeller neben der Zuckermühle ein, bis sie entschieden hatten, wie man weiter mit mir verfahren wollte."

„Zwanzig Tage?“ Lijanne zog scharf die Luft ein.

„Ja. Dann verfrachteten sie mich auf ein Schiff nach Willemstad. In Otrabanda brachte man mich zum Sklavenhändler. Der alte DeJong hatte wohl gehofft, er würde mich da loswerden. Aber natürlich konnte der Händler nichts mit mir anfangen. Ich war weiß.“

„Ach – daher kanntest du den Händler, wo wir Keba gekauft haben.“

„Ja, genau. Nicht gerade meine schönste Zeit. Ich musste mich ganz schön kratzbürstig gebärden, damit der Mann mich nicht in die Hurenhäuser am Hafen brachte. Aber ich habe mich anderweitig für ihn nützlich gemacht …“ Sie hob resigniert die Hände. „Letztendlich war es Constantijn DeJong, der mich dort herausholte und dafür sorgte, dass ich nach Aruba kam.“

„Wenigstens war einer in dieser Familie dankbar, dass du dich um seine Schwester gekümmert hast.“ Lijanne überlegte, ob Arletta ihre schlechten Eigenschaften von ihrer Mutter geerbt hatte. Ihr Vater hatte zumindest in früheren Jahren ein gutes Herz gehabt.

„Ja … ja, so war es wohl.“ Marijke seufzte. „Auf jeden Fall kann ich nachvollziehen, wie man sich in Gefangenschaft fühlt. Dies ein ganzes Leben lang auszuhalten ist nicht schön. So, Kind, und nun lass uns den Tag beenden. Morgen früh werde ich wieder ausreiten.“

3. KAPITEL

Wie klein die Insel plötzlich aussieht!" Lijanne stand über eine große Landkarte gebeugt und fuhr zaghaft mit den Fingern die Umrisse des Festlands nach. „Hier! Ich glaube, hier habe ich schon einmal gestanden und dies dort … das gesehen." Sie deutete auf einen Punkt auf Aruba und dann auf die Spitze des Festlands.

„Ja, das kann wohl sein." Marinus entrollte noch eine Karte auf dem Tisch. „Schauen Sie, Lijanne, von hier komme ich." Er legte die Karten aneinander und deutete mit dem Finger auf einen Punkt, der selbst auf den Karten unendlich weit entfernt erschien.

Lijanne folgte seinem Finger. „Europa!" Sie hatte noch nie so große Landkarten gesehen. Es kam ihr plötzlich vor, als sei die Welt einerseits viel kleiner als bisher, andererseits hatte Marinus ihr erklärt, dass ein Fingerbreit auf dieser Karte in Wirklichkeit viele Hundert Meilen waren.

Die Landvermesser weilten seit drei Tagen in ihrem Haus, und Lijanne spürte, wie viel Freude ihr diese Gesellschaft bereitete. Zumindest die von Marinus. Meneer Servon war eher ein wehleidiger Mensch mit einem ausgeprägten Hang zum Jammern. Es war ihr ein Rätsel, wie er sich überhaupt auf eine solche Mission hatte begeben können. Marinus Valk hingegen war bereits am ersten Tag ausgeruht und fröhlich die Treppe heruntergekommen, und seine Gegenwart hatte den Tag schöner gemacht.

Gerne war Lijanne nach dem Frühstück seiner Einladung nachgekommen, sich seine Ausrüstung anzusehen. Fasziniert hatte sie die Staketen und Messinstrumente beäugt, mit denen er, wie er erklärte, bis auf die kleinste bekannte Maßeinheit einen Flecken Erde vermessen konnte. Noch viel mehr begeisterte Lijanne aber das Kartenmaterial. In großen ledernen Köchern führte Marinus nicht nur Karten mit, in die alle möglichen Länder eingezeichnet waren, sondern es waren auch Karten dabei, auf denen noch viel freie Fläche zu sehen war und die es zu bearbeiten galt. Wie die von Curaçao.

„Um die anderen Länder kümmern sich andere“, hatte er geschmunzelt, als Lijanne ihn fragte, ob er dies alles noch erledigen müsse.

So hatte er ihr am zweiten Tag gezeigt, wie Servon und er die Messgeräte benutzten, und heute, am dritten Tag, erklärte er ihr schon seit dem Morgen die Karten.

Auf der Karte von Curaçao hatte Lijanne nicht viel Bekanntes entdecken können. Zum einen waren viele Teile des Eilands nur grob eingezeichnet, zum anderen wurde ihr bewusst, wie wenig sie eigentlich von der Insel kannte. Weder die Südspitze noch der Norden waren ihr geläufig. Aruba hingegen hatte sie begeistert. Auf der Karte war ihr jede eingezeichnete Erhebung und jede Bucht an der Südostküste bekannt.

„Aber dort sieht es auch ganz anders aus als hier, dort ist es viel trockener“, erklärte sie Marinus.

„Ich weiß.“

„Aber Sie waren doch noch gar nicht dort.“ Lijanne legte den Kopf schief. Flunkerte er?

„Nein, ich weiß es wirklich. Schauen Sie, Lijanne, aufgrund der Angaben zu Boden und Gestein und der Längen- und Breitengrade sowie der Klimazonen kann man fast genau festlegen, wie ein Stück Land auf der Erde beschaffen ist. Ohne dass man je dort war.“

„Ach ... und wie ist es hier?“ Lijanne legte nun willkürlich ihren Zeigefinger auf einen Punkt der großen Karte.

„Innere Mongolei, kühl und trocken.“

„Und hier?“

„Antarktis, bitterkalt und nur Eis.“

„Eis? Jetzt flunkern Sie aber wirklich.“

„Nein, es ist dort wirklich so, weil das ganze Meer zugefroren ist, deshalb“, er deutete auf die Karte, „ist auch noch nicht viel eingezeichnet. Man kommt mit Schiffen nur schwer hin.“

Lijanne war beeindruckt, was er alles wusste. Und vor allem bekam sie eine ganz neue Ahnung, wie groß die Welt um sie herum in Wirklichkeit war. So viele Länder, Meere, Inseln!

„Und wo waren Sie schon überall, Marinus?“, fragte sie leise.

„Ich war schon in Großbritannien, dann hier: in Spanien. Und in Nordamerika, das war eine lange Schiffsreise.“

Lijanne folgte gespannt seiner Hand, die auf die Länder deutete.

„Und hier“, er tippte wieder auf Europa, „hier bin ich geboren.“ Sein Finger ruhte auf einem Punkt im Königreich der Niederlande. Ein bisschen Wehmut schwang in seiner Stimme mit.

„Wartet dort jemand auf Sie … Familie?“ Lijanne biss sich auf die Lippen. Eigentlich hatte sie sich nicht danach erkundigen wollen. Was ging sie das an? Aber doch fragte sie sich, ob er … Würde eine Frau ihren Mann so weit reisen lassen? Warum fragte sie sich das? Sie war schließlich verheiratet … gewesen. Ihr kroch ein Schauer über den Rücken; es fühlte sich an wie eine Strafe, weil sie gerade ihren verstorbenen Mann fast verraten hatte.

Marinus blickte einen Moment versonnen auf die Karte. „Mein Vater, ja – er ist ein alter Seemann. Er freut sich immer, wenn ich ihm von meinen Reisen berichte. Er selbst kann nicht mehr. Sein Augenlicht schwindet von Jahr zu Jahr.“

Lijanne fing sich wieder. An Johan zu denken brachte sie ganz durcheinander. „Das tut mir leid. Aber von hier werden Sie ihm sicherlich auch einiges berichten können.“ Hoffentlich nur Gutes, fügte sie im Stillen hinzu. Marinus bald auf dem Weg zu den Plantagen zu wissen, wo die Pflanzer ihn sicherlich nicht willkommen heißen würden, bereitete ihr Sorge.

In den Mittagsstunden, während die Männer ruhten, machten sich Lijanne, ihre Mutter und Beiruna daran, den nächsten Versorgungsritt zur blauen Lagune vorzubereiten. Wieder schlich Beiruna mehrmals zum Pferdestall, um nach und nach die Satteltaschen zu füllen, und Marijke schlüpfte erneut in das altmodische voluminöse Kleid. Das Pferd schnaubte ungehalten, als sie an den Pferch trat, als wüsste es, welche Last es an diesem Tag wieder bis zum äußersten Ende des Plantagengrundes zu tragen hatte.

„Hoffentlich gewöhne ich mich langsam wieder an das Reiten." Lijannes Mutter verzog das Gesicht. „Ich bin gerade wieder so beweglich, dass ich einigermaßen mit Anstand die Treppe hinunterkomme. Morgen werde ich mich wieder bewegen wie eine Greisin." Dennoch schien Marijke dieser Gedanke nicht abzuhalten, ihrer menschlichen Pflicht gegenüber den geflohenen Sklaven nachzukommen.

Lijanne hingegen war eher besorgt, weil Meneer Servon und Marinus am nächsten Tag das erste Mal in den Süden aufbrechen wollten.

Als sie ihrer Mutter nachsah, wie sie vom Wirtschaftshof ritt, ging Lijanne der Gedanke durch den Kopf, was Johan zu den Veränderungen auf der Plantage wohl gesagt hätte. Sie war nicht mehr die Herrin über sein Land, sie half entflohenen Sklaven, und sie beherbergte fremde Männer im Haus. Es kam ihr vor, als läge ihre Zeit mit Johan schon Jahrzehnte zurück. Wie es wohl gekommen wäre, wenn er nicht …? Sie seufzte. Er war ihr Mann gewesen, und sie hatte bis heute versucht, sein Erbe in Ehren zu halten. Auch wenn ihr dies mehr schlecht als recht gelungen war.

Meneer Servon stapfte am nächsten Morgen ungehalten die Treppenstufen hinunter. Beiruna hatte für die Männer bereits kleine Proviantpakete vorbereitet und am Ende des Tisches bereitgestellt.

Lijanne hatte gerade ihre Mutter fragen wollen, wie es ihr gestern bei der blauen Lagune ergangen war. Marijke war erst spät zurückgekehrt. Doch im Beisein der Gäste konnten sie nicht frei sprechen.

„Das wird mein Ende sein! Was hat mich nur geritten, in diesen Teil der Welt zu reisen?!" Unablässig tupfte sich Meneer

Servon mit einem großen Taschentuch die Stirn. Ob vor Hitze oder vor Angst, vermochte Lijanne nicht recht zu beurteilen. Marinus beobachtete seinen Kollegen halb belustigt, halb besorgt. „Das wird schon, Servon, noch ist es kühl draußen, und heute müssen wir auch nicht so weit reiten.“ Dann wandte er sich zu Lijanne. „Ihre Nachbarn im Süden haben keine große Plantage?“

Lijanne wusste es nicht. Sie erinnerte sich nicht einmal an den Namen der Plantage. Hatte Johan ihn irgendwann erwähnt? War es La Faranell oder de Kikkert? Sie meinte, sich daran zu erinnern, dass diese Namen einmal gefallen waren. Da sie aber außer Ruben van Rickerm – innerlich ballte sie eine Faust – niemanden aus der Umgebung je zu Gesicht bekommen hatte und zwischen den östlichen Feldern von De Eendracht und dem Grund der nächsten Plantage ein karges, felsiges Plateau lag, das sich bis zur blauen Lagune zog, hatte sie keine Ahnung, wie es dahinter aussah. Doch Marinus gegenüber mochte sie dies nicht zugeben.

„Nein, keine sehr große Plantage“, sagte sie schnell, ohne zu wissen, ob das überhaupt stimmte.

„Wir werden am Abend wieder zurück sein. Servon, es ist ein leichter Einstieg für unsere Arbeit, auf geht’s! Nicht schon heute schlappmachen.“

Servon rollte vorwurfsvoll mit den Augen, die fröhliche Art seines Begleiters passte ihm ganz und gar nicht. Widerwillig nahm er sein Proviantpäckchen und folgte Marinus nach hinten auf den Wirtschaftshof. Beide brauchten einige Zeit, bis sie ihre Reitpferde gesattelt und die Maultiere mit den Gerätschaften bepackt hatten. Im Gegensatz zu Servon freuten sich die Tiere, wieder aus dem Pferch zu kommen, wo sie sich in den letzten Tagen ausgeruht hatten, und tänzelten nervös.

„Steh! Nun steh schon still!“ Servon riss ungeduldig am Strick des Maultiers. Dieses schlug daraufhin mit dem Kopf nach links und rechts, sodass die Apparaturen in den Packtaschen klirrten.

„Ruhig mit dem Tier, Servon! Es trägt eine teure Fracht." Zum ersten Mal hörte Lijanne in Marinus' Stimme eine Spur von Unmut.

Servon murrte noch leise vor sich hin, während er sich auf das Reitpferd hievte; ab da hatte er dann genug damit zu tun, auch im Sattel zu bleiben.

„Lijanne." Marinus nickte ihr beim Abritt zu. „Wir sehen uns heute Abend." Ein Lächeln huschte über sein Gesicht.

Lijanne hob kurz die Hand zum Gruß. Sie hatte ein merkwürdiges Gefühl dabei, die Männer fortreiten zu lassen, doch sie mussten ihre Arbeit verrichten. Dazu waren sie ja auf die Insel gekommen.

Keba konnte kaum stillhalten, sie brannte darauf, zu hören, wie es David ging.

„Es geht ihnen allen gut, sie sind auch wieder besser bei Kräften."

Beiruna und Keba standen genauso gespannt da wie die Señora und lauschten Marijkes Bericht vom gestrigen Besuch an der blauen Lagune.

„Dieser David scheint ein Aufrührer zu sein." Die Mutter der Señora lachte. Keba zuckte zusammen. Was tat er nur schon wieder?

„Hat er etwas angestellt?", fragte die Señora, die sehr wohl Kebas Reaktion mitbekommen hatte.

„Nein, aber er schwingt Reden, als wäre er schon in Freiheit."

Keba erschauerte. Hoffentlich wurde David nicht übermütig! Sie selbst schwankte immer zwischen Zukunftsträumen und der Angst, ihm könne etwas zustoßen. Wenn sie beide doch nur die wenigen Monate bis zur Freilassung der Sklaven überdauern könnten! So wie der Meneer Valk es erzählte, würde danach alles anders werden. Keba versuchte inzwischen, einfach fest daran zu glauben. Sie wusste, dass es so, wie es momentan um sie alle bestellt war, nicht weitergehen konnte: die Señora in ihrer ständigen Angst, sie könne angeklagt werden; die versteckten

Sklaven an der blauen Lagune; der Meneer Rickerm, der überall seine schmutzigen Finger im Spiel hatte. Nicht zu vergessen waren seine Aufseher, die die Arbeitsmoral der Sklaven von De Eendracht gehörig auf die Probe stellten. Nicolas hatte so manchen Abend seine Not, die Männer im Sklavendorf ruhig zu halten. Rickerm hatte die Essensrationen drastisch gekürzt. Noch hielten alle an der Hoffnung fest, dass die junge Señora bald wieder das Zepter in der Hand halten würde. So schlecht wie derzeit war es den Sklaven auf der Plantage noch nie ergangen. Doch wie Keba es im Haus erlebte, sah es nicht so aus, als würde die Señora diesen Rickerm von ihrer Plantage vertreiben können. Nicolas gegenüber sprach Keba lieber nicht darüber. Noch mehr Hoffnungslosigkeit konnte momentan niemand gebrauchen.

Keba hielt sich an den Gedanken fest, die David in ihr gesät hatte. Ein selbstbestimmtes Leben, vielleicht sogar eine Hochzeit. Natürlich würde Keba gerne in der Nähe der Señora bleiben. Vielleicht konnte sie weiterhin im Haus arbeiten. Richtig wohl war ihr bei dem Gedanken an die Freiheit nicht. Freiheit – was hieß das schon? Sie konnte es nicht richtig erklären, denn sie hatte bisher keine freien Schwarzen erlebt.

4. KAPITEL

Marinus wirkte am nächsten Morgen sehr nachdenklich. Die Männer waren erst spät am Abend zurückgekehrt, und Meneer Servon war heute noch gar nicht erschienen.

„Für ihn waren der Ritt und die Arbeit sehr anstrengend. Das Klima macht ihm wirklich zu schaffen", bemerkte Marinus. Er selbst trug inzwischen nur noch ein leichtes Hemd. Weste und Jacke mochten in Europa standesgemäß sein, hier aber kleidete man sich dem Klima entsprechend. Marinus, so vermutete Lijanne, war es sicher gewohnt, sich anderen Bedingungen anzupassen – dazu hatten wohl auch seine Reisen beigetragen.

Was Servon hingegen in die Ferne getrieben hatte, war Lijanne immer noch schleierhaft. Der Mann war weder abenteuerlustig noch flexibel. Würde er gar nach Aruba reisen müssen – wobei sie dies nicht vermutete, denn dort gab es kaum Plantagen und noch weniger Sklaven –, würde er dahinschmelzen wie ein Stück Butter in der Sonne. Curaçao war mit seinem frischen Seewind und den leichten Niederschlägen sowie den kleinen schattenspendenden Wäldern den Besuchern noch gnädig gesinnt.

„Der Besitzer der Plantage war gestern nicht da. Wir trafen nur auf einen Verwalter, und der achtet lediglich auf das leer stehende Haus und die verlassene Pflanzung. Er sagte, der Meneer sei längst ausgezogen, er würde nun in der Stadt leben und bald die Insel verlassen."

Lijanne überraschte dies weniger als Marinus. „Ja, man berichtete uns in der Stadt, dass viele Pflanzungen bereits aufgegeben wurden."

Marinus schüttelte den Kopf. „Aber warum? Ist es denn so undenkbar, eine Pflanzung ganz normal mit Arbeitskräften statt mit Sklaven zu unterhalten?"

Lijanne musste lachen. Marinus war eigentlich ein sehr intelligenter Mann. Dass ihm dazu die Antwort nicht selbst einfiel, wunderte sie.

„Nun, die ganz normalen Arbeiter wollen auch bezahlt werden. Allein die Entschädigungszahlung für die freigelassenen Sklaven wird hoch sein. Und künftig auch noch Lohn zu zahlen statt der Unterhaltskosten – das macht schon einen Unterschied."

Marinus überlegte kurz, dann nickte er. „Ich denke, ich bin mit dieser Art und Weise der Bewirtschaftung nicht vertraut. Und wie steht es damit bei Ihnen, Lijanne? Fürchten Sie denn nicht auch die Freilassung der Sklaven?"

Lijanne sackte zusammen. „Nun, genau genommen habe ich zurzeit gar keine Sklaven mehr. Meine ehemaligen Arbeiter werden alle von meinem Nachbarn beaufsichtigt. Ebenso die Pflanzungen. Es gab ... Wir hatten Probleme." Bisher hatte sie dieses Thema immer umschifft. Sie wollte nicht, dass Marinus einen falschen Eindruck von ihr bekam. „Aber die Sklaven werden auch ausbezahlt werden müssen. Da haben Sie recht, Marinus."

Er sah sie plötzlich ganz unverwandt über den Tisch hinweg an. „Und wie stehen Sie zu diesem Problem? Befürworten Sie die Abschaffung der Sklaverei, oder würden Sie auch lieber alles beim Alten lassen?" Sein Blick hielt sie fest.

Lijanne rutschte unruhig auf ihrem Stuhl hin und her. „Wir ... Mein Mann war immer sehr kulant gegenüber seinen Sklaven. Sie hatten es stets gut, und es hat ihnen an nichts gefehlt."

„Man redet hier über diese Menschen wie über eine Herde Vieh." Er lehnte sich zurück und verschränkte die Arme vor der Brust. Das Thema schien ihn sehr zu beschäftigen.

„Marinus ..." Es war Marijke, die Lijanne zuvorkam mit einer Antwort. „Sie sind in Europa vielleicht schon etwas fortschrittlicher. Hier aber lebt der Gedanke der Sklavenhaltung noch, und sie bedeutet für die meisten Menschen ihre Existenz. Wir, also meine Tochter und ich, sind natürlich den Menschen sehr zugetan, und wir befürworten die Abschaffung der Sklaverei. Aber genau dies hat meine Tochter in ihre derzeitige Situation gebracht."

Marinus neigte den Kopf etwas, als dächte er über diese Antwort nach. Dann sah er wieder zu Lijanne, und sein Blick hatte die forschende Schärfe verloren. „Mich freut es, dies zu hören, und es tut mir leid, dass Sie hier auf der Insel deshalb Probleme haben. Wenn ich Ihnen da helfen kann?“

Lijanne fand ihre Stimme wieder. „Ich denke nicht. Unser Buchhalter ... Nun, er war nicht ganz korrekt und hat versucht, gemeinsam mit unserem Nachbarn die Plantage zu ruinieren.“

„Der Nachbar, der jetzt auch Ihre Sklaven und Ihre Pflanzungen beaufsichtigt?“

„Ja, genau der.“

„Der Nachbar ...“ Alle zuckten zusammen, denn es war Servons Stimme, die plötzlich vom Fuß der Treppe her zu hören war. „Jener Nachbar, der uns wie Hunde vom Hof gejagt hat?“

Lijannes Mutter nickte. „Ja, der war es wohl.“

Servon bewegte sich schwerfällig auf den Tisch zu. Der lange Ritt am Vortag forderte wohl seinen Tribut. „Einen feinen Nachbarn haben Sie da!“, schnaufte Servon, während er sich langsam auf einem Stuhl niederließ. „Mevrouw van Rood, wenn es Ihnen recht wäre, könnte ich mir die Bücher der Plantage einmal anschauen. Ich kann mich für einige Tage so oder so nicht auf ein Pferd setzen.“

Marinus hob resigniert die Hände. „Soll ich etwa allein losreiten?“

„Meneer Valk, auf der südlichen Plantage ist niemand mehr und die Vermessung kann dort schnell und unproblematisch erfolgen. Ohne mich wahrscheinlich sogar noch schneller, glauben Sie mir.“ Servon verzog gequält das Gesicht. „Und bis es dann weitergeht, bin ich wiederhergestellt, hoffe ich.“

„Nun gut. Aber Lijanne, Sie müssen mir versprechen, dass Sie ein Auge auf ihn haben. Wehe, er macht sich hier einen gemütlichen Tag, während ich mich da draußen abmühe!“

Lijanne lachte. „Ich werde ihn nach dem Frühstück umgehend im Büro einschließen.“

Servon sah sie kurz theatralisch verschreckt an. Dann fragte er verschmitzt: „Gibt es dort eine bequeme Sitzgelegenheit?“

So verabschiedete sich Marinus nach dem Frühstück und ging zu seinem Pferd. Lijanne zeigte Servon das Arbeitszimmer. Dort schien er sich ab dem ersten Moment deutlich wohler zu fühlen als draußen.

„Wissen Sie, ich habe früher in einem Kontor eine Zeit lang die Bücher geführt. Zum Landvermesser bin ich nur geworden, weil ich so gut rechnen kann und mir das Tabellenführen leichtfällt. In den Niederlanden muss man für eine derartige Tätigkeit aber nicht dauernd auf ein Pferd steigen. Dort werden alle Wege bequem mit Kutschen zurückgelegt." Er ließ sich auf dem gepolsterten Stuhl hinter dem Schreibtisch nieder und seufzte erleichtert.

In Lijannes Kopf stiegen Erinnerungen hoch. Johan, wie er einst dort gesessen hatte. Dann Flavers. Sie hoffte inständig, dass Servon wirklich etwas davon verstand. Noch jemand, der Unordnung in die Bücher brachte, wäre der Plantage wohl kaum zuträglich.

Servon schien aber sein Handwerk zu verstehen. Er gab Lijanne klare Anweisungen, welche Papiere er benötigte; sie zog sie aus dem Schrank und reichte sie ihm; er prüfte sie, machte sich viele Notizen und gab sie ihr dann zurück. So arbeiteten sie sich Stunde um Stunde durch mehrere Jahre Plantagenwirtschaft.

Erst als zur Mittagsstunde Hufschläge vor dem Haus erklangen, hielten sie inne.

„Kommt Valk schon zurück?" Servon sah Lijanne verwundert an.

„Ich glaube nicht." In ihr stieg eine vage Angst hoch. Als sie aus dem Büro in die Eingangshalle trat und dort zum Fenster ging, bestätigte sich ihre Befürchtung: Rickerm!

Doch ihre Mutter war bereits vor das Haus getreten und stand dicht bei seinem Pferd. Die beiden stritten sich offensichtlich. Marijke hatte die Hände in die Hüften gestemmt. Rickerm hingegen saß auf seinem Pferd, wies mehrmals mit dem Finger auf sie, dann wieder in die Ferne, dann wieder auf Marijke. Sein Gesicht war rot vor Zorn. Ihre Mutter hingegen schien ganz ruhig, aber sehr bestimmt Rickerm zu antworten. Sosehr sich Lijanne auch anstrengte, sie konnte kein Wort verstehen.

Rickerm riss sein Pferd am Zügel herum und trabte davon. Marijke kam zum Haus zurück. Lijanne trat eilig vom Fenster weg und tat so, als wäre sie gerade in die Eingangshalle gekommen, als ihre Mutter durch die Tür schritt.

„Wer war da?"

„Rickerm."

„Was hat er gewollt?" Lijanne versuchte, ihre innere Unruhe zu verbergen.

„Er sucht immer noch seine Sklaven. Wir ...", Marijke sah sich kurz um, „... müssen sehr vorsichtig sein. Ich schätze, er hat uns im Auge. Ich werde heute noch einen Ritt machen und morgen eine andere Route zur Lagune wählen."

Lijanne nickte. Ihr ging das Bild nicht aus dem Kopf, wie Rickerm in die Ferne gezeigt hatte, als wolle er ihrer Mutter bedeuten, dass sie verschwinden solle.

„Hat er sonst noch etwas gewollt?"

„Nein." Ihre Mutter lächelte sie kurz an.

Lijanne ging zurück zu Servon.

Er sah nur kurz auf. „Ich denke, ich komme nun alleine zurecht." Dann vertiefte er sich wieder in die Unterlagen.

Erst am Abend, als Beiruna bereits die kleinen Öllampen im Haus angezündet hatte und auch Marinus von seinem Tagewerk zurück war, kam Servon hinter dem Schreibtisch hervor.

Lijanne erwartete sein Urteil mit Spannung.

„Und was sagen Sie zu den Papieren?"

„Nun, Mevrouw van Rood, im Grunde hat der Buchhalter recht anständig gearbeitet. Zumindest bis einige Wochen nach dem Tod Ihres Mannes, ab da ... Tja, da gibt es in der Tat einige Unstimmigkeiten. Aber er war durchaus geschickt und hat diese Manipulationen gut kaschiert."

Marinus setzte sich aufrecht hin und sah Servon aufmerksam an. „Denken Sie, man kann ihn dafür noch belangen?"

Servon schüttelte den Kopf. „Ich glaube, es würde ein langer und schwieriger Weg, gerichtlich dagegen anzugehen, vor allem hier auf dieser Insel."

Lijanne senkte betrübt den Kopf. Nicht, dass sie viel Hoffnung gehabt hatte, Flavers noch zur Rechenschaft ziehen zu können, aber doch war der Wunsch nach Rache eine kleine züngelnde Flamme in ihrer Seele.

„Aber!" Servon erhob die rechte Hand und reckte den Zeigefinger in die Höhe. „Ihrem werten Herrn Nachbarn sollten Sie mal in den Hintern treten. Zum einen sind noch keine Pachtzahlungen für die abgebrannten Felder eingegangen, zum anderen schuldet er Ihnen eine Apanage für die … wie soll man sagen … ‚Besetzung' der restlichen Pflanzung. Er versorgt zwar die Arbeiter, Ihnen steht aber durch den Verdienstausfall auch etwas zu. Es kann ja nicht angehen, dass er sich die Erträge in die eigene Tasche steckt."

„Ha!", stieß Lijannes Mutter in einem Ton aus, der alle zusammenzucken ließ. Sie hatte bis gerade eben das Gespräch still verfolgt.

„Darum werde ich mich kümmern, ich werde gleich morgen zu ihm reiten."

Lijanne war sich nicht sicher, ob die Kampfbereitschaft ihrer Mutter nicht etwas über das Ziel hinausschoss, wenn sie sich vergegenwärtigte, wie Rickerm und sie sich noch vor wenigen Stunden gestritten hatten.

„Hattest du nicht morgen etwas anderes vor?"

„Das kannst auch du erledigen." Marijkes Blick ließ keine Widerworte zu.

Ob sich doch noch alles zum Guten wenden würde? Lijanne lag in der Nacht schlaflos in ihrem Bett und starrte in das Mondlicht, das durchs Fenster fiel. Die Gesellschaft ihrer Mutter und auch die Anwesenheit der beiden Männer stärkte sie. Das erste Mal seit langer Zeit fühlte sie sich wieder sicher und zu Hause.

5. KAPITEL

Marijke entschied sich am nächsten Morgen für die Droschke. Dabei kicherte sie wie ein kleines Mädchen. „Das wird diesen Rickerm noch mehr ärgern, wenn ich dort standesgemäß vorfahre."

„Warum bist du dir deiner Sache bei Rickerm so sicher?" Lijanne beobachtete derweil, wie Beiruna und Keba sich um den Proviant für die geflohenen Sklaven kümmerten. Ihr war nicht wohl bei dem Gedanken, selbst zur blauen Lagune zu reiten, aber es blieb ihr wohl nichts anderes übrig.

„Kind, glaub mir, er kann gegen uns nicht viel ausrichten. Er meint zwar, er wäre der größte Plantagenbesitzer von Curaçao und könnte sich deshalb alles erlauben. Aber da haben ein paar andere Leute auch noch ein Wort mitzureden. Es wird Zeit, dass jemand ihm seine Grenzen aufzeigt."

Lijanne musste lachen. „Und der Jemand willst du sein?"

Marijke raffte ihren Rock und machte Anstalten, das Haus zu verlassen, denn die Droschke stand bereits vor dem Plantagenhaus. „Der Jemand bin ich durchaus."

Lijanne blieb verdattert in der Eingangshalle stehen. Dann schüttelte sie den Kopf. War ihre Mutter verrückt geworden? Ihr Verhalten war inzwischen mehr als seltsam.

„Und was machen Sie heute, Lijanne?" Marinus' Stimme erklang hinter ihr von der Treppe.

„Ich ... ja ... Ich muss ausreiten."

„Ich habe heute nur Karten zu zeichnen, dürfte ich Sie vielleicht begleiten?"

Lijanne wurde starr. „Ich denke nicht ... Nein ..."

„Nein?" Er war inzwischen am Fuß der Treppe angekommen und sah sie einerseits verblüfft und andererseits belustigt an. „Wirklich ein Nein? Jetzt erschüttern Sie mich aber, Lijanne."

„Es ist ... Sie können nicht ..." Himmel! Nun stammel nicht so herum, herrschte Lijanne sich im Stillen an.

„Ich denke nicht, dass Sie Freude haben werden an diesem Ritt.“

„Oh, und das meinen Sie beurteilen zu können?“ Er trat noch einen Schritt näher an sie heran und beugte sich etwas zu ihr. Sie spürte seinen warmen Atem an ihrer Wange. „Sie haben Geheimnisse, Lijanne, stimmt's?“

Lijanne musste sich verlegen räuspern. Ein heißer Schauer raste über ihren Nacken den Rücken hinab, schnell machte sie einen Schritt zurück.

„Nein, natürlich nicht. Es … wäre nur langweilig für Sie.“

„Langweilig? So, so. Dann werde ich mich wohl lieber um meine Karten kümmern.“ Er rückte von ihr ab und zuckte übertrieben gleichmütig die Achseln.

„Ich muss jetzt auch los.“ Lijanne hastete davon.

Atemlos erreichte sie die hintere Veranda und ging von dort zu den Stallungen. Ihr Herz klopfte. Wenn dieser Mann ihr näher als zwei Schritte kam, reagierte ihr Körper unwillkürlich; das konnte sie nicht zulassen. Sie war kein junges Ding mehr, sie war verwitwet.

Beiruna und Keba hatten die Satteltaschen bereits gepackt. Eilig zäumte Lijanne das Pferd und hievte den Sattel samt Gepäck auf seinen Rücken.

Keba druckste derweil hinter ihr herum. Milde sah Lijanne sie an. „Keba, soll ich deinem … Soll ich etwas ausrichten?“

„Nein, Señora, ist schon gut.“

„Soll ich ihn grüßen von dir?“

„Wenn Sie … Wenn die Señora dies machen würde?“

„Natürlich, Keba.“ Lijanne rührte es, wie sehr sich ihre Leibsklavin anscheinend nach diesem Burschen sehnte. Das Leben war doch viel kostbarer, wenn man eine verwandte Seele gefunden hatte! Ob sie selbst auch je wieder …? Marinus' Gesicht tauchte vor ihrem inneren Auge auf. Nein! Dazu war sie auf keinen Fall bereit. Zumal er Gast war in ihrem Haus. Sie sollte sich nicht unvernünftigerweise auch noch einer heimlichen Schwärmerei hingeben. Entschlossen setzte sie ihren Fuß in den

Steigbügel und schwang sich auf ihr Pferd. Der Ritt würde ihr vielleicht ganz guttun.

Lijanne sah aus der Ferne Rickerms Aufseher bei den Arbeitern. Sie versuchte, sie weitläufig zu umreiten. So erreichte sie die östliche Grenze ihres Landes; ein steiniger Weg führte am Rand der Felder und unterhalb des Plateaus weiter in Richtung Lagune. Sie war schon eine ganze Weile unterwegs, als sie das nervöse Ohrenspiel ihres Pferdes bemerkte. Sie brachte es zum Stehen. Immer wieder klappte das Tier seine Ohren nach hinten, als lausche es einem Verfolger. Lijanne drehte sich besorgt um. Hatten die Aufseher sie doch entdeckt? Hinter einem Zuckerrohrfeld entdeckte sie eine verräterische Staubwolke. Sie lenkte ihr Pferd zwischen die hohen Pflanzen und wartete ab. Hufschläge näherten sich. Sie stellte sich mit den Füßen in die Steigbügel, um über die Pflanzen zu spähen. Noch bevor sie den Reiter sehen konnte, verriet ihr das Geräusch der Hufe, dass er sein Pferd den Abhang zur Anhöhe emportrieb. Und schon sah sie ihn. Marinus!

Lijanne lenkte ihr Pferd aus dem Schutz der Pflanzen, während Marinus fast oben auf dem Plateau angekommen war.

„Was machen Sie hier?“, rief sie zu ihm empor.

Er erschrak sichtlich, lachte dann aber zu ihr hinunter. „Ich? Ich sehe mir das Areal hier an; dort hinten war ich gestern zu Vermessungen.“

Er konnte ihr ja viel erzählen! Rein zufällig war er sicher nicht hier.

„Kommen Sie herunter!“

„Warum?“

„Fragen Sie nicht, kommen Sie einfach!“ Sie winkte energisch, denn dort oben war er weithin zu sehen. Auch wenn die Aufseher ihn wohl nicht verfolgen würden, so durften sie unter keinen Umständen Verdacht schöpfen.

Marinus dirigierte sein Pferd den steilen Abhang hinunter.

„Und Sie, Lijanne, was streunen Sie hier so weit draußen herum?“ Er deutete auf ihre prall gefüllten Packtaschen. „Ganz schön viel Proviant für ein Picknick.“

Lijanne verzog das Gesicht. „Spionieren Sie mir etwa nach, Meneer Valk?“

„Nein. Ja. Sagen wir mal, ich bin Ihnen zufällig gefolgt. Wollen Sie mir nicht verraten, wo Sie hinwollen?“

„Lassen Sie uns weiterreiten, kommen Sie, Marinus.“ Lijanne trieb ihr Pferd an. Sie würde ihn nicht abschütteln können, das spürte sie, aber noch länger hier herumstehen, bis die Pferde nervös wurden, war ihrer Mission auch nicht zuträglich.

Er lenkte sein Pferd neben ihres. „Nun, erzählen Sie, was haben Sie vor?“

Lijanne seufzte und wies mit der Hand in die Ferne. „Wir haben vor Kurzem einige entflohene Sklaven aufgegriffen, sie hatten keine Kraft und konnten nicht mehr weiter. Frauen und Kinder. Sie verstecken sich am Rand der blauen Lagune in einer Felsenhöhle.“

„Entflohen? Das heißt, man müsste mit einer Bestrafung rechnen, wenn herauskäme …“

Lijanne warf barsch den Kopf herum. „Rickerm wird sie töten, wenn er sie findet.“

„Ach was, man kann doch nicht einfach so jemanden töten.“

„Diese Leute sind nicht jemand – sie sind momentan völlig rechtlos, zudem haben sie sich mit ihrer Flucht etwas zuschulden kommen lassen, was unter hoher Strafe steht. Und Rickerm … Nun, Sie haben ihn ja erlebt und dürften auch schon genug von ihm gehört haben.“

„Also bringen Sie sich selbst ebenfalls in Gefahr?“

„Ja. Ich wurde bereits einmal beschuldigt, den Sklaven zu helfen. Wenn herauskommt, dass wir welche verstecken und unterstützen …“

„Das gefällt mir.“ Marinus schmunzelte.

„Das gefällt Ihnen?“ Lijanne musste lachen.

„Sie sind eine tapfere junge Frau, die sich nicht einfach den Regeln beugt, sondern sie hinterfragt. Sie hätten in Europa viel mehr Chancen auf ein selbstbestimmtes Leben als hier, wo noch alles so … so … traditionell ist."

Lijanne fühlte sich geschmeichelt. „Ich hoffe einfach darauf, dass das Leben auf diesen Inseln einmal von moderneren Gedanken geprägt werden wird." Dann sah sie ihn ernst an. „Sie dürfen niemandem verraten, was wir hier tun, auch nicht Meneer Servon!"

„Nein. Gott bewahre! Er würde vor Angst kein Auge zutun können im Haus einer … Rebellin. Und nun lassen Sie uns weiterreiten. Wenn jemand fragen sollte: Ich war auf dem Plateau und habe Nachmessungen angestellt. Bevor wir heimkehren, sollten sich unsere Wege wieder trennen."

Lijanne nickte. Nun war er also ein Teil dieser kleinen Verschwörung geworden. Sie hoffte inständig, dass es kein Fehler gewesen war, ihn einzuweihen. Obwohl er erst wenige Tag auf De Eendracht wohnte, fühlte Lijanne sich mit einem Mann im Haus gleich viel sicherer und auch selbstbewusster.

Der Ritt in der Gluthitze war sehr anstrengend, das Gelände an der Lagune war schwer zugänglich und der Pfad zur Höhle schmal und gut versteckt. Die Pferde mussten sich jeden einzelnen Schritt vorwärts erarbeiten, sie schwitzten und schnaubten. Marinus war ein guter Reiter. Anerkennend beobachtete Lijanne, wie er dem Tier gut zusprach und ihm half, den richtigen Weg zu finden.

Die Sklaven waren voller Misstrauen zurückgeschreckt, als sie Lijanne und ihren Begleiter erblickten. Doch nachdem Lijanne ihnen versichert hatte, dass er ihnen ebenso zugetan sei wie sie selbst, schwand die Scheu. Während Lijanne mit den Frauen die Satteltaschen auspackte, strich Marinus den Kindern über die Köpfe und sprach ganz selbstverständlich mit David. Einen weißen Mann und einen Schwarzen so friedlich und einträchtig miteinander umgehen zu sehen verblüffte Lijanne. Es gab ihr einen vagen Blick in die Zukunft, eine Idee, wie später einmal die Verhältnisse auf den Inseln neu geordnet werden könnten. Sie hörte, wie Marinus David den Rat gab, sich auf dem verlassenen Plantagengrund des südöstlichen Nachbarn umzusehen.

„Vielleicht findet ihr dort noch etwas, was euch hilft. Es scheint auch eine Quelle zu geben. Das bisschen Regenwasser, das ihr hier sammeln könnt, reicht nicht für euch alle. Der Aufseher lungert nur am alten Plantagenhaus herum, ich glaube nicht, dass er sich allein in die Felder wagt."

David nickte.

Es war sicherlich riskant, das Versteck zu verlassen, aber wenn sie hier länger ausharren wollten, würde der Einsatz von Lijanne und ihrer Mutter nicht reichen, da hatte Marinus recht.

Als sie bereit waren zum Abritt, hielt Marinus am Rand der Höhle einen Augenblick inne. Versonnen sah er in die Ferne, und erst jetzt wurde Lijanne bewusst, wie tief beeindruckend die Aussicht war. Früher war sie nur bis zur Lagune im Landesinneren geritten. Hier aber, direkt an der Mündung zum Meer hin, umtosten viele Meter unter ihnen die Wellen den Felsen, Schwärme von Flamingos glitten zwischen den hohen Klippen in die Lagune, und Aberhunderte Möwen tummelten sich an der Seeseite in den Steilwänden. Ein bisschen erinnerte sie dies alles an Aruba, nur gab es hier keine Strände in den Buchten.

Während des Rückritts deutete Marinus auf das dunkelblaue Wasser des Lagunensees. „Ein großer Teil des Ufers gehört mit zu deiner Plantage, oder?"

Lijanne störte es nicht, dass er das förmliche Sie vergaß. Stunde um Stunde wurden sie sich vertrauter an diesem Tag.

„Ja." Sie wies zum Hochplateau bis hin zu den niedrigen Wäldern.

„Du solltest dir überlegen, das Land von mir vermessen zu lassen und es künftig an Fischer zu verpachten. Hier kann man gut siedeln, und das Gewässer dürfte sehr fischreich sein."

„Denkst du, das wäre möglich?"

„Warum nicht? Du kannst mit deinem Land machen, was du willst, und wenn die Sklaven erst einmal frei sind, werden sich sicher viele für ein selbstbestimmtes Leben entscheiden. Da kannst du ihnen gleich gute Chancen bieten."

Lijanne schaute über das Wasser, sanfte Wellen rollten in Richtung Ufer. Die Idee gefiel ihr.

Als Lijanne am späten Nachmittag heimkehrte, war sie erschöpft. Marinus und sie hatten sich weit vor den Zuckerrohrfeldern getrennt. Er war über das Plateau geritten, zu den Feldern der nächsten Plantage, um dann über den Hauptweg De Eendracht zu erreichen. Er würde später als Lijanne eintreffen.

Marijke de Wind war inzwischen wieder zurück von ihrem Besuch bei Rickerm und wartete im Salon auf ihre Tochter.

„Arletta ist schon wieder schwanger, sie wird ihrer Mutter immer ähnlicher." Marijke machte eine Geste, die einen rundlichen Körperbau andeuten sollte. „Oh, sie waren nicht erfreut, mich zu sehen. Aber …" Sie nahm etwas von ihrem Schoß und legte es auf den kleinen Salontisch. „Er hat mir die Pachtrückstände und die Apanage bezahlt." Marijke warf ihrer Tochter einen triumphierenden Blick zu.

Lijanne trat an den Tisch, nahm den kleinen Geldsack und wog ihn in der Hand. „Das hatte ich nicht erwartet", gestand sie leise.

„Ich sagte doch, wir lassen uns von diesem Ruben van Rickerm nichts mehr gefallen. Und wie war dein Ritt? Wie geht es …"

„Alles in Ordnung. Allerdings hat Marinus mich … begleitet."

„Ach, hat er." Ihre Mutter lächelte verschwörerisch. „Er ist ausgesprochen nett, dieser Meneer Valk."

„Mutter!" Lijanne verstand diese leise Andeutung sehr wohl. „Ich kenne ihn erst wenige Tage, ich bin Witwe und … überhaupt … Er ist ja nur Gast auf der Insel …"

Ihre Mutter legte den Kopf etwas schief und fixierte sie mit ernstem Blick. „Dennoch solltest du überlegen, ob du dein ganzes Leben als Witwe verbringen willst oder ob es auf deiner Plantage vielleicht irgendwann wieder einen Mann geben könnte."

6. KAPITEL

Keba, lauf in den Orangenhain und hole mir ein paar Früchte." Beiruna wies auf einen Korb, der auf der Veranda stand. Es war noch früh am Morgen, Keba hatte der Señora soeben beim Ankleiden geholfen und war eigentlich bereit, das Frühstück aufzutragen.

„Ich kümmere mich schon. Geh!" Die Haussklavin wedelte mit der Hand.

Keba schnappte sich den Korb und machte sich auf den Weg. Das Morgenlicht fiel durch die Büsche, auf den Pflanzen funkelte unter den Sonnenstrahlen der Nachttau. Kebas Schritte wurden beschwingter.

Zwischen den Bäumen im kleinen Wäldchen war es noch dämmrig. Einige Vögel flatterten verschreckt auf, weil ein Mensch es wagte, ihr Refugium zu betreten. Zwischen den tief hängenden Ästen, die teils Blüten, teils schon reife Früchte trugen, tanzten große Schmetterlinge.

Keba betastete eine der Pomeranzen. Sie mussten noch fest sein, ihre Schale aber bereits kräftig orange, dann waren sie reif. Ein Jammer, dachte Keba bei sich, so viele Früchte und keine rechte Verwendung dafür. Richtige Orangen waren nur selten zu bekommen, und sie waren ausschließlich den Herrschaften vorbehalten. Man brachte sie wohl per Schiff auf die Inseln. Ein Brennen breitete sich von Kebas verstümmelter Hand den Arm hinauf aus. So bitter der Geschmack der Früchte war, so bitter wurde sie daran erinnert, dass eine ähnliche Frucht sie einst ihre Finger gekostet hatte. Eine Frucht, die ein Weißer nicht mehr angerührt hätte, die aber für eine Ziege noch gut genug gewesen wäre. Nicht jedoch für ein kleines Sklavenmädchen.

Nachdenklich pflückte Keba Frucht um Frucht von den Bäumen. Was Beiruna wohl mit ihnen vorhatte? Man konnte sie halbieren und mit ihrem Saft die Holzfußböden polieren. Diese Arbeit hatte Beiruna schon lange nicht mehr von ihr verlangt.

Keba seufzte bei dem Gedanken, den ganzen Tag auf Knien durch das Plantagenhaus zu rutschen.

Sobald der Korb randvoll war, schleppte Keba ihn zum Haus zurück. Beiruna nickte anerkennend, als sie die Ernte betrachtete.

„Bring die Früchte zu der kleinen Scheune vor dem Pferdestall."

Keba sah Beiruna verwundert an. Was sollte der Korb da?

„Guck nicht so, mach, was ich dir sage!" Trotz der strengen Worte hörte sich Beirunas Stimme fröhlich an. Das erste Mal seit vielen Monaten. „Dann deck den Tisch ab und danach kommst du zur Scheune."

Keba tat wie ihr geheißen. Als sie bei der kleinen Scheune ankam, saß Beiruna bereits auf einem Schemel davor und schälte die Bitterorangen.

„Setz dich und hilf mir. Du musst die Schalen ganz dünn schneiden, schau!" Beiruna zeigte Keba eine Handvoll in Streifen geschnittene Pomeranzenschalen.

Keba hatte immer noch keine Ahnung, was Beiruna vorhatte. Doch es war einfacher und angenehmer, als die hölzernen Fußböden mit den Früchten zu polieren.

Nachdem der ganze Korb leer war, holte Beiruna aus der kleinen Scheune große Palmmatten und legte sie auf dem Wirtschaftshof aus. Dann verteilte sie darauf die Schalen der Bitterorangen.

„Sie müssen jetzt alle paar Stunden gewendet werden, damit sie gut trocknen. Darauf musst du heute besonders achtgeben."

Keba nickte. Diese Aufgabe hörte sich nicht besonders anstrengend an.

Marinus beugte sich nach dem Frühstück wieder über eine seiner Karten, diesmal aber nicht zum Vergnügen. Lijanne entging seine Anspannung nicht.

„Morgen müssen Servon und ich noch weiter in den Süden, nach und nach werden wir jetzt alle Plantagen abarbeiten." Er sah Lijanne kurz an. „Wir werden über Nacht fortbleiben, ich hoffe, dass uns jemand Unterkunft gewährt."

„Seid bitte vorsichtig." Lijanne wusste nicht, ob die Reise für die Männer wirklich gefährlich werden konnte, aber sie war beunruhigt und hatte ein ungutes Gefühl. Marinus beugte sich derweil wieder über den Tisch. Sie beobachtete seine konzentrierte Miene, er presste die Lippen aufeinander und runzelte die Stirn. Seine Hände glitten über die Karte, und hier und da hielten seine Finger inne. Er hatte große, kräftige Hände mit feingliedrigen Fingern. Wie mochte wohl der Körper einer Frau reagieren, wenn er ihre Haut berührte? Lijanne erschauerte und musste husten. Marinus sah sie kurz fragend an. Lijanne spürte, wie sie rot wurde.

„Ich habe mich wohl etwas verkühlt."

Zu ihrem Glück kam Servon in diesem Augenblick die Treppe herunter. Er hatte sich nach dem Frühstück noch einmal umgezogen. Auch wenn ihm das Tragen eines schlichten Hemdes ganz offensichtlich zuwider war – ständig zupfte er an sich herum –, hatte er wohl doch eingesehen, dass es für Curaçao die bessere Kleidung war.

„Servon – sind Sie bereit für unseren ersten längeren Auftrag?" Marinus versuchte, Servon mit seiner fröhlichen Stimme etwas aufzuheitern.

„So bereit, wie man nur sein kann, wenn man sich auf eine Reise ins Ungewisse begibt." Servon machte nicht den Eindruck, als hätte er viel Lust, die Ländereien der Insel zu vermessen.

„Ich werde dafür sorgen, dass Ihnen bei Ihrer Rückkehr ein Bad und eine stärkende Mahlzeit hergerichtet wird." Lijanne hoffte, Servon damit ebenfalls etwas aufzumuntern.

„Danke, das werden wir dann brauchen, denke ich."

Die Männer vertieften sich in die Besprechung ihrer Route. Lijanne beobachtete sie. Wieder fiel ihr Marinus' ruhige und besonnene Art auf. Man vertraute ihm instinktiv, wenn er mit seiner festen Stimme sprach.

Der erste Tag ohne Marinus und Servon im Haus war für Lijanne ungewohnt. Die Gesellschaft der Männer war ihr so selbstverständlich geworden, dass die plötzliche Stille sie fast erdrückte. Um auf andere Gedanken zu kommen, ging sie das erste Mal seit einiger Zeit wieder auf die hintere Veranda. Verwundert stellte sie fest, dass dort weder Beiruna noch Keba anzutreffen waren. Sie entdeckte sie in der Ferne auf dem Wirtschaftshof und machte sich auf den Weg zu ihnen.

„Was tut ihr hier?“ Erstaunt sah sie auf einige große, auf dem Boden ausgebreitete Matten, auf denen irgendetwas trocknete.

„Oh, Señora.“ Beiruna wischte sich die Hände an der Kittelschürze ab. „Ich dachte mir, wo doch die Meneers nun einige Tage fort sein werden, würden sie sich bei ihrer Rückkehr über eine kleine Überraschung freuen.“ Über das Gesicht der Haussklavin huschte ein verlegenes Lächeln.

„Überraschung?“ Lijanne beschloss, nicht weiter nachzufragen. Was auch immer Beiruna vorhaben mochte, sie war schon lange nicht mehr so munter und guter Dinge gewesen wie seit der Ankunft von Marinus und Servon. Die Gegenwart der Männer schien ihr ein Ansporn zu sein.

„Sie werden sich sicher freuen, Beiruna.“

„Lijanne, hilfst du mir?“ Marijke kam vom Haus herüber und steuerte auf die Pferdestallungen zu. Lijanne wandte sich von den beiden Sklavinnen ab und ging zu ihrer Mutter.

„Ich glaube, ich begleite dich.“

„Ist dir langweilig, so ohne den jungen Meneer Valk?“ Ihre Mutter grinste verschwörerisch.

Lijanne verzog nur kurz das Gesicht. Die Andeutungen ihrer Mutter trafen ins Schwarze, aber dies wollte Lijanne unter keinen Umständen eingestehen.

Wenig später ritten die beiden Frauen Seite an Seite vom Hof.

„Marinus hat vorgeschlagen, dass wir … dass ich die Ländereien am Ufer der Lagune an Fischer verpachten könnte. So hätte ich Einnahmen und wäre unabhängig von den Zuckerrohrfeldern. Wer weiß, ob Rickerm sie je wieder freigibt.“

„Das wird er wohl müssen; spätestens an dem Tag, an dem die Sklaven freikommen, werden auch deine Leute selbst entscheiden können, für wen sie arbeiten wollen. Ich vermute, ihre Wahl wird nicht auf Rickerm fallen." Ihre Mutter zügelte ihr Pferd. „Was ist denn da los?"

Lijanne folgte ihrem Blick und sah die Arbeiter, angeführt von Nicolas und vorangetrieben durch nur einen einzigen berittenen Aufseher, von den Feldern kommen. „Warte hier!" Mit einem Blick auf die voll bepackten Satteltaschen ihrer Mutter hieb Lijanne ihrem Pferd die Fersen in die Flanken.

„Was ist passiert? Warum kommt ihr von den Feldern?"

Nicolas zog seinen Hut und hielt ihn vor seine Brust. „Señora, ein Bote kam von St. Barbara und hat die anderen Aufseher zurückgerufen. Im Norden gab es wohl neue Aufstände."

„Rickerms Sklaven?" Lijanne sprach leise, der Aufseher hinter der Gruppe von Arbeitern sah sie über deren Köpfe hinweg ungeduldig an.

Nicolas schüttelte den Kopf. „Nicht direkt, es ist wohl eine Gruppe entlaufener Sklaven, die zu einem Aufruhr dort geführt hat. Wir sollen unsere Leute zur Plantage bringen und erst mal nicht auf die Felder zurückkehren."

Lijanne wurde nervös. Eine Gruppe entlaufener Sklaven? Hoffentlich hatte David keine Dummheiten gemacht!

„Ist gut, Nicolas, tu das." Sie machte Anstalten, ihr Pferd zu wenden.

„Señora, Sie wollen doch nicht ... in die Felder reiten?"

„Doch, Nicolas. Ich muss!"

„Das könnte gefährlich sein, Señora." Nicolas' Stimme bebte leicht. Er hatte wohl ähnliche Befürchtungen wie Lijanne selbst.

„Ich passe schon auf! Geht zur Plantage."

Lijanne trabte zurück zu ihrer Mutter.

„Was ist los?"

„Auf St. Barbara hat es wieder Unruhen wegen einer Gruppe entflohener Sklaven gegeben."

„Oh nein!" Marijke trieb ihr Pferd an.

Trotz des schnelleren Tempos kam Lijanne der Weg zu den Felsen an der blauen Lagune dieses Mal besonders lang vor. Wachsam konzentrierte sie sich auf die Zuckerrohrfelder zu ihrer Linken, dann auf die Büsche an der Uferzone der Lagune und letztlich auf die Klippen. Sie wusste nicht, woher die Aufständischen stammten, es konnte durchaus sein, dass sich welche bis hierher verirrt hatten und auf sie lauerten oder sich von den beiden Frauen bedroht fühlten.

Auch ihre Mutter schaute sich immer wieder besorgt um. „Es ist unwahrscheinlich, dass sie bis hierher kommen, oder?"

Lijanne konnte diese Frage nicht beantworten.

Als sie zur Höhle kamen, sah Lijanne erleichtert David im Eingang auftauchen. Doch etwas war neu: Er trug eine Flinte!

„David, ist etwas passiert hier bei euch?" Lijanne sprang vom Pferd und schaute ungläubig auf das Gewehr.

„Señora, es gab wieder Unruhen." Er winkte die Frauen mit den Pferden tiefer in den Höhleneingang.

„Ja, wir haben es gehört. Rickerm hat seine Aufseher zurückgerufen."

David nickte mit dem Kopf in Richtung Höhle. „Wir sind auch ein paar mehr geworden."

„Was heißt das?" Marijke stemmte die Hände in die Seiten.

„Es sind einige Ehemänner der Frauen nachgekommen, sie haben die Gelegenheit genutzt und ..."

„David!" Lijanne schüttelte den Kopf. „Und das da", sie deutete auf das Gewehr, „das haben die Leute von Rickerm ihnen wohl kaum freiwillig mitgegeben."

„Wie viele sind es mehr?" Marijke sah David auffordernd an.

„Fünf Männer und drei ihrer Söhne."

„David, wir können euch nicht alle hier dauerhaft versorgen und ... vor allem nicht verstecken." Lijanne schüttelte den Kopf. „Es ist jetzt schon schwierig, euch Proviant zu bringen."

David schwieg betroffen. Lijanne verstand ja, dass er seinen Leuten helfen wollte, aber so viele Menschen zu verstecken ... Das war zu gefährlich!

„Dann müssen wir wohl ab jetzt immer zu zweit reiten“, bemerkte ihre Mutter hingegen ganz pragmatisch.

Lijanne sah sie entgeistert an. „Mutter, das ist wirklich gefährlich!“

„Das war es vorher auch. Wir müssen nur noch einige Wochen durchhalten. Tritt das Dekret in Kraft, werden wir sehen, was wir tun können.“

„Sie werden auch dann nicht frei sein. Immerhin sind sie fortgelaufen.“ Lijanne zweifelte an der ganzen Sache.

„Lijanne, glaubst du wirklich, man wird jeden Einzelnen fragen, woher er kommt und wohin er geht? Bei den vielen aufgegebenen Plantagen, bei den ganzen Unruhen?“ Marijke schüttelte den Kopf. „Weißt du noch, als es damals bei uns auf Aruba diesen schweren Sturm gegeben hat und alle Tiere in Panik gerieten und wild davonstürmten? Kaum einer konnte hinterher sagen, wem welche Ziegen und Esel gehörten.“

Lijanne fand diesen Vergleich zwar etwas weit hergeholt, aber sie wusste, worauf ihre Mutter hinauswollte. Zögernd nickte sie.

„Danke, Señora, danke!“ David strahlte jetzt über das ganze Gesicht.

„David, halte die Leute ruhig, erkläre ihnen, wie wichtig es ist, dass sie noch einige Wochen Geduld haben.“

„Mache ich, Señora, mache ich.“

Wachsam ritten die beiden Frauen an diesem Tag zurück zur Plantage. Erst jetzt kam Lijanne der Gedanke, dass Marinus und Servon auch irgendwo auf der Insel unterwegs waren. Sie hoffte, dass sie nicht in die Aufstände geraten waren. Lijanne machte sich jetzt noch mehr Sorgen.

Auf der Plantage war es ruhig. Nicolas hatte die Sklaven sicher in das Dorf geführt. Bevor Lijanne ihr Pferd zurück in den Stall brachte, ritt sie kurz zu seiner Hütte.

„Hier ist noch alles in Ordnung, Señora. Doch die Leute sind unruhig. Rickerms Aufseher werden von Tag zu Tag strenger, und sie strafen viel und gerne. Ich fürchte, wenn sie zurückkehren, wird es noch schlimmer werden."

„Nicolas, es sind nur noch wenige Wochen, bis für alle eine neue Zukunft anbricht. Versuche, die Arbeiter zu beruhigen. Und wenn es so weit ist, werden wir für alle eine Lösung finden."

„Es liegt ja nicht an Ihnen, Señora, Rickerm ist das Problem. Wird er … wird er irgendwann die Plantage wieder Ihnen überlassen?" Nicolas wusste sehr wohl, dass es ihm nicht zustand, Lijanne dies zu fragen. Verlegen senkte er den Blick.

Lijanne wunderte sich nicht über seine Sorge. „Ich hoffe, Nicolas, ich hoffe es", antwortete sie, war sich aber keineswegs sicher, ob sich diese Hoffnung wirklich erfüllen würde.

Am Abend saß Lijanne im Salon und starrte in die kleine Flamme eines Öllämpchens, das auf dem Fenstersims stand. Ihre Gedanken waren bei Marinus. Sie hoffte, dass es ihm gut ging und jemand den Landvermessern Unterkunft gewährt hatte.

7. KAPITEL

Es dauerte vier lange Tage, bis Lijanne endlich Hufschläge vor dem Haus hörte. Eilig lief sie nach draußen, um die Männer zu begrüßen. Bei deren Anblick erübrigte sich allerdings jede weitere Frage. Schnell nahm sie Servon die Zügel seines Pferdes aus der Hand, da er sich nach dem Absteigen kaum noch auf den Beinen halten konnte. Marinus war kaum in besserer Verfassung. Schmutzig, erschöpft und niedergeschlagen stand er neben seinem Pferd und schüttelte den Kopf.

„Wir werden bei der Gouverneursverwaltung um Unterstützung bitten müssen."

„Was ist passiert?" Lijanne sah besorgt Servon nach, der auf wackeligen Beinen zur Veranda schlich.

Marinus machte ein Zeichen, dass er erst die Tiere fortbringen wolle. Lijanne führte Servons Pferd und sein Packmaultier hinter Marinus her um das Plantagenhaus herum. Als sie außer Hörweite waren, schüttelte Marinus nochmals den Kopf.

„Es war furchtbar. Wir haben nur drei Plantagen besucht. Auf jeder gab es zunächst böse Streitereien, bis ich alle amtlichen Schreiben vorgelegt habe. Selbst dann ließ man uns nicht frei gewähren. Man setzte Aufseher auf uns an, als wären wir Sklaven, jeder einzelne unserer Schritte wurde beobachtet. Man gab uns keine Unterkunft, wir mussten im Freien übernachten, und zum Abschied hetzte man uns die Hunde hinterher. Der arme Servon, er ist völlig mitgenommen, das ist einfach nichts für ihn."

„Aber warum stellen sich die Plantagenbesitzer so an? Ihr wollt ihnen doch nichts Böses!"

Marinus blieb am Pferch stehen und löste den Sattelgurt seines Pferdes. Das Tier schnaubte zufrieden. Dann wandte er sich zu Lijanne um, die Servons Tiere versorgte.

„Doch, sie denken, wir nehmen ihnen nun auch noch ihren rechtmäßigen Besitz. Dabei hat sich hier jeder über Jahrzehnte einfach Land angeeignet, wie er wollte." Er deutete auf seine Kartentasche. „Ich habe bisher auf keiner Plantage feststellen können, dass die ursprünglich angegebenen Vermessungen stimmen. Für uns macht das die Sache einfacher, denn somit ist im Grunde mehr Land zu verteilen als erwartet. Aber die Plantagenbesitzer sehen das natürlich anders."

Lijanne verstand das Problem. Plötzlich durchfuhr sie ein Schreck. „Wie ... wie ist es denn hier? Hat meine Plantage auch mehr Land, als ihr zusteht?"

Marinus schmunzelte. „Bei dir sieht es noch ganz gut aus. Durch die Ländereien ringsum ist dein Besitz recht klar definiert. Einzig die Tatsache, dass momentan dein Nachbar auf deinem Land wirtschaftet und nicht du, sollte sich beizeiten wieder ändern."

„Hm", gab Lijanne nachdenklich von sich.

„Was ist? Willst du ihm dein Land auf immer und ewig überlassen?" Marinus schaute sie über den Pferderücken hinweg an. In seinen Augen blitzte Kampflust auf.

„Vielleicht ..." Lijanne zuckte die Achseln und machte sich daran, das Sattelzeug in die Scheune zu bringen. Sie hörte, wie er ihr folgte.

Nachdem sie die Sättel auf ihre Halterungen gelegt hatten, baute er sich im Halbdunkeln vor ihr auf. „Was ist los, Lijanne?"

Sie konnte ihm nicht ausweichen. Verlegen senkte sie den Blick. „Es ... es sind noch mehr Flüchtlinge in der Höhle eingetroffen. Bei Rickerm im Norden hat es wieder Ärger gegeben. Unsere Arbeiter sind auch sehr unruhig. Nicolas befürchtet, dass sie sich bald auflehnen werden."

„Gegen dich?"

„Nein, gegen Rickerm. Aber dann ... Ich habe Angst, Marinus. Sie werden die entflohenen Sklaven finden. Man wird herausfinden, dass wir ihnen geholfen haben, und wenn es hier so gewalttätig werden wird wie bei Rickerm auf den Ländereien, dann gnade uns Gott!"

Lijanne hatte in den vergangenen Tagen immer wieder vor sich hin gegrübelt, wie sie die Plantage aus der Misere und vor allem aus Rickerms Fängen befreien könnte. Ihr wollte einfach nichts einfallen. Inzwischen hatte sie der Mut verlassen.

„Lass uns darüber später noch einmal reden, für heute habe ich genug." Marinus legte ihr kurz eine Hand auf die Schulter. Von der Berührung breitete sich eine warme Welle in ihr aus.

Lijanne seufzte. „Ja, wir sollten nach Meneer Servon schauen."

Meneer Servon ließ sich von Lijannes Mutter versorgen. Auf der Stirn hatte er einige tiefe Schrammen, die Marijke gerade sorgfältig säuberte, als Lijanne und Marinus das Haus betraten. Servons Füße steckten in kühlen Wickeln.

„Eines sage ich Ihnen, Marinus – ich geh da nicht mehr raus. Das sollen andere machen. Ich bin zu alt für eine derartige Aufregung." Seine Stimme bebte.

„Wir werden eine Lösung finden, Servon. Morgen reite ich in die Stadt und spreche beim Gouverneur vor."

„Wenn der Sie mal nicht auch zum Teufel jagt! Diese ganze Insel ist ja … verrückt!"

Marijke richtete sich auf und nickte zufrieden. „So, die Kratzer werden gut heilen, denke ich. Und die Meneers sollten sich zunächst ausruhen. Ich helfe Ihnen auf Ihr Zimmer, kommen Sie, Meneer Servon." Sie bot dem Mann ihren Arm als Stütze. Servon nahm ihn dankend an und ließ sich unter leisem Stöhnen die Treppe hinaufhelfen.

„Dann bin ich jetzt wohl auf mich allein gestellt." Marinus seufzte.

„Du willst doch nicht wirklich alleine zu den anderen Plantagen reiten?" Lijanne sah ihn besorgt an, während sie ihm ein Glas Wasser einschenkte.

„Im Zweifelsfall werde ich dies müssen. Ich weiß ehrlich gesagt wirklich nicht, wie der Gouverneur auf mein Hilfegesuch reagieren wird. Und was soll er auch schon machen? Aber …"

„Aber?" Lijanne setzte sich ihm gegenüber an den Tisch.

„Mir ist gerade eine andere Idee gekommen. Vielleicht etwas wagemutig, doch vielleicht eine Möglichkeit."

„Was? Nun sag schon!"

„Wenn Servon nicht mehr seiner Arbeit nachgehen kann, könnte er eine andere Aufgabe übernehmen."

Lijanne lachte auf. „Marinus, Meneer Servon macht nicht gerade den Eindruck, als würde er noch eine Minute länger hierbleiben wollen."

„Das wird er wohl oder übel müssen, unsere Rückfahrt ist erst in vielen Wochen gebucht; bis ich mit der Arbeit fertig bin, wird er warten müssen."

„Und was möchtest du ihm stattdessen auftragen?"

Marinus schmunzelte. „Ich dachte, er könnte deine Plantage verwalten. Dann wäre dein Nachbar aus dem Spiel."

„Servon? Ich glaube nicht …"

Marinus hob die Hand, um Lijannes Einwände im Keim zu ersticken. „Denk doch einmal in Ruhe darüber nach. Im Grunde muss er ja nichts anderes tun, als ein Mann hier auf deinem Grund und Boden zu sein. Ob und was er wirklich macht, wäre egal. Die Pflanzungen, die Sklaven und all das hast du bisher zusammen mit deinem Aufseher doch auch allein im Griff gehabt! Wenn Servon aus Langeweile deine Bücher weiterführt, umso besser."

„Ich finde die Idee hervorragend." Marijke war unbemerkt wieder zurückgekehrt. Sie deutete mit einem Finger auf die obere Etage. „Meneer Servon wird wohl nur noch einmal auf ein Pferd steigen: um zum Hafen zu reiten und Curaçao zu verlassen."

„Siehst du." Marinus nickte Lijanne bestärkend zu.

„Lijanne." Ihre Mutter trat von hinten an sie heran und legte ihr die Hände auf die Schultern. „Man wird nur einem Mann die Plantagenführung überlassen. Und da ist Meneer Servon allemal besser als Ruben van Rickerm."

Lijanne bemerkte, wie sich Marinus' Blick und der ihrer Mutter über ihren Kopf hinweg trafen. Gleichzeitig drückte Marijke ihr aufmunternd die Schultern.

„Und … und wenn jemand von … Wir bringen Meneer Servon in Schwierigkeiten."

Marinus lehnte sich verschwörerisch nach vorne. „Davon muss er nichts wissen, und dieses Risiko werden wir wohl eingehen müssen."

Keba stand neben Beiruna und starrte auf die Apparatur mit ihrem Kessel und den Tiegeln, die sie in den letzten Tagen von Staub und Spinnweben befreit hatten.

„Fertig, wir können anfangen!" Beiruna klatschte zufrieden in die Hände. „Schon meine Urgroßmutter hat auf dieser Plantage so gearbeitet. Es ist nur in Vergessenheit geraten, weil die alte Mevrouw, die Mutter des Meneers Johan, keinen Alkohol trank. Es sei nicht gottgefällig, sagte sie immer. Aber ich glaube, unsere Gäste werden sich freuen. Die können das sicher gut gebrauchen. Keba, hole Holz! Der Kessel braucht ordentlich Feuer in den nächsten Tagen."

Als Keba mit einem Armvoll Feuerholz wiederkam, füllte Beiruna bereits die trockenen Schalen der Pomeranzen in große Jutesäcke.

„Mach Feuer unter dem Kessel!" Beiruna nahm einen weiteren Sack und füllte ihn.

Nachdem sich der erste Rauch verzogen hatte und in der Feuerstelle gleichmäßig die Flammen loderten, deutete die alte Sklavin auf ein großes Fass in der Ecke.

„Das ist das letzte, das von damals noch übrig geblieben ist, ich hoffe, es ist dicht. Komm, hilf mir, Mädchen."

Keba wunderte sich noch immer über Beirunas Eifer. Gehorsam packte sie mit an und wuchtete das schwere Fass näher an die Feuerstelle heran. Beiruna nahm den Füllstopfen heraus und roch daran. Auch Keba stieg ein beißend scharfer Alkoholgeruch in die Nase.

„Ich hoffe, das reicht." Beiruna begann, mit einer großen Kelle den Alkohol aus dem Fass in den großen Kessel über dem Feuer zu schöpfen. Der war bereits so heiß, dass der Alkohol anfangs zischend aufsprudelte. Als der Kessel halb gefüllt war, deutete Beiruna während des Schöpfens auf die gefüllten Jutesäcke. „Hänge sie nun hinein, aber pass auf, dass es nicht spritzt."

Keba tat wie ihr geheißen, einen um den anderen Sack ließ sie vorsichtig in den heißen Alkohol gleiten. Der scharfe Geruch mischte sich sofort mit dem aromatischen Duft der getrockneten Pomeranzenschalen.

Als der letzte Sack im Kessel hing und das Fass fast leer geschöpft war, nickte Beiruna zufrieden. „Das muss jetzt drei Tage köcheln, pass gut auf, Mädchen, dass das Feuer nicht ausgeht."

8. KAPITEL

Trotz seiner Erschöpfung machte sich Marinus am nächsten Morgen gleich auf, um nach Willemstad zu reiten. Die Sonne stieg eben erst über die Wipfel des Orangenhains, als er bereits auf der hinteren Veranda des Plantagenhauses stand. Lijanne und ihre Mutter waren ebenfalls schon auf den Beinen; sie wollten die kühlen Morgenstunden für ihren Versorgungsritt zur Höhle nutzen.

Gemeinsam mit Beiruna und Keba, die die vollen Körbe trugen, gingen sie zum Pferdestall. „Weiß Meneer Servon eigentlich von Ihrem Plan?“ Lijannes Mutter sah Marinus fragend an.

„Ich werde ihm den Vorschlag erst machen, wenn ich weiß, ob das Gouverneursamt ihn überhaupt bewilligt.“

„Hoffentlich schlagen Sie den armen Mann damit nicht in die Flucht.“ Marijke begann schon, den Proviant in die Satteltaschen umzupacken.

„Die Alternative, mich weiterhin zu begleiten, wird für ihn erst recht nicht infrage kommen. Sie haben ihn ja gestern erlebt.“ Marinus begutachtete sein Pferd. Das Tier hatte durch die Strapazen sichtlich gelitten und wirkte wenig erfreut darüber, dass sein Reiter schon wieder einen Ausflug plante. Dann drehte er sich zu Lijanne um, die bereits ihr eigenes Pferd sattelte. Marinus trat einen Schritt näher und befestigte ihr Sattelzeug auf seiner Seite. Ihre Blicke trafen sich.

„Seid vorsichtig auf dem Weg zur Lagune“, sagte er leise und sah Lijanne unverwandt an. Dabei berührten sich zufällig ihre Hände auf dem Rücken des Pferdes. Nur einen kleinen Augenblick, aber lange genug, dass Lijanne Marinus’ Wärme spürte. Dann straffte er sich. „Wir sehen uns heute Abend wieder. Und … was riecht hier eigentlich heute so?“

Erst jetzt fiel Lijanne der leicht scharfe Geruch auf, der über dem Wirtschaftshof in der Luft hing.

Beiruna trat hastig vor. „Oh, Señora, ich … Das soll … Ich dachte …“

Lijannes Mutter führte ihr Pferd auf den Hof und schnupperte ebenfalls. „Brennst du Schnaps, Beiruna?"

Die Haussklavin lächelte verlegen. „Ich dachte, die Herrschaften könnten etwas Stärkung gebrauchen."

„Na, dann freuen wir uns ja alle auf das Ergebnis." Marinus stieg lächelnd auf sein Pferd.

„Es dauert aber noch ein paar Tage, Meneer", gab Beiruna zu bedenken.

„Auch gut, Servon hat dann etwas, worauf er sich freuen kann, und wir … Schauen wir mal, ob wir dann vielleicht etwas zu feiern haben." Er winkte den Frauen zu und trieb sein Pferd voran.

Lijanne gab sich einen kurzen Augenblick der Schönheit der Natur hin, während sie neben ihrer Mutter am Rand der Zuckerrohrfelder entlangritt. Aberhunderte kleiner Vögel flogen in Schwärmen über die Felder hinweg und große Schmetterlinge flatterten zwischen den Pflanzen. Die Sonne stand inzwischen hoch am Firmament, aber noch strahlte der Boden eine angenehme Kühle aus. Der Wind war noch nicht aufgefrischt, nur wenige Wolken zogen über den Himmel. Lijanne dachte im Stillen, wie friedlich dieser Ort eigentlich sein könnte, als ihre Mutter sie aus ihren Gedanken riss.

„Ich werde dich bald verlassen müssen, Lijanne. Ich war jetzt viele Wochen hier; ich denke, dein Vater würde sich freuen, wenn ich nach Hause zurückkehrte."

Lijanne nickte traurig. Ihr war bewusst, dass ihre Mutter nicht bis ans Ende aller Tage bei ihr auf der Plantage bleiben konnte.

„Aber mit Marinus und Meneer Servon bist du ja nicht ganz allein, und ich glaube …", ein kurzes Lächeln huschte über ihr Gesicht, „ich glaube, Marinus wird sich gut um dich kümmern."

„Mutter, er wird eines Tages wieder in seine Heimat zurückkehren."

„Denkst du? Vielleicht hat er ja auch einen Grund, hierzubleiben."

„Warum sollte er …"

„Himmel, Lijanne!" Marijke brachte abrupt ihr Pferd zum Stehen. „Bist du blind? Er mag dich!"

Lijanne zügelte ihr Pferd ebenfalls. Sie verzog das Gesicht. Natürlich hatte sie heimlich schon viel zu viel an Marinus gedacht, doch sie wagte gar nicht, sich auszumalen, dass … „Aber ich kann doch nicht … Dies ist nicht meine Plantage, es ist Johans Erbe und …"

Ihre Mutter schüttelte vorwurfsvoll den Kopf und trieb ihr Pferd wieder an. „Kind, Johan hätte wohl kaum gewollt, dass du hier als alternde Witwe dein Dasein fristest. Du wirst wieder einen Mann an deiner Seite brauchen. Und ich bin überzeugt, einen besseren Kandidaten als Marinus wirst du wohl kaum finden."

Bei den Worten ihrer Mutter purzelte Lijanne ein Stein vom Herzen. Bisher hatte sie ihre Gefühle für Marinus nicht wahrhaben wollen. Er war Gast in ihrem Haus, und das noch nicht einmal lange, und er würde eines Tages wohl wieder fortgehen. All dies machte es ihr nicht leichter, sich einzugestehen, dass sie ihn bereits fest in ihr Herz geschlossen hatte. Und wenn selbst ihre Mutter dies schon bemerkt hatte, sollte sie Marinus eine Chance geben – auch wenn die Gefahr bestand, dass sie enttäuscht werden würde, weil er sie wieder verlassen musste. Vielleicht würde auch sie die Plantage verlassen müssen? Noch war zu keinem Problem das letzte Wort gesprochen worden.

In der Höhle war alles friedlich. Die Sklaven schienen sich mit ihrem Schicksal, warten zu müssen, abgefunden zu haben. Und in ihrem Unterschlupf ging es ihnen bei Weitem besser als einst auf Rickerms Plantage.

Lijanne entdeckte, dass die Flüchtlinge ihre Vorräte inzwischen auch selbst aufgestockt hatten.

„Wir waren auf der verlassenen Plantage, wie Meneer Valk empfohlen hat", erklärte David eifrig, während Lijanne und

Marijke die Satteltaschen auspackten und den Inhalt an die Frauen verteilten.

„Dort gibt es noch Mais, einige Bäume mit Früchten und auch einen verwilderten Küchengarten. Der Aufseher ist meist zu betrunken, um überhaupt zu bemerken, dass wir da in der Nacht herumschleichen."

„Seid bloß vorsichtig, David! Man sucht euch sicher immer noch", gab Lijanne zu bedenken.

„Ja, wir haben Aufseher von Rickerm gesehen, sie suchen die Küste ab. Vor wenigen Tagen sind sie bis auf die andere Seite der Lagunenmündung gekommen. Wir haben Wachen aufgestellt. Sobald sich jemand nähert, gehen wir noch tiefer in die Höhle hinein und verhalten uns still."

Lijanne hoffte, dass dies ausreichte. Wer wusste wohl noch alles von der Höhle in den Klippen?

Marijke fasste es in deutlichere Worte. „Hätte Rickerm oder einer von seinen Leuten Verdacht geschöpft, wäre schon längst jemand hier gewesen. Ich glaube, sie vermuten die Flüchtigen inzwischen sehr viel weiter weg. Wer wäre denn auch so verrückt, sich in unmittelbarer Nähe aufzuhalten?"

David nickte zustimmend. Lijanne wollte lieber nicht darüber nachdenken.

„Ich soll dir Grüße von Keba ausrichten."

Jetzt strahlte der junge Mann, der inzwischen wieder kräftig und erholt wirkte, über das ganze Gesicht. „Danke, Señora, wie geht es ihr?"

„Gut. Sie hofft, dich eines Tages lebend wiederzusehen; du tätest gut daran, ihr diese Hoffnung nicht zu nehmen."

„Natürlich, Señora. Ich … ich und Keba, wir möchten eines Tages ja auch heiraten." Er nickte eifrig.

Lijanne wollte gerade etwas erwidern, als ihre Mutter sie unsanft anstieß und an ihrer Stelle antwortete.

„David, alles wird sich fügen. Pass nur gut auf dich und deine Leute auf."

„Er geht einfach davon aus, dass sie eines Tages heiraten können! Keba ist schließlich meine Leibsklavin! Da habe ich doch auch noch ein Wort mitzureden“, erregte sich Lijanne auf dem Rückweg.

Ihre Mutter lachte. „Lijanne, sonst bist du doch auch nicht so besitzergreifend! Und wenn die Sklaven erst mal frei sind, werden die Karten so oder so neu gemischt.“

„Ja, aber werden sie so einfach … Ich kann Keba doch nicht einfach gehen lassen.“

„Wovor fürchtest du dich wirklich, Lijanne?“ Ihre Mutter wurde ernst. „Du hast Angst, eines Tages allein zu sein, habe ich recht?“

Lijanne verstummte und starrte trotzig auf die Ohren ihres Pferdes.

Erst als Marinus am Abend nicht, wie versprochen, aus Willemstad zurückkehrte, verwandelte sich Lijannes Trotz in Angst, und sie musste sich eingestehen, wie recht ihre Mutter hatte.

Servon und Marijke wirkten ebenfalls beunruhigt. Immer wieder lauschte Lijanne in die Dunkelheit, die sich inzwischen über die Plantage gesenkt hatte, doch von den sehnlichst erwarteten Hufschlägen war nichts zu hören.

Servon, der sich inzwischen wieder etwas erholt hatte, schüttelte immer wieder mit ernster Miene den Kopf. „Wer weiß, vielleicht hat einer dieser Plantagenbesitzer uns wegen Landfriedensbruchs oder etwas anderem angeschwärzt. Man wird uns verhaften!“

„Nun gehen Sie doch nicht immer vom Schlimmsten aus!“, herrschte Marijke ihn irgendwann an. Doch auch in ihrer Stimme schwang Sorge mit.

Drei Tage lang kochte Beiruna die Jutebeutel mit den Pomeranzenschalen in dem Kessel aus. Keba hatte sich inzwischen an den strengen Geruch gewöhnt. Sorgsam legte sie Stunde um Stunde Holz nach, damit der Kessel weiterhin Hitze bekam, und auch in der Nacht war sie dafür verantwortlich, dass die Flammen nicht erloschen. Die Arbeit in der Scheune war eine willkommene Abwechslung. Im Plantagenhaus war die Stimmung schlecht. Der junge Meneer war bereits den dritten Tag fort, und Keba wusste, wie sehr sich die Señoras sorgten.

„Er kommt schon wieder." Einzig Beiruna versuchte, Zuversicht zu wahren, und bedachte Keba mit einem strengen Blick, als diese gedankenverloren durch die Scheunentür auf den leeren Wirtschaftshof starrte.

„Wir nehmen jetzt die Säcke heraus", wies sie die Haussklavin an.

Gemeinsam zogen sie die durchweichten Fruchtschalen aus dem Alkohol. Der hatte inzwischen die Farbe von überreifen Orangen angenommen und verströmte auch deren Geruch.

„Das", Beiruna deutete in den Kessel, „darf man auf keinen Fall trinken, Keba, hörst du! Davon stirbt man!"

Keba zuckte erschrocken zurück, als wäre auch die Berührung mit der heißen Flüssigkeit schon gefährlich. „Ich sage es dir nur, Mädchen, vor vielen Jahren haben sich einige Sklaven damit, ohne es zu wollen, umgebracht."

Beiruna holte aus dem hinteren Teil der Scheune einen großen unförmigen Deckel mit einem langen Rohr daran. „Der muss nun drauf, und dann stellen wir ein Fass drunter." Sie deutete auf das Ende des Rohres. „Das Feuer muss schön weiterbrennen." Keba nickte, auch wenn die Aussicht, weitere Nächte immer wieder zur Scheune zu gehen, um Holz nachzulegen, wenig verlockend war.

„Er kommt!" Lijanne sprang aufgeregt von ihrem Stuhl auf. Drei Tage hatte sie vergebens gewartet. Nun hörte sie das Schnauben von Pferden und Hufgetrappel. Servon und ihre Mutter folgten ihr auf die vordere Veranda. Die Sonne war fast untergegangen, doch noch brach etwas Licht durch das Grün der Bäume. Vier Pferde kamen im Schritt den Weg aus dem Orangenhain entlang. Lijanne stockte. Es dauerte einen Augenblick, bis sie Marinus entdeckte und innerlich aufatmete. Dass er von drei uniformierten Soldaten begleitet wurde, schmälerte ihre Freude allerdings.

„Ich habe es ja gesagt, ich habe es ja gesagt", murmelte Servon hinter ihrem Rücken, was ihre Mutter mit einem vorwurfsvollen Gehüstel quittierte.

„Nun warten Sie doch erst mal ab", herrschte sie ihn leise an.

Lijanne musste sich derweil zusammenreißen, um nicht auf Marinus zuzustürmen. Die drei Männer, die ihn begleiteten, machten ernste Gesichter, und an ihren Sätteln baumelten blank polierte Flinten.

„Mevrouw van Rood." Marinus zügelte sein Pferd vor der Veranda. Er nickte Lijanne förmlich zu. Dann aber blitzte ein Funken Freude in seinen Augen auf und er lächelte. „Ich hoffe, Sie haben sich nicht allzu große Sorgen um mich gemacht. Es hat etwas mehr Zeit in Anspruch genommen, die Dinge in der Stadt zu klären." Elegant sprang er vom Pferd, wobei sich sein Lächeln vertiefte. Er deutete auf seine Begleiter. „Man war so freundlich, mir Geleitschutz für meine Arbeit mitzugeben."

Die drei Soldaten nickten alle gleichzeitig, ihre Gesichter blieben jedoch ernst.

„Ich hoffe, Mevrouw, Sie können auch den Männern Unterkunft gewähren?"

„Ja … ja, selbstverständlich." Lijanne war im Stillen einfach nur froh, dass sich anscheinend keine von Servons Vorhersagen bewahrheitet hatte. Er hatte in den letzten Tagen die wildesten Szenarien ausgemalt, was Marinus in der Stadt hätte alles zustoßen können. Ihn gesund und munter vor sich zu sehen ließ in ihr ein ungeahntes Glücksgefühl aufsteigen.

„Ich werde Beiruna und Keba anweisen, noch weitere Zimmer herzurichten. Wenn es Ihrem Schutz dient, Meneer Valk, sind mir diese Gäste mehr als recht."

„Gut. Kommandant – folgen Sie mir, ich zeige Ihnen die Stallungen für die Pferde." Marinus führte die Männer ganz selbstverständlich um das Plantagenhaus herum, nicht ohne Lijanne vorher noch einmal verschwörerisch zuzublinzeln.

Beiruna und Keba beeilten sich, weitere Gästezimmer herzurichten. Die unerträgliche Stille im Haus wich binnen kürzester Zeit einem regen Treiben. Mit harten Stiefelschritten stiegen die Soldaten die Treppe hinauf. Die Sklavinnen trugen eifrig Wasserschüsseln und frische Wäsche in die obere Etage, und Marinus betrachtete das alles äußerst zufrieden. Nachdem die Soldaten in ihren Zimmern verschwunden waren, nickte er Lijanne, ihrer Mutter und Servon zu.

„Auf ein Wort – in den Salon."

Während Lijannes Nerven sich plötzlich bis zum Zerreißen spannten, sah Servon seinen Kollegen verwundert an. „Ich gehe mit Ihnen nicht noch mal da raus – selbst wenn uns eine ganze Armee begleiten würde!", zeterte er umgehend los.

„Nun warten Sie doch erst einmal ab, was ich zu sagen habe!" Marinus schob Servon vor sich her in den Salon.

Er zog sich einen der Stühle heran und setzte sich. Sein zufriedener Gesichtsausdruck beruhigte Lijanne allerdings nicht.

„Nun sag schon, Marinus!"

„Meneer Servon, leider habe ich für Sie schlechte Nachrichten." Marinus bereitete es sichtlich Freude, seinen Kollegen auf die Folter zu spannen.

„Nicht einmal mit einer Armee, habe ich gesagt!" Servon wollte gerade hochfahren, als Marinus die Hand hob.

„Ich kann Sie beruhigen. Man hat Sie des Amtes des Landvermessers enthoben."

Lijanne konnte hören, wie Servon erleichtert aufatmete.

„Aber …"

Servon zog die Augenbrauen hoch. „Aber?"

„Sie können ja die nächste Zeit nicht einfach untätig auf dieser Insel herumsitzen. Daher habe ich Sie für eine neue Aufgabe empfohlen."

„Und die wäre?“ Servon verschränkte misstrauisch die Arme vor der Brust.

„Sie werden vorübergehend die Leitung dieser Plantage übernehmen.“

Lijanne klatschte vor Aufregung in die Hände und konnte sich gerade noch beherrschen, Marinus nicht um den Hals zu fallen.

„Ich? Aber ich kann doch nicht ...?“

„Doch, natürlich können Sie, mein Freund. Und Sie sind ja auch nicht ganz allein.“

„Ich kann das nicht.“ Lijannes anfängliche Freude über Marinus' Erfolg schwand, als er ihr wenig später eröffnete, was als Nächstes zu tun war.

Sie standen auf der vorderen Veranda. Servon hatte sich zurückgezogen. Seine neue Aufgabe schien ihn zwar von der Last seiner eigentlichen Arbeit zu entbinden, brachte für ihn aber auch viele Fragen mit sich. Unter dem strengen Blick von Marinus hatte er Lijanne allerdings versichert, er würde sein Bestes tun, um sie fortan zu unterstützen.

Marijke hingegen hatte genickt und ihre Tochter in den Arm genommen. „Siehst du, Kind, alles wird sich zum Guten wenden.“

Das, was Marinus dann allerdings verlangte, hatte Lijanne einen eiskalten Schauer über den Rücken getrieben. „Morgen werden wir zu diesem Rickerm fahren und ihn informieren, dass er sich von deinem Grund und Boden zurückziehen soll.“

„Ich soll zu ihm? Nein!“ Lijanne war aufgesprungen und hatte fluchtartig das Zimmer verlassen. Sie musste an die frische Luft, in ihrem Kopf drehte sich alles.

Marinus folgte ihr. Auf der Veranda war es dunkel, nur das Licht der Öllämpchen, das durch die Fenster schien, zeichnete ein helles Muster auf das Holz des Fußbodens.

„Ich kann dort nicht hingehen“, wiederholte Lijanne leise. Sie spürte, dass Marinus dicht hinter ihr stand.

„Warum nicht? Er wird dir nichts antun. Du hast ein Recht darauf, die Geschäfte deiner Plantage wieder selbst in die Hand zu nehmen. Ich habe ausführlich darüber mit der Gouverneursverwaltung gesprochen, und ich habe alle notwendigen Schreiben dazu erhalten."

„Er wird auf immer und ewig versuchen, mir die Plantage zu nehmen. Ich bin für ihn wie ein Stachel im Fleisch. Er wird sich etwas anderes einfallen lassen." Lijanne drehte sich zu Marinus um.

„Und du solltest langsam einmal damit anfangen, für dein Recht zu kämpfen, Lijanne! Soll mein Engagement jetzt umsonst gewesen sein? Willst du fortlaufen? Gar zu deinen Eltern zurückkehren? Deine Zukunft liegt hier, und noch ist auf dieser Plantage nichts verloren." Er hob kurz die Arme.

„Was nützt mir die Plantage, wenn ich eines Tages doch wieder allein bin?" Lijannes Stimme brach. Natürlich war sie froh über Marinus' Bemühungen, doch was würde es ihr bringen?

Er machte einen Schritt auf sie zu, sie spürte seinen Atem auf ihren Wangen.

„Wer sagt denn, dass du alleine bist?"

„Meine Mutter muss wieder nach Hause, Keba wird David heiraten, Meneer Servon und ... du ... ihr werdet zurück nach Europa ..." Tränen erstickten ihre letzten Worte.

„Servon sicherlich", sagte er leise. „Aber ich ..." Er nahm sanft ihr Kinn in seine Hand und hob ihren Kopf, sodass sie ihn ansehen musste. „Vielleicht finde ich ja noch einen Grund, auf dieser Insel zu bleiben."

9. KAPITEL

Je näher sie St. Barbara kamen, desto flauer wurde Lijanne in der Magengegend. Rickerm in ihrem eigenen Haus, auf ihrem eigenen Grund und Boden entgegenzutreten war schon eine große Herausforderung gewesen. Ihm aber auf seiner Plantage gegenüberzustehen behagte ihr ganz und gar nicht.

Marinus hingegen saß voller Zuversicht neben ihr in der Droschke. Seine Gegenwart gab ihr zwar etwas Rückhalt, dennoch würde Rickerm ihnen sicherlich nicht freudestrahlend entgegentreten, vor allem nicht, wenn er die Nachrichten hörte, die sie für ihn hatten. Bestimmt wähnte er sich bereits als unbestrittener Großgrundbesitzer in Sicherheit. Lijanne war als alleinstehende Frau auf seinem Weg nur ein kleines Hindernis, das er meinte, schon längst beseitigt zu haben.

Als die Droschke in die Einfahrt zum Plantagenhaus abbog, brach Lijanne der Angstschweiß aus.

„Ganz ruhig, es wird nichts geschehen." Marinus nahm kurz ihre Hand und drückte sie. „Nur noch dieses eine Gespräch, und du hast erst mal keine Sorgen mehr mit dem Kerl."

Lijanne lächelte etwas schief. Marinus hörte sich schon an wie ihre Mutter. Die hatte sie mit ähnlichen Worten verabschiedet, als sie in die Droschke stiegen. Beider Optimismus in Ehren, doch Lijanne traute dem Frieden nicht.

Die Droschke hielt vor dem Haus. Vor Lijannes innerem Auge tauchten die Bilder auf, wie sie Keba dort gesehen hatte. Die sofort aufsteigende Wut gab ihr zumindest die Kraft, hinter Marinus aus der Kutsche zu steigen.

Eine schwarze Haushälterin öffnete die Tür, als Marinus und Lijanne über die breite Veranda gingen. „Meneer, Señora, wen darf ich ankündigen?"

Marinus ergriff das Wort. „Meneer Valk und Mevrouw van Rood, zu Meneer van Rickerm bitte."

„Sehr wohl." Die Frau verschwand kurz im Inneren des Hauses.

Lijanne zog die Augenbrauen hoch. Anscheinend hatte Arletta in all den Jahren nicht ihr übertrieben hochherrschaftliches Verhalten aufgegeben und führte ihr Haus immer noch mit harter Hand. Schon damals in der Schule hatte Arletta ihre Sklavinnen streng gerügt, wenn diese sich auch nur den kleinsten Fehler erlaubten. Kindergeschrei ertönte von irgendwo. Dann Schritte. Arletta tauchte in der Tür auf.

„Lijanne, Meneer, was führt Sie zu uns?" Ihre Stimme klang ernst, und sie wirkte erschöpft und ausgelaugt. Lijanne entging nicht, dass Arletta ihre einstige Leibesfülle verloren hatte, obwohl sie eindeutig wieder hochschwanger war. Ihre Haut war fahl, unter den Augen zeichneten sich dunkle Ringe ab.

Lijanne straffte sich. Zumindest was das Aussehen anging, konnte Arletta ihr nicht das Wasser reichen.

„Wir würden gerne mit Ihrem Mann sprechen." Marinus setzte ein übertrieben freundliches Lächeln auf. Arletta quittierte dies mit einem leichten Stirnrunzeln.

„Bitte." Sie bat die Gäste herein. „Er ist im Salon."

Lijanne hatte schon befürchtet, ihn um diese Tageszeit nicht anzutreffen, denn normalerweise müsste ein Grundbesitzer um diese Zeit bei seinen Arbeitern auf den Feldern sein. Doch Rickerm schien dies nicht mehr für nötig zu halten.

Als Marinus und Lijanne hinter Arletta den Salon betraten, wurde Lijanne in ihrem Verdacht bestärkt, dass Rickerm einen ausschweifenden Lebenswandel führte. Ausgestreckt lag er auf einer Chaiselongue, ein junges Sklavenmädchen massierte ihm die nackten Füße, und ein nicht viel älterer Junge stand hinter ihm und fächelte ihm kühle Luft zu. Im Gegensatz zu Arletta hatte sich sein Leibesumfang in den letzten Monaten fast verdoppelt. Sein grobschlächtiges Gesicht ruhte auf einem voluminösen Doppelkinn. Er reagierte auf die Besucher nur mit einem leichten Rekeln.

„Lijanne, was verschafft mir die Ehre? Möchtest du deine Plantage endlich verkaufen?“

Lijanne stand, ebenso wie Marinus, bei diesem Anblick, der sich ihnen hier bot, einen kurzen Moment völlig entgeistert da. Wieder ertönte Kindergeschrei aus den Tiefen des Hauses.

„Arletta, sieh zu, dass das Mädchen das Kind beruhigt.“ Wie eine lästige Fliege scheuchte Rickerm seine Frau mit einer Handbewegung aus dem Raum. „Ja, Ruben“, gab sie mit dünner Stimme zurück und eilte davon.

Lijanne wurde schlagartig bewusst, dass die einst so selbstbewusste Arletta in ihrem eigenen Haus nicht den Ton angab. Oft hatte Lijanne überlegt, wie es wohl auf St. Barbara zuginge. Wie Arletta ihren Hausstaat befehligte, während Rickerm seine Sklaven antrieb. Dass es Arletta vielleicht gar nicht so glücklich getroffen hatte mit ihrem Ehemann, der Gedanke war ihr nie gekommen.

Marinus’ Worte holten sie in die Wirklichkeit zurück. „Meneer van Rickerm, ich habe für Sie eine Nachricht von der Gouverneursverwaltung. Mevrouw van Rood wird ab heute wieder die Geschäfte ihrer Plantage übernehmen. Die Auflagen gegen sie wurden fallen gelassen, und die Beaufsichtigung ihrer Sklaven wurde wieder allein ihr übertragen.“

Rickerm gab ein abwertendes Prusten von sich, entzog dem Sklavenmädchen seine nackten Füße und setzte sich ruckartig auf. Bevor er etwas sagen konnte, hielt Marinus ihm das amtliche Schreiben vor die Nase.

„Des Weiteren möchte Mevrouw van Rood den Pachtvertrag für die einst abgebrannten Felder auflösen. Ich habe mir die Papiere dazu angesehen und bin der Ansicht, dass die Vereinbarungen nichtig sind, weil Mevrouw van Rood einen neuen Verwalter auf ihrer Plantage eingesetzt hat.“

Rickerm schnappte empört nach Luft, und sein Gesicht verfärbte sich ungesund rot. Immer noch barfuß, erhob er sich schwerfällig und baute sich vor Marinus auf. Der aber wich keinen Deut zurück, was Rickerms Gesicht noch röter werden ließ. Abschätzend starrten sich die Männer einen Augenblick an. Dann lachte Rickerm plötzlich laut los.

„Das hast du dir ja fein ausgedacht, Lijanne! Schnell einen neuen Mann an deine Seite gestellt und schon meinst du, du kannst es mit mir aufnehmen?“ Er warf ihr einen giftigen Blick zu.

„Wer sind Sie überhaupt, dass Sie sich erlauben, so mit mir zu reden?“ Ruben ging einen halben Schritt auf Marinus zu, der den aufgedunsenen Mann allerdings um Haupteslänge überragte.

Marinus machte immer noch keine Anstalten, vor Rickerm zurückzuweichen. Selbstsicher fixierte er ihn. „Ich bin als königlich bestellter Landvermesser auf der Insel. Und auch wenn dies vielleicht nicht der richtige Zeitpunkt ist: Ihre Ländereien stehen ebenfalls auf meiner Liste. Soviel ich gehört habe, haben Sie einige Besitzungen dazugewonnen in den letzten Monaten. Diese müssen noch amtlich aufgenommen werden.“

Das war zu viel für Rickerm. Er sah aus, als würde sein Kopf gleich platzen, und er brüllte los, sodass Lijanne Spucke und Schweiß fliegen sah. „Verlassen Sie sofort mein Haus! Und wagen Sie es nicht, jemals wieder einen Fuß auf meinen Grund und Boden zu setzen.“

Marinus stand wie ein Fels in der Brandung. Allerdings zog er ein Taschentuch hervor und tupfte sich Rickerms Speichel aus dem Gesicht. „Das, Meneer, werden Sie kaum verhindern können. Mich begleiten Soldaten des Gouverneurs. Selbst wenn Ihnen danach sein sollte, mir eine Kugel zu verpassen, würde ich Ihnen raten, dies nicht zu tun. Es sei denn, Sie wollen sich Ihre Ländereien künftig aus einem vergitterten Fenster des Gouverneurforts ansehen.“ Dann wandte sich Marinus ganz ruhig zu Lijanne. „Mevrouw, ich denke, wir sind hier fertig. Lassen Sie uns gehen.“ Er bot Lijanne seinen Arm zum Geleit.

Lijanne hakte sich bei Marinus ein und verließ das Plantagenhaus wie in Trance. Sie wusste immer noch nicht ganz, wie ihr geschehen war. Dass jemand Rickerm so die Stirn bot wie Marinus gerade …

Als sie in der Droschke saßen, kicherte Lijanne hysterisch los. All die Anspannung und Sorgen der letzten Monate waren wie weggefegt. Marinus hatte ihr soeben gezeigt, wie man jemandem wie Rickerm entgegenzutreten hatte. Nicht, dass Lijanne sich dies selbst getraut hätte, aber sie bewunderte Marinus dafür.

„Was? War mein Auftritt so lächerlich?“

„Nein“, prustete Lijanne los. Ihr Verhalten war ihr selbst peinlich, aber sie konnte einfach nicht anders. „Marinus, das war wundervoll! Aber Rickerm wird dich bis an sein Lebensende hassen.“

„Das ist mir ehrlich gesagt egal. Solange … solange du mich nicht hasst.“ Er griff nach ihrer Hand und drückte sie fest.

10. KAPITEL

Lijanne war noch ganz aufgewühlt von ihrem Besuch bei Rickerm. Sie spürte, wie sie neue Kraft schöpfte und ihr Selbstvertrauen in Marinus' Gegenwart wuchs. Auf der Rückfahrt von St. Barbara schlichen sich, nachdem sie sich etwas beruhigt hatte, leise Zweifel ein. Was hätte Johan wohl davon gehalten, dass sie sich derartig mit dem Nachbarn angelegt hatte? Er hatte Rickerm allerdings auch nicht gemocht. Außerdem tat sie all dies nur, um seine Plantage zu erhalten. Ihre Mutter hatte vollkommen recht: Lijanne brauchte einen Mann an ihrer Seite. Marinus hatte ihr der Himmel geschickt. Doch ihre Beziehung zueinander war anders als einst die zwischen ihr und Johan. Marinus gab ihr Stärke und Kraft. Lijanne fühlte in seiner Gegenwart, dass sie etwas wert war und dazu fähig, Dinge zu tun, die getan werden mussten. Er teilte nicht die Ansicht der meisten anderen Männer, dass Frauen am besten im Salon bei Tee und Stickarbeiten aufgehoben waren. Vielleicht lag es daran, dass er aus Europa kam. Ob man Frauen dort eine andere Stellung zugestand? Eine Auffassung wie seine wünschte sich Lijanne in Zukunft von allen Männern der Insel. Doch würden sich solche grundlegenden Veränderungen in der Wertigkeit der Geschlechter zügig ausbreiten können? Waren die wenigen, die den Einfluss aus dem fernen Mutterland guthießen, stark genug, sich gegen die verkrusteten Strukturen auf Curaçao durchzusetzen?

Als sie auf De Eendracht eintrafen, wich Lijannes zuversichtliche Stimmung einer dumpfen Traurigkeit. Für ihre Mutter würde es nun Zeit werden, nach Aruba zu Garemba zurückzukehren. Lijanne stand inzwischen fest mit beiden Beinen auf dem Boden, und das große Problem mit Rickerm löste sich mit Marinus' Unterstützung.

Der marschierte, nachdem er aus der Droschke gestiegen war, ins Haus und schnurstracks über die hintere Veranda wieder hinaus. Am Eingang des Sklavendorfes rief er nach den Aufsehern, die Rickerm auf der Plantage eingesetzt hatte. Die Sklaven kamen neugierig aus ihren Hütten und schauten, was sich da tat.

Mit lauter und kräftiger Stimme verkündete Marinus, was bevorstand.

„Ihr packt eure Sachen und kehrt zurück nach St. Barbara. Die Herrin auf dieser Plantage ist jetzt wieder Mevrouw van Rood."

Die Aufseher sahen sich an. Sie schienen sich nicht sicher zu sein, ob sie den Weisungen des Mannes folgen sollten. Doch dann machten sie sich unschlüssig und murrend daran, ihre Habseligkeiten zusammenzusuchen und die Pferde zu satteln.

Lijanne, die die Szene mitangesehen hatte, trat neben Marinus. Immer mehr Sklaven hatten sich auf dem breiten Mittelgang zwischen den Hütten versammelt und beobachteten den Aufbruch der verhassten Aufseher.

Als die sich auf die Pferde schwangen, konnte Lijanne deutlich hören, wie ihre Arbeiter aufatmeten. Dem leisen Gemurmel folgten, als das letzte Pferd zwischen den Zuckerrohrfeldern verschwunden war, Pfiffe und lautes Gejohle. Die Sklaven waren außer sich vor Freude. Nicolas wurde nach vorne geschoben, man klopfte ihm auf die Schultern und klatschte in die Hände. Endlich war wieder er der Aufseher, und die Freude darüber war groß. Lijanne atmete erleichtert aus. Sie wusste, dass ihre Sklaven loyale Arbeiter waren, die ihr weiterhin wohlgesinnt dienen würden. Sie brauchten keine Peitsche und auch keinen Zwang. Genauso wie sie selbst vertrauten diese Menschen auf Zuversicht und Sicherheit. Der große Wandel, dem die Insel eines Tages unterworfen sein würde, nahm hier bereits seinen kleinen Anfang.

Marinus legte ganz unvermittelt seinen Arm um Lijannes Schultern und zog sie an sich. Zufrieden genossen beide noch einen Augenblick die freudige Stimmung im Dorf. Dann drückte Marinus Lijannes Schultern etwas fester und wandte sich zu ihr um. „Wir sollten heute auch etwas feiern. Was meinst du? Komm, wir gehen ins Haus."

Lijannes Mutter, die das Geschehen von der hinteren Veranda aus zusammen mit Beiruna und Keba beobachtet hatte, klatschte zufrieden in die Hände.

„Marinus, das haben Sie gut gemacht!"

Während alle ins Haus gingen, sah Lijanne aus den Augenwinkeln, wie Beiruna Keba zur Scheune schickte. Lijanne warf der alten Haussklavin einen fragenden Blick zu. Die grinste über das ganze Gesicht. „Gehen Sie nur rein, Señora, ich bringe gleich etwas für Sie."

Servon thronte bereits am Esstisch.

„Meneer." Marinus trat hinter ihn und klopfte ihm auf die Schulter. „Ich darf Sie beglückwünschen zu Ihrer neuen Aufgabe als Verwalter dieser Plantage."

„Was Sie mir da nur wieder eingebrockt haben, Meneer Valk!" Servon schüttelte zwar den Kopf, aber Lijanne sah ihm an, dass die Aussicht, seine Zeit auf Curaçao in den sicheren Wänden des Arbeitszimmers verbringen zu können, ihm deutlich besser gefiel als die Vermessung dieser Insel.

„Beiruna, sag bitte den Soldaten Bescheid, auch sie sollen an unserer Freude heute teilhaben." Marinus deutete nach oben.

Die Männer verließen ihre Zimmer kaum. Lijanne wusste nicht, ob aus Anstand oder aus Freude über ein bequemes Lager und eine noch ruhige Zeit. In wenigen Tagen würden sie mit Marinus losziehen müssen. Er tat gut daran, sie in das Geschehen miteinzubeziehen.

Wenig später kamen sie zögernd die Treppe herunter.

„Kommen Sie, Meneers, heute ist ein guter Tag, und Sie sollen daran teilhaben." Marinus wies ihnen Plätze am Tisch zu. Lijanne wunderte sich schon nicht mehr darüber, dass Marinus inzwischen ganz selbstverständlich die Rolle des Herrn im Haus übernommen hatte. Während sie ihn noch beobachtete, legte ihre Mutter ihr die Hand auf den Arm.

„Lijanne, ich werde dich bald verlassen."

„Ja, ich weiß, Mutter." Sie schluckte. Lijanne hatte sich inzwischen so daran gewöhnt, ihre Mutter um sich zu haben, dass ihr der Abschied sehr schwerfallen würde. Zudem würde sie sich fortan allein um die Sklaven in der Höhle kümmern müssen. Dies bedeutete, jeden Tag einen anstrengenden Ritt unternehmen zu müssen. Marinus musste schließlich seiner Arbeit nachgehen, und Servon ... Es war besser, seine schwachen Nerven nicht zu strapazieren.

Nachdem alle am Tisch Platz genommen hatten, eilte Beiruna aus dem Raum, um wenig später mit Keba zurückzukehren.

Beide Sklavinnen trugen silberne Tabletts mit hohen Kristallgläsern. Beiruna strahlte eine fast kindliche Freude aus. Sorgfältig servierten sie jedem Einzelnen ein Glas. Marinus war ebenso erstaunt wie Lijanne. Nicht, dass das Auftragen der kostbaren Gläser so verwunderlich war, nein, es war ihr Inhalt. Im Schein der Öllampen schimmerte das Getränk in einem strahlenden Blau, es sah aus wie das Meer in der Lagune bei Windstille oder der Himmel über Curaçao in den frühen Morgenstunden.

Lijanne sah die Sklavinnen an. „Was ist das, Beiruna?"

Marinus nahm ein Glas und roch neugierig daran, während die anderen noch ganz gebannt auf den blauen Schimmer starrten.

„Oh, Señora, meine Großmutter und meine Mutter haben einst viele Jahre lang dieses Getränk zubereitet. Der Vater des verstorbenen Meneer Johan nahm es gerne zu sich. Es stärkt!"

„Das also habt ihr in der letzten Zeit in der Scheune getrieben!" Lijanne schenkte den beiden Frauen einen verschwörerischen Blick.

„Señora, heute ist ein guter Tag, um von diesem Trank zu kosten."

Marinus führte das Glas an seine Lippen. „Na dann, zum Wohl!" Nach dem ersten Schluck wurden seine Augen groß, und er musste husten. „Das stärkt nicht nur, das ist stark!"

Lijanne nippte vorsichtig an ihrem Glas. Die Farbe des Getränks war außergewöhnlich; sie fragte sich, wie Beiruna dies hinbekommen hatte. Lijannes Mutter hatte früher Stoffe gefärbt, aber einen Blauton hatte es nie gegeben. Alles, was blau war, ob Stoff oder Porzellan, kam aus Europa, auf den Inseln gab es nichts, was hätte helfen können, etwas blau einzufärben. Lijanne stieg der Geruch von reifen Pomeranzen in die Nase und der süßlich schwere Duft von Zucker. Der erste Schluck brannte ihr auf der Zunge und rann heiß durch ihre Kehle hinunter bis in den Bauch. Dort breitete sich die Hitze aus, um sogleich ein wohliges Gefühl in ihrem Inneren auszulösen. Genau genommen handelte es sich um eine Art Likör, etwas dickflüssig, schrecklich bitter zuerst, dann aber schmeckte er zuckersüß. Lijanne musste noch einen Schluck kosten. Auch alle anderen nippten andächtig an ihren Gläsern – die Soldaten zunächst misstrauisch, dann mit wachsender Begeisterung. Und selbst ihre Mutter, die sonst keinen Alkohol zu sich nahm, lächelte und trank.

Es war bereits spät in der Nacht, als Beiruna zum letzten Mal die Gläser füllte. Die Soldaten lachten inzwischen lauthals über Servon, der ohne Pause einen Witz nach dem anderen erzählte. Seine Pein der vergangenen Wochen schien vergessen, Lijanne hatte ihn noch nie so gelöst gesehen. Ihre Mutter erhob sich nach dem letzten Glas leicht schwankend. „Ich … ich … ich werde nun zu Bett gehen. Beiruna soll unbedingt eine Flasche für deinen Vater abfüllen. Das wird ihm … schmecken."

„Wenn noch etwas übrig ist." Marinus prostete ihr zu. Lijanne beobachtete, wie ihre Mutter sich Mühe gab, einigermaßen festen Schrittes die Treppe zu erreichen. Der Likör brannte ihr selbst längst nicht mehr auf der Zunge, er hatte aber in ihrem Inneren ein Feuer entfacht. Sie fühlte sich so leicht, in ihrem Kopf wirbelten die Gedanken durcheinander, sodass ihr fast schwindelig wurde.

„Ich glaube, ich sollte auch bald zu Bett gehen." Sie spürte, wie ihr plötzlich die Lider schwer wurden.

„Ja. Morgen früh wird uns allerdings nicht die Sonne wecken, sondern ein gehöriger Kater." Marinus lachte leise.

Keba stand im Dunkeln auf der hinteren Veranda. Um die schmale Sichel des Mondes funkelten die Sterne wie tausend kleine Leuchtkäfer am Himmel. Beiruna war bereits in ihre Hütte gegangen. Sie war sehr zufrieden, dass der Likör der Señora und ihren Gästen so gutgetan hatte. Wie die alte Haussklavin es geschafft hatte, diese geheimnisvolle Farbe zu erzeugen, war Keba ein Rätsel. Sie hatte umsichtig das Feuer geschürt, bis die Flüssigkeit durch all die Röhren gelaufen war. Dann hatte Beiruna das Gebräu abkühlen lassen. Sie war losgegangen und mit einem ganzen Korb voller Kräuter und Früchte sowie einem halben Sack Zucker zurückgekehrt. Keba hatte das Feuer erneut schüren müssen, und bereits da war ihr ein leicht blauer Schimmer aufgefallen. Beiruna gab nach und nach alle Zutaten in die Flüssigkeit und wies Keba an, mit einem großen Holzlöffel kräftig zu rühren. Keba hatten bald die Arme geschmerzt und der Schweiß war ihr über den Rücken gelaufen, so anstrengend war diese Arbeit gewesen. Ganz zum Schluss hatte Beiruna den Zuckersack hochgewuchtet und langsam die gelbgoldenen Kristalle in den Kessel rieseln lassen. Ab da verfärbte sich bei jedem Umrühren der Likör immer mehr ins Blaue. Keba hatte gestaunt, und plötzlich war die Anstrengung vergessen.

„Was passiert da, Beiruna?“

„Das ist schon alles richtig, Mädchen, da drin ist jetzt der Geist von Curaçao.“

Keba war eigentlich nicht abergläubisch. In den Sklavenhütten wurde noch allerlei Geisterzauber abgehalten, aber sie selbst glaubte nicht an diese Beschwörungsrituale. Als man ihr die Finger abgehackt hatte, hatte sie nächtelang bittere Tränen geweint und später beim Sklavenhändler so manches Bittritual gesprochen. Doch weder hatte ihr dies die Finger noch ihre Familie zurückgebracht. Bei Licht besehen war ihr auch kein einziger Fall bekannt, wo so etwas wirklich geholfen hatte. Doch als Beiruna die Farbe des Gebräus nun wie durch einen Zauber veränderte, kam Keba der Gedanke, dass es hier nicht mit rechten Dingen zuging.

Den Señoras und den Männern schien der Geist von Curaçao auf jeden Fall zu munden. Noch nie hatte sie ihre Señora mit einem so warmen Blick und so rosigen Wangen gesehen. Egal, was Beiruna mit dem Likör angestellt hatte, es war gut und zur rechten Zeit gewesen.

Keba tappte im Dunkeln an die lange Arbeitsplatte, wo die leeren Gläser der Herrschaften standen. Sie lauschte. Aus dem Haus drang noch Gelächter. Keba nahm ein Glas und roch daran. Die letzten Tropfen dufteten nach Zucker, Orangen und … Sie wusste nicht recht, nach was noch. Vieles von dem, das Beiruna in den Kessel gegeben hatte, um es später wieder abzusieben, war ihr unbekannt gewesen. Sie lauschte nochmals und sah sich um. Dann nahm sie das Glas und führte es an ihre Lippen. Noch nie in ihrem Leben hatte sie Alkohol gekostet. Die letzten Tropfen aus dem Glas brannten ihr auf der Zunge. Ein kalter Schauer erfasste Keba, sie prustete und schluckte. Sogleich verwandelte sich der bittere Geschmack in eine süße Wärme, die ganz sachte den Weg in ihren Bauch fand. Keba musste kichern. Sie nahm ein weiteres Glas; in allen Gläsern befand sich noch ein letzter klitzekleiner Rest.

Beim dritten Glas zuckte sie zusammen. Hatte es neben der Veranda gerade geraschelt? Spielte der Alkohol ihr etwa einen Streich? Sie hatte schon erlebt, was alkoholische Getränke mit manchen Menschen anrichten konnten. Sie fuhr sich mit der Zunge über die Lippen und stellte hastig das Glas wieder ab. Oh, man würde sie bestrafen! Aus den Gläsern der Herrschaften trinken, das war eindeutig nicht gestattet. Ein Knacken! Ganz deutlich hatte sie es jetzt gehört.

„Hallo?“, fragte sie leise in die Nacht und lauschte. „Ist da jemand?“

Ein leises Schluchzen ertönte.

Keba schüttelte den Kopf, um das benebelte Gefühl loszuwerden, raffte ihre Schürze und stieg die Stufen der Veranda hinab.

„Hallo? Ist da wer?“

Jetzt sah sie eine kleine Gestalt zusammengekauert in den Büschen hocken. Der Schreck ließ sie erstarren. Geister? Doch dann vernahm sie wieder ein Schluchzen, und es war ganz sicher kein Spuk. Dort saß ein Kind!

„Was machst du da? Komm da raus und geh in deine Hütte!" Was trieb sich dieses Kind mitten in der Nacht nur am Plantagenhaus herum! „Geh!"

Das Kind wimmerte.

„Was ist denn? Nun komm da erst mal raus." Keba versuchte, ihre Stimme nicht ganz so streng klingen zu lassen.

Marinus stieß Lijanne sanft mit dem Ellbogen in die Seite. Dabei musste sie ungewollt kichern wie ein kleines Mädchen. „Ich gehe jetzt noch einmal an die frische Luft und dann zu Bett."

„Warte, ich komme mit!"

„In mein Bett?" Lijanne kicherte weiter.

Marinus erhob sich schwankend. „Nein, erst mal mit an die frische Luft." Er bot ihr galant den Arm, Lijanne hakte sich bei ihm ein und merkte, dass sie wohl ohne seine Stütze nicht auch nur halbwegs gesittet den Tisch hätte verlassen können. Ihr Kichern verstummte, weil sie sich konzentrieren musste.

Leicht schwankend trat sie mit Marinus an ihrer Seite durch die Eingangstür. Über dem Plantagenhausdach leuchtete die Mondsichel. Der Orangenhain lag in diffusem Licht, hier und da erklang leise das Trillern eines Nachtvogels. Die Luft war abgekühlt, doch unter dem Dach der Veranda hielt sich noch die Wärme des Tages.

„Oh, da hat uns Beiruna aber ein feines Gebräu zubereitet." Marinus gab sich Mühe, klar zu sprechen. Er atmete ein paar Mal tief ein und aus und straffte sich dann. „Ich neige eigentlich nicht dazu, übermäßig zu trinken, aber das war wirklich sehr … schmackhaft … süß …" Er drehte sich zu ihr, ohne dabei ihren Arm zu lösen. Stattdessen legte er beide Hände auf Lijannes Schultern. „Du bist auch ganz schön beschwipst."

Lijanne brachte kein Wort heraus. Angesichts seiner Nähe und der Wärme, die von ihm ausging, klopfte ihr Herz wie wild und in ihren Ohren rauschte es.

Sein Gesicht näherte sich ihrem. „Auch wenn du dich vielleicht morgen nicht mehr oder nur, als ob du es geträumt hättest, daran erinnern magst, möchte ich dir sagen, dass ich dich sehr gernehabe, Lijanne. Ich habe … ich habe lange überlegt, ob ich wirklich in die Ferne reisen soll. Doch jetzt weiß ich, warum ich hierhergekommen bin."

Er legte seine Hände auf ihre Wangen. Federleicht strich er ihr über die Haut, was Lijanne einen Schauer über den Rücken jagte. In ihr stieg heiß der Wunsch auf, ihm nahe zu sein, noch näher als jetzt, ihn zu fühlen, seinen Atem auf ihrer Haut zu spüren … Als seine Lippen sich auf ihre senkten, waren plötzlich alle Gedanken wie weggeblasen, ihr Kopf war leer, selbst ihr Herz schien einen Moment innezuhalten, um sogleich noch viel wilder als zuvor weiterzupochen. Sie griff in den Stoff seines Hemdes und zog ihn dicht an sich. Warum war er so weit weg? Sie wollte ihm ganz nahe sein.

Sie wusste nicht, wie lange sie so innig beieinanderstanden. Nur einen Wimpernschlag lang? Oder war es gar eine ganze Stunde in der Nacht? Als er sich von ihr löste, lächelte er atemlos. Lijanne hingegen hatte das Gefühl, zu fallen.

„Señora?" Ein Flüstern drang an ihr Ohr.

Der Zauber des Augenblicks verflog. Lijanne räusperte sich und machte einen Schritt von Marinus fort.

„Señora!"

„Keba, was schleichst du hier herum?" Lijannes Stimme klang schärfer, als sie es wollte.

Aus dem Schatten des Plantagenhauses trat ihre Leibsklavin. Doch sie war offensichtlich nicht allein. An ihren rechten Arm klammerte sich ein Kind.

„Señora, der Junge hier … Er war hinter dem Haus. Er sagt … er sagt …"

Lijanne wurde plötzlich aufmerksam. „Was sagt er? Warum treibt er sich da herum um diese Uhrzeit?"

Keba schob die kleine Gestalt nach vorne. „Sag der Señora, was du mir gesagt hast!"

Das Kind wimmerte. „Ich … Da kamen Männer auf Pferden … zur Höhle. Mama hat gesagt: ‚Lauf! Lauf zur Plantage!' Ich hab mich versteckt … Die Männer …"

Lijanne erstarrte. „Die Höhle? Warst du in der Höhle an der Lagune?"

„Ja, Señora, alle sind weg, die Männer mit den Pferden haben sie alle mitgenommen."

11. KAPITEL

Können wir denn gar nichts tun?" Lijanne stand wieder neben Marinus, doch es war nun früh am Morgen. Die verzauberte Stimmung der letzten Nacht war gänzlich verflogen, und in ihrem Kopf pochte ein stechender Schmerz. Ihr Herz war voller Sorge.

Marinus sah ebenfalls mitgenommen aus. Viel geschlafen hatte er anscheinend auch nicht. Er und Lijanne hatten noch in der Nacht die aufgeregte Keba beruhigt und sie angewiesen, dem Kind einen Schlafplatz in ihrer Hütte zu geben. Keba war außer sich vor Angst um David. Das verstand Lijanne besser als je zuvor, hatte sie doch in Marinus selbst einen Seelenverwandten gefunden. Allein der Gedanke daran, ihm könne etwas zustoßen, verursachte einen scharfen Schmerz in ihrem Magen.

Marinus schüttelte den Kopf und rieb sich mit den Fingern die Schläfen. „Nein, ich fürchte nicht. Egal ob es Rickerms Männer waren oder Gendarmen aus der Stadt, es ist zu gefährlich. Wir können nur inständig hoffen, dass sie so loyal sind, uns nicht zu verraten. Denn dann …"

„… sind wir verloren", ergänzte Lijanne und schauderte. Warum änderte sich immer alles nur so schnell? Gerade meinte man noch, ein kleines Glück gefunden zu haben, da schlug das Schicksal zu.

„Wir können nur hoffen, dass man sie nicht zu hart bestraft. Es wird ihnen zugutekommen, dass sie, wie der Junge sagt, kampflos mitgegangen sind. David ist ein Heißsporn, aber er ist auch schlau. Wenn sie keine Dummheiten machen, haben sie vielleicht Glück. Bei der Unruhe in der Stadt und auf den Plantagen kommt die Verwaltung vielleicht gar nicht schnell genug hinterher, über Recht und Unrecht zu urteilen, und …", er machte eine kurze Pause, „… sie halten durch, bis der Tag kommt, der alles verändern wird."

„Wie lange dauert es noch?"

„Neun Wochen. In neun Wochen bricht eine neue Zeit an auf dieser Insel. Und genau deshalb“, er richtete sich auf, „werde ich nun auch meiner Arbeit nachgehen.“

Lijanne seufzte. Sie wusste, dass er gehen musste, doch wäre es ihr lieber gewesen, wenn er bleiben könnte.

Hufschläge erklangen, und die Soldaten kamen mit ihren Pferden um das Haus herum, Marinus’ Pferd und das Packmaultier am Strick bei sich führend. Die Männer wirkten nach dieser Nacht alle etwas mitgenommen. Blass und mit müden Augen, dennoch dienstbeflissen, saßen sie auf ihren Pferden.

Lijanne sah ihnen hinterher, bis sie im Orangenhain verschwunden waren. Wie lange würde sie diesmal auf ihn warten müssen? Einen Tag? Zwei Tage? Es graute ihr davor.

Resigniert kehrte sie zurück ins Haus. Ihre Mutter wartete im Salon. Sie hatte die Vorhänge zugezogen und hielt sich ein feuchtes Tuch an die Stirn. „Oh, mir geht es so schlecht! Dass Marinus und die Soldaten in diesem Zustand reiten können!“

„Sie müssen, Mutter, sie müssen.“ Lijanne setzte sich auf einen der Stühle und starrte auf ihre Hände. Sie hatte noch keine Gelegenheit gehabt, ihrer Mutter zu erzählen, was ihren Schützlingen in der Höhle widerfahren war. Entweder war Servon in der Nähe gewesen oder aber einer der Soldaten. Doch jetzt waren sie allein.

„Mutter, ich muss dir etwas sagen, es ist etwas geschehen letzte Nacht.“

Lijanne sah, wie sehr Marijke die Nachricht traf. Wie alle Eingeweihten hatte sie gehofft, sie würden den Menschen so lange helfen können, bis der Tag der Freiheit für sie gekommen war. Ihre Mutter hatte das feuchte Tuch beiseitegelegt und starrte ins Leere. „Ich bin wirklich froh, dass wir auf Aruba keine Sklaven haben. Das ist alles so schwer und so grausam!“ Dann nickte sie unmerklich. „Marinus hat recht, man muss jetzt einfach hoffen, dass ihr Mut belohnt wird und ihnen nichts geschieht, bis …

Versprichst du mir, dass du mich wissen lässt, wenn du etwas von ihnen hörst?"

„Ja, ich werde dir schreiben, Mutter. Doch werde ich schreiben, dass es … es den Pferden gut geht. Niemand darf je erfahren, dass wir ihnen geholfen haben."

„Und versprichst du mir, Marinus eine Chance zu geben?"

„Das habe ich doch schon lange getan, Mutter." Lijanne musste lächeln.

„Dein Vater wird stolz auf dich sein. Und lass dich von Rickerm nicht unterkriegen! Er kann dir nichts mehr anhaben. Aber lass Servon nicht zu viel von Beirunas Likör trinken!"

Die Frauen mussten lachen, dabei fassten sich beide allerdings an den schmerzenden Kopf.

„Ach, Kind, es fällt mir schwer, zu gehen, aber ich gehöre nicht hierher. Und dein Vater hat es jetzt schon so lange ohne mich aushalten müssen."

„Ist schon gut, Mutter. Du hast mir so sehr geholfen! Ich glaube, mit Marinus zusammen werde ich es schaffen."

Am nächsten Morgen ließ Marijke die Droschke anspannen. Lijanne schmerzte zutiefst das Herz, doch sie wusste, es war Zeit, Abschied zu nehmen.

Das Haus war plötzlich leer. Nur Servon tappte ab und an durch die Räume. Lijanne fühlte sich wie damals, nachdem Johan verunglückt war. Um sich von der Einsamkeit nicht erdrücken zu lassen, machte sie sich auf zu Beiruna und Keba auf die hintere Veranda. Nicht noch einmal würde sie dem Schicksal gestatten, sie derartig zu lähmen.

Die Sonne stand hoch am Himmel, und Lijanne versuchte schon seit geraumer Zeit, Beiruna die Zubereitungsweise dieses erstaunlichen und wunderbaren Likörs zu entlocken, als vor dem Haus erneut das Klappern von Hufen und das Knirschen einer Kutsche ertönte. Ihre Droschke konnte es eigentlich nicht sein, der Kutscher würde den ganzen Tag brauchen, um nach Willemstad und wieder zur Plantage zu fahren. Kam ihre Mutter gar zurück? Eilig hastete Lijanne aus dem Haus. Doch da standen nicht ihre eigenen Pferde. Eine schwarze Frau stieg aus einer fremden Kutsche, dann erkannte Lijanne, wer noch darin saß. Arletta! Lijanne wurde stocksteif.

„Lijanne!“ Arletta kletterte schwerfällig aus dem Wagen, hinter ihr stolperte ein kleines Mädchen mit scheuem Blick die Stufen hinunter und wurde von der Haussklavin sicher aufgefangen und auf den Arm genommen. Arletta hielt sich einen Augenblick schwer atmend an der Kutsche fest.

„Señora?“

„Es geht schon, Daria.“ Arletta richtete sich auf, so gut ihr das in ihrem Zustand gelang.

Lijanne schaffte es endlich, sich aus ihrer Starre zu lösen. „Arletta! Was führt dich zu mir?“

Arlettas Gesicht war von der Hitze und der Anstrengung aschfahl. „Bei uns auf der Plantage … Ruben, die Sklaven … Es herrscht das Chaos. Ich … Er hat gesagt …“ Arletta verdrehte die Augen und sank zu Boden.

„Beiruna! Keba!“ Lijannes Stimme war fast auf der ganzen Plantage zu hören. Mit einem Satz war sie bei Arletta. „Himmel, was ist los mit dir?“

Daria schaute erschrocken auf ihre Señora. „Das Baby, es dauert nicht mehr lange, die Señora hätte in die Stadt fahren sollen, doch das wäre zu weit gewesen, auf St. Barbara war es zu gefährlich, daher kam sie hierher.“

Keba und Beiruna kamen im Laufschritt aus dem Haus geeilt. Beiruna bückte sich zu der Ohnmächtigen hinunter. „Sie muss ins Haus, schnell!“

Irgendwie schafften es Beiruna, Keba und Lijanne, die hochschwangere Arletta auf die Füße zu stellen und sie ins Haus zu schaffen.

„In den Salon, auf das Sofa!“ Lijanne hatte nicht gewusst, wie viel ein menschlicher Körper wiegen konnte.

Daria folgte mit dem wimmernden kleinen Mädchen auf dem Arm.

Keba reagierte sofort. „Komm, gib mir die Kleine, sie hat sicherlich Durst.“ Sie trug das Kind aus dem Raum, damit es nicht länger seine bewusstlose Mutter sehen musste. Beiruna eilte davon und kam umgehend mit einer Schüssel Wasser und Tüchern wieder.

Daria stand immer noch etwas verlegen herum. „Die Señora hat bereits gestern Wehen gehabt.“

Lijanne richtete sich auf und überließ es Beiruna, Arletta zu versorgen. „Und jetzt? Ich habe noch nie … eine Geburt …“

Beiruna schüttelte den Kopf. „Keine Sorge, ich habe schon genug Kindern auf die Welt geholfen. Aber die Señora ist in einem schlechten Zustand, sie ist nicht sehr bei Kräften. Sie wird es schwer haben.“

Arlettas Augenlider flatterten, und langsam kam sie wieder zu sich.

„Lijanne … Es tut mir leid … Ich wusste nicht wohin …“

„Ist schon gut.“ Lijanne bemühte sich um einen beruhigenden Ton. „Wir helfen dir.“

Als Arletta wieder halbwegs bei Sinnen war, hievten Beiruna und Daria sie die Treppe hinauf. Arletta hatte beiden Sklavinnen schwer einen Arm um die Schultern geschlungen und hielt sich an ihnen fest. Mühsam setzte sie die Füße voreinander; auf diese Weise gelangten sie in das obere Stockwerk.

Das Kind ließ lange auf sich warten. Die ganze Nacht hindurch klang Arlettas lautes Wehklagen durch das Haus. Lijanne, Daria und Keba eilten abwechselnd nach unten, holten heißes Wasser und frische Tücher. Bei jedem Schrei erschauerte Lijanne; im Stillen war sie dankbar, dass ihr die Tortur einer Geburt bisher erspart geblieben war. Sicher waren Kinder eine Erfüllung, aber welchen Preis hatte eine Frau dafür zu bezahlen?

Auch Keba runzelte die Stirn, wenn sie sich auf der Treppe trafen; die junge Leibsklavin schien ähnlich zu empfinden.

Beiruna war mehr als souverän. Sie stützte die Gebärende, gab ihr einen Knebel zum Draufbeißen, tupfte ihr die Stirn ab und schaute immer wieder unter das dünne Laken, das Arletta bedeckte, um zu kontrollieren, wie weit die Geburt vorangeschritten war.

Lijanne vermied jeden direkten Blick. Eigentlich war ihr der Geburtsvorgang bei Pferden, Ziegen, Schafen alles andere als unbekannt, aber keines der Tiere hatte so voller Schmerz geschrien und gefleht und sich so abgemüht wie Arletta.

In den frühen Morgenstunden, als ein rosa Schimmer am Himmel den neuen Tag ankündigte, tönte endlich der Schrei eines Babys durch das Haus. Keba und Lijanne, die in der kühlen Nachtluft auf der hinteren Veranda ausgeharrt hatten, atmeten erleichtert auf.

Irgendwann kam auch Beiruna aus dem Zimmer, das sie gestern Abend in aller Eile für Arletta noch hergerichtet hatte, wischte sich die Hände ab und nickte erschöpft. „Ein Sohn, aber die Señora ist sehr schwach; sie hat viel Blut verloren und wird einige Tage brauchen, um sich zu erholen."

Lijanne ließ sich müde auf einen Stuhl sinken. Die ersten Vögel begrüßten den Tag und aus dem Sklavendorf erklang ein Hahnenschrei. Sosehr sie Arletta in den letzten Jahren auch verachtet hatte, ihr Zustand ging Lijanne doch nahe. „Wir werden uns um sie kümmern, bis sie wieder bei Kräften ist, um auf ihre Plantage oder in die Stadt oder wohin auch immer zurückzukehren."

Zur Mittagsstunde erlaubte Beiruna Lijanne einen Besuch bei Arletta. Auch Katarina, Arlettas kleine Tochter, durfte an Lijannes Hand mit hinein. Das Kind hatte sich nach der überstürzten Ankunft und der Aufregung um seine Mutter etwas beruhigt und entpuppte sich als schüchternes, aber sehr liebenswertes kleines Mädchen. Die Pein der Nacht war für Lijanne schnell vergessen, als sie das verzückte Gesicht des Mädchens sah, als dieses seinen kleinen Bruder begrüßte.

„Wie heißt er, Mama?", fragte sie mit ihrem glockenhellen Stimmchen.

„Louis … Er wird Louis heißen." Arletta hielt das gewaschene und in ein blütenweißes Leinentuch gewickelte Baby zärtlich im Arm.

„Nun geh wieder zu Daria, Kind, deine Mutter braucht noch Ruhe." Lijanne nickte der wartenden Sklavin an der Tür zu.

Nachdem beide den Raum verlassen hatten, blickte Arletta sie an. „Danke, Lijanne, dass du mir geholfen hast, ich wusste nicht wohin in meiner Not."

„Ist schon gut. Aber was ist denn bei euch los?"

„Ruben … Es gibt immer mehr Ärger mit den Sklaven. Und jedes Mal, wenn er einen bestrafen lässt, begehren die anderen auf. Gestern mussten die Aufseher wieder zur Waffe greifen."

Lijanne runzelte die Stirn. „Ihr werdet es nicht einfach haben, wenn die Sklaven freikommen." Vielleicht war es nicht der richtige Zeitpunkt, darüber zu sprechen, doch Arletta konnte unmöglich die Augen verschließen vor dieser Situation.

Sie seufzte müde. „Glaub mir, Lijanne, ich bin mit Sklaven aufgewachsen und habe auch gelernt, sie zu führen. Aber Ruben … Er … er übertreibt es manchmal. Die Freilassung der Sklaven ist für ihn kein Thema. Wenn er so weitermacht, werden alle unsere Arbeiter bis zum Tag der Freilassung Gefangene sein statt Arbeitssklaven. Und Gefangene kommen nicht frei."

Lijanne wusste, dass Rickerm es darauf anlegte. Gefangene würden keine Entschädigung erhalten, und er konnte weiterhin über sie verfügen, wie er wollte.

Eine Frage brannte Lijanne noch unter den Nägeln – auch wenn Arletta aussah, als würde sie gleich vor Erschöpfung einschlafen, und das Baby in ihren Armen längst selig schlummerte.

„Kamen in den letzten Tagen entlaufene Sklaven zurück zur Plantage? Gab es deshalb Unruhen?"

„Nein, nicht, dass ich davon gehört hätte."

Lijanne zog scharf die Luft ein, sagte aber nichts. Arletta durfte keinen Verdacht schöpfen.

„Alles wird gut, Arletta, jetzt ruhe dich erst mal aus."

Arletta hatte die Augen geschlossen. Lijanne verließ leise den Raum und lehnte sich im Flur gegen die Wand. Die Flüchtlinge waren also nicht Rickerm in die Fänge geraten. Wenn die Gendarmerie aus der Stadt sie festgesetzt hatte, gab es vielleicht noch eine Chance für sie.

Am Abend kehrten Marinus und die Soldaten von ihrer Mission zurück. Die Männer waren müde und ausgelaugt.

„Selbst in ihrer Begleitung ist es schwer, Zutritt zu den Ländereien zu bekommen." Marinus schüttelte niedergeschlagen den Kopf, während er sein Pferd versorgte.

„Wir haben gestern einen überraschenden Gast bekommen." Lijanne nahm ihm seine Packtaschen ab.

„Auf der Plantage?"

„Arletta ist hier."

Marinus zog überrascht die Augenbrauen hoch. „Rickerms Frau?"

„Sie hat in der Nacht einen Sohn geboren, auf St. Barbara war es zu gefährlich für sie."

Marinus schüttelte den Kopf. „Dein Nachbar wird sich noch um seine Existenz bringen. Geht es ihr wenigstens gut?"

„Ja. Und dem Baby auch."

„Na, hoffentlich dankt er dir das irgendwann einmal." Die Ironie in Marinus' Stimme war nicht zu überhören.

„Ich konnte sie doch nicht fortschicken!", empörte sich Lijanne.

„Nein, natürlich nicht." Er sah sie an und legte kurz seine Hand auf ihre Wange. „Du hast alles richtig gemacht."

Lijanne durchfuhr ein wohliger Schauer. Die Erinnerung an die alkoholgeschwängerte Nacht und seinen Kuss brachte sie gehörig in Aufruhr, jetzt, wo er wieder neben ihr stand.

Marinus lächelte. „Hat Beiruna noch etwas von ihrem blauen Zaubertrank? Meine Männer und ich könnten jetzt sicher einen Schluck gebrauchen."

Arletta erholte sich zusehends. Neun Tage nach ihrer Ankunft tauchte Rickerm auf. Er sah mitgenommen und erschöpft aus; wenig kampflustig stieg er aus dem Sattel und trat Lijanne und Marinus gegenüber.

„Meine Frau – geht es ihr gut?"

Fast hatte Lijanne Mitleid mit ihm. „Ja, es geht ihr gut, sie hat einen Sohn geboren."

Selbst diese Nachricht schien Rickerm nicht zu berühren.

„Danke", sagte er teilnahmslos.

Eine Stunde später verließen er und Arletta mit den Kindern die Plantage.

Arletta bedankte sich im Gegensatz zu ihrem Mann herzlich. „Lijanne, das werde ich dir nie vergessen! Komm uns doch bald einmal besuchen, ich würde mich freuen."

Rickerm schnaubte bereits wieder abfällig, als er dies hörte.

Lijanne sah ihnen nach und fragte sich, ob der Zwist zwischen ihr und Rickerm sich vielleicht durch dieses Geschehen etwas beilegen lassen würde.

12. KAPITEL

Der 1. Juli des Jahres 1863 begann auf De Eendracht fast wie jeder andere Tag auch. Nur dass Lijanne in den Armen von Marinus erwachte und die Sklaven an diesem Morgen keine Sklaven mehr waren.

Für den Abend hatte Lijanne ein Fest ausrichten lassen. Ihre ehemaligen Sklaven sollten nicht in eine ungewisse Zukunft stolpern. Marinus und sie hatten gemeinsam mit Servon umfangreiche Pläne geschmiedet.

Zunächst durfte jeder freie Schwarze, der dies wollte, auch zukünftig auf der Plantage arbeiten. Dafür bekam er ein Stück Land, das seine zuvor bewohnte Hütte im Sklavendorf mit einschloss. Dahinter hatte Marinus großzügig Grundstücke vermessen, die künftig als Kostäcker dienen sollten. Zusätzlich war er mit Lijanne zum Rand der blauen Lagune geritten. Dort hatten sie weiteres Land vermessen, das sie Fischern zur Verfügung stellen wollten. Zumindest auf De Eendracht waren auf diese Weise alle Wege für ein friedliches Miteinander geebnet.

„Jetzt müssen wir sie nur noch finden, und zwar heute." Lijanne kuschelte sich in Marinus' Arm. Was ihr noch bevorstand, bereitete ihr etwas Angst.

„Das schaffen wir schon! Ich denke, in der Stadt wird es heute turbulent zugehen. Aber genau das ist unsere Chance." Er drückte sie kurz und schwang dann seine Beine aus dem Bett. „Doch wenn wir nicht bald losreiten, geht unser Plan vielleicht nicht auf."

Lijanne seufzte. Er hatte recht. Sie stand auf, schlüpfte in ihren Morgenmantel und begab sich in ihr eigenes Schlafzimmer, wo Keba schon mit ihrer Tageskleidung wartete.

„Na, Keba, wie fühlst du dich?" Lijanne lächelte ihre ehemalige Leibsklavin an. Ab heute war Keba ein Hausmädchen.

„Nicht anders als sonst, Señora." Aber auch sie lächelte.

Lijanne hoffte, dass sie heute Abend mehr als ein Lächeln in Kebas Gesicht sehen würde. Sie hatten niemandem etwas von ihrem Plan verraten, zu groß wäre die Enttäuschung für Keba, wenn alles anders käme.

Wenig später trafen Marinus und Lijanne sich bei den Pferden.

„Bereit?“

„Bereit!“ Lijanne schwang sich in den Sattel.

Der Ritt nach Willemstad kam Lijanne dieses Mal viel kürzer vor als sonst. Unglaublich viele Menschen waren unterwegs. Es wurde überschwänglich gefeiert, die Schwarzen schienen außer Rand und Band. Überall standen Soldaten und überwachten mit strengen Blicken die Straßen.

Lijanne betrachtete das Geschehen besorgt. Marinus schien, wie schon so oft in letzter Zeit, ihre Gedanken lesen zu können. „Die meisten sind ja nicht wirklich frei, Lijanne, es wird noch Jahre dauern, bis sich Weiße und Schwarze auf Augenhöhe begegnen werden, wenn dies überhaupt eines Tages der Fall sein wird.“

Er hatte in der letzten Woche viele Dinge erlebt, und nicht alles erzählte er Lijanne, das spürte sie. Aber je öfter er mit den Soldaten davongeritten war, desto stiller war er geworden. Ihn bedrückte etwas, doch Lijanne hatte Angst, ihn danach zu fragen.

In Willemstad steuerten sie den Stadtteil mit den Sklavenhändlern an. Dort, so sagte man ihnen, seien auch die ganzen Aufständischen festgesetzt. Trostlose Baracken mit hohen Zäunen, verschmutzte Straßen, ein beißender Gestank. Aus dem Sklavenhandel, der einst der Insel so großen Reichtum beschert hatte, war ein Auffanglager für arme Seelen geworden. Lijanne verließ jeglicher Mut. Wahrscheinlich waren die Menschen, die sie suchten, schon längst fortgebracht worden.

Auch Marinus blickte ernst drein. Sie mussten sich durchfragen, und erst nach geraumer Zeit gab ein abgerissen aussehender

Soldat, den man wohl aufgrund irgendeines Vergehens hierher strafversetzt hatte, den entscheidenden Hinweis.

„Flüchtige Neger? Aus dem Osten? Ja, da hinten hat man vor ein paar Wochen welche untergebracht." Er wies auf einige Baracken am Ende einer Straße.

Lijanne atmete auf. Vielleicht war es ja doch noch nicht zu spät.

Dort angekommen, musste Marinus erst ein langes Wortgefecht mit einem Aufseher führen.

„Hier!" Er wedelte dem Mann ungehalten mit einem Schreiben vor dem Gesicht herum. „Wir haben es schriftlich, es sind unsere Sklaven, und sie sollen ab heute zurück auf unsere Plantage."

Lijanne klopfte vor Aufregung das Herz bis zum Hals. Das Schreiben war bedeutungslos. Marinus hatte es selbst verfasst, und es sagte im Grunde auch nur aus, dass der Plantage De Eendracht vor ein paar Wochen einige Sklaven abhandengekommen waren. Es war weder ein offizielles Schreiben noch bewies es, dass Lijanne jemals die Herrin dieser Sklaven gewesen war. Doch Marinus ging den Aufseher so vehement und überzeugend an, dass dieser schnell aufgab, das Tor aufschloss und die Sklaven herbeirief. Da waren sie! David und die Männer und Frauen aus der Höhle! Abgemagert, schmutzig und alle in Ketten, aber am Leben. Den Menschen huschte ein leiser Ausdruck des Erkennens über die Gesichter, dann wurden ihre Mienen unter Marinus' strengem Blick bitterernst.

Die letzten Wochen auf fremden Plantagen waren Marinus eine gute Schule gewesen. Gekonnt mimte er den Plantagenbesitzer, blaffte die Sklaven an und trieb sie hoch zu Ross wie eine Herde Ziegen vom Hof des Lagers.

Lijanne konnte sich vor Angst kaum auf ihrem Pferd halten, während sie durch die Straßen von Willemstad ritten. Würde ihr Bluff auffliegen? Doch niemand scherte sich an diesem Tag um zwei Weiße, die eine Horde Schwarzer in Ketten vor sich hertrieben. Erst lange nachdem sie die Stadt verlassen hatten, fiel die Anspannung auch von Marinus ab, und er trabte mit seinem Pferd nach vorne an den Zug, wo David die Gruppe anführte. Lijanne sah, wie David die Arme jubelnd in die Höhe riss und sich überschwänglich bei Marinus bedankte. Sie hatten es geschafft!

Der Rückweg dauerte wesentlich länger als der Hinweg. Erst am frühen Abend bogen Lijanne und Marinus auf den Weg durch den Orangenhain ein. Vor dem Plantagenhaus sprang Marinus vom Pferd und übergab David feierlich die Schlüssel für die Ketten. Er hatte es nicht gewagt, sie den Leuten vorher schon abzunehmen. Doch jetzt waren sie in Sicherheit. Der Aufruhr vor dem Haus lockte erst Beiruna herbei, die sofort wieder davoneilte. Wenig später war sie zurück und schob Keba vor sich her. Da war es, das Gesicht, auf das Lijanne seit dem frühen Morgen so gehofft hatte. Für ihre ehemalige Leibsklavin gab es kein Halten mehr. Überglücklich stürzte sie David in die Arme.

Am Abend wurde zwischen dem Wirtschaftshof und dem Dorf ein großes Feuer entfacht. Lijanne hatte dafür gesorgt, dass es an diesem Festtag Fleisch für alle gab. Die Neuankömmlinge bedankten sich noch einmal überschwänglich bei Marinus und ihr. Marinus hatte darauf spekuliert, dass Rickerm nicht nach aufmüpfigen Sklaven suchen würde und die Lage in der Stadt an einem solchen Tag so undurchsichtig sei, dass niemand ihre Forderungen infrage stellen würde. Lijanne bewunderte seinen Mut und seinen klugen Einsatz.

Während sie den Schwarzen von der hinteren Veranda aus zuschauten, wie sie ausgelassen feierten, nahm Marinus ihre Hand.

„Lijanne, ich habe sehr lange überlegt“, begann er.

Sie hatte es geahnt, ihn bedrückte etwas. Ohne zu wissen, was er sagen wollte, spürte sie Tränen aufsteigen. Sein Tonfall hatte ausgereicht, ihr Innerstes aufzuwühlen.

„Ich möchte nach Europa zurück. Ich … ich … ich werde auf dieser Insel nie dazugehören.“

Lijanne konnte die Tränen nicht mehr zurückhalten, dennoch lachte sie kurz auf. „Das sagst du mir jetzt?"

Er zuckte mit den Achseln.

„Ich liebe dich, Marinus", flüsterte sie.

„Dann komm mit mir."

Lijanne deutete auf das Feuer. „Jetzt? Wo wir es fast geschafft haben? Jetzt, wo meine … unsere Plantage auf dem Weg in eine bessere Zukunft ist?"

Sie stand abrupt auf. „Oh nein! Ich werde diese Plantage nicht verlassen."

„Lijanne!" Er griff nach ihrer Hand. „Es wird doch nicht einfacher werden hier! Die Schwarzen, für die wird es jetzt besser. Aber für dich? Du wirst künftig noch viel härter arbeiten müssen, um die Plantage zu erhalten."

„Wir haben die Arbeiter, wir haben bald die Fischer an der Lagune. All das war doch dein Plan? Und jetzt willst du fort?" Lijanne schüttelte ungläubig den Kopf und entzog ihm ihre Hand. Sie verstand nicht, was in ihn gefahren war. Unter Tränen verließ sie die Veranda.

In dieser Nacht blieb sie allein, wie sie es wohl auch zukünftig wieder sein würde. Sie war wütend auf Marinus.

„Mevrouw van Rood, Sie müssen ihn auch verstehen. Er hat noch seinen alten Vater in den Niederlanden, und er hat eine Arbeit. Würde er hierbleiben, wäre seine Zukunft ungewiss." Servon versuchte, Lijanne in den nächsten Tagen zu trösten. Marinus ging ihr aus dem Weg. Noch hatte er einige Aufträge zu erledigen und ritt mit den Soldaten davon. Jedes Mal, wenn er zurückkehrte, hoffte Lijanne, er würde vom Pferd steigen, sie in den Arm nehmen und ihr sagen, er habe seine Entscheidung überdacht und geändert. Doch er ging stattdessen mit gesenktem Blick an ihr vorbei und schwieg. Der Stachel saß tief in ihrem Herzen.

13. KAPITEL

Lijanne hielt verwundert in der Tür zum Salon inne. Dort wiederum stand Servon, hielt eine Kristallglasflasche mit Beirunas blauem Trunk gegen das Sonnenlicht und schien nachzudenken. Lijanne räusperte sich verlegen.

Servon drehte ihr das Gesicht zu, ohne dabei die Flasche abzustellen. „Oh, Mevrouw van Rood, ich habe Sie gar nicht kommen hören." Dann blickte er wieder durch die blau schimmernde Flüssigkeit. „Ich weiß wirklich nicht, wie die Frau das hinbekommen hat. Mir ist diese Farbe völlig unbekannt und ...", er lächelte verlegen, „... ich kenne einige Getränke." Erst jetzt stellte er die Flasche auf den kleinen Salontisch und stützte die Hände auf die rundlichen Hüften. Mit schief gelegtem Kopf grübelte er weiter.

Lijanne trat in den Raum und nahm auf einem der Stühle Platz. Sie hatte sich noch nicht viele Gedanken über diesen Likör gemacht, außer ... außer dass er ihr wundervolle Nächte mit Marinus beschert hatte. Ihr Magen krampfte sich zusammen. Schnell verdrängte sie die Erinnerungen an seine Küsse und seine zärtlichen Berührungen.

„Wissen Sie was, Mevrouw van Rood?" Servon stand immer noch neben dem Tisch und zeigte nun mit dem Finger auf die Flasche. „Dieser Likör könnte Ihnen helfen."

„Helfen?" Lijanne lachte leise auf. „Er macht Kopfschmerzen, wenn man zu viel davon trinkt, ja. Aber wie sollte er mir helfen?"

„Sie sollen ihn nicht trinken. Sie sollen ihn verkaufen!"

„Verkaufen? An wen? Die Männer hier trinken Rum oder allerhöchstens mal einen Zuckerrohrschnaps."

„Nicht hier auf der Insel. In den Niederlanden!" Servon hob die Flasche erneut empor. „Schauen Sie doch nur, wie sich Hunderte von Nuancen in dieser Farbe spiegeln! Die Frauen der, sagen wir mal, besseren Gesellschaft werden sich die Finger lecken nach einem so exklusiven und außergewöhnlichen Getränk. Die Damen trinken nämlich nicht so gerne Rum, auch keinen Whisky, und immer nur aufgesetzte Beeren- oder Obstbrände … Das hier ist etwas Besonderes."

„Wenn Sie das sagen." Lijanne zuckte die Achseln. Sie hatte keine Ahnung, was Frauen in Europa tranken. „Und wie sollte ich es Ihrer Meinung nach anstellen, dass der Likör nach Europa kommt?"

„Ach, das wird wohl das kleinste Problem sein. Im Hafen von Willemstad gibt es doch bestimmt Schnapshändler, die Melasse und Ähnliches für ihre Rumbrennereien einkaufen. Man müsste nur … man müsste nur … Ich werde noch ein wenig darüber nachdenken."

„Tun Sie das, Meneer Servon." Lijanne war mit ihren Gedanken schon wieder bei Marinus.

Zwei Tage später stapfte Servon bereits morgens in schweren Stiefeln die Treppe hinunter.

Marinus und die Soldaten waren den vierten Tag schon fort, und Lijanne starrte unablässig zur Tür in der Hoffnung, Hufschläge vor dem Haus zu hören. Doch es tat sich nichts. Worauf warte ich auch? schalt sie sich im Stillen. *Dass er kommt, mich ignoriert und wieder fortreitet?* Servons Schritte ließen sie aufhorchen.

„Wollen Sie fort?"

„Ja, Mevrouw. Es lässt mir keine Ruhe. Ich habe die ganze Zeit darüber nachgedacht, und ich muss diese Sache selbst in die Hand nehmen."

„Was?"

„Na, die Sache mit dem Likör! Es könnte der Plantage äußerst zuträglich sein. Sie sollten mehr von diesen bitteren Orangen anbauen und auf diese Weise auch mehr Schwarzen Arbeit geben."

Lijanne horchte auf. „Glauben Sie wirklich daran?" Sie hatte Servons vor einigen Tagen geäußerte Ideen schon wieder verdrängt. Sie hatte ja nicht geahnt, wie ernst es ihm damit war!

„Ja, das glaube ich, und deshalb werde ich heute in die Stadt reiten und mich höchstpersönlich darum kümmern."

Lijanne schenkte dem Mann ein aufmunterndes Lächeln. Sie wollte nicht, dass er dachte, sie würde ihn nicht ernst nehmen. Doch sie konnte nicht anders, sie musste sich ein Lachen verkneifen. Wer sollte schon Interesse an dem Gebräu einer alten Haussklavin haben?

Wenig später half sie ihm, sein Pferd zu satteln. Er tat sich schwer mit dem Aufsteigen, und einen Augenblick dachte Lijanne, er würde sein Vorhaben noch aufgeben. Doch dann richtete er sich im Sattel auf und tippte an seine Hutkrempe. „Mevrouw, bis heute Abend."

„Reiten Sie vorsichtig und nicht zu schnell!", ermahnte Lijanne ihn noch. Er war aus der Übung, und der Weg nach Willemstad war nicht ungefährlich. Sollte sie ihn überhaupt reiten lassen? Doch er trabte schon davon.

Am Nachmittag kehrte Marinus mit den Soldaten zurück – staubig und schmutzig die Männer, erschöpft und abgemagert die Pferde. Der Auftrag schien wieder schwierig gewesen zu sein. Trotz ihrer Wut auf Marinus trat Lijanne aus dem Haus und nahm die Männer wie gewohnt in Empfang.

Marinus ließ sich von seinem Pferd gleiten, langsam, schwerfällig. Lijanne bemerkte sofort, dass etwas nicht stimmte. Mit zwei schnellen Schritten war sie bei ihm.

„Was ist passiert?"

Marinus verzog nur voller Schmerz das Gesicht. Ein Soldat antwortete an seiner Stelle. „Es war gestern an der Südspitze. Man hat auf uns geschossen."

„Geschossen?" Lijanne schlug sich die Hand vor den Mund. „Marinus, bist du … Hat man dich getroffen?"

Er drehte sich leicht zu ihr, da sah sie schon den notdürftigen Verband um seinen rechten Oberarm.

„Um Himmels willen!" Lijanne stützte ihn, als er schwankend sein Pferd den Soldaten überließ. „Komm, ich helfe dir hinein, Beiruna muss sich das ansehen."

Unendlich langsam näherten sie sich Schritt für Schritt dem Haus. Es war ein Wunder, dass er es überhaupt bis hierher geschafft hatte! Lijanne spürte durch sein Hemd hindurch, wie heiß er war, er hatte bereits Fieber.

Beiruna erschien sofort. Auch sie schlug erschrocken die Hände vor das Gesicht und rief nach Keba, Wasser und Tüchern.

„Nach oben, Señora, er muss sofort nach oben."

Gemeinsam schafften sie es, Marinus die Treppe hochzuschleppen bis in sein Zimmer. Dort legten sie ihn auf das Bett. Beiruna machte sich gleich daran, ihm das Hemd auszuziehen und den blutigen Verband von seinem Oberarm zu lösen. Lijanne starrte auf die Wunde, ein tiefschwarzes, fingernagelgroßes Loch, drumherum war das Fleisch schwarzblau verbrannt. Beiruna betastete vorsichtig seine Haut. Marinus schrie auf.

„Señora, da ist noch was drin. Das muss ich aufschneiden."

„Nein!", stöhnte Marinus auf.

„Oh doch, Meneer Valk, sonst sind Sie bald tot."

„Señora, gehen Sie die Soldaten holen, sie werden ihn festhalten müssen. Holen Sie auch eine Flasche Rum, im Salon steht noch eine, und Keba soll zwei der Fleischmesser hochbringen, heißes Wasser und noch mehr frische Tücher."

Lijanne war außerstande, sich zu bewegen.

„Señora!" Beirunas Stimme durchschnitt scharf die Luft im Raum.

„J…ja, ich gehe schon."

Wie in Trance rannte Lijanne nach unten. Dort traf sie auf Keba und gab ihr die Anweisungen, dann eilte sie hinter das Haus, wo die Soldaten noch die Pferde versorgten.

„Kommen Sie … bitte … Wir brauchen Ihre Hilfe."

Lijanne wusste nicht, was sie mehr entsetzte. Die kürzliche Geburt in ihrem Haus, von der sie wenig gesehen, aber umso mehr gehört hatte, oder dieser Eingriff, den Beiruna mutig an Marinus durchzuführen wagte. Sie konnte einfach nicht wegsehen.

Beiruna wusch zunächst den Arm mit heißem Wasser, sodass die gesunde Haut ganz rot wurde. Dann schüttete sie fast die ganze Flasche Rum in eine Schale und legte die Messer hinein. Den Rest gab sie Marinus zu trinken. „Runter damit! Alles!"

Marinus hustete und spuckte, aber er schaffte es, den Rum zu schlucken; er war bleich und seine Augen waren glasig. Derweil desinfizierte Beiruna ihre Hände in dem Rum und trocknete dann die Messer.

„Meneers." Sie wies mit einer Geste die Soldaten an, Marinus festzuhalten. Lijanne wich vom Bett zurück. Keba drängte sich in ihre Nähe. Beide starrten auf Beirunas Hände.

Die alte Haussklavin schien genau zu wissen, was zu tun war. Zunächst stach sie mit der Spitze der Klinge eines Messers tief in das Loch; dunkles Blut quoll hervor, und Marinus gab ein tiefes Stöhnen von sich und verdrehte die Augen, sodass fast nur noch das Weiße zu sehen war.

Beiruna führte das Messer noch tiefer in die Wunde, mit einigen kreisenden Bewegungen holte sie eine Kugel aus dem Fleisch. Marinus bäumte sich vor Schmerz auf, doch die Soldaten drückten ihn fest auf das Laken nieder.

Beiruna ließ die Kugel zu Boden fallen, mit einem leisen Klackern landete sie auf den Holzdielen. Dann nahm Beiruna das zweite Messer. Ganz vorsichtig schnitt sie in das Fleisch um das schwarze Loch. Marinus zuckte und erschlaffte dann. Beiruna nickte. „Er ist ohnmächtig, welche Gnade." Sofort arbeitete sie schneller. Einige Schnitte noch, und das brandige Fleisch war vom Arm gelöst.

Lijanne musste einen Würgereiz unterdrücken und wandte sich kurz ab.

Jetzt quoll frisches rotes Blut aus der vergrößerten Wunde. Beiruna tupfte es ab und riss dann ein Tuch in breite Streifen. Sie legte den neuen Verband fest an.

Nach kurzer Zeit war ihr Werk vollbracht. Die Soldaten, die darauf gewartet hatten, ob Marinus sich noch einmal regen würde, traten vom Bett zurück. Auch sie waren blass.

„Danke, Meneers, das war es." Beiruna entließ sie mit einem Nicken, und die Männer eilten hastig aus dem Zimmer.

Lijanne trat wieder ein paar Schritte an Marinus' Bett heran. Zärtlich strich sie ihm eine Haarsträhne von der verschwitzten Stirn. „Beiruna? Wird das wieder heilen?"

„Wenn das Fieber nicht schlimmer wird und die Wunde sich nicht entzündet ... Ich denke, er hat Glück gehabt, Señora." Die alte Haussklavin wischte sich die Hände ab.

„Keba, räume hier auf und ..." Beiruna sah auf die schmutzige Kleidung.

Lijanne schüttelte schnell den Kopf. „Das mache ich, Beiruna, ist schon gut."

Nachdem Beiruna und Keba gegangen waren, zog Lijanne Marinus die Stiefel aus, dann die Hose und das Hemd. Es war harte Arbeit, denn er war noch immer nicht bei Sinnen, und Lijanne wollte ihm nicht unnötig wehtun, falls er etwas merkte. Da er heiß und fiebrig war, wusch sie sein Gesicht und seinen Oberkörper mit etwas kaltem Wasser und beließ es dabei, ihn nur mit einem frischen Laken zu bedecken. Die Vorhänge des Raumes zog sie zu. Es war fast schon Abend, und die Dunkelheit des Zimmers umhüllte sie wie ein schützender Mantel.

Sie setzte sich auf die Bettkante. Es dauerte noch eine ganze Weile, bis er die Augen leicht öffnete.

„Schlaf, Marinus, alles ist in Ordnung", flüsterte sie. Dabei kamen ihr die Tränen. Wie sehr sie doch diesen Mann liebte! Die Aussicht, dass er nach Europa zurückging und sie ihn verlieren würde, hatte ihr körperlichen Schmerz bereitet. Aber ihn jetzt am Rande des Todes zu wissen brachte sie fast um den Verstand vor Angst. „Alles wird gut." Sie nahm seine linke Hand und schmiegte sie an ihre Wange. Sie würde ihn weder alleine fortgehen noch jetzt hier sterben lassen.

14. KAPITEL

„Ich habe es ja gesagt, es ist viel zu gefährlich, hier Land vermessen zu wollen.“ Servon saß am Tisch, vor sich ein Glas blauen Likörs, und schüttelte immer wieder den Kopf. „Er hätte tot sein können, und das, wo er doch jetzt fast fertig ist.“

Dass er damit den Stachel noch tiefer in Lijannes Herz trieb, bemerkte der Mann nicht. Sie saß ihm erschöpft gegenüber und fragte sich wie schon so oft, welche Knüppel ihr das Leben wohl noch zwischen die Beine werfen würde.

„Aber, Mevrouw van Rood, ich habe auch gute Nachrichten. Ich habe in der Tat einen Händler in Willemstad aufgetan, der diesen blauen Wundertrank mit in die Niederlande nehmen will.“ Er freute sich sichtlich über diesen Erfolg.

Lijanne nickte wohlwollend. Sie glaubte noch nicht daran, dass ihr das irgendwie helfen würde.

„Allerdings“, Servon wiegte den Kopf, „sollte es einiges mehr sein als nur ein paar Flaschen. Ich habe ihm zugesagt, dass wir in zehn Tagen die gewünschte Anzahl bereitstellen können.“

„Das sollten Sie mit Beiruna besprechen, sie ist diejenige, die den Trunk zubereitet.“ Lijanne hatte wenig Lust, sich jetzt mit Servons verrückten Geschäftsideen zu befassen.

„Ja, aber Sie müssen Ihre Einwilligung geben! Ich werde ein paar Frauen mehr benötigen, um diese Charge herzustellen.“

„Charge? Servon, wie viel wollen Sie dem Händler denn mitgeben?“ Sie lachte.

Sein Gesicht wurde ernst. „Achthundert Flaschen.“

„Achthundert Flaschen?“ Lijanne zog verwundert die Augenbrauen hoch. „So viele? Und was zahlt der Händler dafür?“

Servon lehnte sich stolz zurück und lächelte. „Ich glaube, Sie haben meine Idee etwas unterschätzt, Mevrouw. Mit dem durch diesen Handel verdienten Geld werden Sie die Entschädigungszahlungen an die Sklaven komplett abgelten können, und es wird Ihnen sogar noch ein kleiner Gewinn bleiben.“

„Was?“ Jetzt richtete Lijanne ihre ganze Aufmerksamkeit auf Servon. „Das bedeutet ja ... wir ...“

„Genau, Ihre Plantage wäre mit einem Schlag die größten Probleme los.“

Lijanne sprang auf, hastete um den Tisch und fiel Servon um den Hals. Dieser wand sich verlegen lachend unter ihrem freudigen Ausbruch.

Schnell fing sie sich wieder, aber die Nachricht war wirklich kaum zu glauben. „Ich gehe und erzähle es Marinus. Und Sie sollten mit Beiruna sprechen. Es müssen riesige Mengen an Pomeranzen geerntet werden, so viel ist klar.“

„Ach, noch etwas, Mevrouw van Rood.“

Lijanne hielt am Fuß der Treppe inne.

Servon hatte sich erhoben und glättete seine Jacke. „Ich habe Ihren Nachbarn getroffen. Im Gegensatz zu mir war er dabei, bei dem Händler große Mengen Rum einzukaufen. Ich glaube, er hat mich nicht erkannt, denn er hat sich fürchterlich aufgeregt und geflucht und sich schwer beklagt über seine ehemaligen Sklaven, die alle davonlaufen würden wie Ratten. Und über seine Gefangenen würde jetzt ein Richter entscheiden. ‚Neger mit Rechten – so weit ist es jetzt gekommen auf unserer Insel!‘, hat er getönt. Er war wirklich zornig, und es schien ihm nicht gut zu gehen. Allerdings hat er kurz merkwürdig geschaut, als ich dem Händler den Namen der Plantage nannte, wo er seine Charge abholen kann.“

„Servon, ich glaube nicht, dass mich dies irgendwie berührt“, sagte Lijanne ernst. Kurz verspürte sie einen Hauch von Mitleid mit Arletta. Doch dann straffte sie sich. Diese Menschen hatten ihr nie Gutes gewollt – warum sollte sie jetzt Mitgefühl mit ihnen haben?

Lijanne eilte an Marinus’ Krankenbett. Er war wach, doch schien er starke Schmerzen zu haben.

„Beiruna hat mir eben ein Höllengebräu von Tee eingeflößt. Es schmeckte scheußlich“, beklagte er sich mit schwacher Stimme.

„Wenn jemand weiß, was er tut, dann ist es Beiruna." Lijanne fühlte kurz seine Stirn, sie war nicht mehr so glühend heiß wie noch vor wenigen Stunden. „Und so, wie ich Servon soeben verstanden habe, rettet Beiruna die Plantage jetzt auch noch aus unruhigen Gewässern."

„Beiruna?" Marinus sah sie aufmerksam an.

„Ja." Lijanne erzählte ihm, was Servon ihr berichtet hatte.

„Das freut mich sehr für dich, Lijanne." Er schloss erschöpft die Augen.

Lijanne musste sich auf die Lippen beißen, um ihn nicht anzufauchen. Heute war nicht der Tag zum Streiten.

Bereits am nächsten Morgen marschierte Beiruna mit zehn Frauen im Schlepptau in den Orangenhain und erntete mit ihnen die reifen Pomeranzen. Lijanne entdeckte sie vom Fenster aus, als sie nach Marinus sah. Heute wirkte er schon viel kräftiger und hatte sich im Bett bereits aufgesetzt.

Ihr lagen so viele Dinge auf der Zunge, die sie ihm gerne sagen wollte. Wie sehr sie gestern Angst um ihn gehabt hatte und wie stark ihre Liebe zu ihm war. Dass sie ihn nicht verlieren wollte und dass sie ... Sie musste schlucken und hoffte, er würde nicht bemerken, wie sie in seiner Gegenwart mit sich rang, ob sie vielleicht doch mit ihm nach Europa gehen sollte. Dieser Gedanke war ihr gestern gekommen, als sie Servon erlebt hatte und sah, wie er durch seine neue Aufgabe aufblühte. Vielleicht würde er an ihrer Stelle auf der Plantage bleiben wollen? Eine verrückte Idee! Doch in Lijanne zerrte das Verlangen, mit Marinus wieder eins zu sein und bei ihm zu bleiben, wie ein wildes Pferd an einem Strick. All dies wollte sie ihm sagen, doch noch konnte sie es nicht. Erst sollte es ihm besser gehen. Und erst wollte sie auch sehen, wie ernst es Servon war. Würde sein Plan nicht aufgehen, wäre es um die Plantage schlecht bestellt. Der Zuckerrohranbau brachte nicht mehr genug ein. Außerdem waren Zahlungen fällig, und bis die ehemaligen Sklaven als neue Siedler auf ihrem Land eine kleine Pacht würden entrichten können, würden noch viele Monate ins Land gehen. Sie seufzte.

„Was bedrückt dich?", fragte Marinus vom Bett her.

„Ach, nichts." Sie drehte sich zu ihm um und versuchte zu lächeln. „Ich habe nur gerade daran gedacht, wie seltsam es ist, dass diese unnützen Bäume für uns plötzlich so profitabel sind. Du solltest dich weiter ausruhen; ich schaue mal, was Beiruna mit den Frauen macht." Lijanne verabschiedete sich hastig. Dieses eine, vielleicht alles entscheidende Gespräch musste warten. Noch war sie nicht so weit, noch fehlten ihr die passenden Worte.

Auf dem Wirtschaftshof lagen unzählige weiße Laken. Die Frauen schälten Pomeranze um Pomeranze, zerkleinerten sorgfältig die Schalen und legten diese auf den Laken zum Trocknen in der Sonne aus. Andere Frauen trugen unablässig Feuerholz vor die Scheune, in der die Apparatur zum Herstellen des Likörs stand. Lijanne hatte sie kurz skeptisch beäugt. Sie hatte keine Ahnung, wie es funktionierte, und sie hatte Servon und Beiruna dabei erwischt, wie sie über das Rezept gestritten hatten. Beiruna trat Servon ziemlich selbstbewusst gegenüber. Lijanne musste lachen. Die ehemalige Haussklavin wusste sehr wohl, wie wichtig ihr Wissen plötzlich war. Sie würde es nicht so ohne Weiteres preisgeben. Lijanne war ein bisschen stolz auf die Frau. Das Schicksal der Plantage lag nun auch in ihren Händen. Hoffentlich war sie sich dessen bewusst.

Bald duftete der ganze Hof nach den bitteren Orangen. Am Nachmittag brachte ein Planwagen aus Willemstad viele Kisten mit Flaschen. Servon ließ sie vor der Scheune stapeln. Zufrieden überwachte er sein neues Projekt, und Lijanne ließ sich langsam von seinem Optimismus anstecken.

Am Abend fand sie ihn am Tisch vor. Er hatte lauter kleine Papierstapel vor sich aufgebaut, ein Tintenfass und eine Schreibfeder lagen daneben; dennoch sah er unzufrieden aus.

„Stimmt etwas nicht, Meneer?" Es war das erste Mal an diesem Tag, dass er bedrückt wirkte.

„Oh, Mevrouw, ich habe etwas nicht bedacht.“

„Was denn?“ Lijanne trat an den Tisch. Das Papierformat war eindeutig zu klein, um als Akte oder Brief zu dienen.

Servon wirkte sehr verzweifelt. „Ich … ich möchte all die Flaschen beschriften. Nur wenn man in den Niederlanden weiß, wo sie herkommen, wird man darauf aufmerksam werden, aber … ich bin ein Mann. Ich kann Zahlen aufschreiben und Felder einzeichnen, aber ich kann nicht wirklich schön schreiben. Und ich habe nicht bedacht, dass es von den … Frauen … auch keine kann.“ Er sprach von den ehemaligen Sklavinnen.

„Und nun?“

Er nickte ihr mit einem flehentlichen Blick zu.

„Oh nein, Sie meinen, ich soll …?“

„Wir finden dafür noch eine Lösung, das verspreche ich Ihnen, aber dieses Mal … bitte, nur dieses eine Mal!“

Lijanne starrte ungläubig auf den Berg Papier, der da vor ihr lag. Acht Tage noch, in acht Tagen würde der Händler kommen.

„Meneer, ich müsste jeden Tag einhundert Flaschen beschriften!“

Servon sah sie an, als ginge es um sein Leben.

„Na gut.“ Seufzend ließ Lijanne sich im Schein der Öllampen nieder. „Was soll ich denn schreiben?“

Wenig später hatten sie nach einigen Versuchen den geeigneten Schriftzug gefunden. Lijanne blickte auf das Papier, und so etwas wie Stolz stieg in ihr auf, als sie die Worte las:

De geest van Curaçao
Plantation De Eendracht
Familie van Rood

Die nächsten Tage verbrachte Lijanne am Tisch. Bald schmerzte ihr das Handgelenk vom Schreiben und ihr Nacken von der gebeugten Haltung. Etikett für Etikett beschrieb sie mit diesen Zeilen.

Ihr gegenüber saß Keba. Beiruna hatte derweil den ersten Kessel fertiggestellt, aber es waren noch einige mehr nötig, um alle Flaschen zu füllen. Keba reinigte jede Flasche mit einem weichen Tuch, tupfte dann mit einem anderen angedicktes Zuckerwasser auf den Flaschenbauch, das etwas antrocknen musste, damit sie das Etikett aufkleben konnte, ohne dass die Tinte zerfloss. Eine stupide und langweilige Tätigkeit. War eine Kiste voll, begutachtete Servon das Werk, nickte zufrieden und brachte sie auf die vordere Veranda. Lijanne hatte irgendwann aufgehört, mitzuzählen. Sie schaute nur ab und an auf den Stapel Papier vor sich, der nicht kleiner zu werden schien.

15. KAPITEL

Sieben Tage nach seiner Rückkehr konnte Marinus das Bett verlassen. Er wirkte bereits wieder gesund und kräftig, trug seinen verletzten Arm aber noch in einer Schlinge.

„Da hat euch Servon aber viel Arbeit aufgehalst", schmunzelte er bei seinem ersten Besuch in der unteren Etage. Lijanne verzog nur kurz missmutig das Gesicht.

„Ich will nicht weiter stören, denn leider kann ich nicht helfen." Marinus grinste, hob theatralisch seinen verletzten Arm und machte sich davon.

Lijanne wusste bald nicht mehr, welche Stunde des Tages geschlagen hatte, und auch Keba saß mit müdem Gesicht am Tisch und rieb sich immer wieder das klebrige Zuckerwasser von den Fingern.

„Bist du glücklich, dass David wieder da ist?", fragte Lijanne sie irgendwann. Früher hatten sie so oft miteinander gesprochen. Heute war ihr Keba ebenso fern wie fast jede andere Frau unter den ehemaligen Sklaven. Sie war erwachsen geworden. An das kleine verschüchterte Sklavenmädchen erinnerte nur noch ihre verstümmelte Hand, die sie aber nicht daran hinderte, sorgfältig ihre Arbeit zu verrichten.

„Ja, Señora, ich bin sehr froh, dass David nichts geschehen ist." Kebas Augen strahlten kurz auf wie zwei helle Sterne am Nachthimmel.

„Das ist schön, das freut mich."

„Ist … ist die Señora denn nicht glücklich? Ich meine … Meneer Valk ist doch ein sehr netter Mann." Keba wusste sehr wohl darum, dass sich Lijanne und Marinus näher gekommen waren, als dies zwischen Gast und Gastgeberin üblich war.

Lijannes Miene versteinerte. Sie musste sich räuspern. „Ja, er ist sehr nett, aber er wird uns wieder verlassen."

„Oh!" Keba schaute schnell wieder nach unten auf die Flasche in ihrer Hand.

Lijanne ärgerte sich schon wieder. Sie würde endlich mit ihm sprechen müssen. Warum tat sie das alles hier noch?

In der Nacht lag Lijanne Stunde um Stunde wach, alles in ihr drängte sie, aufzustehen, durch die Tür zu gehen und mit Marinus zu reden. Würde er sie überhaupt mitnehmen wollen? Konnte, sollte sie die Plantage aufgeben für ihn? Sie wälzte sich unruhig hin und her. Nicht einmal eine Wolke schob sich gnädig vor den hellen Mond, der unablässig auf den Boden schien, als wolle er ihr den Weg weisen. Sie würde gehen, aber zuvor musste sie etwas trinken. Ihr Mund war trocken.

Sie zog sich ihren Morgenmantel über und schlich zur Tür. Leise, um niemanden zu wecken, ging sie die Treppe hinunter. Auf dem Tisch stand kein Wasser mehr. Seit die Produktion des blauen Likörs lief, kümmerte sich Beiruna nur noch darum. Lijanne fluchte leise. Sie würde auf die hintere Veranda gehen müssen. Missmutig, schon in Gedanken ganz bei dem bevorstehenden Gespräch, schlüpfte sie durch die hintere Eingangstür. Die Luft war drückend, es hatte lange nicht mehr geregnet.

Während sie mit einer Kelle frisches Wasser schöpfte, sah sie über den Hof; dort trockneten immer noch Berge von Orangenschalen.

Eine Bewegung erregte ihre Aufmerksamkeit. Hatte sich da gerade etwas hinter dem blinden Fenster der kleinen Scheune, in der die Apparatur für die Likörherstellung stand, bewegt? Sie versuchte, ihren Blick im fahlen Mondlicht zu schärfen. Arbeitete Beiruna etwa noch? Es dürfte weit nach Mitternacht sein. Ein leises Klirren ließ sie erstarren. Was sollte sie tun? Schlagartig waren ihre Nerven zum Zerreißen gespannt. Marinus war verletzt. Servon war kein Mann, der sich einem Dieb entgegenstellen würde. Wenn sie nach den Soldaten rief, würden auch alle anderen im Haus erwachen. Und wenn sie nur Gespenster sah oder es wirklich Beiruna war? Lijanne traute sich jedoch nicht, allein nach dem Rechten zu sehen.

Nochmals ein dumpfes Geräusch.

Lijanne raffte ihren Morgenrock und huschte auf der gegenüberliegenden Seite der Scheune über den Hof. In der ersten Hütte würde sie Keba und David finden.

David war sofort aufgesprungen. „Señora?"

„Schhh, da ist jemand in der Scheune!"

David ergriff seine Machete, die neben der Eingangstür stand.

„Soll ich Nicolas wecken?" Lijanne bewunderte den Mut des jungen Mannes. Sie selbst hatte inzwischen wirklich Angst.

„Nein, ich kümmere mich darum." Forsch schritt er mit seiner Machete über den Hof auf die Scheune zu. Keba blieb hinter Lijanne vor der Hütte stehen, und beide Frauen sahen ihm nach.

Mit einem Knarzen öffnete er die Tür der Scheune und trat energisch ein. Stille.

Dann tauchte er wieder auf und winkte hektisch. Lijanne und Keba rannten los.

„Nicht erschrecken, Señora, da … da liegt ein Mann."

„Was?" Lijanne ging ungläubig an David vorbei. Im Schein des Mondlichts lag direkt neben dem Kessel tatsächlich ein lebloser Körper.

„Wer ist das und was um Himmels willen ist passiert?"

Keba schob sich neben sie. „Señora, wenn er … Wenn dieser Mann daraus getrunken hat", sie deutete auf den Kessel, „war er sofort tot. Beiruna hat gesagt, den ersten Durchlauf darf man nicht trinken, man würde davon sterben."

„Was kocht sie für ein Teufelszeug?" Lijanne war entsetzt; sie hatte doch auch von dem blauen Likör getrunken und ihr war nichts passiert!

„Señora, Beiruna sagt, das ist normal, erst den zweiten Durchlauf kann man trinken."

„Ich kenne den Mann." David hatte derweil den auf dem Boden zusammengekrümmten Körper etwas gedreht. „Das ist einer von Rickerms Aufsehern!"

Am nächsten Morgen standen alle ratlos um den Leichnam des Mannes herum. David und Nicolas hatten ihn aus der Scheune geschleppt und in ein altes Laken gewickelt.

Servon hatte Lijanne ausführlich erklärt, warum der erste Kochgang des Alkohols so gefährlich war. „Der Kerl kannte wahrscheinlich nur Rum und Schnaps, da kann man das trinken. Und er ist sicher ein Spitzel. Rickerm hat doch gehört, was ich dem Händler in Willemstad gesagt habe. Er war bestimmt neugierig darauf, was sich auf De Eendracht tut."

„Und was machen wir jetzt? Rickerm wird ihn wohl bald vermissen."

Marinus hielt sich seinen verletzten Arm. In der Eile hatte er wohl vergessen, seine Schlinge anzulegen. „Wir schicken die Soldaten mit dem Toten in die Stadt. Offiziell wissen wir nicht, wer er ist und was er hier wollte."

Eine gute Stunde später wuchteten die Männer den Leichnam bereits auf eines der Packmaultiere. Marinus hatte den Soldaten zudem mitgeteilt, sie könnten in der Stadt bleiben; er bräuchte noch einige Zeit für die Genesung und würde es sie wissen lassen, wenn er seine Arbeit fortsetzen könne.

„Hoffentlich bringt uns das keinen Ärger."

Marinus schüttelte den Kopf. „Er war ein Dieb und ist durch seine eigene Dummheit umgekommen. Wer sollte uns da etwas anhaben?"

Lijanne hörte nur das *uns* aus Marinus' Worten heraus. Ihr Herz machte einen Sprung. Hatte er seine Meinung vielleicht geändert?

Nachdem die Soldaten fort waren, scheuchte Servon alle wieder an ihre Plätze. Es blieb nicht mehr viel Zeit, bis der Spirituosenhändler kommen würde, und sie hatten durch den Vorfall einige Stunden verloren. Lijanne ging die Arbeit jetzt etwas leichter von der Hand. In ihr keimte die leise Hoffnung, dass Marinus vielleicht doch auf Curaçao bleiben würde – bei ihr.

16. KAPITEL

Da kommen Reiter." Keba schaute an Lijanne vorbei durch das Fenster hinter ihr. Lijanne drehte sich um, konnte aber im Gegenlicht nichts erkennen.

„Der Händler kommt ja wohl kaum zu Pferd?", überlegte sie laut und sprang auf. Eben hatten sie die letzten Flaschen gefüllt und etikettiert, gerade rechtzeitig auf den Tag genau, an dem Servon den Händler erwartete. Lijanne spähte aus dem Fenster. Gendarmen! Und ... Rickerm! Oh nein – sie hatte es geahnt!

„Keba, lauf, sag Marinus und Servon Bescheid, sie sollen sofort kommen."

Lijanne strich sich ein paar Haarsträhnen aus dem Gesicht und versuchte, die Tinte von den Fingern zu reiben. Bevor Rickerm das Haus betreten konnte, stand sie bereits auf der vorderen Veranda und baute sich vor ihm auf. Er war vom Pferd gestiegen und kam die wenigen Stufen herauf. Wütend blieb er vor ihr stehen.

„So, Lijanne, jetzt ist es vorbei! Einen Mord! Das lasse ich dir nicht durchgehen."

„Einen Mord?" Marinus tauchte hinter Lijanne auf, sie atmete erleichtert auf.

„Ja, auf dieser Plantage wurde einer meiner Aufseher ermordet." Rickerm kochte vor Wut.

„Ach, der Mann kam von Ihnen?" Marinus blieb betont gelassen.

„Valk, tun Sie nicht so unschuldig! Sie wissen ganz genau, worum es geht!"

„Wir haben ihn gestern Morgen tot aufgefunden. Er war ein Dieb!"

„Ermordet wurde er! Vergiftet!" Rickerm wurde gefährlich ruhig – wie eine dunkle Sturmwolke, die sich aufbaute, um sich in einem Unwetter zu entladen. „Dafür werden der oder die Täter zur Rechenschaft gezogen werden."

Die Gendarmen, die Rickerm im Schlepptau hatte, waren inzwischen ebenfalls vom Pferd gestiegen. Einer von ihnen richtete sein Wort nun wesentlich besonnener als Rickerm an Lijanne und Marinus.

„Wir wurden angewiesen, den Anschuldigungen nachzugehen und den Ort der … angeblichen Tat zu begutachten."

„Bitte – wir haben nichts zu verbergen." Marinus bat den Gendarm, einzutreten. Dieser übergab seinem Kollegen die Zügel seines Pferdes, zog sich die ledernen Handschuhe aus und ging an Rickerm vorbei ins Haus. Als der folgen wollte, stellte Marinus sich ihm in den Weg. „Ich bin sicher, wenn der Gendarm sich ein Bild machen kann, reicht das."

Rickerm schnaubte wütend.

Marinus machte Lijanne mit einem Blick deutlich, dass sie warten möge. Ihr war nicht wohl dabei, zusammen mit Rickerm vor dem Haus zu stehen, doch sie tat wie ihr geheißen.

Rickerm wanderte wie ein ruheloses Tier vor dem Haus auf und ab. Der zweite Gendarm stand gelassen neben den Pferden. Lijanne schwitzte vor Nervosität. Es kam ihr wie eine Ewigkeit vor, bis Marinus und der Gendarm wieder aus dem Haus traten, gefolgt von Beiruna, die den Blick gesenkt hielt.

„Mevrouw van Rood, der Hergang ist so weit wohl geklärt. Dennoch müssen wir Ihre ehemalige Sklavin mit in die Stadt nehmen. Es besteht die Gefahr, dass sie … doch irgendwie …"

„Sie trifft doch keine Schuld!", fuhr Lijanne den Mann an.

Marinus hob seinen gesunden Arm, um zur Ruhe zu mahnen. „Lijanne, das wird sich sicher schnell aufklären lassen."

Rickerms gehässiges Grinsen entging ihr in diesem Augenblick nicht.

„Beiruna, hab keine Angst, dir wird nichts geschehen." Marinus legte der ehemaligen Haussklavin kurz die Hand auf die Schulter. Die Frau nickte betroffen und ergab sich dann in ihr Schicksal.

„Aber sie … sie ist außerstande, den ganzen Weg zu Fuß zu bewältigen … Sie ist alt …“ Lijanne sah hilflos zu, wie der Gendarm Beiruna einen Strick um die Hände legte.

„Das schafft das Negerweib schon!“, blaffte Rickerm, immer noch feist grinsend, und schwang sich auf sein Pferd. Das Tier sackte unter dem Gewicht kurz zusammen.

„Wie konntest du sie nur den Gendarmen mitgeben?“ Lijanne drehte sich zornig zu Marinus um, nachdem die Reiter mit der Gefangenen fort waren.

Servon stand derweil noch völlig verdattert neben der Tür, er hatte das Ganze still beobachtet.

„Es ist der richtige Weg, Lijanne, sie hat sich nichts vorzuwerfen, und sie wird in wenigen Tagen zurück sein.“ Marinus versuchte, sie zu beruhigen, doch Lijanne war zu aufgebracht.

„Wenigstens haben wir den Likör fertig abgefüllt“, sagte Servon leise.

„Ach Sie … Sie und Ihre verrückte Idee! Sehen Sie nicht, was Sie angerichtet haben?“ Lijanne stürmte wutentbrannt an den Männern vorbei ins Haus und die Treppe hinauf in ihr Zimmer. Dort warf sie krachend die Tür ins Schloss.

Am Nachmittag fuhr ein großer Planwagen vor. Lijanne blickte kurz aus dem Fenster. Das war wohl der Händler, auf den Servon so sehnlich wartete. Lijanne drehte sich um und setzte sich auf ihr Bett.

Kurze Zeit später klopfte es an ihre Tür. „Lijanne?“ Marinus trat ein. „Würdest du mit nach unten kommen? Der Händler ist da.“

Lijanne schüttelte trotzig den Kopf.

„Bitte, jetzt sträube dich nicht. Wir werden Beiruna helfen, aber dies jetzt ist wirklich wichtig für unsere Plantage.“

„Sprich nicht immer von *unserer* Plantage. Was redest du denn überhaupt? Du bist bald fort, und ich bin dann allein. Was soll das Ganze? Ich war inzwischen sogar so weit, dich zu fragen, ob du mich mitnimmst. Aber ich weiß nicht, wovor ich mehr Angst habe – vor dem fremden Land oder davor, dich zu verlieren.“ Sie riss verzweifelt die Hände empor. Tränen liefen ihr über die Wangen.

Marinus sah sie einen kurzen Augenblick verlegen an. „Lijanne, ich weiß, dass dich das bedrückt, lass uns später darüber reden. Das da unten ist jetzt wichtig. Ich … ich weiß noch nicht, was geschehen wird. Aber jetzt bin ich noch da, und so lange halte ich auch zu dir. Also – nun komm, wir sollten den Mann nicht zu lange warten lassen.“

Seine Ruhe und seine Vernunft wühlten Lijanne noch mehr auf. Doch sie wischte sich die Tränen fort und strich ihr Kleid glatt. „Wenn du meinst.“ Dann schritt sie hoch erhobenen Hauptes an ihm vorbei.

Der Händler war ein hagerer kleiner Mann mit schütterem Haar, doch war er agil und lebhaft wie ein Palmwedel im Wind. Er wanderte mit einer Flasche des blauen Likörs im Esszimmer auf und ab, hielt sie hoch, besah sich die Beschriftung, prüfte den Korken. Dann blieb er stehen und sah Servon abschätzend an. „Nun gut, ich hatte nicht damit gerechnet, dass Sie es schaffen, die achthundert Flaschen bereitzustellen. Meine Hochachtung!“

Lijanne blickte schnell zu Servon, der verlegen lächelte.

„Dann nehme ich wie besprochen diese Lieferung mit und melde mich wegen der Nachbestellung. Dies wird, bedingt durch die lange Reise, einige Wochen dauern.“

„Sehr wohl, Meneer, wir würden uns außerordentlich freuen, von Ihnen zu hören.“

„Und Sie versichern mir, dass Sie auch größere Mengen abfüllen können?“

„Ja, selbstverständlich, noch haben wir unsere Grenzen nicht erreicht.“ Servon nickte eifrig. Lijanne riss vorwurfsvoll die Augen auf, besann sich aber, als der Händler sie ansah.

„Mevrouw, ich bin überzeugt, wir werden gut ins Geschäft kommen.“

„Danke, Meneer." Lijanne nickte und rang sich ein Lächeln ab.

„Darauf sollten wir anstoßen." Marinus wies zum Tisch.

„Vielleicht sollten Sie dabei bedenken, dass man Ihr Rezept heute Morgen verhaftet hat", zischte Lijanne Servon zu, sodass dieser zurückzuckte.

„Lijanne, Servon konnte keinen Rückzieher machen. Das Geschäft ist wirklich zu gut. Und was Beiruna angeht: Wir reiten gleich morgen in die Stadt und holen sie zurück." Marinus wirkte inzwischen etwas ungehalten.

Lijanne hingegen verstand nicht, warum sich plötzlich alles ums Geschäft drehte anstatt um die arme Beiruna; deren Verbleib war ihr wesentlich wichtiger. Lijanne hatte kein gutes Gefühl.

Der Händler hatte seinen Wagen mit den vollen Kisten beladen und war davongefahren. Zuvor hatte er Servon ein dickes Bündel Geldscheine übergeben. Selbst dies hatte Lijanne nicht umstimmen können. Und dann war ihr noch etwas in den Sinn gekommen.

„Und wenn der Händler in der Stadt erfährt, was Beiruna in den blauen Trank gemischt hat? Er wird die Kisten im Hafen versenken, statt sie in die Niederlande zu verschiffen."

Marinus und Servon sahen sie ernst an. „Genau deshalb konnten wir auch nicht warten, Lijanne. Der Händler besteigt morgen früh sein Schiff; auf diese Weise besteht eine gute Chance, dass er nichts mehr mitbekommt. Und wenn er nach Curaçao zurückkehrt, ist hoffentlich schon alles in Vergessenheit geraten."

„Oder die Trägerin des Rezeptes wurde schon längst gehängt."

Marinus trat auf Lijanne zu, packte sie mit der linken Hand fest am Arm und starrte sie böse an. Es war das erste Mal, dass er das tat, und Lijanne wich erschrocken zurück. Sofort schwand der Zorn aus seinem Blick. „Es wird alles gut werden. Vertraue mir."

Das Gouverneursgebäude ragte am nächsten Tag hoch auf über den Ankömmlingen und wirkte wie ein dunkler Schatten. Lijannes Blick fiel sofort auf die Kanonenkugel, die in der Wand der Kapelle steckte, und sie dachte an das böse Omen, das ihr damals schon Angst eingejagt hatte. Doch ihr blieb nicht viel Zeit, über längst Vergangenes nachzudenken. Marinus war bereits von seinem Pferd gestiegen. Kurz hielt er sich den verletzten Arm, dann winkte er und bedeutete ihr, sie möge sich beeilen.

„Lass mich sprechen, Lijanne“, bat er, als sie das Gebäude betraten. Lijanne überließ ihm nur zu gerne den Vortritt.

Es dauerte eine Weile, bis sie den richtigen Beamten gefunden hatten, der ihnen Auskunft geben konnte.

„Eine Sklavin? Gebracht von einem Meneer van Rickerm? Nein, wir haben derzeit keine Gefangenen.“ Der Mann sah nur kurz von seinen Akten auf.

Marinus schaute verblüfft drein. „Doch, sie muss hier sein, die Gendarmen haben sie doch mitgenommen!“

Der Beamte schüttelte nachdrücklich den Kopf. „Nein. Ich sage es Ihnen noch einmal: Wir haben momentan vier Männer in Gewahrsam. Eine Frau ist nicht dabei. Was wurde ihr denn vorgeworfen?“

„He…“

Diesmal war es Lijanne, die Marinus mit einem scharfen Blick zum Schweigen brachte. Sie wusste, dass die meisten Weißen sich vor nichts mehr fürchteten als vor der Hexerei der Schwarzen. Das hatte ihr ihre Mutter schon erzählt, als Lijanne noch ein Kind war.

„Danke, wir werden sie wohl woanders suchen müssen.“ Lijanne zog Marinus am Ärmel aus dem Büro des Beamten. Plötzlich waren ihre Gedanken wieder ganz klar. Das alles konnte nur eines bedeuten: Rickerm hatte sie mal wieder übers Ohr gehauen. Aber sie würde sich nicht von ihm täuschen lassen.

Draußen bei den Pferden hielt sie inne.

„Marinus, denk doch mal nach! Wenn es Rickerm so schlecht geht, wie Servon gehört hat: Was könnte ihm helfen?“

Marinus riss die Augen auf. „Du meinst, er will Beiruna für seinen eigenen Profit einspannen? Er wollte sie gar nicht der Hexerei bezichtigen, sondern nur ihr Wissen rauben?“ Dann legte er seine linke Hand an sein Kinn und grübelte.

„Du hast recht. Rickerm ist listig. Er hat mitbekommen, wie wertvoll der Likör ist. Aber was hat er mit Beiruna vor? Und sie auf St. Barbara zu verstecken – so dumm wird er wohl nicht sein.“

Lijanne starrte nachdenklich in den Himmel. Wo würde sie selbst jemanden hinschicken, der wichtig für sie war, den aber auf Curaçao niemand entdecken sollte?

„Aruba!“, sagte sie laut.

„Was? Du denkst, er hat Beiruna nach Aruba geschickt? Das glaube ich nicht.“

„Nein, nicht nach Aruba. Aber nach Bonaire. Zu seinem Schwiegervater. Auf Arlettas Heimatplantage!“ Lijanne blickte Marinus triumphierend an, obwohl es ihr Angst machte, dass sie schon in der Lage war, genauso hinterlistig zu taktieren wie Ruben van Rickerm.

Sie ritten zum Hafen. Schnell war ein Schiff gefunden, das noch am gleichen Tag nach Kralendijk, der kleinen Hafensiedlung auf Bonaire, auslaufen sollte. Sie stellten ihre Pferde bei einem Spelunkenwirt nahe dem Anleger unter, und schon vier Stunden später befanden sie sich auf See. Lijanne war zwar unruhig, aber sie hatte keine Angst. Mit Marinus an ihrer Seite würde sie es schaffen, Beiruna zu finden und nach Hause zu holen.

„Lijanne, weißt du etwas über diese Plantage?“ Marinus schaute zum Horizont. Der Wind war günstig, und die Fahrt sollte laut Steuermann nicht lange dauern.

„Es ist keine Zuckerrohrplantage. Auf Bonaire wird Salz gewonnen, sie muss also im Süden der Insel liegen. Aber glaube mir, den Namen DeJong wird wohl jeder dort kennen.“ Lijanne schnaubte verächtlich.

„War deine Mutter nicht auch einmal auf dieser Insel?“

Das Schiff glitt über das Meer.

„Hat sie dir davon erzählt?“ Lijanne umklammerte die hölzerne Reling. Sie erkannte plötzlich, dass ihre Mutter großes Vertrauen in Marinus hatte.

„Sie erwähnte es, ja.“

Das vorgelagerte Eiland Klein Bonaire tauchte zuerst am Horizont auf. Wenig später ging ihr Schiff vor Kralendijk vor Anker.

„Es ist zu spät zum Ausschiffen“, beschied der Steuermann und deutete auf die untergehende Sonne.

Lijanne sah zur Insel hinüber.

„Morgen werden wir sie finden. Er wird ihr nichts antun, wenn er hofft, Profit aus ihr zu schlagen.“ Marinus legte das erste Mal seit Wochen einen Arm um Lijannes Schulter und zog sie an sich. Sie schmiegte ihren Kopf an seine Brust.

Sie konnte nicht anders, sie musste jetzt die Frage loswerden, die sie schon so lange unablässig beschäftigte. „Willst du wirklich zurück in die Niederlande, Marinus?“

Er schwieg einen Moment. Lijanne an seiner Brust hörte, wie sein Herz pochte.

„Lijanne, ich will ehrlich sein: Ich bin hin und her gerissen. Ich … ich liebe dich. Aber ich liebe auch meine Heimat, und ich habe einen Beruf, den ich ebenfalls liebe. Gib mir noch etwas Zeit.“

Sie nickte nur schwach. Genau diese Gedanken waren ihr auch durch den Kopf gegangen. Ihr Herz hatte ihr befohlen, ihm zu folgen. Doch was war mit all dem anderen, das sie würde aufgeben müssen? Einer von ihnen hätte ein neues Leben anzufangen, so oder so. Das machte die Entscheidung nicht einfacher.

17. KAPITEL

DeJong? Da müssen Sie einen Wagen bis nach Wanapa im Süden nehmen."

Marinus und Lijanne hatten mit den ersten Sonnenstrahlen zusammen mit einigen Matrosen zum eigentlichen Hafen übergesetzt. Sie hofften, noch heute Abend wieder zurück zu sein, denn dann sollte das Schiff wieder nach Curaçao auslaufen. Es war also Eile geboten. Die Nacht hatten sie unbequem und ohne Schlaf zu finden auf den Planken des Decks verbracht. Nun standen sie bei den Packern und versuchten herauszufinden, wie sie weiterkommen konnten.

„Kann man hier irgendwo Droschken mieten oder Reitpferde?"

Der Packer sah Lijanne belustigt an. „Nein, aber nach Wanapa fahren ständig Maultiergespanne, um Salz hierher in den Hafen zu transportieren. Sie sollten keine Probleme haben, dahin zu gelangen." Er deutete auf die kleinen Hafenanlagen, wo in der Tat hinter hoch gestapelten Säcken unzählige der langen Maultierohren zu sehen waren.

Schnell hatte Marinus einen Gespannfahrer gefunden, der bereit war, sie gegen eine fürstliche Entlohnung mitzunehmen. Lijanne fühlte sich jetzt schon unwohl auf dieser Insel. Hier schien alles nach Gier zu riechen.

Der Weg in den Süden war breit, staubig und zeugte von den vielen Wagen, die hier tagtäglich entlangfuhren. Nur wenige Palmen wuchsen an der Küste, und fortwährend gab es dichte Ansammlungen von mannshohen Kakteen; die Insel wirkte irgendwie trostlos. Erst als sie nach Wanapa kamen, änderte sich das Bild. In der Ferne hob sich vor dem Blau des Horizonts das blendende Weiß der Salzbecken ab. Ungezählte Schwarze schleppten in langen Kolonnen prall gefüllte Säcke fort. Für Lijanne war dies ein neues Bild. Sie hatte noch nie gesehen, wie Salz abgebaut wurde.

Marinus hingegen schien das alles zu kennen. „Man leitet das Meerwasser in flache Becken und lässt es verdunsten. Ich habe das in Europa schon einmal gesehen, aber nicht …", er schirmte mit der Hand schützend seine Augen ab, während sich der Maultierwagen immer noch holprig fortbewegte, „… nicht in diesen Dimensionen."

Es dauerte noch eine ganze Weile, bis sie ihr Ziel erreichten und der Wagenlenker die Maultiere stoppte. Er deutete auf einen Weg, den Kakteen säumten wie Bäume eine Allee. „Dort müssen Sie hin, da geht's zum Herrenhaus."

„Danke." Marinus drückte dem Mann seinen Lohn in die Hand, und mit einem zahnlosen Grinsen sprang der vom Wagen. Er reichte Lijanne die Hand und half ihr beim Abstieg.

Der Fußweg zum Haus kam Lijanne fast so lang vor wie die Fahrt zu diesem Ort. Sie begann zu verstehen, warum weder Arletta noch ihre Mutter es hier lange ausgehalten hatten. Es war der einsamste Ort, den Lijanne je gesehen hatte.

Das Haus hingegen, das sich plötzlich hinter einer Gruppe von Kakteen erhob, war so herrschaftlich und so imposant, dass Lijanne überrascht nach Luft schnappte. Marinus hielt ebenfalls inne, auch er hatte in dieser Einöde wohl nicht ein so luxuriöses Anwesen erwartet. Mindestens zwanzig Fenster erstreckten sich an der Längsseite des Hauses, das Dach der vorgelagerten Veranda wurde von weißen Säulen getragen.

„Na, dann gehen wir mal!" Marinus ließ sich nicht einschüchtern.

Auf ihr Klopfen an der Eingangstür öffnete eine schwarze Haushälterin. Ihr verblüffter Blick verriet den Gästen, dass sie eine seltene Erscheinung an diesem Ort waren.

„Wir möchten gerne zu Meneer DeJong." Marinus verbeugte sich formvollendet und versuchte trotz seines verletzten Armes, eine aufrechte Haltung anzunehmen.

„Treten Sie bitte ein, Meneer, Mevrouw." Die schwarze Frau öffnete die Tür nun weit.

Die Eingangshalle war riesig, und an den Wänden hingen Gemälde, auf denen Männer abgebildet waren, die streng auf die Besucher zu blicken schienen.

„Fiona? Fiona!“ Eine Stimme ertönte aus einem Seitensalon.

„Mevrouw, Meneer – es ist Besuch gekommen“, antwortete die Haushälterin.

Man hörte, wie Stühle gerückt wurden, und dann erklangen Schritte.

Lijanne hielt die Luft an vor Aufregung; vielleicht würde man sie gleich wieder des Hauses verweisen. Sie sahen beide nicht gerade gepflegt aus nach der überstürzten Abreise. Hinzu kam, dass sie nichts Gutes zu verkünden hatten.

In einer großen Doppeltür erschienen unverkennbar Arlettas Eltern. Lijanne erinnerte sich noch sehr gut an sie, auch wenn inzwischen einige Jahre ins Land gegangen waren.

Arlettas Mutter betrachtete die Ankömmlinge mit geschürzten Lippen. „Ja, bitte?“

Constantijn DeJong hingegen öffnete den Mund, als wolle er etwas sagen, dann blieb sein Blick aber an Lijanne hängen, und er stutzte kurz. Es war nur ein winziger Moment, doch Lijanne entging dieses merkwürdige Zögern nicht.

Jetzt schien auch Arlettas Mutter sich an Lijanne zu erinnern. Ihr Blick wurde giftig. „Was wollen Sie?“

Marinus trat einen Schritt vor. „Wir kommen von Curaçao. Uns ist zu Ohren gekommen, dass Ihr Schwiegersohn eine unserer ehemaligen Sklavinnen unrechtmäßig hat hierherbringen lassen. Die Frau gehört zu uns. Wir suchen sie.“

Lijanne konnte inzwischen so gut in Gesichtern lesen, dass ihr nicht entging, wie geschickt Marinus diesen Überraschungsmoment genutzt hatte. Für einen Moment entgleisten Arlettas Mutter die Gesichtszüge, und auch in der Miene von Constantijn DeJong spiegelte sich Verblüffung.

„Ja, vor zwei Tagen schickte er uns eine schwarze Frau. Sie soll der Hexerei beschuldigt worden sein.“

Marinus schüttelte entschieden den Kopf. „Nein, hier liegt ein Irrtum vor. Um uns allen viel Aufwand zu ersparen, schlage ich vor, dass Sie sie uns übergeben. In diesem Fall werden wir davon absehen, gegen Ihren Schwiegersohn über die Gendarmerie und gerichtlich vorzugehen."

Lijanne wurde immer nervöser. Marinus ging ein hohes Risiko ein.

Arlettas Mutter, mit den Jahren deutlich runder geworden, trat vor. „Wollen Sie unseren Schwiegersohn der Lüge bezichtigen, Meneer … Meneer?"

„Valk mein Name, entschuldigen Sie, dass wir uns nicht vorgestellt haben. Marinus Valk, Lijanne van Rood."

Plötzlich schoss Arlettas Mutter wie von einer Peitsche getroffen nach vorne. „Du! Du wagst es, hierherzukommen und einen Fuß in mein Haus zu setzen?! Nach all dem, was deine Mutter unserer Familie angetan hat? Nach all dem, was du meiner Tochter angetan hast?"

„Eleana, bitte!" Constantijn DeJongs Ton war so scharf, dass seine Frau zusammenzuckte. „Geh und beruhige dich, ich werde das regeln."

Lijanne stand völlig perplex da. Sie hatte zwar mit Streit gerechnet, aber beileibe nicht mit so einem Aufruhr.

„Meneer DeJong, wir möchten wirklich keine Unruhe stiften. Übergeben Sie uns die Frau einfach, und wir vergessen die ganze Sache."

„Natürlich … natürlich." Constantijn DeJong starrte Lijanne an.

Marinus blickte beunruhigt von einem zum anderen. Lijanne wusste nicht im Geringsten, wie sie damit umgehen sollte.

Constantijn DeJong fing sich wieder. Er straffte sich und sah seine Gäste mit ernster Miene an. Dann schaute er zu Lijanne, und sein Blick wurde milde. „Du weißt nicht, wer du bist, oder? Deine Mutter hat es dir nie erzählt?" Er schaute sich um, als wolle er sichergehen, dass seine Frau außer Hörweite war.

Lijanne trat nervös von einem Fuß auf den anderen. Wovon sprach der Mann? War er etwa verrückt geworden in dieser Einsamkeit hier?

Marinus war der Erste, der die verwirrende Situation wieder beherrschte. „Constantijn DeJong, was möchten Sie uns damit sagen?“

Der Mann zuckte die Achseln und sah plötzlich nicht mehr sehr stattlich aus, sondern eher wie ein alternder Großgrundbesitzer, den das Leben müde gemacht hatte. „Es hat mir jetzt so viele Jahre schwer auf dem Herzen gelegen. Marijke war damals … Aber ich war bereits Eleana versprochen.“

Lijanne erinnerte sich an die letzten Worte in der Geschichte ihrer Mutter: *Er hat mir geholfen.*

„Sie haben meiner Mutter damals geholfen. Nachdem Ihr Vater sie hatte fortjagen wollen, weil sie die Sklaven unterstützt hatte.“

Constantijn DeJong lächelte. „Marijke, ja … Aber man wollte sie nicht fortjagen, weil sie aufseiten der Sklaven war. Man jagte sie von der Insel, weil …“, er machte eine lange Pause. „Weil sie ein Kind erwartete. Mein Kind.“

Um Lijanne herum drehte sich plötzlich alles. Sie kehrte auf dem Absatz um und stürzte aus dem Haus. Draußen atmete sie tief ein und aus und versuchte, einen nervösen Würgereiz zu unterdrücken. Das konnte nicht sein! Das wollte sie nicht glauben!

Lijanne stand wieder an der Reling und starrte auf die weiße Gischt der Bugwelle, die das Schiff vor sich hertrieb. Sie wusste nicht mehr genau, wie sie mit Marinus und Beiruna, die Constantijn DeJong – ihr Vater! – ohne weitere Diskussionen herausgegeben hatte, auf das Schiff gekommen war. In ihrem Kopf wirbelten die Gedanken durcheinander; sie sah, erkannte aber nichts; sie hörte Marinus’ Stimme, verstand aber nicht, was er sagte.

Sie würde mit ihrer Mutter sprechen müssen. Warum nur war sie so weit weg? Aber was sollte sie ihr sagen? Wie sollte sie ihrem Vater … dem Mann, der sie aufgezogen hatte, den sie bedingungslos liebte und dem sie vertraute, je wieder unter die Augen treten können? Arletta war ihre Halbschwester. Das

Mädchen, die Frau, die sie so lange Jahre verachtet, die sie gequält und die ihr gemeinsam mit ihrem Mann auf der Plantage das Leben so schwer gemacht hatte. Wusste sie davon? Arlettas Mutter jedenfalls wusste es …

Plötzlich erinnerte sich Lijanne an den Streit zwischen Rickerm und ihrer Mutter damals vor dem Haus. Und auf einmal formten sich die tonlosen Stimmen zu Worten: *Sie ist seine Tochter!*

Auch Rickerm hatte es gewusst. Lijannes bisheriges Leben fiel in sich zusammen wie die Schaumkronen auf den Wellen. Alles ergab plötzlich einen Sinn: wie ihre Mutter Keba hatte so schnell befreien können; warum sie in einer Kutsche von den DeJongs gesessen hatte … Tief in ihrem Inneren kochte in Lijanne eine unbändige Wut auf ihre Mutter.

„Lijanne? Lijanne!“ Marinus’ Stimme riss sie aus ihren Gedanken. Auf einmal übertönte das Rauschen des Meeres die Stimmen in ihrem Kopf.

Er trat zu ihr und nahm sie in den Arm. „Es tut mir leid, ich hatte keine Ahnung.“

Sie schmiegte sich an ihn.

„Es wird sich alles fügen und aufklären, Lijanne, deine Eltern werden ihre Gründe gehabt haben. Bitte glaube mir. Und im Grunde haben sie doch gut daran getan! Sonst wärst du vielleicht auch so eine gehässige Frau wie Arletta oder ihre Mutter geworden.“

Lijanne musste lachen. Sie stieß sich ein Stück von ihm ab und schaute auf Beiruna, die erschöpft etwas abseits stand. „Beiruna? Hast du ihnen etwas gesagt? Wissen sie, wie man den blauen Trank zubereitet?“

Beiruna schüttelte den Kopf. „Nein, Señora, Meneer van Rickerm hat mir befohlen, ihm das Rezept zu verraten. Aber das habe ich nicht getan.“

„Das hast du gut gemacht, Beiruna.“ Marinus nickte ihr zu. Die alte Frau strahlte.

Er zog Lijanne wieder dichter an sich heran und küsste sie auf die Stirn. „Und wir – *wir!* – fahren jetzt zurück auf *unsere* Plantage und da werden *wir* blauen Likör abfüllen, Fischerhütten bauen und noch mehr Orangenbäume anpflanzen. *Wir* – hast du verstanden, Lijanne?"

Lijanne legte ihre Hände auf seine Wangen und küsste ihn.

„Ja – *wir!*"

Dann drehte sie sich so um, dass seine Arme sie noch umschlungen hielten, und beide richteten ihre Blicke auf das tiefblaue Wasser vor ihrer Heimatinsel.

Der Geist von Curaçao hatte ihnen Glück gebracht und würde sie auch fortan beschützen.

– ENDE –

NACHWORT

Bis weit in das zwanzigste Jahrhundert hinein gehörten die Inseln Aruba, Bonaire und Curaçao zu den Niederländischen Antillen. Noch heute sind Aruba und Curaçao autonome Staaten innerhalb des Königreichs der Niederlande, während Bonaire als Besondere Gemeinde direkt den Niederlanden angegliedert ist. Inzwischen sind die Inseln das Traumziel vieler Urlauber, doch früher ging es dort weniger beschaulich zu.

Diese drei Inseln, nahe an der Küste von Venezuela gelegen, haben verglichen mit anderen Teilen der Niederländischen Kolonien eine spezielle Geschichte. Da sich das Land nur begrenzt für die Plantagenwirtschaft eignete, nutzte man die Inseln anderweitig.

Aruba war lange Zeit die „Fleischkammer" der Karibik. Da die Viehzucht in den anderen Kolonien aufgrund der Plantagenwirtschaft nicht weiter gefördert wurde und der Transport von Frischfleisch damals nicht möglich war, nutzte man Aruba als riesige Farm, um die Inseln der Karibik und die Kolonien auf dem Festland mit lebenden Nutztieren und so mit deren Fleisch zu versorgen.

Ab 1824 fand man in nicht unerheblichem Maße Gold, was das Bild Arubas nachhaltig veränderte. Unzählige Abenteurer und Glücksritter belagerten die Insel regelrecht. Der erste Goldrausch hielt nur fünf Jahre an. Erst ab 1854 erreichte er einen neuen Höhepunkt. In der Zwischenzeit hatte man sich wieder auf die Viehzucht verlegt, und ab 1845 konzentrierte man sich auf den Anbau der Aloe – des „grünen Goldes" von Aruba. Die Sklavenhaltung war auf Aruba lange verboten, deshalb setzte man Indianer als Arbeiter ein.

Bonaire hingegen war die „Salzkammer" der Niederlande. Das „weiße Gold" wurde nicht nur als Speise- und Pökelsalz nach Europa verschifft, sondern auch für die Keramik- und Glasherstellung verwendet. Den wenigen Weißen auf der Insel brachte der Handel mit Salz einen enormen Reichtum. Der

Abbau erfolgte mit unzähligen Sklaven, die man bis zur Erschöpfung und ohne Skrupel sogar bis in den Tod in den Salinen einsetzte.

Auf Curaçao gab es Plantagen, ein Privileg weniger weißer Großgrundbesitzer. Haupteinnahmequelle der Insel war Mitte des neunzehnten Jahrhunderts der Hafen als wichtiger Umschlagplatz. Vor allem Sklaven, die nicht mehr direkt aus Afrika in die Kolonien transportiert werden durften, waren hier eine begehrte Ware. Findige Händler brachten die Sklaven zunächst nach Curaçao; dort bekamen sie neue Papiere und konnten dann weiterverkauft oder verschifft werden. Ansonsten wurde im Hafen mit allem gehandelt, was aus Europa in die Kolonien hineingebracht oder eben von den Kolonien nach Europa exportiert werden musste.

Während Aruba und Bonaire ihre wirtschaftliche Stellung Mitte des neunzehnten Jahrhunderts halten und verbessern konnten, brach auf Curaçao aufgrund des Rückgangs des Sklavenhandels sowie der generellen Abschaffung der Sklaverei und der rücksichtslosen Ausbeutung der wenigen Holzvorkommen nach und nach die Wirtschaft zusammen.

Ob dies aus der Not heraus geschah oder eine findige Idee zugrunde lag, ist nicht überliefert. Etwa um die Mitte des neunzehnten Jahrhunderts entwickelte sich ein neuer Handelszweig. Die Spanier hatten vor vielen Jahren die Orange auf die Insel gebracht. Die ließ sich dort jedoch nicht gut anbauen, die Früchte waren viel zu sauer und für den Verzehr ungeeignet. Die Bitterorangen – Pomeranzen genannt – wurden nicht geerntet und verwilderten. Irgendjemand entdeckte viele Jahre später, dass die intensiv aromatische Schale dieser Pomeranzen sich für die Herstellung des heute noch berühmten Orangenlikörs eignete. Dieses kleine, aber wichtige Monopol brachte wieder etwas Wohlstand auf die Insel.

Um die Entstehung dieses Likörs, bei uns als Blue Curaçao bekannt, ranken sich Legenden. So soll es sich zugetragen haben, dass das Getränk plötzlich blau wurde bei der Herstellung. Wie es dazu kam, ist nicht überliefert. Inzwischen wird die bläuliche Färbung mit künstlichen Farbstoffen erreicht.

Bis heute konnte keiner das Geheimnis um den echten blauen Likör lüften. Es hält sich hartnäckig das Gerücht, dass ein alter Silberkessel und das Geheimrezept einer alten Sklavin der Grund für die außergewöhnliche Farbe seien, die man damals eigentlich noch gar nicht herzustellen wusste.

Lesen Sie auch:

Danielle Stevens

Im Tal der Kolibris

Im Buchhandel erhältlich

Band-Nr. 25829
9,99 € (D)
ISBN: 978-3-95649-170-2

1. KAPITEL

Bremerhaven

Wie ein Gigant aus Eisen lag die Güstrow am Kai im Hafen. Der stählerne Leib des Schiffes war gut einhundertzehn Meter lang und verfügte über fünf Schornsteine, die in den strahlend blauen Himmel ragten.

Auf dem Pier herrschte emsige Betriebsamkeit. Über Holzplanken wurden Gepäck, Proviant und Unmengen an Kohle in den Bauch des Schiffes geladen. Obwohl es so kalt war, dass den Hafenarbeitern der Atem vor den Lippen kondensierte, arbeiteten sie zum Teil mit barem Oberkörper, auf dem der Schweiß schimmerte. Über einen Aufgang betraten die ersten Passagiere die Güstrow und wurden von Mitgliedern der Mannschaft in adretten weißen Uniformen in Empfang genommen.

Das galt zumindest für diejenigen, die ein Billett für Kabinen der ersten oder zweiten Klasse besaßen. Die zahllosen Männer, Frauen und Kinder, die eine Fahrkarte für die dritte Klasse ihr Eigen nannten, betraten die Güstrow auf demselben Weg, den auch der größte Teil der Ladung nahm. Und sie alle mussten, ehe sie sich an Bord begeben durften, eine gründliche Untersuchung ihrer Kleidung und Haare über sich ergehen lassen, um sicherzustellen, dass sie keine Flöhe oder Läuse einschleppten.

Eine Prozedur, die Charlotte von Grünau zu Meersberg, die jetzt noch neben ihrem Vater in der Familienkutsche saß, selbstverständlich erspart bleiben würde. Von der Tochter eines Barons erwartete man schließlich nicht, dass sie Ungeziefer an Bord brachte.

„Brrrrrr!“ Heinrich, der achtzehnjährige Gärtnersohn, der oben auf dem Kutschbock saß, hielt die Pferde an. Dann kletterte er hinunter und öffnete den Wagenschlag für sie.

Betont elegant stieg Charlotte aus, wobei sie sich von Heinrich helfen ließ, was ihrem Vater, der ihr den Vortritt überlassen hatte, gar nicht gefiel. Das jedenfalls verriet sein verkniffener Gesichtsausdruck – so weit, das Verhalten seiner Tochter zu kommentieren, ließ er sich jedoch nicht herab. Umso süßer war das Lächeln, das sie Heinrich schenkte, dessen Wangen vor Verlegenheit regelrecht zu glühen begannen.

Sie wusste, dass er insgeheim schon lange aus der Ferne für sie schwärmte, doch für den etwas pummeligen Jungen, der sein sandbraunes Haar stets mit viel Pomade zurückkämmte, war sie unerreichbar. Und das wusste er ebenso gut wie sie, von daher hatte sie ihm auch nie irgendwelche Hoffnungen gemacht.

Dass sie heute einmal eine Ausnahme machte, lag daran, dass sie einander ohnehin nie wiedersehen würden. Denn im Gegensatz zu Heinrich würde sie an Bord der Güstrow sein, wenn das Schiff in ein paar Stunden mit Ziel Südamerika ablegte.

„Das genügt jetzt", wies Richard Baron von Grünau zu Meersberg seine Tochter in einem Tonfall zurecht, der keinen Widerspruch duldete. Die eisblauen Augen in seinem schmalen, fast schon asketisch wirkenden Gesicht blitzten warnend, als er sich Heinrich zuwandte: „Sorg dafür, dass unser Gepäck an Bord gebracht wird. Ich bezahle dich fürs Arbeiten, nicht fürs Gaffen!"

Heinrich zuckte merklich zusammen, senkte den Blick und murmelte eine Entschuldigung. Dann eilte er zur Rückseite des Wagens. Kurz darauf war Gepolter zu hören.

Charlotte keuchte unterdrückt auf, als ihr Vater sie grob am Oberarm packte.

„Nimm dich zusammen", fauchte er sie an. „Was soll dein zukünftiger Ehemann denken, wenn du ein solches Benehmen an den Tag legst? Auf der Überfahrt werden sich sicher einige Passagiere befinden, die mit den Duartes bekannt sind. Ich warne dich – bring mich nicht in Verlegenheit!"

Ehe sie etwas erwidern konnte, tauchte ein Mann in der Uniform der Reederei auf. Mit einem professionellen Lächeln wandte er sich an ihren Vater. „Ich darf Sie herzlich im Namen der Reederei willkommen heißen. Benötigen Sie Hilfe beim Verladen Ihres Reisegepäcks, Herr …?"

„Baron“, korrigierte ihr Vater ihn mit einer Überheblichkeit, zu der nur Angehörige des echten alten Adels imstande waren. „Baron von Grünau zu Meersberg. Ich gehe jetzt mit meiner Tochter an Bord. Mein Bursche wird Ihnen zeigen, was alles mitbefördert werden muss.“

Damit war das Thema für ihn erledigt, und er wandte sich wieder Charlotte zu, ohne den irritiert wirkenden Mann eines weiteren Blickes zu würdigen, und reichte ihr seinen Arm.

Sie näherten sich dem stählernen Koloss. Charlotte hatte noch nie ein so imposantes Schiff gesehen. Das Landgut ihrer Familie befand sich im äußersten Süden Oberschlesiens, weitab von den Ufern der Ostsee. Doch es war nicht die schiere Größe der Güstrow, die ihr weiche Knie bereitete, sondern vielmehr die Tatsache, dass sie sich mit jedem Schritt einer fremden, ungewissen Zukunft näherte.

„Ich kann mich hoffentlich darauf verlassen, dass du dich an unsere Verabredung hältst?“, griff Richard von Grünau zu Meersberg das Thema wieder auf.

Er sprach, ohne sie dabei anzusehen. In seinem dunklen Gehrock, unter dem er ein schlichtes weißes Hemd trug, war er der gängigen Männermode entsprechend gekleidet. Das Haar unter dem Hut hatte er streng zurückgekämmt. Wie stets wirkte er nach außen hin vollkommen ruhig und gelassen, doch niemand wusste besser als Charlotte selbst, dass sich hinter der kühlen, emotionslosen Fassade ein Despot verbarg, der mit eiserner Hand ebenso über seinen Haushalt wie auch über seine Ländereien herrschte – und über seine Tochter.

„Natürlich, Papa“, erwiderte sie, ganz das gehorsame junge Mädchen, das er von ihr zu sein erwartete. Im Laufe der Jahre hatte sie gelernt, dass man auf diese Weise seinem Zorn am ehesten entging – was nicht bedeutete, dass es ihr immer gelungen war, ihr vorlautes Mundwerk zu zügeln.

Entsprechend fiel ihr die Vorstellung, ihr Leben auf Schloss Meersberg zurückzulassen und in einem fernen Land noch einmal von vorn anzufangen, auch alles andere als schwer.

Wäre ihre Mutter noch da gewesen, hätte das wohl ganz anders ausgesehen. Doch ihr herrschsüchtiger Vater und ihr älterer Bruder Johannes, der ihrem Vater in nichts nachstand, waren die einzigen Verwandten, von denen sie sich verabschieden musste.

„Vergiss nie, wie wichtig deine Verbindung mit den Duartes für unsere Familie ist", setzte der Baron erneut zu der Litanei an, die sie in den vergangenen Monaten schon so oft gehört hatte, dass sie sie mühelos aufsagen konnte. „Wie du weißt, ist der Name von Grünau zu Meersberg das einzige Kapital, das wir zurzeit in die Waagschale zu werfen haben. Wir sind bis unter den Dachfirst verschuldet, und unsere Ländereien gehören längst nur noch dem Anschein nach uns. Doch wenn es mir gelingt, das Handelsmonopol für Salpeter im Deutschen Bund zu erhalten, während du Miguel Duarte heiratest, um die Verbindung zwischen unseren Familien zu festigen, ist der Fortbestand unserer Linie für die kommenden Generationen gesichert."

Charlotte nickte stumm. Nichts von alledem berührte sie wirklich. Sie scherte sich nicht um das Schicksal irgendwelcher nebulöser Nachfahren, die sie höchstwahrscheinlich ohnehin niemals kennenlernen würde. Zudem stand zu befürchten, dass die zukünftigen Kinder ihres Bruders zu ebenso arroganten und selbstherrlichen kleinen Scheusalen heranwachsen würden, wie er selbst eins war.

Für Charlotte gab es daher wahrlich wenig Anlass, so etwas wie Loyalität oder Pflichtgefühl ihrer Familie gegenüber zu empfinden. Dass sie sich trotzdem bereit erklärt hatte, sich den Plänen ihres Vaters zu beugen, hatte gänzlich andere Gründe.

Unauffällig tastete sie nach dem goldenen Medaillon, das sie unter ihrem hochgeschlossenen Oberteil an einer feinen Kette um den Hals trug. Sie wagte nicht, es offen zu zeigen. Zumindest nicht, solange ihr Vater es sehen konnte. Sie zweifelte nicht daran, dass er es erkennen würde. Schließlich hatte dieses Medaillon, das die Form eines in der Mitte zerbrochenen Herzens aufwies, einmal seiner Gemahlin gehört, Frederike von Grünau zu Meersberg – eine Frau, über die Charlotte so gut wie nichts wusste.

Ihre Mutter.

Sofort spürte sie, wie ihr das Herz schwer wurde. Dass sie inzwischen doch ein paar Dinge über Frederike erfahren hatte, verdankte sie keineswegs ihrem Vater. Der Baron hatte sich, was die Mutter seiner Kinder betraf, stets äußerst zugeknöpft gezeigt. Kein Wort zu diesem Thema war je über seine Lippen gedrungen, da hatte Charlotte noch so sehr betteln und jammern können.

Nun, zumindest der Grund dafür war für sie nun kein Rätsel mehr. Falscher Stolz hatte ihren Vater dazu veranlasst, Stillschweigen über die Vergangenheit zu wahren. Indem er so tat, als hätte seine Frau niemals existiert, versuchte er den Schleier des Vergessens über eine Angelegenheit auszubreiten, die ihn in seiner männlichen Ehre gekränkt hatte. Denn Frederike von Grünau zu Meersberg war weder im Kindbett gestorben noch, wie Charlotte es sich als junges Mädchen ausgemalt hatte, von einem Riesen aus dem Märchen entführt oder in einem hohen Turm gefangen gehalten worden.

Nein, sie war kurz nach der Geburt ihrer Tochter vor ihrem despotischen Gemahl davongelaufen. Und zwar – wenn man den Gerüchten unter der Dienerschaft glauben durfte – nach Chile, wo sie entfernte Angehörige hatte.

Dies war der wahre Grund, weshalb Charlotte sich auf das Abenteuer Südamerika eingelassen hatte. Nicht wegen ihres zukünftigen Ehemanns Miguel Duarte, den sie nur ein einziges Mal kurz auf einem Ball kennengelernt hatte. Und schon gar nicht wegen der Ambitionen ihres Vaters, die Familie wieder zu Reichtum und Macht zurückzuführen. Nein, sie tat es ganz allein für sich selbst. Um endlich herauszufinden, was aus ihrer Mutter geworden war. Und wenn sie dafür alles, was ihr Leben bisher ausgemacht hatte, hinter sich lassen musste, dann war dies ein Preis, den sie gern zu zahlen bereit war.

Zudem würde sie ja nicht allein sein.

Ein weiteres Detail, von dem ihr Vater nichts ahnte.

Verstohlen blickte sie sich auf dem Weg zum Aufgang der Güstrow um, doch sie konnte Margot nirgends entdecken – was vermutlich nicht besonders ungewöhnlich war, da ihre Freundin nicht, wie sie selbst, in der ersten Klasse reisen würde. Dazu reichten die Rücklagen, die Margot sich als Zofe im Haushalt der von Grünau zu Meersbergs zusammengespart hatte, bei Weitem nicht aus.

Dass Margot sich überhaupt an Bord des Schiffes befand, hatte sie vor allem Pastor Liebig, dem Gemeindegeistlichen, zu verdanken. Der hatte ein Ansuchen von einem Kollegen aus dem fernen Chile erhalten. Einige von dessen männlichen Schäfchen, bei denen es sich zum größten Teil um deutsche Auswanderer handelte, suchten verzweifelt nach einer patenten deutschen Frau zum Heiraten.

Über ihn hatte Margot einen jungen Siedler namens Ludwig kennengelernt. Nach monatelangem Briefwechsel hatte der ihr einen Antrag gemacht, und für Margot war es keine Frage gewesen, sofort zuzusagen.

Nun würde Charlottes ehemalige Zofe auf demselben Schiff wie sie selbst nach Chile reisen, um dort einen Mann zu heiraten, den sie bisher nur aus Briefen kannte.

Im Gegensatz zu mir heiratet sie aber, weil sie zumindest glaubt, ihren zukünftigen Mann zu lieben …

„Vielleicht wäre es besser, ich würde meinen Aufenthalt in Chile bis zu deiner Vermählung mit Duarte verlängern", sagte ihr Vater unvermittelt und riss sie damit aus ihren Überlegungen. „Mir ist offen gestanden nicht recht wohl bei dem Gedanken, dir eine solche Verantwortung zu übertragen."

Seine Worte mochten für einen Außenstehenden fürsorglich klingen, Charlotte wusste es jedoch besser. Richard von Grünau zu Meersberg traute es ihr nicht zu, dass sie die ihr gestellte Aufgabe zu seiner Zufriedenheit ausführte. Zum Glück hielt er sich überall für unabkömmlich, sodass er es nicht wagte, Grünau länger als für ein paar Wochen zu verlassen. Schloss Meersberg und die dazugehörigen Güter in die Hände seines Sohnes Johannes zu übergeben kam ihm nicht in den Sinn. Und er zog es auch jetzt nicht wirklich in Erwägung.

„Herzlich willkommen an Bord der Güstrow", begrüßte ein junger Mann in weißer Uniform sie und lächelte strahlend. Ein golden glänzendes Namensschild wies ihn als Hermann aus.

Charlottes Vater reichte ihm ihr Billett. „Ich möchte mir gern zunächst ansehen, wie meine Tochter und ich untergebracht sind", sagte er.

„Aber natürlich", erwiderte Hermann und winkte mit einer lässigen Handbewegung einen Jungen von allerhöchstens zwölf Jahren heran. „Mach dich nützlich, Gustav, und zeige den Herrschaften ihre Kabinen."

Gustav salutierte zackig und wandte sich an Richard von Grünau zu Meersberg: „Wenn Sie mir bitte folgen würden? Die äußere Hülle der Güstrow", referierte der Knirps, während er sie durch eine breite, mit kunstvollen Schnitzereien verzierte Flügeltür führte, „ist vollständig aus Stahl gefertigt und der Rumpf doppelwandig ausgeführt. Der Antrieb erfolgt über seitliche Schaufelräder und eine Heckschraube mit einem Durchmesser von gut sieben Metern. Im Bauch dieses Schiffes sorgen zwei Dampfmaschinen mit sechs Kesseln für eine Geschwindigkeit von bis zu zwölf Knoten."

Charlotte konnte ein Schmunzeln nicht unterdrücken, während die Miene ihres Vaters gewohnt eisig blieb.

„Wenn ich an einer Lehrstunde in Sachen Dampfsegelschiff interessiert wäre, hätte ich danach gefragt", sagte er kühl. „Und eine Führung durch die Güstrow habe ich ebenso wenig angefragt. Wie groß ist dieser verflixte Kahn eigentlich?"

Dem kleinen Gustav war deutlich anzusehen, wie sehr ihm der herablassende Tonfall des Barons gegen den Strich ging, dennoch hütete er seine Zunge.

„So, da wären wir", sagte er schließlich, öffnete die Tür zu einer Kabine und ließ sie und ihren Vater eintreten.

Charlotte staunte. Sie hatte eine relativ überschaubare Kabine erwartet, obschon die schiere Größe der Güstrow sie bereits daran hatte zweifeln lassen. Mit einer ganzen Zimmerflut, bestehend aus einem geräumigen Wohnzimmer, einem Schlafzimmer und einem eigenen Bad, hatte sie nicht gerechnet.

Die Einrichtung war in dunklem Holz gehalten und, wie Charlotte fand, sehr stilvoll. Da sich die Kabine auf dem Oberdeck befand, gab es eine ganze Front von Fenstern, von denen man, wenn das Schiff erst auf hoher See war, sicher eine fantastische Aussicht hatte. Gleich mehrere Sitzgelegenheiten – ein samtbezogener Diwan, ein Ohrensessel aus Chintz und ein Sofa mit ebensolchem Bezug – luden zum Verweilen ein.

„Das ist …", stieß Charlotte überwältigt hervor.

„Durchaus angemessen", fiel ihr Vater ihr ins Wort. Selbstverständlich vermied er es, sich anmerken zu lassen, ob er beeindruckt war oder nicht, denn das ließe sich nicht mit seinem Bild eines deutschen Aristokraten vereinbaren.

Charlotte kannte solche Vorbehalte nicht. „Atemberaubend", führte sie ihren Satz zu Ende. „Ich werde mich auf der Überfahrt nach Südamerika gewiss wie eine echte Prinzessin fühlen."

Ihre lobenden Worte dankte der kleine Gustav ihr mit einem strahlenden Lächeln, aber natürlich musste ihr Vater einmal mehr das letzte Wort haben.

„Wie ich schon sagte, diese Unterbringung dürfte für die Tochter eines Barons einigermaßen angemessen sein. Ich würde mir nun gern meine Räumlichkeiten anschauen. Sie befinden sich doch hoffentlich gleich nebenan?"

Der Schiffsjunge nickte knapp. „Die Kabinen sind sogar durch eine Zwischentür im Bad miteinander verbunden."

Er geleitete Richard von Grünau zu Meersberg hinaus – Charlotte blieb zurück, und zu ihrer Überraschung fühlte sie sich ein wenig verloren, jetzt, da es bald losgehen würde. Hatte sie sich mit dem Entschluss, alle Brücken hinter sich abzubrechen, vielleicht doch zu viel zugemutet? Noch war ihr Vater an ihrer Seite, aber er würde nach weiteren Verhandlungen mit ihrem zukünftigen Schwiegervater Carlos Duarte wieder aus Chile abreisen. Wie sollte sie ihr Leben dort völlig auf sich gestellt hinbekommen? Sie war bisher nie gezwungen gewesen, auf eigenen Beinen zu stehen. Konnte sie das überhaupt?

Nun, sagte sie sich, es wird dir wohl nichts anderes übrig bleiben. Du hast dir diese Suppe eingebrockt, jetzt musst du sie auch auslöffeln.

Außerdem war da ja noch Margot.

Mit einem Mal verspürte Charlotte den unwiderstehlichen Drang, ihre alte Vertraute wiederzusehen, allerdings durfte ihr Vater auf keinen Fall bemerken, dass sie sich ebenfalls an Bord der Güstrow aufhielt. Er hatte sie entlassen und sie, ohne ihr den letzten Lohn auszuzahlen, vor die Tür gesetzt. Einfach so, nach über sechs Jahren, die Margot im Dienste der Familie gestanden hatte. Und das nur, weil …

Nein, darüber wollte sie jetzt nicht nachdenken.

Beinahe hastig verließ sie die Kabine und suchte sich ihren Weg durch das Labyrinth von Gängen und Korridoren. Hier herrschte nun deutlich mehr Betrieb als noch vor wenigen Minuten. Inzwischen waren auch die letzten Mitreisenden erschienen und wurden zu ihren Unterkünften geführt. Charlotte zwang sich, jedem, der ihr begegnete, freundlich zuzunicken.

Niemand sollte ihr anmerken, wie angespannt sie war.

Als sie endlich ins Freie trat, war ihr, als würde eine zentnerschwere Last von ihr abfallen. Tief atmete sie die frische Luft ein, die nach Salz, Meer und Abenteuer schmeckte. Sie trat an die Reling und sah die Kutsche ihres Vaters mit Heinrich auf dem Bock wenden und davonfahren. In diesem Moment erschien der Bursche ihr wie die letzte Verbindung zu Schloss Meersberg und ihrer Familie – zu ihrem alten Leben –, und sie schaute dem Gefährt so lange hinterher, bis es schließlich in eine Straße zwischen den Lagerhäusern und Kontoren abbog und verschwand.

Charlotte horchte in sich hinein und fragte sich, ob es Traurigkeit war, die sie angesichts der Tatsache empfand, dass sie ihr Zuhause und all die Menschen, die sie zurückließ, niemals wiedersehen würde. Vor allem verspürte sie jedoch eins: den drängenden Wunsch, endlich aufzubrechen. Ganz gleich, was die Zukunft ihr auch bringen mochte, es konnte im Vergleich zu dem Leben in einem lieblosen Elternhaus nur eine Verbesserung darstellen.

„Fräulein Charlotte?"

Als sie Margots Stimme hinter sich vernahm, wirbelte sie herum und lief auf ihre ehemalige Zofe zu. Die drei Jahre ältere Margot stand in einer Nische zwischen zwei Rettungsbooten, wo sie nicht auf den ersten Blick zu sehen war.

Typisch Margot, dachte Charlotte. Immer darum besorgt, meinen guten Ruf zu wahren.

In diesem Moment war ihr völlig egal, ob sich ein solches Verhalten für eine junge Frau von Stand ziemte oder nicht – sie schloss Margot in ihre Arme und hielt nur mit Mühe die Tränen zurück.

Auch Margot war gerührt, ließ es sich jedoch kaum anmerken. Nur ihre Stimme klang etwas erstickt, als sie tadelnd sagte: „Das gehört sich aber nicht. Dennoch freue ich mich natürlich, Sie wiederzusehen." Nervös schaute sie sich um. „Eigentlich dürfte ich gar nicht hier sein. Für Reisende der zweiten und dritten Klasse ist der Zutritt zum Promenadendeck der ersten Klasse verboten. Ein Steward war so freundlich, mir ausnahmsweise Zugang zu gewähren, aber …"

Charlotte riss die Augen auf. „Soll das etwa heißen, dass wir uns nicht treffen können?"

„Nein", beruhigte Margot sie. „Es bedeutet nur, dass ich Sie nicht besuchen darf. Wenn Sie mich sehen wollen, befürchte ich, dass Sie mich im Unterdeck aufsuchen müssen – so wenig mir das auch behagt." Sie seufzte. „Ich meine, das ist doch kein Umgang für Sie."

„Papperlapapp", protestierte Charlotte. „Oberdeck, Unterdeck – was ist das schon für ein Unterschied? Macht die Tatsache, dass mein Vater sich Billetts für die erste Klasse leisten kann, mich zu einem besseren Menschen? Ich glaube kaum. Und davon abgesehen ist meine Familie längst nicht mehr so wohlhabend wie früher, das weißt du genau."

„Trotzdem." Man konnte Margot ansehen, wie unbehaglich sie sich fühlte. „Wirklich wohl ist mir nicht bei dem Gedanken, dass Sie sich in der Gesellschaft von Bauern und Tagelöhnern aufhalten. Was würde der Baron dazu sagen?"

„Du kannst ihn ja fragen, wenn du unbedingt willst", entgegnete Charlotte schnippisch. „Er ist drinnen und schaut sich seine Kabine an."

Margot erbleichte. „Er reist mit Ihnen nach Puerto Montt?"

Charlotte seufzte. „Tut mir leid, aber ich hatte keine Gelegenheit mehr, es dir mitzuteilen. Die Entscheidung ist recht kurzfristig gefallen. In seinem letzten Brief kündigte Carlos Duarte an, noch einige Details in Bezug auf die Vereinbarung zwischen unseren Familien klären zu wollen. Mein Vater hielt es für sinnvoll, sich persönlich darum zu kümmern. Ich glaube, ihm war von Anfang an nicht wohl dabei, mich mit einer so wichtigen Aufgabe zu betrauen." Sie kicherte leise. „Vermutlich hat er schon überlegt, ob er Miguel nicht besser selbst heiraten soll."

„Das ist nicht lustig, Fräulein Charlotte", wies Margot sie zurecht. Sie war noch immer bleich, schien sich aber ein wenig vom ersten Schreck erholt zu haben. „Wenn der Baron herausfindet, dass ich ebenfalls an Bord bin, wird er …"

„… sich fürchterlich aufregen, aber ansonsten überhaupt nichts tun", fiel Charlotte ihr ins Wort. „Er kann dir nicht das Geringste anhaben. Du vergisst, dass wir nicht mehr auf Schloss Meersberg sind, Margot. Auf der Güstrow zählen sein Einfluss und sein guter Name nichts. Mein Vater ist nur ein Passagier unter Hunderten."

„Ihr Wort in Gottes Ohr", murmelte Margot wenig überzeugt. „Wir sollten trotzdem jedes Risiko vermeiden. Nicht nur um meinetwillen, sondern vor allem Ihretwegen."

„Vergiss doch einmal einen Moment lang meinen Vater", bat Charlotte. „Ich kann dich also auf dem Unterdeck besuchen?"

Margot zögerte kurz, nickte aber schließlich. „Ja", entgegnete sie seufzend. „Heute allerdings nicht. Ich habe gehört, dass ein paar Leute unten ein Fest organisieren, und das ist nichts für Sie. Wenn Sie mich sehen wollen, lassen Sie mir vorher durch einen der Bootsjungen eine Nachricht zukommen. Ich werde Sie dann am Übergang zwischen erster und zweiter Klasse abholen. Sie irren mir auf keinen Fall allein auf dem Unterdeck herum, hören Sie?"

Lächelnd nahm Charlotte ihre Hand und drückte sie sanft. „Versprochen", sagte sie. „Ach, ich freue mich schon darauf, dort unten bei euch das wahre Leben kennenzulernen." Sie kicherte leise. „Als junges Mädchen habe ich mich immer in die Küche geschlichen, um der dicken Anni beim Kochen zuzuschauen, weißt du noch?"

„Allerdings", erwiderte Margot. „Und ich erinnere mich auch lebhaft daran, wer sich die Standpauke Ihres Herrn Vater anhören durfte, Fräulein."

Schuldbewusst senkte Charlotte den Blick. Es stimmte ja. Wenn sie ungezogen gewesen war, hatte fast immer Margot darunter zu leiden gehabt.

Tröstend legte sie einen Arm um die Taille der ehemaligen Zofe. „Ich weiß, und es tut mir fürchterlich leid. Ich habe dich nicht gerade selten in Schwierigkeiten gebracht, hm?"

„Das mag stimmen", entgegnete Margot. „Aber ich habe deswegen nie Groll gegen Sie empfunden. Wirklich nicht. Für mich waren Sie immer viel mehr als meine Dienstherrin."

Charlotte nickte energisch. „Ich weiß genau, was du meinst. Du bist für mich auch immer so etwas wie eine große Schwester gewesen. Und ich kann gar nicht in Worte fassen, wie froh ich bin, dass du mich auf dieser Reise begleitest."

„Danken wir Pastor Liebig dafür."

2. KAPITEL

Ich weiß nicht, gnädiges Fräulein, ob das wirklich so eine gute Idee ist", gab Marie, das Mädchen, das Charlotte für die Dauer der Überfahrt vom Quartiermeister als Zofe zugewiesen worden war, ängstlich zu bedenken. „Ich könnte wegen dieser Sache in Teufels Küche kommen."

„Keine Sorge", erwiderte Charlotte und warf das blonde Haar, das sie sonst stets hochgesteckt oder geflochten trug, über die Schultern zurück. „Ich weiß genau, was ich tue, Marie. Aber hör um Himmels willen endlich auf, mich gnädiges Fräulein zu nennen!"

Es war acht Uhr, und irgendwie war es ihr gelungen, das schrecklich förmliche Abendessen im Speisesaal der ersten Klasse zu überstehen. Dabei hatte sie die ganze Zeit an das Fest auf dem Unterdeck denken müssen, von dem Margot erzählt hatte.

Die Tatsache, dass ihre frühere Zofe so vehement darauf bestanden hatte, dass sie nicht an dieser Feier teilnahm, hatte sie erst recht neugierig gemacht. So war es schon immer bei ihr gewesen. Verbote bewirkten stets das Gegenteil von dem, was damit erreicht werden sollte. Und so war es ihr nur mühsam gelungen, ihre Ungeduld zu zügeln. Halbherzig hatte sie sich an der Konversation zweier älterer Damen beteiligt, bis ihr Vater dem Elend ein Ende setzte, indem er sich in seine Kabine zurückzog.

Jetzt, eine Stunde nachdem Marie bei ihr angeklopft hatte, befanden sie sich auf dem Weg zum Bereich der zweiten und dritten Klasse. Ein wenig nervös strich Charlotte den einfachen dunkelgrauen Wollrock glatt, den Marie ihr geborgt hatte. Darüber trug sie eine schlichte weiße Bluse, unter der sie das goldene Medaillon ihrer Mutter verbarg.

Es war ein ungemein befreiendes Gefühl, einmal durchatmen zu können, ohne ständig von einem engen Korsett eingeschnürt zu sein. Sie konnte sich bewegen, wie es in einem ihrer

Ballkleider niemals möglich gewesen wäre. Und als sie jetzt zusammen mit Marie durch das kleine Tor trat, das die erste Klasse vom Unterdeck trennte, klopfte ihr das Herz vor Aufregung bis zum Hals.

Leicht war es nicht gewesen, Marie zu überreden, ihr zu helfen. Das junge Mädchen fürchtete Konsequenzen, weil es ihr ein paar seiner Kleidungsstücke geborgt hatte und sie nun zu der Feier im Unterdeck begleitete. Vermutlich würde es tatsächlich Ärger geben, sollte die Angelegenheit ans Licht kommen, daher mussten sie dafür sorgen, dass niemand etwas bemerkte.

Ein Lächeln umspielte ihre Lippen, als sie daran dachte, was Margot für Augen machen würde, wenn sie überraschend auf der Feier erschien. Natürlich hatte sie ihre Freundin nicht darüber informiert, dass sie kommen würde. Margot wäre niemals damit einverstanden gewesen. Aber wenn Charlotte erst einmal dort war, würde ihre ehemalige Zofe nichts dagegen tun können. Margot konnte ihr einfach nicht lange böse sein.

Schon von Weitem hörte sie die Klänge eines Klaviers und die von Fiedeln, die der Wind ihnen entgegentrug. Und als Marie sie durch eine Tür in den Bauch des großen Schiffes führte, wurde die Musik lauter und die Luft heißer und stickiger.

Schließlich erhaschte Charlotte zum ersten Mal einen Blick auf die Feier, und ihr Herz begann vor Aufregung heftig zu hämmern. Männer und Frauen tanzten ausgelassen miteinander, andere tranken und rauchten. Es wurde geredet, gegessen und gelacht. Kinder tobten zwischen den Erwachsenen herum. Das Stimmengewirr war schier ohrenbetäubend, und hin und wieder hörte man, wie ein Glas zu Boden fiel und klirrend zerbarst.

Der Raum war relativ groß – trotzdem drängten sich die Menschen dicht an dicht. Überall standen Tische, auf einer kleinen improvisierten Bühne spielten zwei Geigenspieler und ein Mann mit einem Schifferklavier auf, und die Leute griffen sich an den Händen, bildeten eine Menschenschlange und zogen ausgelassen zwischen den Tischen und um die Tanzfläche umher. Die Luft war geschwängert von Bierdunst, Qualm und Schweiß.

Charlotte fand es herrlich.

„Ich sollte Sie wirklich lieber wieder zurück in Ihre Kabine bringen, gnädiges Fräulein“, flüsterte Marie ängstlich.

Doch das kam für Charlotte überhaupt nicht infrage. „Auf gar keinen Fall!“, entgegnete sie strahlend. „Und, bitte, hör endlich auf, mich gnädiges Fräulein zu nennen! Ich heiße Charlotte.“

„Ich weiß nicht, gnä… Charlotte. Ich …“

Charlotte wurde von einem jungen Mann mit roten Wangen zur Seite gedrängt. Er hielt ein halb volles Bierglas in der Hand, seine Schiebermütze saß ihm schief auf dem Kopf, und er roch penetrant nach Alkohol – der ihm vermutlich auch den Schneid verlieh, einfach auf sie zuzutaumeln und sie an sich zu ziehen.

„Na, wie sieht's aus? Willste nicht mal mit mir das Tanzbein schwingen, Schönheit?“

Freundlich, aber bestimmt machte Charlotte sich von dem Betrunkenen los. „Vielen Dank, aber ich möchte lieber nicht tanzen“, sagte sie und wandte sich ab.

Doch der Mann war offenbar nicht bereit, so schnell klein beizugeben. Unsanft packte er sie am Arm und zog sie an sich. Dieses Mal blitzte etwas in seinen dunklen Augen auf, das sie schon oft in denen ihres Vaters gesehen hatte, wenn auch bei Richard von Grünau zu Meersberg stets nur in unterdrückter Form.

Zorn.

„Lassen Sie das!“, verlangte sie mit fester Stimme. Es bereitete ihr einige Mühe, sich ihre Beunruhigung nicht anmerken zu lassen, doch eines wusste sie aus jahrelanger Erfahrung, Schwäche zu zeigen machte es nur schlimmer.

„Hältst dich wohl für was Besseres, wie?“

Als er sich vorbeugte, um sie zu küssen, trat Charlotte hastig zurück. Er wankte, und der Rest seines Biers ergoss sich über ihren Rock.

Sie schrie auf.

„Hey, hey, was soll das werden, wenn es fertig ist?“

Ein junger Mann drängte sich zwischen sie und den Betrunkenen. Als der trotzdem nicht von ihr ablassen wollte, versetzte der Neuankömmling ihm einen Stoß vor die Brust, der ihn ins Taumeln geraten ließ. Er stolperte gegen eine Gruppe von Leuten, fiel und landete schließlich unsanft auf dem Hosenboden. Ungelenk rappelte er sich auf und warf Charlotte und ihrem Retter bitterböse Blicke zu. Einen Moment lang schien er zu überlegen, ob er sein Glück noch einmal versuchen sollte, entschied sich dann aber dagegen und trollte sich fluchend.

„Danke.“ Charlotte wandte sich dem jungen Mann zu, der ihr zu Hilfe geeilt war.

Er war allerhöchstens ein paar Jahre älter als sie, Anfang, eventuell Mitte zwanzig. Seine dunklen Locken hingen ihm ins Gesicht, das vom Tanzen und Trinken gerötet war. Er hatte hohe Wangenknochen, fein geschwungene Lippen und dichte Brauen, was ihm, wie Charlotte fand, einen leicht überheblichen Ausdruck verlieh. Das alles nahm sie aber nur am Rande wahr, denn sie war gefesselt vom Anblick seiner Augen.

So etwas hatte sie nie zuvor gesehen.

Sie waren weder blau noch grün noch grau, sondern changierten im Schein der Gaslampen zwischen diesen Schattierungen.

Fasziniert schaute Charlotte ihn an.

„… immer so ungeniert an?“

Blinzelnd kehrte sie in die Realität zurück. Sie hatte gesehen, dass sich seine Lippen bewegten, die Worte aber nicht wirklich wahrgenommen. Jetzt zog sie die Brauen zusammen. „Wie bitte?“

Er grinste verschmitzt. „Ich habe gefragt, ob Sie alle Männer, die zu Ihrer Rettung eilen, so ungeniert anstarren.“

Charlotte spürte, wie ihr das Blut ins Gesicht schoss. Ihre Wangen brannten vor Verlegenheit. „Ich … habe Sie nicht angestarrt“, wies sie ihn scharf zurecht. „Jedenfalls lag das nicht in meiner Absicht. Vermutlich war es der Schreck.“

„Aber sicher“, entgegnete er schmunzelnd. „Ganz wie Sie meinen.“ Er streckte ihr seine Hand entgegen. „Leander Markowitz.“

„Charlotte vo…“ Sie hielt inne, als ihr klar wurde, dass sie im Begriff stand, sich zu verraten. „Einfach nur Charlotte.“

„Nun, Einfach-nur-Charlotte – es freut mich, Sie kennenzulernen. Möchten Sie vielleicht etwas trinken?“

Wieder zögerte sie. Es war vermutlich keine gute Idee, mit einem wildfremden Mann auf eine Feier zu gehen, auf der sie eigentlich nichts zu suchen hatte. Falls Margot sie zusammen sähe, würde sie vom Glauben abfallen!

Dieser Gedanke zauberte ein Schmunzeln auf ihr Gesicht. Sie blickte sich nach Marie um, doch die hatte mittlerweile ebenfalls einen Kavalier gefunden und beachtete sie überhaupt nicht mehr.

Also schön, dachte sie, warum eigentlich nicht? Sie hatte ja gesehen, wohin es führte, wenn sie sich als junge Frau allein hier aufhielt. Ein starker Beschützer, der auf sie aufpasste, konnte daher auf keinen Fall schaden.

„Ja“, sagte sie. „Gerne.“

„Wunderbar.“ Er ging zu einem der Tische und nahm zwei Gläser mit dunklem Bier, von denen er ihr eins überreichte. „Prost!“, sagte er und hielt sein Glas hoch.

Lachend stieß Charlotte mit ihm an. „Prost!“

Sie hatte noch nie Bier getrunken, das ihr Vater stets abfällig als das Getränk des Proletariats bezeichnete. Umso gespannter war sie auf den Geschmack, doch angesichts der herben Bitterkeit, die auf ihrer Zunge explodierte, verzog sie das Gesicht. „Großer Gott!“

„Alles in Ordnung?“ Leander musterte sie besorgt.

„Ja“, erwiderte Charlotte und nahm einen zweiten, tiefen Zug, der ihr warm die Kehle hinunterrann, ehe sie das Glas auf dem Tisch abstellte. „Alles bestens! Kommen Sie“, sagte sie und griff nach seiner Hand. „Lassen Sie uns tanzen!“

Gemeinsam bahnten sie sich einen Weg durch die Menge. Doch als Charlotte kurz darauf Leander auf der Tanzfläche ge-

genüberstand, umringt von anderen Paaren, verließ sie der Mut auch schon wieder. Sie kannte die Schritte dieses Tanzes überhaupt nicht. Auf den Bällen, die sie bisher besucht hatte, wurde züchtig der Walzer getanzt. Dies hier war anders.

Vollkommen anders.

Das Herz klopfte ihr bis zum Hals, als Leander dicht an sie herantrat, beide Arme um ihre Taille legte und anfing, sich im Rhythmus der Musik zu wiegen. Plötzlich ging alles wie von selbst. Eng an ihn geschmiegt wirbelte sie über die Tanzfläche. Ihre Füße schienen sich eigenständig zu bewegen, und Leander tat ein Übriges, um sie alle Befangenheit vergessen zu lassen. Sie sprangen und hüpften im Takt, und Charlotte war, als würde sie fliegen.

Die Welt drehte sich um sie, doch Leander hielt sie fest umfangen. In seinen Armen fühlte sie sich so sicher und behütet wie noch nie zuvor in ihrem Leben. Sie lachte hell auf. Ihr Herz hämmerte wie verrückt und ihr war schwindelig vor lauter Aufregung und Glück.

Das war es also, was normale Menschen darunter verstanden, sich zu amüsieren. Es war in nichts mit dem vergleichbar, was sie von zu Hause kannte. Und als die Musik mit einem Paukenschlag endete, wünschte Charlotte sich, einfach weitertanzen zu können. Immer weiter und weiter, bis ans Ende aller Tage.

Im Nachhinein konnte sie selbst nicht mehr sagen, welcher Teufel sie geritten hatte, ihre gute Kinderstube derart zu vergessen, doch als sie zu Leander aufblickte und in seine eindrucksvollen Augen schaute, war es um sie geschehen. Sie ließ alle Regeln der Vernunft und des Anstands beiseite, stellte sich auf die Zehenspitzen und presste ihre Lippen auf seinen Mund.

Die Zeit schien stillzustehen.

Charlotte sah, wie Leanders Pupillen sich vor Überraschung weiteten. Er stieß ein unterdrücktes Stöhnen aus, und im nächsten Moment schlang er die Arme noch fester um sie und zog sie an sich, sodass kein Blatt Papier mehr zwischen ihre erhitzten Körper gepasst hätte.

Charlotte hatte bisher nur in den unanständigen Romanen, welche die Köchin Anni regelrecht verschlang, von Küssen gelesen. Dass es sich so anfühlen würde, damit hatte sie nicht gerechnet.

Es war überwältigend.

Ihr Herz hämmerte, und das Blut rauschte ihr in den Ohren. Flüssiges Feuer pulsierte durch ihren Körper, schoss in ihre Adern und setzte sie innerlich in Flammen.

„Fräulein Charlotte, was tun Sie denn da! Und was machen Sie überhaupt hier?"

Margots entsetzte Stimme beendete das Ganze so abrupt, wie es begonnen hatte. Leander ließ plötzlich von ihr ab und taumelte einen Schritt zurück, während Charlotte schwer atmend an Ort und Stelle blieb.

Ihre Wangen brannten. Das Bier, das ihren Bauch bisher mit wohliger Wärme erfüllt hatte, weckte mit einem Mal Übelkeit bei ihr. Sie schluckte hart. Schluckte noch einmal.

Die Musik war ebenso verstummt wie sämtliche anderen Geräusche. Man hätte eine Stecknadel fallen hören können, und Charlotte hatte das Gefühl, dass alle Blicke auf sie gerichtet waren. Jeder Moment schien sich zu einer kleinen Ewigkeit auszudehnen. Irgendwann hielt sie es nicht mehr aus.

Sie wirbelte auf dem Absatz herum, stürmte die Treppe hinauf und durch die offen stehende Tür nach draußen aufs Deck, ohne auf Leander zu achten, der ihr nachrief.

Schwer stützte sie sich auf die Reling. Das Meer tief unter ihr war schwarz, die Wellenkämme schimmerten silbrig im Mondschein. Eine kühle Brise wehte ihr ins Gesicht, während sie durchatmete.

Als sie Schritte hinter sich hörte, drehte sie sich langsam um.

Es war Margot.

„Fräulein Charlotte!" Die ehemalige Zofe trat auf sie zu. „Was ist da unten passiert? Was, um Himmels willen, ist in Sie gefahren, dass Sie … Wieso sind Sie überhaupt hier? Habe ich mich denn nicht klar ausgedrückt?"

„Margot, bitte!“ Charlotte barg das Gesicht in den Händen. „Eine Strafpredigt ist wirklich das Letzte, was ich jetzt gebrauchen kann. Ich weiß, dass ich einen Fehler gemacht habe.“

„Allerdings, das haben Sie! Sie hätten niemals entgegen meinem ausdrücklichen Rat hier herunterkommen dürfen. Ich habe Ihnen doch gesagt, dass dieser Umgang nichts für Sie ist. Warum konnten Sie nicht ein einziges Mal auf mich hören, Fräulein?“

Charlotte senkte den Blick.

Sie wusste, dass Margot recht hatte. Aber das änderte nichts daran, dass sie nicht wirklich bereuen konnte, was geschehen war.

Nicht die Feier und auch nicht den Tanz mit Leander.

Und schon gar nicht den Kuss.

Es war absurd, doch sie hatte noch nie etwas so sehr genossen wie diesen kurzen Augenblick in Leanders Armen. Und selbst wenn er sich als der größte Fehler in ihrem Leben herausstellen sollte – sie wollte ihn um nichts in der Welt missen.

„Sie fahren nach Chile, um zu heiraten“, erinnerte Margot sie sanft. „Vergessen Sie das bitte nicht.“

Charlotte seufzte. Wie könnte sie das vergessen? Schließlich hatte sie sich auf dieses Arrangement eingelassen, um etwas über ihre Mutter zu erfahren. Unwillkürlich umfasste sie das goldene Medaillon, das sie seit dem Tag, an dem sie es in der Kiste auf dem Dachboden entdeckt hatte, bei sich trug. „Es hat sich nichts an meinen Plänen geändert“, antwortete sie. „Du kannst ganz unbesorgt sein, Margot.“

Doch ihre ehemalige Zofe wirkte nicht überzeugt. Sie ergriff Charlottes Hand.

„Sie dürfen diesen jungen Mann niemals wiedersehen, hören Sie? Sonst geschieht am Ende noch ein Unglück!“

Charlotte atmete tief durch. „Es ist wohl besser, wenn ich jetzt gehe“, sagte sie.

„Ja“, entgegnete Margot leise. „Ja, das ist es. Und passen Sie lieber auf, dass Ihr Vater Sie nicht in diesem Aufzug sieht. Ich glaube nicht, dass er dafür Verständnis aufbringen würde.“

Ohne ein weiteres Wort raffte Charlotte ihren Rock und lief zurück zum Tor, durch das man in die erste Klasse gelangte. Ehe sie den Korridor betrat, blickte sie sich vorsichtig um.

Es war tatsächlich besser, niemandem über den Weg zu laufen. Nicht in diesem Aufzug. Es würde nur unnötig Fragen aufwerfen. Margot hatte recht: Wenn ihr Vater sie so sähe … Sie wollte lieber gar nicht daran denken.

Sie huschte zurück auf ihr Zimmer, schloss die Tür hinter sich und legte die Stirn an das kühle Holz. Was für ein Abend!

Rasch schlüpfte sie aus den geliehenen Kleidungsstücken und faltete sie ordentlich zusammen, was angesichts des Bier- und Qualmgeruchs, der ihnen anhaftete, wenig sinnvoll erschien. Doch sie musste einfach etwas tun, um ihre Hände zu beschäftigen. Mit ihren Gedanken war sie ohnehin ganz woanders.

Sie konnte nichts dagegen tun: Jedes Mal, wenn sie die Augen schloss, sah sie Leanders Gesicht vor sich. Dann fühlte sie wieder einen Nachhall dessen, was sie empfunden hatte, als er sie geküsst …

Als du ihn geküsst hast …

Es fiel ihr schwer zu begreifen, dass die Initiative tatsächlich von ihr ausgegangen war. Margot hatte jedes Recht, sie für ihr Verhalten zu schelten. Was war bloß in sie gefahren? Sie hatte sich mitreißen lassen von einem Strudel, der stärker, viel stärker gewesen war als sie selbst. Und für einen Moment hatte sie beinahe vergessen, wer sie war und – noch schlimmer – wohin sie unterwegs war.

Anders als Margot, die in Ludwig im fernen Chile einen Seelengefährten gefunden zu haben schien, konnte sie für ihren zukünftigen Gatten keine Zuneigung empfinden. Wie auch? Er hatte sich nicht im Geringsten darum bemüht, sie für sich zu gewinnen. Hätte er wenigstens einen einzigen ihrer Briefe beantwortet, vielleicht hätten sich die Dinge vollkommen anders entwickelt. Doch so existierte Miguel für sie nur als eine verschwommene Erinnerung von jenem Ball, bei dem sie allenfalls ein paar Worte miteinander gewechselt hatten.

Leander hingegen …

Vergiss ihn, riet ihr die Stimme der Vernunft, Margot hat recht, es kann nicht gut gehen.

Niemals.

Doch das hielt sie nicht davon ab, von ihm zu träumen.

Und auch als sie etwas später in ihrem geräumigen Bett lag, die Augen schloss und verzweifelt den Schlaf herbeisehnte, schlich Leander sich wieder in ihre Gedanken. Erst, als sie das Medaillon ihrer Mutter mit den Fingern umschloss, stellte sich endlich ein wenig innere Ruhe bei ihr ein.

Sie atmete tief durch und sank in leichten traumlosen Schlaf.

Band-Nr. 25837
9,99 € (D)
ISBN: 978-3-95649-180-1
eBook: 978-3-95649-473-4
304 Seiten

Ben Bennett
Wenn Ozeane weinen

Die Liebe ist ein unwiderstehlicher Sog. Das lernt Amber Wood als kleines Mädchen, als sie mit ihrer Mutter in das gläserne Haus am Pazifik zieht. Vom ersten Tag an hat sie nur Augen für Taylor, den Sohn der Familie Teagarden. Als dieser bei einem Bootsunfall von der rätselhaften Mandy gerettet wird, beginnt eine so geheimnisvolle wie magische Dreiecks-Liebesgeschichte.

Und eine Reise, die sich über drei Kontinente, drei Weltmeere und mehr als drei Jahrzehnte erstreckt. Erst am westlichsten Punkt der Alten Welt gibt der Ozean das tragische Geheimnis preis, das Amber und Taylor seit ihren Kindheitstagen miteinander verbindet …

Band-Nr. 25829
9,99 € (D)
ISBN: 978-3-95649-170-2
eBook: 978-3-95649-434-5
304 Seiten

Danielle Stevens
Im Tal der Kolibris

Hamburg, 19. Jh.: Mit bangem Herzen umklammert die junge Charlotte das goldene Medaillon – das Einzige, was ihr von ihrer geliebten Mutter geblieben ist. In wenigen Minuten wird sie ins ferne Chile aufbrechen. Dort soll sie den vermögenden Großgrundbesitzer Miguel Duarte heiraten. Und vielleicht, so hofft sie, kann sie in dem ungezähmten Land endlich das Geheimnis um das Verschwinden ihrer Mutter lüften. Doch das Schicksal hat anderes im Sinn: Auf der Überfahrt verliert Charlotte ihr Herz an einen mittellosen Maat. Lieber will sie mit ihrer Familie und den Regeln der Gesellschaft brechen, als ohne Leander zu sein! Aber bevor sie ihre Verlobung lösen kann, erreicht sie eine furchtbare Nachricht …

Band-Nr. 25846
9,99 € (D)
ISBN: 978-3-95649-192-4
eBook: 978-3-95649-439-0
304 Seiten

Pia Engström
Die Schärenärztin

Nie wollte Hanna in die Abgeschiedenheit der schwedischen Schären zurückkehren. Doch als ihr Vater vorübergehend Hilfe in seiner ländlichen Arztpraxis braucht, reist die junge Chirurgin zurück, um sich in der Idylle fernab von Stockholm zu erholen. Schon bald lernt sie die neue Aufgabe als Schärenärztin zu schätzen. Endlich kann sie sich wirklich um die Bedürfnisse ihrer Patienten kümmern! Doch als sie eines Tages die kleine Maja aus Seenot rettet, wird sie jäh von der Vergangenheit eingeholt. Denn Majas Vater ist Lennart Ekström – der Mann, der sie an eine schreckliche Schuld erinnert – die sie am liebsten für immer vergessen hätte. Warum nur berührt ausgerechnet er ihr Herz wie schon lange niemand mehr?